长篇历史小说

何辉·著

大宋王朝

VIII

江山多娇

作家出版社

图书在版编目（CIP）数据

大宋王朝. 江山多娇 / 何辉著 . —北京：作家出版社，2021.11
ISBN 978-7-5212-1342-3

Ⅰ. ①大… Ⅱ. ①何… Ⅲ. ①长篇历史小说—中国—
当代 Ⅳ. ① I247.5

中国版本图书馆 CIP 数据核字（2021）第 020406 号

大宋王朝：江山多娇

作　　者：何　辉
策划统筹：向　萍
责任编辑：乔永真
装帧设计：曹永宇
出版发行：作家出版社有限公司
社　　址：北京农展馆南里 10 号　　　邮　　编：100125
电话传真：86-10-65067186（发行中心及邮购部）
　　　　　 86-10-65004079（总编室）
E-mail:zuojia @ zuojia.net.cn
http://www.zuojiachubanshe.com
印　　刷：唐山嘉德印刷有限公司
成品尺寸：152×230
字　　数：311 千字
印　　张：25.75
版　　次：2021 年 11 月第 1 版
印　　次：2021 年 11 月第 1 次印刷
ISBN 978-7-5212-1342-3
定　　价：58.00 元

目　录

卷

一

一

已经很久没有做噩梦了。可是，最近，他又重新被噩梦困扰。几日来，噩梦不断。这些噩梦，黑暗，阴郁，充满血色。每次从噩梦中惊醒，他都会立即抓起放在枕边的怀剑。那柄怀剑，是周世宗赐给他的。他一直随身带着它，每次睡前，都不忘放在枕边。有几次惊醒时，他会发现床上就他一个人。有几次，他从噩梦中惊醒，浑身大汗淋漓之时，会发现身边有一个女人。那个女人，是御侍秋棠。

这天半夜，他又从噩梦中惊醒了。他抓起了枕边的匕首，"噌"地一声抽了出来。

寝宫窗外的宫灯，将微弱的光，透过窗棂，射了进来。他惊恐地瞪大了眼睛，看着躺在他身边的女人。她正睡得迷迷糊糊的。他又神经质地扭头向四周看了看。没有其他人。值夜的宫女、内侍都在寝宫外面。

此时，秋棠慢慢睁开了眼睛。借着微弱的宫灯的光，她看到赵匡胤举着匕首，不禁尖叫起来。

"陛下！你怎么了？是我啊！秋棠！"秋棠惊恐地坐起身来。

赵匡胤听到了秋棠的呼喊。

他的意识，渐渐清晰了起来。

满身是冷汗。

秋棠探出手，小心翼翼地触摸了一下赵匡胤的背脊，顿时感觉到他的睡袍已被冷汗浸透了。

"陛下又做噩梦了？"

赵匡胤点点头，缓缓将匕首收入刀鞘。

"你继续睡吧。朕没事。"他轻轻地对秋棠说道。

秋棠不敢多言，缓缓躺下身子，闭起眼睛。可她哪里再睡得着，只能静静地留意着枕边人的动静。

赵匡胤靠在床头，颇有点吃力地喘着气。他努力让自己从噩梦中缓过神来。

"梦里的那个人究竟是谁？究竟是谁？他高举着剑，站在朕的床前，他的身后，是千万个满身鲜血的士兵。他们都是些什么人？是我大宋的战士，还是后蜀的士兵？莫非是上天怪朕杀戮太盛？"他战栗着，惊恐地瞪着眼睛，回味着方才的噩梦。他一面想要忘掉噩梦，一面却又极力想要将那噩梦中出现的纷杂形象捕捉出来。渐渐地，他好像回忆起梦中的一张脸。"王全斌，那个站在朕床前的是王全斌。朕封他为忠武节度使，西川行营凤州路都部署、行营前军兵马都部署。正是朕派他率兵讨伐后蜀，是他先攻入了成都。莫非他在成都有不臣之心？！孟昶虽已上表归降，但蜀地兵将众多，稍有不慎，将生哗变。不！朕必须派一文臣去治理蜀地，以免王全斌弄出乱子来。朕还要下诏，令蜀兵移兵到中原，朕要亲自统率。"他开始窝着身子，坐在床上陷入了沉思。

次日，二月癸卯，赵匡胤在崇元殿召开朝会，与诸臣商议安蜀大计，并命参知政事吕余庆权知成都府，枢密直学士冯瓒权知梓州。随后，他召见了南唐李煜和吴越王钱俶派来的使者。两国的使者此次前来，一来是为了与宋朝修贡，一来是为了祝贺长春节。除了这两个名义上的目的，两国使者实际上都各自受命，暗中刺探宋朝如何处置后蜀。

隔数日，赵匡胤再次下诏，称大军征蜀，百姓有调发供亿之劳，免去秦州、凤州、陇州、成都、阶州、襄阳、荆南、房州、均州等地今年夏租的一半，又安置了复州、郧州、登州、光华军、汉阳军的十分之二的士兵，这些士兵，凡是居住到城镇的坊郭户，都被免去半年屋税。他又下诏，令后蜀文武官赴阙，赐给服装、钱财，治理地方清白有为的，还给予奖励。这些措施，在很大程度上安抚了刚刚归顺的后蜀。

参知政事吕余庆权知成都府，枢密直学士冯瓒权知梓州赴成都两日之后的午后，有两人前后脚来到宋朝宰相赵普的府邸。赵普屏去左右，在正堂接见了这两人。两人见到赵普，皆跪地行礼，口称："小人拜见宰相大人。"

赵普微微点头，令二人起了身。

宰相大人盯着二人，沉声说道："我大宋新收蜀地，陛下派遣封疆大臣不远万里前往治理，便如长线放风筝，说不好便断了线。吾既为宰相，为陛下耳目，对远派之臣，不可不察。你二人此次被吕余庆、冯瓒招募为佣，随同入川，务必暗中细察他们与何人交往，与何人通信，如有任何异样，随时派可靠之人回京报知于我。必要时，你们自己亲自回京。切记，不可让吕、冯两位大人知晓了。"

二人听了，都抱拳应诺。

赵普眼睛盯着其中一人，说道："曹飞，你到京城来有些时日了吧？"

那曹飞说道："是，小人随太君到京城一年多了。得大人眷顾，一切都好！"这曹飞是赵普多年前在老家收留的一个落魄汉，一直在老家跟在赵普老母身边料理事务。陈桥兵变之前，赵普担心京城时局剧变，早早将老母亲与儿子安排回了老家居住。在妻亡故后，赵普见宋朝政权渐稳，自己大权渐握，才将老母与儿子接回了京城。曹飞便随着赵普的母亲，一同到了京城。

此前，赵匡胤曾经多次在赵普等诸位大臣跟前盛赞冯瓒、吕余庆为当世奇才，可为宰相之选。赵普担心二人成为今后的政敌，故想方设法搜集二人的情报，欲寻机打击之。对于冯瓒，赵普尤为不喜。其中的原因，是因冯瓒不仅有才，而且乐于交际，广结朝中大臣。这次，为了暗中监视冯瓒，伺其有不法事，赵普特派曹飞应募成为冯瓒的仆人，潜伏到冯瓒身边。同时，赵普又令亲信戴恩应募为吕余庆的入川随从，监视吕余庆。

赵普又道："曹飞，你妻儿一同来京，可都还安好吧。你此去成都，休要担心他们，我自会派人照顾。"

曹飞听赵普提起自己的妻儿，立刻会意，当即抱拳大声道："大人放心，小人受大人收留，给予衣食，又娶了媳妇，生了儿子，再造之恩，小人一直思报。此次入川，必赴汤蹈火，不负大人之望。"

"嗯，赴汤蹈火倒不必，脑子机灵一点，做事小心一点，眼睛放尖一点便是。"

"是，大人！"

"戴恩，你也记住了，吕知州在成都那边的行动，一定盯紧了。尤其是，吕知州与王全斌的往来，务必留意细察。还有，自此之后，你二人须记住，对外人来说，你我之前，从未见过，也没有任何瓜葛。"

"小人明白。"

"好，你们且去吧。给你们的赏钱，我自会直接送到你二位夫人那儿。"

曹飞、戴恩二人得了赏钱，欢欢喜喜拜谢了，便匆匆告辞而去。

不久后，后蜀皇帝孟昶又遣其弟雅王仁贽，至汴京上表。

孟仁贽到了京师，先拜见了宰相赵普，奉上《上宋宰臣枢密使状》，状云：

> 窃念顷自北京，即随先子，洎临西蜀，嗣守余基，自量小国之封疆，常阻大朝之正朔。伏自皇帝位登宸极，礼盛郊禋，令预梯航，愿同临照。而以阻遥障险，稍易岁时。今则远劳王师，恭行天讨，有征无战，讵可抗威。弃甲倒戈，寻皆效顺，具陈降款，上达冕旒。所希者，存济活于苍生，报劬劳于老母，忠惟奉主，孝则养亲，固于生平，无所觊望。许男衔璧，已蒙解释之仪；虞舜垂衣，仁保安全之望。丹诚备写，雪涕难胜。伏惟某官叶赞万机，怀柔入表，迥敷恩信，并及幽遐。愿垂前席之言，特加敷奏；冀遂保家之恩，终养晨昏。乌反哺以知恩，窃将比喻；雀

衔环而报德，以荷生成。倚赖感铭，陈辞罔尽，遐瞻德宇，但沥虔诚。[1]

赵普看了状文，安抚了孟仁赟，承诺一定在皇帝面前多加美言，以保孟氏一族。

随后，在赵普的陪同下，孟仁赟向皇帝赵匡胤献了降表。

表曰：

> 臣历观先觉，克奉忠区，窦融受累世之封，吴芮袭传家之庆。愚者暗于成事，智者见于未萌。则臣在执迷以何多，致颠沛之如是。罪岂容于擢发，形可置于磔尸。既无远虑之明，甘受后期之责。伏念先臣受命唐室，建牙蜀川，因时事之变更，为人心之拥迫。先臣即世，臣方龀年，猥以童蒙，谬承余绪。乖以小事大之礼，阙称藩奉国之诚，染习偷安，因循积岁。所以上烦神算，远发王师，势甚疾雷，敏如破竹。顾惟懦卒，焉敢当锋寻束手以云归，正倾心而俟命。
>
> 今月七日，已令私署通奏使、宣徽南院使伊审证，奉表归降，以前路寇攘，前进不得。臣寻更令兵士援送，至十一日，尚恐前表未达，续遣供奉官王茂隆，再赍前表。至十二日以后，相次方到军前，料惟血诚，上达睿听。臣今月十九日，已领亲男诸弟，纳降礼于军门，至于老母诸孙，延余息于私第。陛下至仁广覆，大德好生，顾臣假息于数年，所望全躯于今日。今蒙元戎慰恤，监护抚安，若非天地之垂慈，岂见军民之受赐！臣自量过咎，尚切忧疑，谨遣亲弟，诣阙奉表，待罪以闻。[2]

① 《十国春秋》第二册卷四十九《后蜀二·本纪》，吴任臣，中华书局，2010年，第737页。原文繁体，小说文中引用时转为简体。

② 《宋朝事实》卷十七《削平僭伪》，李攸，中华书局，1955年，第264页。原文繁体，小说文中引用时转为简体。

赵匡胤阅表，知孟昶已经全无斗志，一再上表，不过是为了苟且偷生。赵普更在一旁谏言以安抚为主，全天府之民，以积大宋之国力。赵匡胤本有此意，当即顺水推舟，赐孟昶诏，诏曰：

> 朕以受命上苍，临制中土，姑务保民而崇德，岂思右武而佳兵至于兴戎，盖非获已。矧惟蜀郡，僻处一隅，靡思僭窃之愆，辄肆窥觎之志，潜结并寇，自起衅端。爰命偏师，往申吊伐，灵旗所指，递垒自平。朕常中夜怃然，念兆民何罪！屡驰驿骑，严戒兵锋，务宣拯溺之怀，以尽招携之礼。而卿果能率官属而请命，拜表疏以祈恩，托以慈亲，保其宗祀，悉封府库，以待王师。追咎改图，将自求于多福；匿瑕含垢，当尽涤于前非。朕不食言，尔其无虑。[①]

赐诏后，赵匡胤令使者骑驿马，乘驿船，日夜兼程，赶往成都传旨。不断出现的噩梦，使他心生恐惧。他只怕夜长梦多，后蜀生出变乱。

在安排吕余庆、冯瓒入川的同时，赵匡胤还下诏，令嘉州、眉州、忠州、万州至荆南沿江都设置驿船，以接应孟昶举族入京。接着，他又下诏，责令王全斌等发蜀兵赴阙，并优给服装、钱粮。

这月二十二日，宋朝权知成都府、参知政事吕余庆到达了成都。孟昶带着文武大臣，慌忙出迎。

当吕余庆报上名号时，孟昶不禁愕然，仰天长叹道："吾自书征兆而不知也。"

原来，便在今年的春节前，孟昶手书一诗句，云："新春纳余庆，佳节号长春。"如今孟昶想来，"新春纳余庆"一句，岂非正应了吕余庆入成都，而"佳节号长春"一句中的"长春"，正应了赵匡胤以

---

① 《宋朝事实》卷十七《削平僭伪》，李攸，中华书局，1955 年，第264 页至 265 页。原文繁体，小说文中引用时转为简体。

其生日而定的"长春节"。这一凑巧之事，自孟昶说出后，遂由后蜀皇宫很快流传到了民间。

二月二十九日，后蜀皇帝孟昶得赵匡胤诏书，奉诏悉封府库，率其官署，举族自成都府出发，沿峡江而下，前往汴京。

船过省州湖时，有一宫嫔怀孕，孟昶闻讯，令其下船离去，泣别之时，孟昶祝曰："若生子，我孟氏有后也！"言罢，与那宫嫔挥泪诀别。

一路上，孟昶沿江停歇之处，有不少蜀地居民，伤故国之灭，念及孟昶统治前期诸种良政之惠，而赶来泣别；亦有不少百姓，因受后蜀后期种种苛捐杂税、官吏迫害之苦，见孟昶赴京而拍手称欢。

自犍为别故民而去，孟昶一路上看尽人情种种，想起自己统治后期，耽于享乐，荒疏朝政，又轻信王昭远之辈而终至失国去乡，不禁泪如泉涌，伤心欲绝。孟昶在犍为停靠的那片江滩，后被蜀民称为蜀王滩。

且说王全斌得赵匡胤诏书，阅后，心念暗动："朝廷欲发蜀兵赴阙，又优给蜀兵服装、钱粮，我等且暗中减扣若干，朝廷不知，蜀兵不晓，岂不甚好。"当下，他秘召几个亲信，令他们依计执行。哪料克扣蜀兵服装、钱粮后，蜀兵渐渐生出怨愤之心。押送这些蜀兵赶赴中原的随军使臣们担心蜀兵哗变，纷纷逃亡。王全斌见情势危急，急令王仁瞻、崔彦进率兵前往抚恤随军使臣，不再令他们押送，只令诸州军校继续押送蜀兵前往中原。

蜀兵到了绵州界内，果然劫属县，发生了叛乱。碰巧，文州刺史全师雄奉诏举族前往汴京，路过绵州。全师雄曾是蜀将，在蜀军中很有威望，他见蜀兵叛乱，担心自己被群龙无首的叛军挟持并推为统帅，因此匆匆将家眷在一农庄附近安顿好后，自己弃家而去，躲藏在江边的一个农家中。不料，数日后叛军在江边农家中搜寻到全师雄，不出其所料，果然推其为帅，聚集蜀兵十万，号兴国军。

王全斌闻讯大惊，慌忙派朱光绪率骑兵七百，前往绵州界内招抚全师雄。全师雄为叛军所拥，是战是降，犹豫不决。朱光绪见全师雄无接受招安之状，旋即派兵搜寻到全师雄家人。七百骑兵在朱光绪率领下，尽捕全师雄族人。朱光绪自将全师雄爱女纳为其妾，令部下将其他人悉数杀死。全师雄举族财产，都为朱光绪及其部下占有瓜分。

全师雄闻举族遭屠，爱女被朱光绪纳为妾，不禁肝胆俱裂，勃然大怒，遂绝了归顺之心，并发誓要报灭族之仇。盛怒之下，全师雄率军急攻绵州城。

绵州城当时由刺史成彦饶镇守，可是城中只有百来个守军。横海指挥使刘福、龙捷指挥使田绍斌闻讯，各率所部数千，连夜驰援绵州城。

刘福、田绍斌率军赶到绵州城东界时正是凌晨。此地有片大山，当地土名唤作"东山"。山不太高，西面是大江，其中有夹道。这山中夹道，乃通往绵州城的必经之道。此山山体连绵，往西北剑阁方向连接而去，山上树木繁茂，正是埋伏的好地方。二人会师后，度全师雄自东回击绵州必经此处进攻绵州城，于是各率所部埋伏下来。田绍斌军埋伏在东山西北，刘福军埋伏在夹道西南面的山坡背后。

待到午后，全师雄先锋部队两万余人进入东山夹道。田绍斌、刘福见全师雄部队进入埋伏，时机已到，便下令各军自山头用箭猛射一通，又滚下檑木、大石。顿时，山下人马大乱，死伤一片。田绍斌岂能放过机会。他旋即率兵先自东山西北面自山顶冲锋而下，刘福随后率军自西南夹攻。全师雄先锋部队大溃，走在前头的人马被后面的乱军逼杀，纷拥杂沓落入前面的江水中，溺水而亡者近万人。

全师雄见前军大乱，不知宋军人马究竟几何，慌忙改变进攻方向，率兵往西南，朝彭州方向撤退。田绍斌等乘机又败龙州的蜀兵叛军近千人。

彭州由刺史王继涛、都监李德荣镇守，只是守军才数百人。全师雄率大军猛攻彭州，登楼而战。李德荣战死，王继涛身披八创，单骑往成都而去。

全师雄于是占领了彭州。此时，宋军尽灭全师雄一族之事，已经传遍绵州、彭州一带。刚刚归顺宋朝的后蜀州县蜀兵，唯恐归顺后被屠杀，人心大乱。一时间，彭州十县，蜀兵纷纷叛乱，起兵拥戴全师雄。全师雄既得彭州诸县蜀兵拥戴，当即自称兴蜀大王，开幕府，设置官僚，一下子封了二十多个节度使，令他们分别镇守灌口、导江、青城等地。

全师雄占据彭州的消息，很快传到成都。王全斌等闻讯大为震惊。彭州位于成都西北，全师雄占据彭州，无疑对成都构成了直接的威胁。

王全斌于是遣武信节度使、侍卫步军都指挥使崔彦进、步军都指挥使张万友、先锋指挥使高彦晖等率兵阻击全师雄部。通事舍人王钦祚其时亦在崔彦进军中做参谋，崔彦进令其随张万友、高彦晖军出战。

这日午后，先锋指挥使高彦晖率兵到了导江，但见前面一条山路异常狭窄，两边竹林茂密，周围一片寂静，只闻风吹竹叶之声，却连一声鸟鸣也没有。高彦晖心下暗疑，恐竹林中有埋伏，便派出百余骑先行侦察。

不一刻，前方竹林中，果然杀出人马。百余骑骑兵于隘路奋力拼杀，力拒伏兵。

高彦晖对王钦祚道："贼兵气盛，日将暮，崔将军主力尚在远处，我军首尾不接，不如权且收兵，待来日再战。"

王钦祚见叛军势大，心里早生恐惧，见高彦晖这般说，正要表示赞同，忽然转念一想，如追兵杀将上来，恐终不得脱，当下暗转心机，厉声问高彦晖道："将军食朝廷重禄，一遇敌军，便思退却，何也？"

高彦晖被王钦祚一问，脸一红，当即大喝一声，率亲兵十余骑迎叛军杀去。

王钦祚待高彦晖杀向敌军，便率余部急退，去会崔彦进大军。

高彦晖率亲军挡住追兵，奋力拼杀，终于力竭战死，其亲兵十余骑亦全部战死，无一生还。

王全斌见崔彦进军受挫，慌忙又派马军都指挥使张廷翰、步军都监张煦率军前往进攻全师雄叛军，结果进攻再次失利。

于是，全师雄分兵绵州、汉州，断剑阁，沿江设置营寨，声言要进攻成都。一时之间，蜀地有邛州、蜀州、眉州、陵州、简州、雅州、嘉州、东川、果州、遂州、渝州、合州、资州、昌州、普州、戎州、荣州等十七州蜀兵纷纷起兵叛乱。西川各地与中原的通信随即中断。

半夜，赵匡胤再次从梦中惊醒。他习惯性地从枕边抓起那把周世宗赠给他的怀剑，紧紧攥在手心。他扭头看看，见身旁空无一人，在床上坐了片刻，才想起昨夜让秋棠回嫔妃院就寝，自己独自宿于福宁殿。

从噩梦中惊醒的赵匡胤再也无法入睡。"是了，今夜秋棠不在福宁殿。"这个念头在他脑海里闪了好几次。披好衣裳后，赵匡胤轻轻推门出了寝宫。门外廊上侍立的几个内侍见皇帝突然半夜出来，无不目瞪口呆。

赵匡胤也不理会内侍们的惊讶之情，自顾自地往寝宫旁边的御书房走去。宫廊上悬挂着的宫灯，散发出昏黄的灯光。在四周沉沉的黑暗的包围中，这些亮光显得又孤单、又虚弱。他缓步在宫灯昏黄的光下走着，来到御书房门口。这个御书房门锁的钥匙，只有他一个人有。他看了一下四周，轻轻打开了御书房的门，推开门，走了进去。

借着廊上宫灯发出的光，他很费劲地点燃了御书房内的羊脂蜡烛。只点亮了一支——书案上的一支。

他站在书案前，盯着羊脂蜡烛发出的光，听着蜡烛芯燃烧发出的轻微的"滋滋"声，发着愣，思索着。

"孟昶已然归顺，待他举族到京，便可大消之后蜀地变乱之忧。只是，这王全斌已经好久没有信报，莫非出了什么乱子？朕以他和刘光义分领两军伐川，既可互相配合，又可互相制衡。这刘光义，最近也没了消息。若是相安无事倒也好。不过，那吕余庆、张煦按理说，也该有劄子回来。不，不，也许是朕太着急了。吕、张二人应该初到蜀地，距今不到一个月。朕是太心急了。如今，后蜀归了我大宋，下一步棋，朕该如何走？"

他站在书案前，扭头看了一下墙边的书架子。"今夜秋棠不在福宁殿。"这个念头再次闪过他的脑海。他转动身子，慢慢往书架走去。到了书架旁边，他的眼光落在了那个暗格的机关处。他神经质地扭头往旁边看了看，然后伸手按动了机关。

从夹墙的暗格中，他小心翼翼地捧出了那个装着传位盟约的铜匣子，慢慢地走回书案边。

铜匣子被轻轻地打开了。他从铜匣子里取出了那卷盟约，缓缓打开，在烛光下看了起来。那卷轴的一角有些被火苗燎过的痕迹。之前，他曾经一度想要烧毁它，但是那时小德昭还没有长大，在将它凑向火边的最后一刻，他觉得还不能毁了它，他将它从火苗上收了回来。

"德昭现在已经长大了，很快也到了能够治理国家的年纪。他一定不会再有小皇帝柴宗训那样的命运！这份盟约，对朕，已经没有约束力了。不过，上天啊，朕还要再向你祈求，再多给朕一些时间，让朕收了南汉，收了南唐、吴越、北汉，统一天下。那时，朕将传位给德昭。母亲啊，我这也不算违背对你的誓约吧。"

他这般想着，内心依然犹豫着，慢慢卷起了那份盟约。盯着烛光，他又发起愣来。过了片刻，他终于咬了咬牙关，将那卷盟约凑到了羊脂蜡烛的火焰上。

纸卷瞬间燃烧起来。他待那纸卷快烧尽了，便将它投到了书案上的那个笔洗之中。笔洗里没有水。他死死盯着燃烧的纸卷，直到它化为灰烬。

他深深喘了口气。

"好了，以后就再也没有什么传位盟约了。只是——"他想起了赵普。赵普是这份传位盟约的书写者、见证者。不过，他相信赵普绝不会说出去。但是，对于无意中知道有这份传位盟约存在的秋棠，他却有些不放心。还有一个令他不放心的人，是赵光义。"秋棠说过，她曾经将传位盟约的事情告诉了她姊姊夏莲。夏莲是光义府中的婢女，却不幸在同光义出行时跌下马背而亡。光义究竟是否知道有这份东西存在呢？或许，这将永远是个谜吧。"

他无声地叹了口气，在心底左思右想了一番，终于想，不管如何，如今传位盟约已经烧掉，真正看到过它的，只有赵普一人。他相信赵普绝不至于将此事泄露出去。这是当时便约好的。而且，他也非常肯定，泄露此事，对于赵普，没有任何好处。这样想着，他的心方渐渐舒坦了一些。

三更的鼓声响了起来。打更声远远传来，有些缥缈，有些诡异。

他在书案前坐了下来。椅子有些凉。如月的面容突然在他眼前闪过。他仿佛看到她幽怨的目光。

静静地坐了片刻，他拿起了书案边的一份上表看了起来。那是不久前南唐使者带来的。

"也不知承衍这次能否劝服李煜纳土归宋。韩熙载也不好对付。若是南唐与南汉、南唐与吴越彼此间抛却世仇，联合起来对抗中原，必成统一之大碍，须各个击破才是。"他开始担心起派往南唐的私人信使王承衍。

这时，突然从门外传来一个慌张的声音："启禀陛下，赵宰相说有十万火急之事求见。"

赵匡胤一听，心头一跳，冲门外大声问道："他现在人在何处？"

"尚在待漏院候着。"

"传他去内东门小殿等朕，朕随后便到。"

门外的内侍应了一声，便匆匆走了。

赵匡胤将铜匣子放回了夹墙，吹灭蜡烛，匆匆出了御书房，锁了门，便回寝宫换朝服去了。

不多时，赵匡胤在带刀内侍李神祐的陪同下，赶到了内东门小殿。

赵普见赵匡胤赶到，不及行礼，便匆忙启禀："陛下，西川出事了！"

赵匡胤眉头一跳，想起了近来不断出现的噩梦。

他厉声问道："怎么了？"

"梓州刺史张煦派人冒死赶回京城报信，说是蜀旧刺史全师雄起兵叛乱，目下西川十万多蜀兵响应，西川往东邮路已断。全师雄号称要进攻成都。成都形势危急。"

"朕令发蜀兵来京，又给予优待，好好的怎么会叛乱？"赵匡胤又惊又怒。

"据张煦信报说，王全斌克扣陛下赐给蜀兵的服装、兵饷，引发一部蜀兵叛乱。全师雄被叛军拥戴为帅，随后全师雄族人被王全斌部屠杀七百余人，全师雄大怒，遂无归朝之心。如今，全师雄自称兴蜀大王，开幕府，封节度，占领了西川。"赵普当下根据张煦信报，将西川发生的变故细细禀报了一番。

赵匡胤听了，双眉紧锁，沉声道："莫非又要上演前蜀割据的故事不成。"

"恐怕西川之乱，短时间平不了。"赵普肃然道。

赵匡胤点点头，扭头往窗棂方向看去，沉默不语。许久，他方慢慢扭过头，对赵普道："全斌坏朕大事，不可不察，你派人速往成都，令吕余庆密切注意王全斌、王仁瞻等将动向，有何异动，速报至京。另外，你再安排些人，于西蜀通往中原的各地关卡，细询西蜀那边前来中原的商旅百姓，从他们口中，细察征蜀大军的沿途所作所为。"

马喘着气，载着忠武节度使，西川行营凤州路都部署、行营前军兵马都部署王全斌在山坡上缓缓奔跑着。在他的身旁，一左一右，各有一骑。这左右两人，正是他麾下得力大将崔彦进和康延泽。三人身后，跟着三十余骑，马背上的骑士个个都是身经百战、以一当十的骁勇战士。这些人，正是王全斌的亲兵。王全斌每次出行，不论是巡视战场，还是勘察地形，都把这些亲兵带在身边。

王全斌身披铁甲，头戴凤翅银盔，盔顶的红缨随着马儿的跑动上下飘动着。此时的他，双眉紧锁，面色沉重，眼睛扫着周围绿油油的山坡与原野。他已经年近六十，就在最近几年里，头发和胡须都变白了。这种生理上的变化，使他不时产生人生迟暮的感觉。这次入川灭蜀后，他一度想要借机积聚一些财富，留给两个儿子和自己的家族，也想让随他出征的将士们有些额外的收获。进攻成都的路上，他因此纵容部下沿路劫掠，入成都之后，又纵容部下占人妻女，夺人财物。刘光义、曹彬入蜀后，屡次劝其班师回朝，他终是不答。后来，赵匡胤下诏，送孟昶赴京，发蜀兵归朝，他才不得已令人送孟昶回京师，又冒险克扣了一部分朝廷赐给蜀兵的钱粮和衣物。但是，他没有想到，克扣蜀兵钱粮与衣物的做法，最终引发了全师雄起兵反宋。如今，西川的局面日渐危急。他心内一团乱麻，对于未来何去何从，犹豫不决起来。

"江山多娇啊！"王全斌看着成都附近这片被朝阳照耀着的山坡与原野，情不自禁地发出感叹。

"是啊！果然是天府之国。我朝得了此地，更复何忧！"崔彦进说道。

"吕知州入蜀，我等只能专于军务，如此下去，不如解甲归田！"王全斌叹道。

"节帅何出此言？"康延泽问道。

"君不见，古来名将，有多少善终的。"王全斌扭头看了康延泽一眼。

康延泽见王全斌面色不悦，当即沉默不语。

王全斌又道："彦进，当年你与本帅一同随周世宗攻克瓦桥关，你看看，当年参与瓦桥关之战的，如今还剩下几个？延泽，你跟随慕容延钊灭了湖湘。慕容延钊，一代名将，又能如何？建隆元年本帅曾随慕容延钊由东路进讨李筠，现在回想起来，便如同前日之事。而慕容延钊之死，更如昨日。人生不过是白驹过隙啊！彦进，如果本帅没有记错的话，你也参加了建隆元年征讨李筠的潞泽之战了吧。本帅倒是有些羡慕起石守信将军了。看看今日之局面，本帅不如就此请辞，那时陛下自会另委将帅。"

说完这段话，王全斌勒住马，站在山坡上，回望成都城高高的城墙。

康延泽也勒住了马，略一迟疑，肃然说道："如今全贼作乱，朝廷未有诏书令节帅去职，节帅何出请辞之言。贼乱未平，节帅当以平乱为重也！"

王全斌冷冷瞪视着康延泽，沉默片刻，方才缓缓说道："所言甚是。若不平全贼，终是吾辈之恨！"

说完，王全斌又扭头，死死盯着成都城墙，眉头紧锁。

过了一会儿，王全斌扭头问崔彦进："彦进，城南校场屯了蜀兵多少人？"

"大约三万人。"

王全斌"嗯"了一声，再次陷入沉默。

"节帅担心什么？"康延泽问道。

王全斌似乎有些吃惊，朝康延泽看了看，说道："回城后，你带人去南校场，令蜀兵午后到城南的东夹城中，就说本帅将给他们分发朝廷赐予的钱粮，令他们助我等平定全贼之乱。"

"是！"康延泽本想问为何不在城南校场中直接给蜀兵发放钱财，但见王全斌神色凝重，便没敢再问。

"走！咱们回城。"

王全斌话音未落，一带缰绳，带着马，往山坡奔了下去。

崔彦进、康延泽立即摧马跟上王全斌。他们身后的三十余骑，跟着三个将军，纵马飞驰，仿佛一股疾风，往成都城飞卷而去。

进了成都城门口，王全斌立即令康延泽带着几个亲兵前往城南校场。

见康延泽骑马进了成都城南门后，王全斌冲崔彦进道："彦进，本帅这就去城南的东夹城。你速速去南门城楼上找王仁瞻，令他亲率精锐五千人，备足强弓箭弩，秘密赶到城南夹城的东城墙上听令。不得有误，违者军法从事。"

崔彦进一惊，答应道："是！"

说罢，崔彦进进了南城门，去找王仁瞻去了。

王全斌带着二十余骑，纵马往南门外的东夹城风驰电掣般赶去……

午后的太阳，一半隐藏在一团厚厚的灰色云团背后，另一半散发着灰黄色的光芒，像是从高空偷偷窥视着人间。阳光照在成都城南东夹城城头的垛口，墙砖反射着灰暗的光。

康延泽走上东夹城的城头的一侧，被垛口城墙砖反射出的耀眼的光刺了一下眼睛。待他睁开眼睛朝城楼细看时，不禁大大吃了一惊。

他看到，主帅王全斌、留着短胡须的副帅崔彦进以及留着三缕长须的都监、枢密副使王仁瞻都在城头上站着。他们都紧盯着城楼下，望着刚刚进入夹城城内的后蜀国士兵们。城头上，精兵林立，个个都手持强弓劲弩。

"今日发放钱物，节帅如此重兵防备，看来节帅是怕蜀兵发生变乱啊。"康延泽心中暗想，快步走近王全斌。但是，他扫了一眼城头，却未在城头看到将要发放的财物，心底不禁暗觉奇怪。

"节帅，南校场内蜀兵二万七千人全部带到！"康延泽抱拳作揖，向主帅王全斌禀报。

"很好！"王全斌转身看了看康延泽，微微点点头。

"节帅，非如此不可吗？"崔彦进神色紧张地问王全斌。

王全斌睁大了眼睛，不答。

待了片刻，王全斌冲崔彦进、王仁瞻看了看，厉声道："待本帅一声令下，让你们的人执行命令便是。"

这时，康延泽突然浑身打了冷战。便在这一瞬间，他突然明白了王全斌想要下什么样的命令。

"节帅，你莫非想要将下面的蜀兵全都杀了？"康延泽头冒冷汗，骇然问道。

"全贼随时可能进攻成都，这些蜀兵，心思难料，若是在城中与全贼里应外合，我辈恐死无葬身之地。今日本帅决定屠灭之，以绝后患。"王全斌冷着脸，斩钉截铁地说道。

康延泽往楼下望了望，但见蜀兵们此时大多是一副兴奋愉悦之情。他们正等着领受赏赐呢。只有少数一些人，眼中露出惊惶之色，正心神不定地在观望四周的情况。

康延泽心想："这两万七千蜀兵，可是我带入夹城的。他们早已经归降，如此杀之，实为不义啊！"他只觉心头大闷，被罪恶感、愧疚感压得有些喘不过气来。

"节帅，且慢，末将有一计，可免行此杀戮之举。"康延泽心机急转，大声说道。

"说吧！"王全斌冷然说道。

"这两万七千蜀兵中，老弱病残的大约有七千人，节帅可放他们各自归乡，这些人绝不至于产生什么危害。其余两万蜀兵，可由我军押送，顺江而下，发回中原，分派至各军中服役，如果江中遇贼兵来劫夺，再杀之也不晚也。"康延泽说道。

王全斌听了，沉默着往城楼下看了看，又朝崔彦进、王仁瞻两人看了看。崔彦进、王仁瞻两人皆沉默不语。

王全斌眼睛突然一瞪，大声喝道："形势危急，夜长梦多。崔彦进、王仁瞻听令，传令诸将士，待鼓声一起，便射杀城下蜀兵。全部射杀，一个不留！"

崔彦进、王仁瞻大声听令，各自传令去了。

康延泽知王全斌心意已决，多说无益，只能默然地看着城下的蜀兵，等待着悲惨一刻的来临。

不多时，崔彦进、王仁瞻传令完毕，回到了王全斌身旁。

"击鼓！"王全斌不再多言，大声喝令旁边的鼓手。

"咚！咚！咚咚！咚咚！"战鼓大声响了起来。

战鼓一响，城下的蜀兵们不禁大惊。但是，还没有等他们反应过来，城头已经箭如雨下。顿时，夹城中响起了咒骂声、狂呼声、惨叫声、哭泣声，所有的声音，混杂在一起，变成了一种异常恐怖的声音。

屠杀整整进行了半个时辰。几番箭弩攒射后，未亡者的呻吟声此起彼伏。渐渐地，呻吟声越来越少，越来越弱，最后，城下陷入了彻底的死寂。东夹城城内，两万七千蜀兵尽数被杀死。尸体横七竖八地堆积在地上，浸泡在浓稠的血水中。

参与此次屠杀的宋兵们，手持强弓劲弩，呆呆看着城下地狱一般的惨象，全都变了脸色。他们当中，某些人最初因为射杀敌人而产生了一些快感，此刻也渐渐被大规模惨象所引发的恐惧和罪恶感所震慑了。他们亲手造出了一个人间地狱，他们的心，怎能再如从前一样呢！

二

20

"宋帝已在开封城汴河边为孟氏一族兴建了宅邸。他们到开封后，宋帝必安排他们去那里居住。此次国主派使者前往汴京，你便跟着去。伺机潜入孟昶宅邸，依计行事。"南唐兵部尚书韩熙载盯着眼前站着的那个人沉声说道。

"是！"那人抱拳答道。

"万一被抓，你可记住如何做吗？"韩熙载眼光森然，静静地盯着那人问道。

"大人放心。万一被抓，小人便是无国无名无姓之人。我这条命是大人救的，断不会辜负大人。"那人语气坚定地说道。

"好！多加小心，老朽还是希望你平安回来。"韩熙载的语气温和下来，抬手拍了拍那人的肩膀。

"谢大人！"

"好吧，你去吧！"韩熙载说道。

四月癸丑，南唐主李煜派使者到了宋京城汴京。此次南唐使者受李煜之命前来汴京，一为修贡，二为祝贺宋平了后蜀。

这日一早，赵匡胤在崇元殿接见了南唐使者。南唐使者刚刚奏对完毕，枢密使李崇矩奏王全斌自成都上书。

李崇矩献上王全斌的奏疏，赵匡胤令人接了，拿到手中打开一看，原来是王全斌奏报斩杀全师雄贼兵近五万人，又报诸君平草寇有功，请将出征西川的感化、耀武等军改为禁军编制。赵匡胤本为全师雄起兵而担忧，闻王全斌大挫全师雄军，不禁心下大喜，当即对殿内文武大臣和南唐使者说道："王全斌在西川斩贼兵五万，大挫全贼，西川不日可靖。"又冲陶毅道："今诏改西川感化、耀武等军并为虎捷军。陶翰林，你即刻草拟，待宰相签署，明日速速发往成都。"

南唐使者听了这讯息，脸上现出欣喜之色，心底却不是滋味——因为宋平西蜀，实力直接扩张到西南，随后可以进一步压制南汉，更可自西南威胁南唐。

殿内文武百官听西川之乱将平，皆大为振奋，不少人按捺不住兴奋之情，交头接耳，窃窃私语。不过，百官当中，赵普却是似笑非笑，默默垂着眼皮。

赵匡胤见赵普神色奇怪，心下暗疑。待朝会结束后，赵匡胤将赵普一人传到了御书房。

"方才在殿上，朕下诏改西川感化、耀武等军为虎捷军。卿家神色奇怪，似乎有话引而未发。现在只朕一人，你说来便是。"

赵匡胤将方才王全斌的奏表放在书案上，从容坐到书案后面的椅子上，冲站在书案前的赵普说道。

"知普者，果然陛下也！"赵普微笑道，旋即却又是闭嘴不言。

赵匡胤道："掌书记又与朕卖什么关子？"

"臣请陛下先恕臣无罪！"

赵匡胤听了，皱了皱眉头，肃然道："好！朕赦你无罪。但说无妨。"

赵普向赵匡胤深深一拜，神色一凛，轻声道："臣得密报，王全斌在成都诱杀蜀兵降兵两万七千人。这些蜀兵，皆手无寸铁，内有老弱病残七千余人，被王全斌下令于成都夹城内一起屠尽。王全斌所报灭贼兵五万，内有冤死鬼两万七千也！陛下，节度专权，滥杀无辜，不可不防也！"

赵匡胤听赵普这么说，脸色大变，扶着椅子的两只手，不禁将椅子扶手牢牢攥紧了。他阴沉着脸，微微垂下头，沉默了一会儿，从椅子扶手上抬起两只手，使劲攥在一起，又使劲搓了两下，方才缓缓说道："消息可当真？发生如此大事，吕余庆与张玼等为何未向朝廷奏报此事？"

"消息确实无误，乃是臣遵照陛下之令，派出的亲信，从成都带回的消息。吕知州、张知州那边，可能都被王全斌瞒过了。"

赵匡胤不置可否地"嗯"了一声。

"陛下，要不要将王全斌召回京师处置？"

赵匡胤沉默片刻，说道："王全斌毕竟率军灭蜀有功。此时处置，恐引发西川大乱。西川全师雄之乱，王全斌有大责。面临危局，诱杀降兵，实属不该。不过，这笔血债，终须算在朕的头上。西川的大好河山啊！朕终不能无罪而有之啊！"

赵普听赵匡胤这般说，心神一凛，暗想："我欲借陛下之手，统一天下，以消除武人专权之局面，开创一个太平盛世。如今，王全斌血洗成都，陛下不避其罪，我这一双手，这般说来，又何尝不是沾满了世人的鲜血啊！武人用刀剑杀人，我赵普不过是以笔墨杀人罢了！不，不，还是有区别的。我赵普怎能与那帮武人一般见识。王全斌之类，今后不可不除！否则，天下终难太平。"赵普这般想着，不禁紧紧咬起了牙关。

这时，赵匡胤深深叹了口气，仰起头，往空中看了看，又低了头，冲赵普道："王全斌诱杀蜀兵降兵之事，暂且保密，不可扩散。王全斌之罪，待后再论。"

"是！陛下！"

"对了，那孟昶沿江来京，如今到哪里了？"

"前日得报，已到江陵。"

"传朕之令，多备些鞍马车乘，以备孟氏之族来京之用。京城为孟氏准备的官署宅邸，也该置好了吧？"

"是。陛下放心，臣已亲自督办此事，只待孟氏来京即可。"

"王全斌诱杀西蜀降兵之事，切不可让孟昶一族知道了。"

"是！"

"还有，朕此前听王承衍说，后蜀枢密使王昭远于青城山内暗筑所谓的'净垒'，私用酷刑，草菅人命，又暗中怂恿孟昶写蜡丸帛书，联络北汉，共击我朝。朕欲杀此人，掌书记以为如何？"

赵普抬眼观赵匡胤神色，但见他怒目圆睁，脸色微红，知其实已真动了杀念，当即略一沉思，说道："杀一贼臣酷吏易，收万里江山难。尚有万里江山待陛下去收，如何可因一人而坏统一之路。如果那王昭远不归降，陛下杀他便是。只是，如今他既已归降，陛下再杀之，以后南汉、南唐，那些一时事主之悍将干臣，谁还敢降？陛下，王昭远此人虽然可恨，还需留下他一命才是。陛下但诚其心，勿令为恶即可也。"

赵匡胤听赵普说完，脸色稍缓，微微点了点头，便将一只手掌按在书案上，轻轻拍了两下。旋即，他呆了一下，又用手掌横向里将书案抚摸了两下——就仿佛那书案上沾上了什么，如今他想要将它们尽数抹去。

"掌书记，你先退下吧。朕想一个人静一静。"赵匡胤微微皱起眉头说道。

赵普闻言，不敢多说，行礼之后，悄然退出。

赵匡胤待赵普退出御书房，方才缓缓拿起王全斌的奏表，再次看了起来。过了一会儿，他已将那奏表再次看完，阴沉着脸，"啪"一声，将那奏表重重甩在书案上。

随后几个晚上，赵匡胤再次被可怕的噩梦折磨，在这些噩梦里，他一次一次见到无数浑身是血的人，围在他的身边，发出"嗡嗡"的声音，像是在哭诉着什么，像是在祈求着什么，又像是在祈祷着什么。这些血人，向他伸出双手，张大了嘴；他想竭力听清他们在说什么，喊什么，但是，他什么也听不清；他想看清楚他们的眼睛，但是他看到的只有黑漆漆的可怕的眼洞，仿佛骷髅一般……

己酉，孟昶举族到了汴京近郊。赵匡胤令开封府尹赵光义带着人将孟氏一族迎接到玉津园，安排了酒宴好好犒劳了一番。

丙戌，赵匡胤令禁军诸军，挑出精锐两千余人，列阵于明德门前。

赵匡胤亲登明德门，准备接见孟氏一族。

卯时，御街之上，有一队人马，朝明德门渐渐走近。

赵匡胤在文武百官的陪同下，立在明德楼上。他远望那队人马缓缓走向明德门，忽然眼前有些恍惚，回想起当年在明德门上第一次接见南唐使者的情景。"转眼已经六年多了啊！时间真如白驹过隙，古人不予欺也。朕登基以来，平李筠、李重进之乱，又收荆南、湖南，如今，再收后蜀。可是，南汉、南唐、北汉、吴越等国依然割据，统一天下，何其之难啊！"这样的念头，盘旋在他心头，使他的脸上，难以现出一丝喜色。

在前往明德门的这队人马中，有后蜀皇帝孟昶、皇弟仁贽、太子元喆以及宰臣李昊等共三十三人。后蜀枢密使王昭远亦在队伍之中。这三十三人，皆白冠素服，一早从玉津园出发，乘马前往明德门。三十三人旁边，有十数名宋军骑兵，负责一路护卫。

那孟昶骑在马上，心中忐忑，近至明德门前，抬头望见明德门前列着四个禁军方阵，一时间心中大骇，差点跌下马来。

那四个禁军方阵人数虽然只有两千，但却是马步军中挑选出来的精锐，战士们个个虎背熊腰，高大威猛。骑兵们皆披重甲，执长枪，步兵们则个个身披光明甲，手执盾牌大刀。每个方阵前，都竖着一面主将大旗。主将旗悬在高大的榆木旗杆上，有的红底黑字，有的黑底黄字，甚是威严。

后蜀太子孟元喆骑在马上，但见宋禁军主将旗帜织造技术简单朴素，旗杆并无锦绣缠裹，回想起自己当日自成都出兵时以锦绣缠裹旗杆之举，不禁满脸绯红，羞愧难当。

赵匡胤站在明德楼上，见楼下马队渐渐靠近，便拿眼细看孟昶等人。但见那孟昶身材微胖，脸庞扁方，留着三缕短须，看上去甚是英俊。赵匡胤再看太子元喆，却见他与其父倒是颇为相像，不过身材倒是比其父更胖一些，即便是骑在马上，圆圆的肚腩，看去依然还是很明显。

这时，明德楼下诸队禁军步兵依令突然"砰砰"击盾，齐声大喝："嗬！嗬！嗬！嗬！"骑兵亦一起大喝，随着呼喝，振臂举枪。

两千人齐声大喝，声震天宇。

孟昶等人听到禁军喝声，都吓得勒马呆立，不知所措。

正当这时，禁军的呼声突然停了。

只见明德楼下禁军前站出一人，正是太常寺侍郎和岘。

和岘冲孟昶等人喝道："诸人下马，奉表待罪！"

孟昶一听，慌忙翻身下马。他身后的太子元喆和诸位后蜀重臣们也都慌忙下了马。负责护卫的宋兵也都下了马，着人将孟昶等人马匹都牵到了队伍两边。

孟昶等三十三人依照和岘的引导，伏地请罪。

旋即，孟昶从怀中掏出降表，高高举起过了头顶。

宋阁门使李廷宪从孟昶手中接过降表，送上了明德楼。

赵匡胤令通事舍人于楼下扶起孟昶，又令宰相赵普宣读赦免孟昶等人罪过的敕书。

敕书云：

　　取法上天，广覆下土，既叶混同之象，永垂临照之光。

方喜来朝，何劳俟罪。体兹眷待，无至兢忧。

在入京之前，孟昶看了赵匡胤之前赐的诏书，已大概知道不会降罪于己，但觐见赵匡胤之前，终是放心不下。此时，他于明德楼前见到宋帝赵匡胤，又听到了赵匡胤再次颁发的敕书赦免其罪，这才终于安下心来。

旋即，孟昶令宰相李昊捧出一册，呈献给赵匡胤。

赵匡胤打开一看，册中写着的原来是孟昶的贡献清单：金器八百两，玉腰带二条，银锭一万两。

赵匡胤看完献礼册子，微微一笑，合上册子，令人赐孟昶等人朝服、冠带。

随后，赵匡胤前往崇元殿，令孟昶等人换上宋朝朝服、冠带，到崇元殿觐见。

在崇元殿上，赵匡胤见了换上新衣冠的孟昶等人，肃然道："自今日起，卿等便是我大宋臣子，无须再忧虑耳。今朕赐卿家玉腰带一条，绢五千匹，钱三千贯文，金镀银棱瓷器四百事，银漆棱器千六百，素漆器五百事，锦绣被毡褥二副，宅院四百八十间。赐给卿家的宅院在利仁坊，就在汴河边上，四周景色甚美，卿家勿要有思乡之苦。"

孟昶站于丹墀之下，满脸愧色，只是谢恩不止。

赵匡胤待孟昶退下，拿眼光扫过诸位新归顺的文武官员，大声道："李昊可在？"

李昊听到，慌忙出列，说道："臣李昊在此。"

赵匡胤拿眼看那李昊，但见其满脸憔悴，白发苍苍，颧骨高突，双目炯炯有神，当下不禁暗起怜悯之心，说道："卿家《创筑羊马城记》一文，雄奇拔萃，立西川一国，崇中朝正统，也算是苦心孤诣啊。"

"微臣无能，苟且于世。愧对旧主，无颜面蜀。但求陛下悲悯，怀好生之德，存天下子民。"李昊跪地叩头道。

"上天覆土，无分此彼。卿家身在乱世，能忍一身之辱，屡全一国之民，天自知之。"赵匡胤温言道。

那李昊听了赵匡胤为其饰过之语，心下感激，一时哽咽难语，伏地不起，老泪纵横。

赵匡胤令通事舍人将李昊扶起，退入班列。

于是，赵匡胤依次接见后蜀归降诸位重臣。

待见到原后蜀枢密使王昭远时，赵匡胤厉声道："尔欺上罔下，私用酷刑，威言乱主，招惹兵殃，朕实欲置尔重罪。念上天有好生之德，且饶尔一命，今后好自为之！"

王昭远听了，吓得魂飞魄散，哆嗦着谢了恩，便慌忙退了下去。

待崇元殿觐见之礼完毕，赵匡胤率新旧臣子，一同再登明德楼，在明德楼上观赏了诸队禁军的演习。

演习之后，已近中午。赵匡胤于是在大明殿宴请孟昶及后蜀归顺的降臣等，席间又再次赏赐众人金银、鞍辔等物。

晚上，赵匡胤忽然心念一动，令人请赵光义、赵普、陶毂、窦仪、和岘、李昉等速速赶到内东门小殿共议要事。

赵匡胤在内侍李神祐的陪同下到达内东门小殿时，赵光义、赵普等人皆已在殿内聚齐。

"朕此时召集诸位卿家前来，乃是有一事想问问诸位。朕想明日在大明殿宴请孟昶及其族人。前代可有先例？"赵匡胤说话间，看向诸人的脸。

诸人听赵匡胤这般问，一时间都是面面相觑。

和岘往前一步，说道："陛下今日已在大明殿宴请孟昶及其降臣，礼数已尽。况大宴降国国君及其族人，前代并无先例，如陛下再宴其族人，恐为天下人所疑。"

"哦？天下人为何疑朕？"赵匡胤微微一愣，问道。

和岘犹豫了一下，微微挺起胸膛大声说道："所谓过犹不及，微臣恐天下人疑陛下大宴孟氏族人并非出于诚心，不过是故作姿态，笼络人心而已。"

赵匡胤听了和岘的话，顿感脸颊微微发热，暗想，我欲大宴孟昶族人，自然有向天下人展示我朝仁义之考虑，只是这诚心，我究竟是有是无呢？

和岘见皇帝一时沉默不语，当下亦不再说，往后退入班列。

赵匡胤沉吟了一会儿，看着陶穀，问道："陶翰林，你怎么看？"

陶穀站了出来，深深一拜，方才说道："启禀陛下，大宴降臣族人之事，以微臣所知，前代并无先例。不过，或许微臣孤陋寡闻，此类事情实有而臣未知也。以微臣陋见，陛下宴请孟昶及其族人，并无不可。"

这时，窦仪连连咳嗽了数声。赵匡胤转眼看窦仪，但见他神色憔悴，脸色苍白。

"卿家可是得了风寒？"赵匡胤关切地问窦仪。

窦仪鞠躬行礼，说道："前几日确是吹了风着了凉。不甚要紧，谢陛下垂问。"

"嗯，倒不能大意了，须找大夫好好看看。这大宴之事，卿家怎么看？"

"陛下，前代确无大宴降国国君族人之先例。不过，只要陛下诚心诚意，天下人即便有非议，又有何不可。先圣云，君子直道而行。陛下但只诚意行之，何须多虑。"窦仪说道。

赵光义、李昉听了窦仪的话，都点头表示赞同。和岘在一旁听窦仪如此说，也不禁为窦仪所说而折服，微微点了点头。

宰相赵普听窦仪这么说，却是面无表情，连眼皮也未动一下。

赵匡胤见赵普对窦仪的话并无反应，便问道："掌书记如何想？"

赵匡胤在重要场合，仍然常用"掌书记"来称呼赵普。这个称呼，对于赵普来说，仿佛已经成了一种特殊的荣誉，不时强调了他与皇帝非同一般的亲近关系。

赵普听赵匡胤问他，方才微微一笑说道："窦大人所说甚是。陛下英明远虑，臣等心服口服也。"

赵匡胤听赵普这么一说，哈哈笑道："便是你最会拍马屁！"说着，他看了一眼和岘，继续说道，"和岘，方才窦仪说话时，朕已见你微微点头，想来你也是被窦仪说服了。"

"是，陛下。微臣此前失虑了。"和岘微微鞠躬，从容说道。

赵匡胤听了，畅怀大笑："好！我大宋有诸位净臣，必能开太平盛世！既然如此，朕便下令于明晚在大明殿宴请孟昶及其族人。朕还要为孟昶等人封官加爵，以安抚其心，为我朝所用。对于如何封官加爵，尔等也一起议议。"

当下，赵匡胤与诸臣细议给孟昶等人封官加爵之事。

次日晚，赵匡胤按计划于大明殿宴请孟昶族人。

为了今天这个夜宴，赵匡胤特地做了一些安排。他令宗室多人参加了宴会，包括皇弟光义、光美、廷芳，长公主阿燕和驸马高怀德，皇子德昭，公主琼琼和瑶瑶等人。御侍秋棠、玉儿也被要求于夜宴上作陪。他还让李处耘的次女李雪菲及她的两位兄弟也参加了这晚的夜宴。此外，朝内一帮重臣亦受到邀请，参加了这个颇为特别的夜宴。

赵匡胤还特别安排了南唐派遣来贺平蜀的使者、回鹘派来贡献方物的使者也参加了这次夜宴。

孟昶带着母亲，慧妃——即花蕊夫人，弟弟仁赟、仁操、仁裕，太子元喆，次子元珏及数十位族人代表参加了夜宴。赵匡胤念及孟昶母亲年老体衰，专门派人前往，用步辇将她抬至大明殿。

当晚，大明殿内，主宾分坐。每张食案上，都摆满了酒肴。酒是官家酒坊酿造的。菜肴虽然丰富，却并无山珍海味，肉菜有砂锅葱椒炖羊肉、豉汁鸡、红烧肉、炒腰子、煎鹅排、石首鲤鱼等，蔬菜则是一般百姓家的家常蔬菜，另有葱油煎犁祁①、鱼肚儿羹、猪大骨羹等。

赵匡胤坐在殿中御椅上，见孟昶族人济济一堂，心中暗想："孟昶虽然失国，然家人尚能聚于一堂，亦算是一种福分。朕灭蜀国，死伤万千，如今能全孟氏一族，或可少许减轻杀戮之罪啊！"

欢宴之时，人多思故人。数杯烈酒，勾起了赵匡胤思念故人之心。望席间孟昶的老母亲，看着孟昶与其子女及嫔妃，母亲杜太后、皇后如月、柳莺姑娘等人的面容浮上了他的心头。"自陈桥兵变以来，短短数年，母亲、如月都离我而去了。柳莺姑娘为了救德昭，牺牲了自己的性命。我欠她们太多啊。若不能完成统一天下、开创太平盛世的宏愿，我如何对得起她们。是啊，便是在这短短数年间，为了这个宏愿，牺牲了多少战士、多少百姓的性命啊。如果不能完成这个宏愿，我又如何对得起天下苍生呢！"在这觥筹交错的夜宴上，这样的想法糅杂在他的内心。

孟昶的老母亲李氏自入席以来，一直面无喜色。她不时拿眼光扫视着殿内的一切。她观察着宝座上端坐的皇帝赵匡胤，观察着对面的宋朝的宗室成员和一干大臣，观察着大殿内的帷帐、内侍们，观察着眼前桌案上的酒菜。自入殿以来，她已经因大殿内以青色为主的帷帐而感到吃惊了。这些青色的帷帐，看起来就像战场上幕帐的用料。这个大殿的装饰，要比成都的宫殿朴素多了。她也在心底将食案上的酒菜与成都宫中日常酒菜做了一番比较。她发现，宋宫廷中的酒菜，虽然品种样数还算丰富，但却不是什么山珍海味，很

---

① 宋时四川人对豆腐的称呼。

多不过是百姓家的寻常菜肴。她看到这些时，便清楚地意识到，自己的儿子，自己的蜀国，是不可能战胜这样的对手的。然而，令她更感到意外的是，她发现，在面前那个胜利者——皇帝赵匡胤的脸上，并无骄矜之色，反而隐隐藏着一些她一时无法看透的情感。她十多岁便从太原远嫁成都，如今已经年过六旬，经历了世间很多风雨，她深信自己的一双眼睛，可以看透世间的人心。此刻，她细细地注视着赵匡胤的眼神，渐渐地，她终于看到了他眼底深藏的东西——那是一种深沉的哀伤与悲悯。

赵匡胤似乎注意到孟昶的老母亲李氏在细细观察他。他冲她微微笑了笑，端起一杯酒，从御椅上站了起来，缓缓走到李氏酒案前。

"国母，朕敬你一杯。"赵匡胤举起了酒杯。这一刻，他看着孟昶的母亲满头白发，不禁再次想起了母亲杜太后。

李氏听赵匡胤以"国母"相称，微微愣了一下，然后缓缓立起身，举起酒杯冷然道："老身戴罪之人，何敢当'国母'之称。"

赵匡胤亦不在意，仰头饮了杯中酒，说道："天下何人无母，只叹母多因儿而受累。"说到此处，母亲杜太后的样子在他的脑海中又是一闪。他停了一停，使劲平稳了心神，方才继续温言说道："国母且在京城安居，无用多虑。待有朝一日，朕自会送国母回故土。"

"故土？陛下要送老身回哪方故土？"李氏心头一颤，问道。

"朕可送国母回成都啊。"

李氏叹了口气，说道："老身本太原人。待老身百年之后，望陛下能送老身回太原。"她料想自己活着的时候，赵匡胤必不会放其归蜀，因此心下已断绝归成都之念，只望死后能够归葬故里。

赵匡胤有收北汉之心，听李氏话中包含着统一北汉的吉兆，不禁心喜，说道："国母有如此之心，朕收北汉之日，必送国母归太原。"

说完，他注视着李氏，看了一会儿，转身缓缓往宝座那边走了回去。

李氏愣在那里，她有些吃惊，有些困惑，又有些感动，心底便像打翻了一个五味瓶子，酸甜苦辣一时都涌了出来。因为就在方才那一刻，她在赵匡胤的眼中，看到了晶莹的泪光……

宴罢，赵匡胤下诏为孟昶封官加爵。

诏云：

> 伯禹导川，黑水本梁州之域；《河图》括象，岷山直井络之墟。是曰坤维，素为王土。属中原多故，四海群飞，遂剖裂于山河，竞僭窃于位号。朕削平宇县，载整皇纲，复周、汉之旧疆，宠绥群后；采唐、虞之大训，协和万邦。六年于兹，百揆时叙。礼乐征伐之柄，尽出朝廷；蛮夷山海之君，咸修职贡。一昨顺长庚而授律，法时雨以兴师，先申诞告之文，以慰徯来之众。

> 咨尔伪蜀主孟昶，克承余绪，保据一隅，擅正朔以自尊，历岁时而滋久。属王师致讨，察天道之恶盈，体此绥怀，思于效顺，尽率群吏，降于军门。抗手疏以陈诚，伏天阍而请命。是用昭示大信，尽涤疵瑕，度越彝章，升于崇秩。冠紫微之近署，以奉内朝；剪鹑首之奥区，为之封邑。率从异数，式洽殊私。尔宜钦承，往践厥位。可开府仪同三司、检校太师兼中书令、秦国公，给上镇节度使奉禄。余官除拜有差。[1]

对于后蜀的降臣，赵匡胤亦各有除拜：封李昊工部尚书，母守素工部侍郎，张元仿工部郎中，欧阳炯左散骑常侍，胡韫司天少监，郭徽膳部郎中，韩保升殿中监，高讽太府卿，尹文举驾部郎中，范禹偁鸿胪卿，刘皓少府少监，韩屿库部郎中，鲜于操祠部员外郎，赵元拱虞部员外郎，邱世隆比部员外郎，王昭远右千牛卫上将军，李进右千牛卫大将军，龙处塽左羽林卫大将军，袁可钧左屯卫大将军，高延昭左骁锐大将军，苏廷超清道率府率，李遵皓左监门率府率。又封孟昶弟孟仁赟右神武军统军，孟仁操左监门卫上将军，孟

---

① 《宋史》（《二十四史》缩印本）卷四百七十九《列传第二百三十八·世家二》，中华书局，1997。原文繁体，小说文中引用时转为简体。

仁裕右监门卫上将军，孟玄珏左千牛卫上将军。

三日后，孟府有人进宫来报，说孟昶得疾，卧床不起。赵匡胤得报，便派了太医前去看病。太医回来说，孟昶确实得了大病，不过应无大碍。

四天后的深夜，赵匡胤正将李昉召到内东门小殿内说"四书五经"，忽然侍卫来报宰相赵普有急事求见。

赵匡胤大奇，不知出了何事，急令传赵普进来。

赵普进了小殿，见李昉在，略一犹豫，说道："陛下，出大事了。"

"出何事了？"赵匡胤见赵普神色紧张，不禁心头一跳。

"孟昶死了。"

"什么？"赵匡胤瞪大了眼睛问。

"臣方才得报，孟昶在利仁坊宅院内病逝。"

"四日前，孟府来报，说孟昶得病，朕还派了太医去。那太医回来说，并无大碍，但何至于这么快便病逝了。"

"陛下，臣也觉得孟昶死得有些蹊跷。"

赵匡胤一惊，变了脸色，问道："要不要派仵作去看看？"

赵普稍稍定了定神，摇了摇头，说道："不可，若派仵作去检查，孟氏一族必哗然，天下之人必然议论纷纷。说不定，会说——会说——"

说到这里，赵普嗫嚅不言。

"会说什么？"赵匡胤感到喉头有些干涩。

"臣恐怕天下人会说是陛下派人毒杀了孟昶。"

赵匡胤听了这话，脸色大变，沉声道："杀孟昶对朕有何益！明白之人自然都知道，朕全孟氏一族，正是要向天下昭示我大宋的仁义。"

"天下舆论，常常并不辩真假，陛下岂能不知。"赵普道。

赵匡胤沉下脸，问道："既如此，卿家有何良策？"

赵普沉吟了一下，说道："不如权当孟昶是病逝的。"

"卿家的意思就不查了？"

"以臣之见，如果孟昶并非死于疾病，而是中毒而亡，那么很有可能是被某国的谍者下毒杀害。如今，天下各国依然割据，各国都有可能派谍者暗杀孟昶。杀了孟昶，再散发谣言，栽赃是陛下暗中毒杀降国之君，如此一来，便可断了他国国君归降我朝的念头，誓死与我朝为敌，其国也必可得以苟存。"

赵匡胤听了，沉默着点点头，说道："不是没有可能。那么，掌书记觉得哪一国嫌疑最大？"

"这便难以预料了。相对而言，辽、南唐、南汉这几个大国嫌疑更大，它们可用此计，绝小国国君归降之心，从而为己国保留屏藩。"

"掌书记分析得甚是有理，只是——如此局面，如何破除可能出现的谣言？"

"孟昶留有一份遗表，自称是因病难以再生。这倒是可用来对付谣言。"

说完，赵普从怀中摸出一卷纸，递给了赵匡胤。

赵匡胤打开一看，但见其文写道：

臣闻大数有限，万化无穷。历观今古以攸同，在贤愚而不免。将启手而归土，再沥恳而闻天。臣诚悲诚恋，顿首顿首。伏念臣缪承父业，窃据坤维，数千里之山河，四十年之统摄。虽有临深之惧，且无事大之规。是以远劳王师，恭行天讨。上思老母，下念生民，潜收拒辙之心，旋露授戈之请。伏惟皇帝陛下，纳污道广，来远恩宽，遐颁彩凤之书，遽释牵羊之罪。伏自远辞锦里，获觐瑶墀，帝泽天恩，曾无虚日；皇华驷骑，长是盈门。仍赐官勋，方图朝谢，不谓偶萦疾疹，遽觉沉微。伏蒙皇帝陛下，轸睿念以殊深，降国医而荐至。比冀稍闻瘳损，何期渐见弥留。将别圣朝，即归幽壤。绝拜章于双阙，一息虽存；命易箦于病躬，五神已耗。伏惟皇帝陛下，长新凤历，永霸鸿图。镇居四海之尊，永作兆民之庆。臣之老母，臣之遗孤，仰荷圣恩，夫复何忧。臣无任瞻天恋圣，涕泗悲哽，激切屏营之至。[①]

赵匡胤看了孟昶的遗表，心下沉重，疑道："如果孟昶是中毒而亡，他何以不自知？如果他真是中了毒，为何还会写下这样的一份遗表？"

"天下毒药，何其千种，有剧毒，有轻毒，有下毒速死的，有下毒慢死的。昔日韩敏信为报父仇，偷偷潜入宫中，给陛下下了慢性之毒。难道陛下忘了？"赵普说道。

赵匡胤听了，神色一凛，说道："掌书记是猜测孟昶可能中了慢性毒，而太医未察觉，而他亦不自知？"

"不，很可能是太医去看病之后，孟昶才中了毒。还有一种可能，是在太医去看望之后，他自己因亡国而羞愧难当，加之有病缠身，一时想不开，便自己服慢性毒药而亡。不过，孟昶被毒杀，是最有可能的情况。陛下破蜀后，他一味求生，不至于自己求死。"

"所以，掌书记才会认为，目前这种情况，权当孟昶病逝，是最好的办法。"

赵普听了，神色肃然地点了点头。

次日，孟昶之死公布于天下。赵匡胤下诏废朝五日，素服发哀于大明殿，又赐尚书令，追封楚王，谥恭孝，赙布帛千匹，葬事官给。

孟昶死时，年方四十七。

后数日，孟昶老母亲李氏亦卒。

赵匡胤得报，不胜悲哀，向有司问起李氏死前之事。有司告知：孟昶死后，李氏并未哭泣，而以酒酹地说："汝不能死社稷，贪生以至今日。吾所以忍死者，以汝在尔。今汝既死，吾何生焉！"此后便不进食，数日而卒。

赵匡胤听了，更是悲伤不已。

---

① 《全宋笔记》第一编第五册《锦里耆旧传》卷第八，大象出版社，2014年，第36页至第37页。原文繁体，小说文中引用时转为简体。

随后，赵匡胤令后蜀降臣鸿胪卿范禹偁护丧事，将李氏与孟昶都葬于洛阳，下诏发奉义甲士千人护送。

七月，赵匡胤令正衙备礼，册赠孟昶为尚书令，追封楚王，其文曰：

> 维乾德三年，岁次乙丑，七月己巳朔，越二十日戊子，皇帝若曰：咨尔故检校太师兼中书令、秦国公孟昶，册赠之典，所以彰世祚而纪勋伐；继绝之义，所以旌异域而表来庭。苟匪全功，宁兼二者。国家乘乾抚运，括地开图。稽至德于勋、华，体深仁于汤、禹。既定壶关之乱，复剪淮甸之凶，暨荆及衡，洗荡逋秽。以为君人之道，先德而后刑；王者之师，有征而无战。兵威震叠，寰宇来同。以至薄伐两川，徂征三峡。

> 惟尔昶袭乃堂构，据有巴庸，而能祗畏皇灵，保全宗绪，知几识变，委顺图全。驰子年魏阙之心，奉伯禹涂山之会。朕自闻献款，良切虚怀。舟车欣至止之初，邸第锡非常之制。封崇异数，祈保永年。景命不融，奄然殂谢。

> 于戏！尔有及亲之孝，特异常伦；尔有达上之情，所期终养。何高穹之不祐，与幽壤之同归。斯朕所以当宁兴悲，彻县永叹。询于史氏，申命礼官，今遣使起复云麾将军、检校太傅、右神武统军兼御史大夫、上柱国、平昌县开国伯、食邑七百户孟仁赟持节，册赠尔为尚书令，仍追封楚王。

> 于戏！式备哀荣，载光简牒。南宫峻秩，全楚大邦，并示追崇，敻超葬制。始终之分，朕无愧焉。[1]

随后，赵匡胤又赠孟昶坟庄一区，给守坟人米千石，钱五万，赠以"恭孝"之谥号。

卷
一

---

[1]《十国春秋》卷第四十九《后蜀二·本纪》，吴任臣，中华书局，2010年，第740页，第741页。原文繁体，小说文中引用时转为简体。

三

南汉皇宫的后苑刚刚扩建完成。在扩建的区域，有一个巨大的凹入地面的圆柱形大坑。大坑深达三丈。在这个大坑的坑壁上，东西各有一个两丈宽、两丈多高的铁栅栏门。铁栅栏的铁条很密，铁条因为风雨的侵蚀，已经锈迹斑斑。在铁栅栏门的背后，是一个通道，黑魆魆的不知通往何处。大坑底部，挖了一圈凹槽，凹槽在东、西、南、北、东南、西南、西北、东北八个位置又朝坑壁开口，坑壁底部，各有八个小洞。这个大坑底部的凹槽，显然是排水设计的一部分。

在这个大坑的旁边，南北各搭有一个凉棚。凉棚下面，是用竹子搭成的三层看台。北面的凉棚的中间，在三层竹子看台的正中，摆着几张檀木榻子。中间那张巨大的檀木榻子背后，树立着一张巨大的檀木屏风。屏风制作甚是精美，正面雕刻着山河、飞龙与太阳月亮。

这日，将近卯时。七月的太阳，将强烈的阳光投射下来。大坑北面看台上，年轻的南汉主刘𬭁披着一件明黄色的薄丝袍，懒洋洋地靠在檀木榻子上。薄丝袍在他的胸口敞开了一半，露出了年轻人才有的光滑厚实的胸膛。因为天热，他那厚实的胸膛上，已经渗出了粒粒汗珠。他的身旁，一左一右，各倚靠着一名美貌女子。左边那位，是他最为宠爱的李贵妃，右边那位，是李贵妃的妹妹李美人。李美人与其姊一起受到他的宠爱。在他左边的那张榻子上，坐着一个鼻梁高挺、肤色棕黑的金发美女。此女正是他宠爱的波斯女——"媚猪"——这个名字，是他亲自为她取的，当然也只有他一人敢如此称呼她。这个波斯女子，自称汉文姓为"李"，因此，宫内的其他人，当着他的面，皆称该女为"李夫人"。在他右边的那张榻子上，此时端坐着一个穿着紫色道袍、头戴远游冠的女道士。这女道士年纪看上去三十五六岁,有胡人血统,瓜子脸,肤色奇白,生了一双丹凤眼,眉毛很淡,鼻梁高挺,看上去虽然不男不女,却有一种诡异的美。这女道士自称"樊胡子",因这个名字,李贵妃、李美人在他面前便戏称该女道士为"樊大胡子"。这樊女道习有幻术,且颇有些谋略,因此深得他的喜爱,被他奉为国师。他和诸女的背后,立着几个深受他器重的官员——他们当中,有几个是宦官。这几个官员,与宦官和宫女们混站在一起,此时正神色各异地盯着面前的大坑。那些宦官和宫女们,则手持着团扇,忙着为他和诸女扇着凉风。

大坑南面的三层普通竹子看台上,此时也坐满了人,其中有些人是刘铢的嫔妃,大多数则是官宦和宫女。

"准备得怎样了?"刘铢冲看台左侧的一名手持几面小令旗的披甲武士喝问道。这名武士旁边,还有几个披甲的军校。在这些披甲的旁边,摆着一个兵器架子,架子上放着刀枪剑戟等各种兵器。

"启禀陛下,已到卯时,请陛下示下!"那披甲武士冲下面大坑东侧的那个铁栅栏门看了看。

"开始吧。"

"是。陛下有令。开始!"那披甲武士说着,右手高高举起了一面小红旗,口中大喝道,"开东门!"

大坑东面坑壁上那扇铁栅栏门"喀啦啦"一声打开了一条小缝。

一个上身赤裸的壮汉被人从那个门缝中推了出来。

这个壮汉一脸惊恐,茫然地看着大坑两边看台上的看客。

大坑旁边的披甲武士喝道:"你可知罪?"

那壮汉听了,"扑通"一下子跪倒在地,口中道:"官爷明察,小人实在是无罪啊。"

"还敢狡辩!在你的行囊中,发现铅钱两百文。朝廷明令,铅钱不得带出城,违者死罪!"

那壮汉听了,哭泣道:"这是有人栽赃小人,小人实不知啊!"

"抓获现行,休要抵赖!今日陛下开恩,给你一个活命的机会!只要你今日能杀了对手,便赦你无罪!"披甲武士喝道。

"陛下饶命,陛下饶命,小人冤枉啊!"那壮汉跪倒在地,朝着黄土地"扑扑"地不停地磕起头来。

披甲武士冷笑着道:"快,从这架子上挑一件兵器吧!"

那壮汉的额头转眼便磕破了,血浆粘着黄土,变得血肉模糊。尽管如此,他还是疯狂地磕着头。过了许久,他终于明白,求饶已经没用了,只得慢慢地站起身来。

"我要长枪!"那壮汉突然冲披甲武士大吼一声。

南汉主刘铢此时突然哈哈大笑起来,口中道:"好!给他一支长枪。"

"是!"

那披甲武士答了一声,从身旁兵器架子上取了一支长枪,"呼"一声抛入大坑内。

那壮汉立起身,从地上捡起了长枪,睁大了眼睛,死死盯着西边的铁栅栏门,神色变得越来越恐惧。

大坑上面的那个披甲武士此时左手慢慢举起了一面绿旗,口中大喝道:"开西门!"

大坑西面坑壁上那扇铁栅栏门"咔啦啦"一声,打开了。

没有人从那门中出来。

众人正惊奇之际,只听得一声巨吼从那铁栅栏门内传来,顿时都变了脸色。刘铢听到那吼声,也不禁瞪大了眼睛,身子也从卧榻上直了起来,全身的肌肉也在一瞬间绷紧了。他身旁的诸女,个个都瞪大了眼睛,露出惊恐的神色。

那吼声,不是人的吼声,而是动物发出的。

正当众人惊恐之际,只见一道深黄色的影子一闪,一只猛虎已经奔入了大坑。

那猛虎身躯巨大,瞪着两只铜铃般的眼睛,环视了四周。它很快发现了猎物。

那壮汉见了猛虎,吓得浑身哆嗦,下意识地往后退去。

但是,大坑两侧的铁栅栏门此刻都已经关上。那壮汉无处可躲。

这时,看台上的刘铢指着那猛虎,冲李贵妃道:"贵妃,你瞧瞧,朕的虎儿可威风?"那李贵妃此时却用双手掩着面,并不敢去看场内的情景。

猛虎显然已经被饿了多时。它瞪着眼，将自己的猎物观察了片刻，便对猎物发起了进攻。

它朝那壮汉直直飞奔了过去。看台上发出了一阵惊呼声。伴随着惊呼声，有不少人大喊："咬死他！咬死他！"

那壮汉见猛虎奔来，慌忙往旁边闪去，手中长枪斜刺里往猛虎扎去。猛虎见长枪扎来，往旁边一闪，冲了过去。

看台上，有人大声喝彩，也有人发出遗憾的叹息声——这是因为猛虎没有咬死那壮汉而发出的叹息。

猛虎冲到了大坑坑壁边，"呼哧呼哧"喘着气，一对眼睛死死盯着猎物，似乎在思索下一步的进攻办法。

过了片刻，猛虎仿佛拿定了主意，慢慢往前踱了几步。

壮汉见猛虎又朝向了自己，便将长枪冲前，只待猛虎扑来。

但是，猛虎并没有马上往壮汉直直奔去。这次，它绕着壮汉缓缓转起圈子来。

壮汉无奈，只得跟着那猛虎转圈子，不敢稍稍让猛虎离开自己的视线。

那猛虎慢慢踱转了一圈后，突然加快了奔跑的速度。

壮汉慌了神，眼光也开始散漫了。他慢慢向大坑的南边退去，一直退到坑壁附近。

猛虎似乎识破了壮汉的防御策略。它逼近了壮汉，然后在一丈之外又飞速绕着壮汉跑了半圈，忽然头一拧，改变了方向，飞速向壮汉扑去。

壮汉也飞速转动身体，想用长枪去刺猛虎，但是他的动作慢了一步。猛虎一瞬间便将他扑倒在地，一口咬住他的脖子撕咬起来。

壮汉惨叫了几声，狠命地挣扎了几下，便断了气。

猛虎却并不罢休，开始撕扯着、嚼食着壮汉的尸体。

看台上的刘铱见猛虎赢了那壮汉，疯狂地大笑不止。他的旁边，诸女吓得花容失色。一帮宦官有的吓得浑身哆嗦，有的也像刘铱那样着了魔似的大笑起来。

过了一会儿，猛虎已经将那壮汉的尸体吃了大半。鲜血一直流入坑边的水槽，顺着水槽慢慢流动着。猛虎的四周，一片血肉模糊，惨不忍睹。

刘铱哈哈大笑地看着猛虎食人，过了片刻，见猛虎吃饱了，方才冲大坑内大喝道："好，好！把朕的虎儿收回去！"

那披甲武士旁边，一个军校听到刘铱的命令，便敲了一声铜锣。

铜锣声一响，大坑西边铁栅栏的门又开了。几个驯虎师手中拿着棍棒套具，将猛虎套住，很快回到铁栅栏门内。铁栅栏门随后又"咔啦啦"合上了。

过了片刻，刘铱喝道："好！那就开始下一个表演吧。"

"陛下又要用什么节目吓人啊？"李美人在刘铱旁边娇嗔道。

刘铱哈哈大笑道："下面的表演，叫作'八士抵象'。"

"什么是'八士抵象'？"李美人的姊姊李贵妃问道。

"就是让八个人与一头大象对阵。"刘铱说道。他下意识地抿了一下嘴，舌头微微探出口舔了一下上嘴唇。空气中有一股血腥味。他仿佛受到了刺激，忽然又纵声笑了起来。

李贵妃、李美人听了，都不禁吓得惊呼了一声。看到二女被吓的样子，刘铱似乎觉得有趣，又是放声疯狂大笑起来。

正在这时，看台旁边跑来一宦官。

那官宦跑到刘铱的檀木榻前，凑到刘铱的耳边道："陛下，内太师请陛下速去便殿，有要事禀报。内太师请樊国师陪陛下一同前去。"

那宦官口中所称"内太师"，乃是宦官龚澄枢。

刘铱此时已将国事多托付给了内太师龚澄枢。女道士樊国师——"樊胡子"则是龚澄枢引荐给刘铱的。"樊胡子"自称，她有通神之力，可以使玉皇大帝附体。她又说刘铱为玉皇大帝的儿子，可用"太子皇帝"来称呼刘铱。刘铱自以玉皇大帝之子而喜，因此重用樊道士，奉为国师。这样一来倒好，龚澄枢与樊胡子有了这位玉皇大帝之子的信任，便迅速相互勾结，左右了南汉朝政。

"真是扫兴！好吧，今日就到这里吧！"刘铱听说是内太师请他去，悻悻然冲旁边那位掌令旗的披甲武士喊了一声，旋即从檀木榻上下来，招呼了女道士樊胡子陪着自己，往皇宫的便殿赶去。

刘钦进了便殿，抬头一看，见内太师龚澄枢正立在大殿的中央，正好挡住了前往宝座的路。龚澄枢的旁边，还站了两个小太监。

那龚澄枢待刘钦走近，还是站在原地未动。

"启禀陛下，臣有要事禀报。"

刘钦停住了脚步，笑道："有何事，内太师说来无妨。"

龚澄枢冲樊胡子点点头，方才缓缓往旁边走了一步，说道："老臣刚刚得到一封匿名书。有人匿名举报招讨使邵廷娟在洮口招揽亡叛，意图谋反。"

"邵廷娟？不，不可能。"刘钦呵呵笑道。

"陛下，邵廷娟自去年九月屯兵洮口，未经朝廷允许，私自招募亡叛，收买将士人心，不可不防啊！"龚澄枢皱起眉头，眯着眼睛，尖声说道。

"匿名书呢？"刘钦问道。

龚澄枢窸窸窣窣地从怀中掏出一卷纸，递给了刘钦。

刘钦迟疑了一下，接过那卷纸，缓缓打开，看了起来。

读罢那份匿名书，刘钦微微变了脸色，看着龚澄枢，说道："以内太师之见，如何是好？"

龚澄枢见刘钦阅书后意有所动，摸了摸光溜溜的下巴，眼内闪着寒光说道："当年邵廷娟为禹余宫使之时，便目无君主，喜抗上违言，如今手握重兵，身居要地，既有反意，陛下岂能姑息之。"

这时，龚澄枢冲樊胡子使了个眼色，说道："樊国师，你看，此事当如何处理？"

樊胡子会意，对刘钦说道："陛下，且待我请玉皇大帝下凡，助陛下定夺。"

"如此甚好。"

"那便请陛下与内太师随我前往神坛。"樊胡子说道，说着便自往殿门口走去。

刘钦、龚澄枢随即跟着女道士樊胡子出殿往神坛行去。

神坛是刘铱专门为女道士樊胡子修筑的，就建在正殿的正南方。整座神坛，都为汉白玉所铸造，高三丈，四面呈梯形，东南西北四面各修了八十一个台阶通往坛顶。坛顶有两丈见方，上面修了一个八角亭，亭内挂满了黄色经幡。经幡上，是樊胡子亲自书写的神符与神咒。神坛四周，都由金吾卫守卫。

刘铱、龚澄枢随着女道士樊胡子自南面爬了八十一个台阶，登上神坛，都累得气喘吁吁。

那樊胡子在神坛中站定，令刘铱、龚澄枢立于正南观其作法。

突然，樊胡子高高举起了两臂，仰头大呼："请玉皇大帝！"喊完这声，她口中念念有词。

不一刻，樊胡子两眼一翻，露出白眼球，身子突然剧烈地颤抖起来。过了片刻，樊胡子停止了颤抖，翻身倒地，仿佛晕死过去。

刘铱已经不止一次观樊胡子作法，因此已经不感到吃惊。他知道这位国师很快便会醒来，然后把玉皇大帝的决断告诉他这个"太子皇帝"。

果然，不到半炷香的工夫，那樊胡子幽幽醒来，缓缓立起身子。

"国师，玉皇大帝如何说？"

樊胡子眉毛动了动，说道："玉帝说，陛下应该当机立断，趁邵廷琄羽翼未成，派使者鸩杀之。"

龚澄枢听樊胡子这么说，跟着说道："陛下，玉帝都这般说，就不要再犹豫了。"

刘铱皱了一下眉头，伸手抓了抓腮帮，摸了摸下巴，说道："好！就这么办吧！"

数日后，刘铱派出的使者带着毒酒到了泷口。邵廷琄饮鸩而亡。邵廷琄麾下诸将士平日受他恩惠实多，知他是被陷害而死，私下在泷口为其立祠以祀之。

时南汉士军兵马使李廷琪闻招讨使邵廷琄在泷口被赐死，仰天长叹不已。仆人问其如何悲叹，李廷琪只是摇头不语。

不久，又发生一奇事。有一块浮土，上有稻田，自大海中飘至番禺鱼藻门外，当地百姓好奇不已，纷纷前往观看。其中，有一人名叫林楚材，见了那飘来的稻田，叹道："水鱼湫湫兮！"之后，此人告别乡人，不知所踪。其时，人皆不知其叹何意也。

四

"刘铢鸩杀邵廷琄，这是自坏长城啊！"赵匡胤沉着脸，冲赵普、李崇矩等人说道。

"陛下，不如乘机发兵，一举灭了南汉。"枢密使李崇矩大声说道。

赵普听了，说道："不可，我朝方征蜀地，为济大军，于各州县大力征粮，百姓尚须休养生息。若立刻发兵南汉，必增百姓赋税不可，如此一来，必令民怨四起。况且，如今全师雄之乱未平，王全斌、刘光义两路大军都受全师雄牵制。北汉、大辽于北面又虎视眈眈。北汉不时入侵我境内，李继勋、折德勋、何继筠、罗彦环等军皆不得不疲于应付。当下之局面，决不可贸然发兵南汉。当务之急——"

赵普说到这里，看了赵匡胤一眼，便不再往下说了。

赵匡胤听赵普这么说，垂下了眼皮不言语。他在心底，实想早日发兵南汉，但听了赵普的说法，心中亦知赵普所言非虚。

沉默了片刻，赵匡胤抬起眼皮，问赵普道："卿家且往下说，当务之急是什么？"

赵普于是继续说道："自大兵西征之后，京城禁旅大缺。当务之急，乃是速速加强京城禁旅。若不如此，外强中干，恐再生五代之乱也！"

赵匡胤听了这话，当即心头一震，说道："掌书记有何策可从速加强禁军？"

赵普见赵匡胤对自己的话题兴趣大增，微微一笑，从容道："臣确有一策。"

"快快说来!"赵匡胤催促道。他心中绝不想五代之乱再现,因此,赵普提出的强大禁旅的建议正中其下怀。

"臣以为,可令天下长吏挑选本州兵中骁勇者,籍其名,速送至京师,以补齐禁旅之缺。"

赵匡胤听了,微微点头,旋即又摇摇头,说道:"从各州兵中选骁勇者入籍送京师,倒是快速强大禁旅的好主意。只是,如此一来,各州兵马自此虚弱,边疆有事,全需禁旅长途跋涉,却不利于作战,此兵法大忌也。"

赵普笑道:"陛下,臣的话尚未说完,此计策还有一半。"

"哦?快说来。"

赵普又微微一笑,接着道:"待京师禁军齐备,再从京师其中,选出强兵壮卒,定为兵样,分送各道,令各道依照兵样,招募新兵,强加训练。陛下更可令禁旅教官制定大小木梃之样,以为新兵教具,分送各道,令各道勤加训练。训练之后,再选出强兵壮卒,继续送至京师。如此这般,京师禁军既强,各道之兵亦不弱也!"

赵匡胤听了赵普这番话,心中大喜,道:"此计果然甚为周全,只要各道依策落实,则我大宋京城与诸道,皆可日强。干直枝挺,天下可定也。"

随后,在赵普等人的建议下,赵匡胤又决定诏令后蜀主要将官的妻子一同前往京师,由朝廷安排舟楫,沿途各州县负责供食,有父母的还另赐给铜钱五千。对于峡、川一路在大战中死亡的将士,又令王全斌设法抚恤其家。

八月底时,南汉宦官莫少璘等七人潜行数千里,到开封城归降,控诉南汉主在龚澄枢、女巫樊胡子的指使下,大兴刀割烹煮的酷刑。

赵匡胤听了莫少璘等人的控诉之辞,勃然大怒,再起讨伐南汉之心,沉思再三,想起赵普前些日子的一番劝谏,终于还是将怒火强压了下去。

九月己巳一大早,赵匡胤于讲武殿前,检阅诸道依令送至京城的强壮兵卒近万人。他令侍卫步军司事、保宁留后王继勋会同侍卫马军司一同对这些兵卒进行操练。随后，这近万人编成马兵与步兵，马兵赐番号为"骁雄"，步军赐番号为"雄武"，一并归了侍卫司统辖。王继勋受命统辖雄武军。

检阅完毕，赵匡胤忽然想起一事，便将王继勋叫到跟前，说道："朕看这骁雄、雄武军中，多为各道新募之兵，其中不少人并无妻室。他们当中，如果有愿意娶妻的，又有愿意婚嫁之女，尔传朕令，无须备聘礼，但备酒肉即可也。"

王继勋听皇帝这么说，心中欢喜，说道："陛下英明，这些新兵一旦娶了妻室，定然会以京城为家，决意捍卫京城。末将知道如何做，定然办得妥妥的。请陛下放心！"

赵匡胤见王继勋明了己意，微微笑着点点头。他此刻又想起了已经去世的王继勋的姊姊——皇后如月，不觉伤感，便与王继勋又聊了几句家常，方才令其带兵回营。

待骁雄、雄武军离去，赵匡胤便匆匆前往崇元殿。中书门下、枢密院、三司及台、省、寺、监、开封府的要臣们已经受命在崇元殿等候多时。为了阅兵，赵匡胤已于昨日下令推迟今日早朝时间。宋初之时，朝廷规制未全部定型，朝会之期，也常由皇帝之令而变更，故今日朝会推迟，群臣亦不觉意外。

朝会开始后，赵匡胤即问宰相赵普："前些日子，令重铸中书门下、枢密院、三司及台、省、寺、监、开封府尹的官印，可都铸造好了？"

赵普答道："启禀陛下，新印已经铸就，现已令铸匠备好，就在殿外等候，只待陛下一观。"

赵匡胤大喜，即令传殿外铸匠将印带入殿内。

几名铸匠捧着大红漆面木印匣子步入殿内。

自有侍者搬来条案，放在殿中。铸匠们将印匣子置于条案上，打开印匣子，只待皇帝前来观看。

赵匡胤离了宝座，从丹墀走下来，行至条案前，细细察看那些新铸的官印。这些新铸的官印，有的是金印，有的是铜印，形制上都比后周的官印大了一些，铸造的精细程度也远远超过前代。

赵匡胤看了新铸的官印，颇为满意。他从匣子中取出了开封府尹的金印，拿在手中，细细端详了片刻，抬头对殿内诸臣说道："我大宋开国数载，朕三令五申，为官要清正，可是依然有人目无王法，明知故犯。是法不够密吗？是法不够严吗？朕就奇怪了，为何这渎职滥权、贪赃枉法之事，屡禁不止呢！便拿这月来说，权判三司赵枇坐军粮损坏，失于检视。朝廷夺其一季俸禄，这算是轻的。再有，侍御史苏善隣在陈州贪赃枉法，庚寅那日，朕罢其官职，除其官籍，将其流放沙门岛。诸卿家，你们以为朕心里好受吧！朕没有想到，没过几日，大理寺又查出一案来。"

赵匡胤话说到这里，睁大了眼睛，扫视殿内诸臣，继续说道："太子中舍王沼可在？"

诸臣一听，无不变了脸色。

班列中，太子中舍王沼已经吓得面色惨白。他哆嗦着慢慢挪步走出了班列。

"王沼，你权知西县时，可曾贪赃枉杀无辜之人？"赵匡胤沉声喝问。

王沼听赵匡胤这样问，双腿一软，便跪倒在地，磕头哭道："陛下饶命，陛下饶命！"

"饶命？看来，你尚知我大宋律法啊！"赵匡胤怒喝道。

王沼此时不敢抬头，只是哭泣求饶。

赵匡胤叹了口气，喝道："来人，将他带下去，且押大理寺地牢，等候处置。"

殿内侍卫得令，将王沼从殿内架了出去，自有大理寺的人将王沼接管，往大理寺去了。

待王沼被带出殿后，赵匡胤将手中的金印慢慢举起，眼光扫视殿内诸臣，缓缓说道："诸位卿家，这些印，有金有铜，有大有小，正如诸卿家手中的权力，有大有小，正如诸卿家所管之事，有重有轻。朕只望各卿家记住，不论各位权力大小，所管之事为何，但是，都一样背负着天下百姓的重托。望诸卿家用好各自手中的印签，勿要轻用、乱用，决不可辜负了天下百姓的一片厚望啊！"

接下去的朝会，在一片沉重的气氛中进行。殿内诸臣，各怀心事。

方才赵匡胤说话时，赵光义距离赵匡胤不过三步。虽然与赵匡胤之间隔了张条案，但他却清清楚楚看清了皇兄手中举着的正是开封府尹的金印。"皇兄有意拿着此枚金印，是想借机警告我吗？还是皇兄本是无意，只不过随手拿起了开封府尹的金印。莫非，皇兄因夏莲和张琼之死，而怀疑我了？！"他这般想着，手心里不禁冒出汗来。

又议了几件事，小黄门忽然来报，说是王承衍自金陵返京求见，一同来京的还有南唐使者。

赵匡胤急令王承衍与南唐使者进殿。

原来，这次南唐使者前来，乃是要来呈报一个噩耗：李煜的母亲——南唐光穆圣章后钟太后病殂了。

此前赵匡胤用计迫南唐皇帝李景迁都南昌府，李景随后病逝于南都南昌府。赵匡胤与李景乃同辈之人，此时听闻噩耗，想起李景已逝，如今钟太后亦病殂，不禁顿生伤时之感。

当下，赵匡胤对南唐使者说了一些慰问之话，又令染院副使李光嗣过几日随同南唐使者一同返回，前往金陵吊祭。

退朝后，赵匡胤带着王承衍到御书房细谈，了解南唐的近况。

在先聊了几句家常后，赵匡胤开始切入了正题。

"南唐近来国用可丰？"

"江南有山泽之利，加之李景在位时，积累甚多，故至今国用甚丰。不过——"

"不过什么？"

"不过，依臣看，近来南唐宫内颇有不少乱象。便拿钟太后逝世之事说吧，按礼应给一批卫士赐服，李煜问负责掌内廷宫事的刘承勋，仅得布匹少许，远不够制作赐服所需。原来，刘承勋私下经常盗卖内廷中的布帛，早将储存的布帛盗用殆尽。紧急之际，李煜竟然无法于内廷中拿出足够的布匹来制作服装。有意思的是，数日后，外府德昌宫因大雨屋坏，一墙倾颓。众人前去一看，但见屋内布帛堆积几至屋顶。李煜慌忙令人细查德昌宫，竟然发现其中四十间屋子多时紧锁不用，里面尽是布帛，足足有万匹之多。这些布帛，竟然还是烈祖时留下的，只因宫中管事渎职，簿籍淆乱，以致如此。南唐宫的乱象，于此可见一斑也。"

"这么说来，南唐国力尚厚啊，只要有能臣，亦不可小觑也！那韩熙载近来有何作为？"

"韩熙载自任兵部尚书后，力抓战备，调兵遣将，于各地修缮城墙要塞。眼下，他重用节度使林仁肇，与其走得很近。"

"这韩熙载名不虚传，还得小心对付。"

"四个月前，南唐司空、平章事严续被李煜调任润州节度使。如今，李煜将政事重托于枢密院，宰相形同虚设。不过，门下侍郎、枢密使陈乔懦弱无能，南唐朝内，吏多潜结权幸，陈乔畏惧，多不能制。"

"李煜是否可能任用韩熙载为相呢？若韩熙载为相，南唐恐成为我朝劲敌也！"

"依臣之见，李煜虽知韩熙载有大才，但却暂时无用韩熙载为相之意。而且，南唐朝内有不少大臣，嫉韩熙载之才，阳奉阴违，韩熙载在朝内办事实为不易。"

"嗯，李煜是嫉韩熙载才高，且在民间富有人望，担心其功高盖主也。"

赵匡胤说了这话，坐在椅子上，微微垂下头，沉默不语。

王承衍见赵匡胤面无喜色，眉头紧锁，莫测其心境，当下亦不语，垂首候立。有那么一刻，他心想："我眼前的这个人啊，他是否将几乎所有的心神都专注于开疆拓土上了呢？他抱着如此坚定的信念，想要开创一个太平盛世。短短几年来，为了这个宏愿，潞州、泽州、淮南、荆南、湖南、两川，成千上万的将士死于非命，成千上万的百姓流离失所。如果真能天下统一，开创盛世，他也许会想，所有那些牺牲，或许还值得。可是如果失败了呢？可是，如果失败了——他有没有想到失败的可能呢？南汉、南唐、北汉，或许都不甘于归顺，或许都会选择战争。那么，他不就是那个将天下带入战争的罪人吗？这世间的每一个人，都多么努力地活着啊。可是，有那么多人，他们的命运，被像他这样的人所左右，他们其实并无选择的可能。他们便像虫豸一般卑微地活着，像虫豸一般被人踩死，甚至直到死去的那天，也许也从来没有被他人看重过。多么可怕的事实啊！为了那个未来的太平盛世，我可以义无反顾，可是一定还有许许多多人懵懵懂懂地卷入其中。他难道在心里便不知道吗！究竟什么是正义？难道日后南唐人为南唐誓死而战，那便不是正义吗？是的，他曾经为我描述过盛世的图景，那又是赵普为他描绘的。不，也许，只不过是他想借着赵普的口说出来的。他如此地坚信，如此地坚信要创造那盛世，必须做出牺牲。是的，我依然记得那段话。我怎么可能忘记呢！是的，他就是这样说的——总有一天，当天下太平，我们的王朝，将会涌现出许多伟大的诗人、文学家，他们将会写出最美的诗篇，他们将会写出最动人的文章，他们会描绘我们这个时代的百姓们的生活，他们会记录我们曾经吃什么、穿什么、用什么、因什么而快乐、为什么而悲伤，他们将会将我们这个王朝的繁荣与和平画成长长的画卷，谱成让后世传唱的动人之曲。后世的人们，将会赞叹我们城市的灯火，回味摆上我们餐桌的佳肴美酒，向往我们曾经经历过的和平与繁荣。只是——只是，如今的金陵，我所见到的南唐金陵，不是也有那么多诗人，也有那么多美酒佳肴，不是也有那么多美景，不是也有千万百姓其乐融融地活着吗？这些会与未来的盛世有所区别吗？难道，那时便能消除战乱之源吗？难道他便想不到这些吗？不，不，不会。他一定想到了。在这种简单的、明晰的宏愿背后，必然还有更加强大隐秘的力量支撑他去追求这一宏愿。那是什么呢？那究竟是什么呢？"他痴痴地想着，试图从思想的混乱中理出头绪，找到答案，但是他越使劲地思索，便越被更多的问题所困惑。

过了一会儿，赵匡胤抬头道："这南唐气数，只在韩熙载、林仁肇等人身上。不过，现在看来，南唐气数未尽，朕不能违天意而行啊。承衍，你离京也多时了，且在京城休息几日，待过些时日，朕另有重任交付于你。"

王承衍从发呆中清醒过来，抱拳说道："陛下，自天下牡丹会以来，臣四处行走，久离爹娘身边，望告假一段日子，回军镇看看。"

赵匡胤听王承衍这么说，当下亦不勉强，说道："说来也是，转眼数年了。你也该回去看看了。好！朕就准你告假，回到军镇，也代朕问候你爹爹。嗯，现在已是中午，你便留下来，陪朕一起用午膳吧。"

说完，赵匡胤从椅子上立起身来，绕过书案，走到王承衍跟前，拍了拍他的肩膀。

王承衍想要推辞，抬眼见赵匡胤目光柔和，露出期待的神色，心中一动，暗想："曾几何时，父亲也曾这样看着我啊！这不是皇帝对臣的命令，只不过像是一个父亲对孩子的邀请啊。"当下，他点点头，谢了恩。

赵匡胤见王承衍点头，渐显苍老的脸上，露出了喜色。他重重拍了一下王承衍的上臂，便迈开步子往御书房门口走去……

五

天空阴沉，一早便开始撒一些小雪子。雪子落在屋顶上、草木上，发出"沙沙"的响声。

这天没有朝会，赵匡胤用过早膳，换了一身便服，由带刀内侍李神祐陪着，去看望长公主阿燕和长驸马高怀德。出了福宁殿，赵匡胤见满天撒下雪子，笑道："看这天，要不了多久，便要下雪了。这雪来得及时，明年必有好收成。"

"是！瑞雪兆丰年啊。陛下，要不，我去取把伞来。"李神祐笑着答道。

"不打紧。一点雪子而已。下大雪也不怕。何况，咱骑马，一会儿便到，带了伞，骑马倒不便了。"赵匡胤说着，耸了一下肩，抖了抖披在身上的驼色大氅。

"嗯。"

"这天日寒，西川的将士们可都要受冻了。半个月前，朕令人送去的冬服，估摸着还未送到吧。"

"有驿船驿马，那也要不了多久了。"

赵匡胤点了点头，翻身上了早就备好的马儿，一抖马缰绳，让马儿慢慢往前行去。李神祐慌忙上了马，跟了上去。

长公主阿燕和高怀德不久前搬到了麦秸巷口上的驸马府中。这驸马府，原是赵匡胤一家的老房子。赵匡胤登基后不久，举家搬入皇宫居住，老房子便一直空着。长公主阿燕嫁给了高怀德之后，两人也一直在皇宫内居住。便在不久前，老屋旁边的邻居因做生意发了财，要卖掉旧房在别处另置新宅，赵匡胤便买下了那家的宅子，与老房子连在一起，一并装修一番，改为长驸马府，赐给了高怀德与阿燕。

长公主阿燕和高怀德没有想到皇兄突然来访，又惊又喜，忙令仆人们上了茶水、果子和各色水果来招待。

"怀德，这宅子可好？"赵匡胤笑着问高怀德。

"托陛下的福啊。这宅子可是福宅。这不，天都飘了雪子了，这宅子里也不觉得寒。"高怀德笑道。

"大哥，来，喝口姜汁枣茶，暖暖身子。一早让厨娘做的。"阿燕从侍女手中接过茶杯，递到了赵匡胤跟前。

赵匡胤接过茶杯，喝了一口，赞道："嗯，好茶啊。这大寒天，喝此茶甚好。"

"这茶里的枣儿，是处耘将军从淄州送来的。"阿燕道。

高怀德听阿燕这么说，伸手轻轻拽了拽她的衣袖。李处耘之前因与慕容延钊龃龉相斗，而被赵匡胤贬到淄州为刺史，高怀德担心提起李处耘，令赵匡胤心中不快。

果然，赵匡胤听阿燕提起李处耘，微微变了脸色。

"处耘倒是也遣人给朕送了一些枣儿。他助朕登基，平李重进之乱后，治理扬州又颇有政绩。可是，此后日渐居功自傲，朕不能不惩戒他啊。"赵匡胤此时想起六年前陈桥兵变的情景，不禁长长叹了一口气。

"前些日子，雪菲姑娘来我这玩儿，聊着聊着便哭了。她是想念她爹爹了。大哥，雪菲你也是看着她长大的，怎忍心让她这般伤心啊——"

"妹子啊，朕不是不心疼。只是，处耘与慕容延钊相争，实大大影响我朝将士的士气。朕不能不对他略加惩罚啊。好了，好了，待过些日子，朕自然调处耘回京。"赵匡胤见妹妹阿燕眼睛红了，心下一软，便如此说道。

阿燕听赵匡胤这么说，当即起身拜谢，欣然道："那妹子我便代雪菲姑娘先谢过陛下了！"

"大哥，还有一事，妹子不知该不该说。"

"哦？何事，说来无妨。"

"光义好像喜欢上了雪菲姑娘，似有意纳她为妾呢。"

赵匡胤听了，一愣道："光义怎么竟动了这心思。那小符岂能乐意？因为小符一直没有身孕，朕去年已经为光义聘了李英之女李昕儿为妾，上个月，李昕儿刚刚为他生下了德崇，我也甚是为他欢喜。怎得他又打起了雪菲姑娘的心思？"

"小符也不知道是否知道光义此心。昕儿妹妹自然说不上话——不过，雪菲姑娘倒是一万个不乐意。这是雪菲悄悄告诉我的。她的心里，却是一心喜欢王承衍。"

赵匡胤听阿燕这么说，更是愣了一下，说道："原来雪菲果然喜欢承衍。"他有心让王承衍做未来的驸马，听说雪菲喜欢王承衍，倒是令他略感为难了。

"不过啊，这老天偏偏也弄人，那王承衍少将军的心里头，却是装着宵娘。虽然宵娘走了，他却还是放不下。这老天啊，偏要给这世上添许多伤心人！"

阿燕的一番话，令赵匡胤唏嘘不已。便在这个时候，赵匡胤动了心思，想为赵光义再纳一妾。

"大哥，最近我与怀德逛街时，偶尔听到坊间传言，说王继勋纵容部下抢夺民女。嫂子不幸走了，她这个兄弟，皇兄还是得多照应着，别出事了。"阿燕转换了话题。

"有这等事？若果真有此事，为何不见报官的？"

"一般百姓，恐怕也是敢怒敢怨却不敢报官啊。"

"如月这个弟弟啊，这心肠与他姊姊可大不同。有时还真令人头疼啊。朕刚刚令他带了雄武军，莫非又要弄出些事来。"

"陛下，还是择机提醒一下他为好。我等虽然听到民间传言，但毕竟未曾亲见，也不好当面与他直言啊。"高怀德道。

赵匡胤听了，点了点头，说道："亏得你们提醒，我最近居于深宫，整日琢磨着如何对付各国，倒是疏于过问民生了。"

"陛下言重了。"高怀德听赵匡胤这么说，慌忙回应道。

当下，赵匡胤与阿燕和高怀德又聊了一番，便起身告辞了。

离了长驸马府，赵匡胤心念一动，对李神祐说道："守能和尚自归隐封禅寺，不问世事，朕还没有去看望，此地与封禅寺不远，朕正好去看看这大和尚。"

此时，伴随着雪子，天上飘起了雪花。

"陛下，眼看这便下大雪了啊。"李神祐道。

"下雪甚好，朕正好可与大和尚赏雪对饮。这大和尚虽不再问世事，那酒估计还未戒了。"赵匡胤说着，便纵马往前奔去。

李神祐也只好纵马跟在赵匡胤身后。

两人骑马没奔多久，见前面街上行人渐渐多了，便下了马，缓缓沿街而行。

此街为内城保康门外的保康门街，左右两边都是坊区，但是因为地处通往内城城门的要道，商旅往来甚多，因此街道两旁的许多居民便做起了小生意。如今，整个街区居民住所与商业店铺混杂，显得热闹非凡。

赵匡胤见这大雪之日，保康门街上依然热热闹闹，熙熙攘攘，心中甚是高兴。世宗在位的时候，保康门这一带尚无如此繁华啊。他在心底不禁偷偷将现在所看到的景象同周世宗时候的景象做了一番比较，并从中获得了一丝快感。

"大官人，看个相吧？"

路边有个声音说道。

赵匡胤往街边一看，见一个算命先生端坐一张桌案后面。这算命先生正捻着胡须，拿一双精光闪闪的眼睛盯着赵匡胤。

赵匡胤扫了一眼算命先生面前的桌案，但见上面铺着宣纸，一旁放着笔墨，摊子背后，挂着一幅旗帜，上书：一笔似刀，力开昆仑分石玉。双目如电，观透沧海辨鱼龙。

"这挂摊联儿倒是不错。"赵匡胤赞了一句。

"老夫看大官人相貌堂堂，不如好好算一卦？"算命先生微笑道。

这算命先生的卦摊对联和所说的话，让赵匡胤想起了苗训。陈桥兵变之前，苗训看出重日天象，并预言国将变主，由此在很大程度上为兵变创造了有利舆论。自那以后，赵匡胤就对算命、看相、占卜之类的活动颇为警惕，唯恐它们为人利用，成为作乱之因。

此刻，赵匡胤本来心情不错，听见那算命先生夸赞自己，虽知这一般都是算命先生的套话，但也不免觉得欣喜。不过，他还是微笑着摇了摇头，摆摆手道："不看了，如果都看得那么清楚，这人生又有何乐趣可言？"

那算命先生听赵匡胤这么说，哈哈一笑道："大官人果非一般人，豁达如此！"

赵匡胤笑了笑，牵着马儿，从那算命先生的摊位前走了过去。没行两步，忽见前面人群骚动，不少人往街边一处围将过去。

"恐怕是出了什么事情。"内侍李神祐警惕地说道。

赵匡胤听得那边喧哗起来，喧哗声中更有哭喊声传来，便冲李神祐道："走，过去瞧瞧！"。

"这——恐不甚安全啊！"

"不打紧，这大街之上，谁能认识咱二人。走！"

赵匡胤说着便牵着马儿往那边行去。李神祐无奈，也只好使劲扯了扯马缰绳，抢到了赵匡胤的跟前，一边用眼睛警惕地盯着四周。他虽武功高强，自知如遇到一般对手，以一敌十没有大问题，但此处鱼龙混杂，场面混乱，因此亦不免提心吊胆。

两人挤入人群，往街边张望。

只见一对白发老者拽着两个穿着禁军服饰的人哭喊不止，其中一个禁军士兵怀中抱着一个年轻女子。那年轻女子一边挣扎，一边大声哭喊着。

赵匡胤看到这幅画面，不禁心中大惊。

只听得那怀抱年轻女子的禁军士兵说道："二老啊，这酒肉都给了，俺自然要将媳妇儿带走了。你二老哭喊个啥！"

白发老汉扯着嗓子喊道："官爷啊，小女早已有了婚约，官爷硬是要娶小女，这不是明着在抢吗！"

那禁军士兵的同伙喝道："老头，少废话，俺兄长看上你的女儿，那是你们的福分。更何况，陛下已经放了话儿，俺们禁军，捍卫京城，劳苦功高，未成婚者，看上哪家女儿，只要备好酒肉便成，并不需聘礼，娶了即可。你敢违背旨意不成！"

那白发老妇听了这话，一下往那禁军士兵扑去，哭喊道："你们这是抢强民女啊！老娘我跟你们拼了！"

那禁军士兵见白发老妇发了狠，振臂使劲将老妇两手拨开，抬起一脚踹在老妇的腰眼。老妇翻身倒地，兀自哭喊不已。

赵匡胤见此情景，怒不可遏，正想挤出人群去干涉，旁边的李神祐一把拉住他的袖子，说道："老爷，你待着，我去。"

赵匡胤按捺住怒气，冲李神祐点点头。

正在这时，只见内圈人群中站出一个头戴幞头的白衣少年。

赵匡胤抬眼看了那白衣少年一眼，但见他身材纤弱，相貌却甚是俊美。赵匡胤微微一愣，觉得此人的眉目似乎在哪里见过，却一时想不起来。"莫非此少年是哪个大臣的公子，我在某个宴席上见过一眼？"赵匡胤怕被那少年认出来，便稍稍挪了一步，藏身在一人身后。

此时，白衣少年冲两个禁军士兵怒喝道："住手！尔等真是无法无天，我就不信今上能说那样的糊涂话！尔等快快放了小娘子，若不如此，我便将尔等告到开封府去！"

怀抱年轻女子的禁军士兵听了，斜眼瞥着那白衣少年，哈哈狂笑道："俺遵陛下之言选个媳妇儿，还怕开封府不成。你一个乳臭未干的小儿，休要多管闲事，回家读你的书去！"

白衣少年闻言大怒，抢上两步，便去强拽那禁军士兵怀中的年轻女子。

那禁军士兵见白衣少年来抢人，挥手一拳，打在白衣少年的左颊上。白衣少年惨叫一声，被打翻在地，口鼻中顿时流出血来。此时，地上已经积了薄薄一层白雪，白衣少年的血滴落在白雪中，甚是扎眼。

赵匡胤见这情景，忍无可忍，将马缰绳往李神祐手中一塞，拨开前面站着的那个人，便往人群圈子里挤了进去。李神祐想阻止，却已是不及。

赵匡胤走近那白衣少年，俯身去扶他。

白衣少年抬头看了赵匡胤一眼，似乎一惊，抬起左手，举掌做出拒绝姿态，说道："我没事，自己能起来。"

真是倔强！赵匡胤心中暗想。因为怕被少年识破身份，他也不勉强去扶那少年，当即转过身子，冲那两个禁军士兵走去。这时，有个书童模样的人跑过来扶起了那白衣少年。白衣少年任那书童扶起自己，抬起手臂，用衣袖揩了揩鼻血，站在原地并不急于走开。

赵匡胤走到那两个怀抱年轻女子的禁军士兵前，沉声说道："婚嫁乃大事，自古讲究的是父母之命，媒妁之言，即便是父母，也常暗自征得子女的同意。这小娘子既有婚约，且又不乐意跟你，你便不可强娶。还不快放了她。"

那禁军士兵见赵匡胤身穿褐色锦袍，肩披驼色大氅，神色沉着威严，看上去似商非商，似官非官，当下不敢造次，略略收敛了狂态，说道："这位官人你休要多管闲事，俺们这般娶亲，是得到陛下特许的。这么干的，也不是俺一人。"

此话一出，赵匡胤心中更是大为震惊，心中暗想："看来，方才阿燕所说的谣言，并非空穴来风，事情要比想象的严重得多啊！"

当下，赵匡胤肃然喝问："你们莫非亲耳听今上这么说不成？"

"自然不是。"

"那是谁转述了今上的这一旨意？"

"俺们上司王将军传的圣旨。"

"哪个王将军？"赵匡胤问道。此时，他已然猜到是王继勋，故特意追问一句。

"说出来也得吓你一跳，俺的上司便是王继勋将军。他可是皇后娘娘的亲兄弟，当今的国舅爷。行了，让开了，别挡道。"那怀抱年轻女子的禁军士兵终于不耐烦了，腾出一只手要来推赵匡胤。

赵匡胤一抬手，使出小擒拿术，一把抓住那士兵的手掌。

那禁军士兵顿时痛得咧嘴大叫，另一只手也松了。他怀中的年轻女子趁机挣脱，扑入老父亲的怀抱哭泣不已。

另一个禁军士兵见同伙被拿，不禁变了脸色，腾身一跃，一拳向赵匡胤侧脸打来。

赵匡胤一惊，顺势将擒拿住的那个士兵往旁一带，挡在自己的身前。

那出拳的士兵变招不及，一拳打在同伙的后背上。

赵匡胤曾经在战场上身经百战，反应极快，不等二人反应过来，将手一松，顺势一脚踹过去，踢在前面那个士兵的肚子上。

盛怒之下，赵匡胤这一脚用力甚大，前面那个禁军士兵被踢，瞬间往后撞去，正好撞中他的同伙，两人于是一起往后跌出丈许。

众人见眼前这大汉两三招便将两个禁军士兵打翻在地，都不禁大声喝彩。

那两个禁军士兵挣扎着站起来，见风头不对，口中喊道："你们有种等着，等会儿要你们好看！"一边喊，一边挤开人群，灰溜溜跑开了。

白发老汉和老妇带着女儿，兀自吓得哆哆嗦嗦，不敢言语。

赵匡胤见状，说道："你们不必担心，那两人只不过口中逞强，必不敢再来。你们可写张状纸，将此事告到开封府去。"

白发老汉颤声道："不来便好！小人哪敢去告官啊。况且，小人也不知那两个军爷的姓名，如何告得。"

"你们就告他们的上司王继勋。告他假传圣旨，放纵部下强抢民女。开封府自会监督禁军彻查，必饶不了那些作恶的士兵。"

"小人不敢啊！"

"老伯，他们强抢的不是就你一家的女儿，若谁都不敢告官，恶人如何能受到惩罚啊！"

那白发老汉听赵匡胤这么说，连连点头道："还是大官人说得是，只是——只是小人不识字，这状纸可谁敢代俺写啊！"

赵匡胤一听，略一愣，笑道："老伯，我这便帮你们写这状纸。可有笔墨？"

白发老汉无奈地摇摇头。

"好汉，我那边有笔墨。"

赵匡胤抬头一看，却是方才那个算命先生在说话。

赵匡胤心中一动，说道："行了，你们随我来，那边有笔墨。"

说着，赵匡胤便扶着白发老汉，跟着那算命先生往算命摊位处走去。

待到了那算命先生的摊子边，赵匡胤二话不说，坐了下来，问了老汉老妇的姓名，拿起桌上的笔，在纸上写起了状书。

在状书最后，赵匡胤不忘写上"代书人"三字，又在三字后面，画了个花押。这花押是他在给大臣们批札子时常用来代签名的。他知道，赵光义见到这花押，自然知道是谁书写了这状纸。

赵匡胤写完状书，将状书递给那老汉，说道："老伯，你速速将状书送到开封府官衙去。我在官府有好友，他们见了我的花押，自会认真处理。老伯勿忧。"

那白发老汉老妇听了，感激涕零，千恩万谢，揖拜不止。

围观诸人见了这情景，无不高声喝彩，有几人更扯起嗓子高喊道："老伯如需要，我等愿意为证。"

众人当中，那算命先生自见赵匡胤画花押那一刻，眼中惊诧之色，一闪而过，旋即复又如常。

赵匡胤带着李神祐，在众人喝彩声中牵着马儿继续往保康门行去。

白衣少年站在人群中，呆呆遥望着赵匡胤、李神祐二人远去，眼中的神色奇怪，似乎既包含着吃惊，也包含着怨恨，甚至还掺杂了几分敬佩。

待进了保康门，赵匡胤冲李神祐说道："神祐，今日暂不去封禅寺了。回宫！"

"是！"李神祐点头答应的那一刻，见赵匡胤方才挂在脸上的微笑已经消失得无影无踪。

午后，开封府收到了上告禁军将领王继勋的状书。不是一份，而是数十份。原来，那对白发夫妇在得了赵匡胤代写的状书后，依然忐忑不安，踌躇不定。左右街坊七嘴八舌为老夫妇出主意。有人说，近来女儿被禁军士兵强抢的事情并非他一家。众街坊受到启发，便主动帮忙，走街串巷，寻找有相同遭遇者一同状告王继勋。众人这一举动，使事态迅速扩大。所谓人多势众，数十家被禁军士兵强抢了女儿的人家，一时间群情汹涌，纷纷写了状纸，齐到开封府告知。

赵光义在开封府官署内得报，不敢怠慢，令人将所有状纸都收了。他自己亲自走出正衙，在开封府官署门前说了一番长长的话，承诺开封府定会为大家主持公道，好生将一众告状者和看热闹的百姓劝了回去。

待回到官署内坐定，赵光义细看那些状书，待看了那对白发夫妇递上的状书，瞧了那最后的花押，不禁大惊失色。他是认得那字体，也认得那花押的。此状书，正是皇兄亲自所写！想到这点，他知道，此事已经闹大了。

"这禁军之事，本来开封府就难管，如今皇兄亲自代书状书，让开封府牵头办理此案，看来不能不理了。皇兄一直因嫂子的缘故迁就于继勋，但是这次代百姓书写状书，看样子真动了怒，想要好好惩罚继勋，借此治理禁军。不过，若开封府单独出面，恐禁军侍卫步军司方面不一定配合。继勋向来霸道。不如——不如拉上枢密院、御史台、大理寺、刑部、兵部，六部同办此案，禁军那边自然不敢违抗。"赵光义打定主意，当下便怀揣状书，叫上判官刘熬，带了几个随从，骑着马，往枢密院、御史台等处官署去了。

次日，开封府、枢密院、御史台、大理寺、刑部、兵部，六部要员在赵光义的率领下，带上了狱吏，齐往城西禁军大营拿人。

侍卫步军司事王继勋虽然向来仗着自己是皇亲国戚而飞扬跋扈，但是此时见开封府尹赵光义带着六部要员前来，也不禁吓得有些不知所措。

赵光义开门见山地拿出那张赵匡胤代书的状纸，递到了王继勋的眼前。

王继勋当然也认识赵匡胤的字体与花押，一见之下，顿时脸色发白，口舌发燥。他一把抓住赵光义的袖子，将赵光义往一旁拖了数步，远离了六部诸位官员，低声道："光义兄弟，这回你可得帮哥哥说说好话。我也实不知事情会被陛下撞上了。"

"这么说来，若是陛下未撞见此事，你便任由部下胡来咯？"赵光义听了，心里也来了气。

"不是这个意思。"

"究竟如何闹出这些事来！"

"是这样的，前些日子，陛下将雄武军交给我统辖，又说雄武军中多有未婚嫁者，如果有愿意婚嫁者，许备酒肉即可，无须聘礼。这不，我回营后，便把陛下旨意给宣布了。你想，这雄武军都是各道送来的年轻士兵，个个血气方刚，听了这旨意，自然欢欣鼓舞，这其中，有人看上了百姓家的女儿，对方又不乐意，便难免出些勉强之事啊！"

"哼！你也知道，这婚嫁之事，须得你情我愿。如今竟然有这么多告状，又有陛下亲自代书的状书，此事断含糊不得。"

"光义兄弟，你这是非得抓哥哥了？"

"何止是抓你！你得先把那些强抢民女的士兵都给我交出来！"

"这——光义，你这让哥哥我以后如何带兵！"

"你以后还想带兵？我看你这次能保住脑袋就不错了。"赵光义说着，眼光森然地瞪了王继勋一眼。

王继勋的眼光与赵光义那森然的眼光一碰，顿觉一股寒意直透心底。他愣了愣，看了看身后六部要员，便又拽住赵光义的衣袖，将脸几乎凑到赵光义的耳边，轻声道："事已至此，光义啊——还求你在陛下面前多替我美言。至于那些士兵，我一会儿立即派人去抓了交给你！不过，你也给哥哥留点面子，在六部诸大员跟前，也别绑哥哥了。我亲自派兵，押了那些犯事的人，去开封府拘押如何？"

赵光义一甩手臂，将衣袖从王继勋手中挣脱，扭过头，冷冷地将王继勋看了一下，方才微微点头，说道："既然如此，赶紧去带人吧。"

当晚，王继勋麾下雄武军中有百余人被带入开封府大牢。王继勋本人则被带往大理寺牢房收押。御史台、大理寺连夜合审王继勋。王继勋不敢隐瞒，承认自己错传圣旨，又放任、包庇部下百余人强抢民女。

这一夜，雪渐渐大了起来。赵匡胤得报，王继勋与雄武军百余兵卒被捕，心中烦闷，郁郁不欢。

开封府接连两日，提讯雄武军数百名被告兵卒，将个人情况一一查实，录了口供，旋即申奏。赵匡胤批览口供，终忍痛批令按军法从事，主犯问斩，从犯或开除军籍，或杖刑，或流放。

庚午日一早，赵匡胤令雄武军近五千人至讲武殿前广场列阵。殿前都虞侯杨义等率金吾卫、禁卫亲军列阵于雄武军阵列之前，讲武殿广场四周，则是近五千骁勇马军环列。

枢密院、刑部、兵部、御史台、大理寺、开封府等诸部大臣罗列于讲武殿前。

大雪已经连下了两日，而且还在继续下着，讲武殿的屋顶上，殿前的广场上，积雪盈尺。暗红色的宫墙，被茫茫白雪衬托着，显得异常地肃穆庄严。

这日，赵匡胤一早便全身披挂上了旧日上战场穿的盔甲，戴上了带着刀痕的铁头盔。他站到了讲武殿前，目光如电地扫视广场上的将士们。

"带犯人！"赵匡胤喝了一声。

一众将士听到皇帝的喝声，押着百余名身穿囚服的人缓缓从广场一侧走到讲武殿前。

囚徒们的脚踩在厚厚的积雪上，发出"吱吱"的声响。

万余双眼睛盯着慢慢在飞雪中挪动脚步的囚徒们。广场上一片沉默。雪花落在宫殿的房顶上、广场的地面上、将士们的盔甲上，发出细碎的、连绵不绝的"沙沙"声。

百名犯了罪的禁军士兵终于都走到了讲武殿前，一个个跪倒在雪地里。

赵匡胤立在讲武殿的殿前台阶之上，默默地将跪倒在地的百余名士兵扫视了一遍后，缓缓抬起头，冲着广场，大声说道："诸位禁军将士，人都不免一死。你们，身为我大宋战士，肩负捍卫家国、统一天下之使命，朕希望你们能够死在疆场上，而不是因罪死在自己人手中。但是，今日，朕不得不忍痛做出决定，处决百余名战士。为什么？因为他们无视军法，强抢民女，欺凌百姓，震动京师。所谓军法无情。军法若不严，则军必不强。军不强，则国必弱。军弱国弱，离亡不远！军不爱民，则民必惧之、弃之、恨之。若以百姓所恨之军而并土吞国，我大宋又同暴秦何异！或国破家亡，或身陷暴秦，这难道是诸位将士想要的吗？这难道是诸位将士的子孙们想要的吗？不，朕相信，这不是你们想要的，你们想要的是一支爱民如子的军队，你们想要的是一个繁荣昌盛的大宋，你们想要的是一个宽仁强大的大宋。是与不是？是与不是?！"

赵匡胤突然提高了声音，大声质问。

讲武殿前，赵匡胤的声音在风雪中远远传开，近万名禁军战士默默地听着，心中的恐惧与悲伤慢慢被一股激情包裹，不少人眼中已经渐渐涌起了热泪，此时听到质问，一时间都不禁发起呆来。

飞雪依然在飘落，"沙沙"的落雪声中，忽然有一人大喝回答道："是——"

这一声回应，如同导火线，点燃了众人的吼声。

"是！是！是！"近万名禁军战士噙着热泪振臂高呼。

待呼声停歇，赵匡胤再次沉默地看了看百余名认了罪的禁军士兵。

这些禁军士兵，已经知道了自己的命运，此刻羞愧难当。这百余名士兵当中，有两人目瞪口呆地盯着讲武殿台阶上的赵匡胤。此刻，他俩已经认出了他。

"行刑！"

待受刑者喝了壮行酒之后，赵匡胤终于忍痛下达了命令。

百余名刽子手行到受刑者背后，手起刀落。

一百余颗人头，顿时滚落在尺余深的积雪中。热血喷溅在雪地上，如同开出百余朵诡异的红花……

王继勋并未随这百余名士兵一起斩首。

刑部会同大理寺、开封府诸部合议上奏道："《周礼》有八辟之法。《礼》云，刑不上大夫。大夫犯法，则在别议，轻重不在刑书也。其可做别议之人，或分液天潢，或宿侍毓扆，或多才多艺，或立事立功，简在帝心，勋书王府。若犯死罪，议定奏裁，决于皇帝。故，按《宋刑统》，王继勋错会圣旨，纵容部下，其罪可诛，但可别议，特申奏，请陛下定夺。"

刑部同时呈上了建隆四年七月由当时任工部尚书判大理寺窦仪主持，大理少卿苏晓、大理正奚屿、大理丞张希逊、刑部大理寺法直官陈光义、冯叔向等一同详定的《宋刑统》。赵匡胤翻阅《宋刑统》，果见卷二《名例律》中有"别议"之律。

刑部上奏后，赵光义私下替王继勋求情道："继勋之性格，皇兄也知道，他自来大大咧咧，本不知部下所做之细节。且身为主将，袒护部下，其情可悯。况嫂子生前，对这个弟弟疼爱有加。陛下因此杀了继勋，嫂子地下若知，岂非伤心。"

赵匡胤得奏，又听了赵光义之言，一夜不眠，想起皇后如月临死前叮嘱他照顾继勋的话语，不禁心如刀割。"终是我未将旨意细细说明啊！"他思虑良久，终以罪己之由，在心底为王继勋做了开脱。第二日一早，赵匡胤赦王继勋无罪，但严令其用心约束部下，随后令大理寺放王继勋回禁军大营，担任军职依旧。

六

转眼便到了乾德四年夏四月。

去年五月时，赵光义又纳一孙姓小妾。夏四月初，孙氏为赵光义产下一子，取名"德明"。这个孩子自出生后，便很少开口笑，只是喜欢用眼睛盯着来看他的人。

赵匡胤见了这孩子，笑道："这孩子，长大了一定沉静寡言。瞧他样子，额头甚广，脸甚圆，待长大成人，定然姿貌雄伟。"

赵光义笑道："皇兄，哪个孩子出生时不都是额头甚广啊。"

"哈哈——说得也是！"赵匡胤甚是高兴。

赵光义细细看那孩子，觉得他比长子德崇更像自己，不禁心里对这孩子多生了几分偏爱。

赵匡胤因为光义喜得贵子，甚是高兴，给了光义许多赏赐。可是，自李昕儿为光义生了德崇、孙氏为光义生了德明后，光义的夫人小符却变得越来越不开心。赵匡胤闻知小符郁郁寡欢，知她是因自己无法得子而生气，便嘱咐皇妹阿燕多去探访小符。

便是在夏四月，经过数月的修缮，崇元殿面貌焕然一新，改名为乾元殿。这是继去年八月份文明殿后修缮完成的第二座大殿。文明殿修缮之前，名为端明殿。

四月庚戌，赵匡胤召光义、赵普、陶毅等近臣及主要将官到乾元殿参观。参观完毕，赵匡胤心情大好，当场下诏赐给近臣、将官器物和铜钱若干，参与修缮乾元殿的役夫们也得到了赏赐。

刚刚颁赐完毕，忽然从殿门外隐隐传来"咚，咚，咚"的鼓声。

众人听到鼓声，无不脸色一变。

"这是何处传来的鼓声？"赵匡胤问道。

"陛下，听这声音，恐怕是宣德门楼上的登闻鼓鼓声。"陶毅道。

"登闻鼓？"赵匡胤心头一惊。他知道，登闻鼓一响，意味着民间有人登宣德楼向皇帝急诉冤情或急报重大案情。只要登闻鼓一响，皇帝必须要亲自受理。按照《宋刑统》的律法，如果击登闻鼓所告不实，按照上书诈不实论处，处杖刑八十；若所告中故意加入不实内容，或有所隐瞒、诈妄，即从上书诈不实论，处徒刑二年。因为这个缘故，凡是击打登闻鼓者，要么是不知击打登闻鼓告状的后果，要么便是不惜自身，铁了心要为自己申冤或报告重大案情。

众人竖耳倾听，那登闻鼓还在继续"咚，咚，咚"响着。

"定是从宣德楼那边传来的。"赵普说道。

"来人！快传击鼓人来。不用另择他时了，正好现下处理。"赵匡胤道。

随行侍卫听了，即出殿令人传击鼓之人。

赵匡胤升座文明殿，随行诸文武当即于殿内分文武班列，按次序站好，只等那击鼓之人到来。

不一刻，有小黄门领着一人步入殿来。

那人入了殿来，立刻感受到殿内威严肃穆的气氛。他神色紧张地行至丹墀之下，跪地行叩头之礼。

"抬起头来。可是你击的登闻鼓？"赵匡胤沉声问道。

"正是小人。"那人抬起头说道。

赵匡胤见那人神色紧张，便温言说道："你报上名来，休要害怕，因何事击鼓，细细说来便是。"

那人往赵普那边瞥了一眼，迅速收回了目光，颤声说道："小人名叫曹飞，去年应召为仆，随冯瓒大人前往梓州。今日击登闻鼓，乃是要告权知梓州冯瓒大人、监军锦绫副使李美、殿中侍御史李楲等为奸利事。"

赵匡胤一听这话，不禁大惊。

赵光义、陶毂等诸人听了这个叫曹飞的说出的话，也无不变了脸色。按律法，凡部曲、奴婢告主，若主人非谋反、逆、叛之罪，所告不实，告状的奴婢将被处死。若主人确有谋反、逆、叛之罪，才准许部曲、奴婢告之。部曲、奴婢的主人，如果犯了其他的罪，其部曲、奴婢告之，则相当于其主自首，而奴婢也免不了被问罪。如此苛严的律法，对部曲、奴婢状告主人非常不利。因为这个，曹飞状告其主权知梓州冯瓒，不免令殿内诸人大为震惊。

这时，赵普站出班列，走到曹飞跟前，大声喝问道："日月所照，莫非王臣。你状告主人及朝廷要员，可知告状的后果？"

曹飞昂起头道："小人若所告不实，愿一死谢罪。小人妻儿皆在京师，心恐之后冯知州等若犯弥天大罪，连累小人妻儿，故逃亡回京，舍命来告。"

赵匡胤听曹飞说出"冯知州等若犯弥天大罪"之语，左眼皮微微跳了几下，当即问道："这么说，你只是心中猜疑而已？"

曹飞道："不，陛下。小人有冯知州等贿赂、勾结朝廷大臣之证据。"

赵普盯着曹飞的眼睛，点点头，扭头朝赵匡胤一稽首，说道："陛下，此人状告主人，语涉朝廷要员，不如且先将他收押大理寺细细查实。"

赵普的建议，正合赵匡胤心意。赵匡胤向来爱冯瓒之才，如今听到曹飞状告冯瓒，心下有疑，不想当殿审问，以便万一冯瓒真有事，可有周旋余地。

"掌书记所言甚是，便将曹飞先收押了。责大理寺录其口供，鞫实案情。"赵匡胤道。

那曹飞方入殿中之时，面有恐惧之色，此时听说要被收押大理寺，却反而神色平静。

赵匡胤察那曹飞神色，心底暗道："看此人一副无所畏惧之色，莫非那冯瓒真是有不轨之事？"他默默注视着曹飞被人带下殿去，心头升起了一团疑云。

沉思片刻后，赵匡胤下诏免去冯瓒等官职，以绛州防御使郭廷谓代冯瓒权知梓州，即日赴任。郭廷谓原为后蜀官员，随孟昶至京，赵匡胤知其在蜀为官时有除暴安良的事迹，故特此委任。

曹飞被收监大理寺后，言冯瓒与开封府判官刘鹜等书信往来甚密，因疑冯瓒等勾结大臣，图谋不轨。曹飞更交出一份冯瓒给刘鋘的书札手抄副本。书札内言送金带、玩物等于刘鋘等事，却并无谋反、逆、叛之语。大理寺收了书札，见语涉开封府，不敢妄自决断，当即向赵匡胤做了禀告。

"这么看来，冯瓒等人果真暗中结交朝廷要员。只是，不知光义是否知道刘鋘与冯瓒等人秘密往来。"赵匡胤见冯瓒与开封府的人有如此深的往来，不禁在心底暗自起疑，旋即下令急召冯瓒、李美、李槢等人速速赶回京城。

半月之后，冯瓒等风尘仆仆赶回京城。

赵匡胤亲自面诘冯瓒等人。冯瓒等俱辩称乃受曹飞诬告。赵匡胤旋即令将冯瓒等下御史台鞫实，又令宰相赵普亲抓此案。

赵普既得圣令，立刻派人前往梓州，细查冯瓒等人在梓州的所作所为。这一次，赵普并非没有准备。

原来，曹飞返京赴阙击登闻鼓告御状冯瓒等有不轨之事，皆是赵普指使。为了引起赵匡胤的重视，赵普特令曹飞告冯瓒等有谋反、逆、叛的可能，而实际上，曹飞手中所掌握的，只是冯瓒等人贿赂朝廷要员的证据，但是，这已经足够赵普将他心中的政敌冯瓒早早拉下马了。待冯瓒等下御史台收押后，曹飞暗中按照赵普的计划，向大理寺交代，冯瓒等在某某处藏匿赃物等。大理寺不敢怠慢，当即向赵匡胤和赵普做了禀报。

赵普派出的人，按照曹飞的供词，在梓州和潼关等处，果然查获了冯瓒等送给刘鋘等人的金腰带、珍奇玩物。在装这些宝物的盒子、匣子上，皆有封题，写明送至开封府刘鋘等处。

拿到证物后的第二日一早，赵普即将赃物交至御史台。随后，赵匡胤在后殿单独召见赵普。赵普向赵匡胤进言道："按我大宋律法，贿赂朝廷官员，其罪当死。望陛下明鉴。"

便在这一刻，赵匡胤心神一动，但觉眼前模糊了一下。黑洞洞的眼窟窿，仿佛骷髅。浑身是血的人，向他伸出了双手……"朕杀的人，已经够多了！"赵匡胤心中暗想。他的眼前，再次浮现出曾经出现过的噩梦中的景象。

赵匡胤定了定心神，缓缓说道："冯瓒贿赂刘嶅，虽有死罪，但朕念其有大才，又奉命远赴梓州，算是有大功劳者，特按律法，以别议论处，免其死罪。"

赵普有心除去冯瓒，厉声道："陛下，朝廷之内，若大臣结党营私，恐有扰乱朝纲之忧啊！请陛下杀冯瓒以儆百官。"

赵匡胤见赵普欲置冯瓒死地，虽心知赵普所言有理，但却暗自生怒，略一沉吟，说道："掌书记可忘了当年收下契丹赠礼之事？"

赵普听赵匡胤提起旧日往事，不禁心中一惊。那年赵光义欲借契丹之手除去赵普，暗借李筠之力令契丹给赵普送重礼，赵匡胤不疑赵普，还令赵普收下了契丹的重礼。此时，赵匡胤为救冯瓒的性命，拿此事来提醒赵普，赵普如何不惊。

略一迟疑，赵普睁大了眼睛，昂首道："陛下，冯瓒或死罪可免，但不能不治其罪啊。"

赵匡胤见赵普如此说，神色稍缓，便道："且容朕再考虑。"

赵普离开后，赵匡胤将赵光义召到后殿，取出赵普查获的书札和宝物，询问赵光义是否知道判官刘嶅暗与冯瓒往来并收受贿赂之事。赵光义听了大惊失色，当即表示对刘嶅受贿之事毫不知情。赵匡胤见赵光义如此回答，亦未再多问。

赵光义离了后殿，匆匆前往中书的官署找赵普。到了中书官署，得知赵普已经回府，赵光义便又骑马匆匆赶往赵普府。

赵普从中书官署回府，刚刚到正厅坐下，听管家报开封府尹赵光义亲自登门拜访，慌忙从正厅出门来迎接。

两人到了正厅，赵普屏去左右，方问道："府尹急匆匆而来，是为何事？"

赵光义瞪起眼睛，压低了声音，怒气冲冲道："冯瓒贿赂刘嶅之事，你既得知，为何不事先告知于我？"

赵普一听，知赵光义心底怪罪自己，也压低了声音，从容说道："冯瓒暗结府尹的判官，府尹不知倒好。若真知道，又当如何？"

赵光义微微一愣，说道："我若知晓，必不放任其胡为。"

"这般说，府尹会主动拿下刘嶅不成？"赵普冷笑起来。

赵光义又是一愣，不知赵普何意，一时不知如何回应。

赵普冷笑一声，说道："府尹亦四处笼络人才，普如何不知。若府尹主动拿下刘嗸，今后有谁敢依附府尹！故普知刘嗸之事，特不告诉府尹，免得府尹为难也！"

赵光义看了赵普一眼，眼中寒光一闪。

赵普又是一笑，用更低的声音说道："普直接禀圣，拿下刘嗸，是怕刘嗸早早坏了主公的大事啊！"

这"主公"一词，从赵普口中说出，令赵光义心中又是一震。此前，赵普暗中与他达成联盟，发誓待赵匡胤百年之后助他登基，他从来不曾忘记此事。正如赵普所说，他也一直暗暗地不动声色笼络人才，以期日后能为己所用。他可不想因为刘嗸暗中受贿结交冯瓒而坏了自己的大事。

"我不如乘机问其传位盟约一事！"这个念头在赵光义脑海中闪电般划过。他浑身一哆嗦，又想："不行，若我这一问，他便知道了我此前已经知晓了有一份传位盟约。绝对不行。他既然没有亲口说，我定不可问。这层纸，还是不捅破为好。"

当下，赵光义稳了稳心神，点点头，说道："行了，我已知你意。这'主公'二字，休要再提起。"

赵普听了，点点头，冲赵光义深深一揖。

数日后，赵匡胤下诏并削冯瓒等名籍，冯瓒流放沙门岛，李美流放海门岛，刘嗸被免官。李檝特免流配。赵匡胤宽待李檝，乃是因其曾在皇后如月的父亲王饶府中为干事，加之李檝性格谨厚，赵匡胤深喜之。这次，赵匡胤念在如月的份儿上，只免去李檝的官职。过了不久后，赵匡胤细查冯瓒等并无谋反之事，便又令李檝复为御史。

赵普见赵匡胤如此惩罚了冯瓒等人，便趁机进言，请恕曹飞之死罪。赵匡胤本不想杀曹飞，便顺水推舟，饶曹飞死罪，令只按击登闻鼓告状上书不实论处，令徒二年。赵普自令御吏于狱中善待曹飞。

七

五代以来，因长期兵乱，国用不足，朝廷不断加征租税，且通常都按照实际开垦的耕田来定岁租，很多地方的官吏，更因百姓稍增垦田，便随意加租，由此大大打击了百姓开垦荒田的积极性，造成大量田地荒芜的局面。

乾德四年闰八月，赵匡胤下诏，准许百姓开垦新田，地方官吏不得检括新垦田地，岁租只按照旧定的岁租额来收取，官吏能够招抚逃亡的百姓归耕，更给予升职等奖励。诏云：

> 五代以来，兵乱相继，国用不足，庸调繁兴。围桑柘以议蚕租，括田畴以足征赋，逋逃所失，均出里闾，致树艺之不得勤，污莱之不敢辟，虚遗地利，重困生民。
>
> 朕历试艰难，周知疾苦。四方甫定，七载于兹，节用爱人，敦本抑末。有经费未尝加赋，闻灾沴即议蠲除，方致小康。固无重敛，爰颁诏旨，遍谕忧勤。庶几畎亩之间，各务耕耘之业。宜令所在。明加告谕。自今百姓有能广植桑枣开荒田者，并令只纳旧租，永不通检。其诸县令佐，如能招复逋逃，劝课栽植，旧减一选者，更加一阶。凡尔蒸黎，当体朕意。①

诏书颁布后，中原百姓欢欣鼓舞，很多逃亡在外的人回归故里，积极垦田营生。

---

① 《宋大诏令集》卷第一百八十二《赐郡国长吏劝农诏》，中华书局，1962年。原文繁体用点（.）断句，小说文中引用时转为简体字，现代标点为笔者所加。

这一日，天气甚热。赵匡胤午后在后苑纳凉。他身着宽衣，散着腰带，光着脚，躺在一张竹榻上琢磨着如何进一步增加国用。沉思良久，他决定进一步放宽盐法、酒法，对私卖盐、私酿酒卖酒的人减轻处罚。主意既定，他便欲令人去传翰林学士陶穀来草制诏书。不过，他转念一想，今日陶穀似不在学士院当值，于是令人去传翰林学士、礼部尚书窦仪前来。

过了多时，赵匡胤听到脚步声，抬头一看，却是阁门使正往他这边走来。

"窦翰林呢？"赵匡胤有些诧异。

"启禀陛下，窦翰林在苑门外立着呢。"阁门使说着，往苑门指了指。

赵匡胤顺着阁门使手指的方向看去，果然见窦仪毕恭毕敬地站立在苑门口外。

"他为何不进来？"

"这——这——"阁门嘴里嘟哝着，脸上露出为难的神色。

"你这厮，有话说来便是！"

阁门使连忙深深鞠了一躬，直起身子后，拽了拽自己的衣领，连连向赵匡胤使眼色。

赵匡胤见阁门使一副欲言又止的滑稽相，正想责骂，忽然心念一动，低头看了一下自己宽衣散袍、光着脚丫子，顿时忍不住哈哈大笑起来。

窦仪向来刚严，定是看朕衣衫不整，故候立于苑门！赵匡胤如此一想，便向侍者索了冠带，正冠整装后，才令阁门使去传窦仪进来。

窦仪从容行至竹榻前立定，干咳了数声，不等赵匡胤开口，便说道："陛下创业垂统，宜以礼示天下。臣虽不才，不足以动圣顾，但恐豪杰闻而轻陛下，不为所用也！"

赵匡胤本想取笑窦仪行事过于拘泥死板，闻窦仪如此进谏，慌忙敛容谢之。

"听卿家净言，朕知过也。"

这时，窦仪又干咳起来。

赵匡胤口中说道:"卿家久咳未愈,不可疏忽了啊。"

窦仪忙道:"谢陛下眷顾,臣感激不尽,但求鞠躬尽瘁死而后已。"

赵匡胤见窦仪面容憔悴,颧骨又突出了许多,比之前更加消瘦了,不禁暗暗担心,说道:"今日你回府后,朕遣御医去府上为你看看。"

窦仪淡淡一笑道:"微臣谢过陛下,陛下无须为微臣担心,亦不用烦劳御医了。"

赵匡胤见窦仪推辞,当下也不再多说,令侍者搬来一张绣墩,让窦仪坐下说话。

窦仪听完赵匡胤口授的旨意后,便告辞离去。

赵匡胤望着窦仪消瘦的背影,不禁暗生伤时之感。

没过几日,一个噩耗传到京城——淄州刺史李处耘卒于任地。

赵匡胤得报,惘然若失,想起前些日子长公主阿燕托付的话,心中大悔没有早些日子召回李处耘。他又想起陈桥兵变之时,李处耘曾身负重托前往京城联络石守信接应,为大宋的开国立下大功,更是心潮汹涌,久久难以平息。

于是,赵匡胤下诏因李处耘之死,辍一日朝会。随后,诏赠李处耘为宣德节度使,又派遣使者去淄州助理丧事,赐葬于洛阳偏桥。

这年九月初,王全斌等将叛将孙进、吴环等二十七人械送至京师,赵匡胤亲自审问,孙进等人俱伏罪。九月壬辰,诸叛将被斩杀。

其时,有不少西川将士从全师雄等叛乱,有官员上奏,请诛杀叛军将士的妻儿。

赵匡胤问枢密使李崇矩的意见。

李崇矩说道:"那些叛乱的将士,自然该杀,只是若按籍斩杀他们的家人,恐怕要杀的人有几万余人啊。"

赵匡胤听了,悚然不语,沉思片刻道:"那些叛乱的将士,其中恐怕不少是被他人所胁迫吧。有时,人难免身不由己,其叛乱之行,或非出于本心啊。"

于是,赵匡胤下令释放了诸叛将的家人,一并免其罪过。

这月丙辰，左卫大将军、权知侍卫步军司事杜审琼卒。八月李处耘刚刚去世，如今杜审琼又卒，赵匡胤再失一员大将，不禁心下感伤不已。他下诏，赠杜审琼为太保、宁国节度使，谥恭僖。赵匡胤通过这种赠赐，一来肯定了死者的功绩，一来也为自己增添了一点心理上的安慰。

杜审琼是接替王继勋为权知侍卫步军司事的。出乎赵匡胤意料的是，保宁留后、虎捷左右厢都虞侯、权知侍卫步军司事王继勋自去年被释无罪后，只稍加收敛半年多，便又变回了原来的样子，而且更加恃恩骄恣。乾德四年六月，王继勋终于被众多部曲所告。赵匡胤无奈，令将王继勋拘禁，交付中书鞫实罪过。六月己亥，赵匡胤下诏夺去王继勋军职，命金吾卫大将军杜审琼代之为虎捷左右厢都虞侯、权知侍卫步军司事。但是，赵匡胤念着皇后如月的旧情，虽剥夺了王继勋军职，但改任其为彰国留后。

转眼入了十一月，天气渐冷。

这一日一早，天降大雨。

正好此日无朝会，赵匡胤令侍者在后宫的御书房中点起香，想安安静静地读一会儿书。

这日点的香，是用荔枝壳、干柏叶、茅山黄连制作的三合香。这种香并不似沉香、檀香、龙脑、麝香那么名贵，但是却清韵悠长，有山林之气。

窗外的雨，淅淅沥沥地下着，书房之内，清香缭绕。这种气氛，对于近来的赵匡胤来说，是难得的。

赵匡胤屏去侍者后，一个人在书房内静坐了片刻，回想着近来发生的一些事情。李处耘、杜审琼的卒去，在他的心底引发的伤感，慢慢浮现出来，又进一步唤醒了他对慕容延钊等故去将领的怀念之情。他渐渐沉醉于这种心绪中，淅淅沥沥的雨声，仿佛也带来了许多故人的话语，隐隐约约传入他的耳中。

但是，他在怀旧情绪中的沉醉很快被一声禀告打破了。内侍李神祐来报，在宣德门外，有一群奇怪的逃亡者冒雨敲响了登闻鼓诉冤。这群诉冤者自称是王继勋府中的奴婢。

从李神祐口中听到王继勋的名字，赵匡胤大吃一惊。

"走！你随朕去一趟王继勋那里。"

"陛下，外面场面有些混乱。"

赵匡胤点点头，说道："那些奴婢冒雨诉冤，事必不寻常。你速传卫士杨密、马韬等在福宁殿门处等朕，你们随朕一起去。"

不一刻，赵匡胤出了福宁殿，见内侍李神祐带着十来个内侍和十来个卫士已经备好雨具在那里等候。一个内侍举着蒙了油布的大黄罗伞，其余的内侍捧着一大推蓑衣斗笠。

此时天色阴暗，雨下得比先前更大了一些。雨丝密密地落在福宁殿门前的壶道上，雨脚溅起了一朵朵水花。

"继勋啊！你究竟又闹出什么乱子了啊！"赵匡胤暗暗想着。他的眼睛盯着一丈远的地方，看着地上的几朵水花。他眨了几下眼睛。雨水随着大风吹入了他的眼睛。他抬起头，张望前方，感到眼睛有些模糊了，脸上已经蒙上了一片雨雾。冰冷的感觉。在模糊的视野中，他仿佛看到了如月幽怨的眼神。他感到眼睛有些胀痛，使劲地眨了几下眼睛。泪水与雨水已经混合在了一起。

"事情紧迫，不必用罗伞了。神祐，给朕一套蓑衣斗笠。"赵匡胤说道。

李神祐略一犹豫，取了一套蓑衣斗笠递给了赵匡胤。

赵匡胤旋即披上蓑衣，戴上了斗笠，迈开步子走入大雨中。李神祐和众卫士同时也已自取蓑衣斗笠披戴上，跟着他往宣德门方向行去。

宣德门门口，男男女女三十多人跪在雨中。

"陛下，救命啊！救命啊！"

当那些跪在雨中的人知道冒大雨亲自前来的是皇帝，都不禁大声呼喊起来。有几个更是一边呼喊一边在大雨中磕头不止。

"你们是何人？这是怎么了？"赵匡胤肃然喝问道。

雨中跪求的众人哭道："我等皆是章国留后王继勋府中的奴婢。"

"让一个人来说。"李神祐道。

众人听了，推选出当中一个来说话。

那人哭道："陛下为我等做主啊！我等皆为王继勋大人府中的奴婢。都是刚刚从王继勋府中逃出来。今日天降大雨，后院有一处墙裂塌了。天不绝我等啊。是啊，墙裂了，塌了，我等才能侥幸冒死逃出。"

那人惊恐失色，说的话语无伦次。

"究竟为何出逃？"赵匡胤喝道。

"王继勋大人疯了。疯了啊。他杀人啊！杀人啊！他自被剥夺兵权后，便怏怏不乐。三个月前，王大人突然将兰儿绑在厅上，让人剥了她的衣裳，用刀子一边割肉，一边大笑啊！可怜那小兰，被割了几块肉后，被活活疼死、吓死了。这之后，王大人又脔割了十多人，就是为了取乐啊。太可怕了！太可怕了！王大人疯了！我们都害怕得不行了，寻思着如何从府中逃出，无奈王大人让家丁严守府门，我等平日皆不得私出啊。要不是今日天下大雨，院墙塌裂，我等恐怕都得死在王大人府内了！"说罢，此人大哭不止。

赵匡胤听了哭诉，又惊又怒。他心知，在战场上，古有茹毛饮血的事情，但多是迫于困境求生，或是为了故意用残暴之行震慑敌军。在进攻湖南时，李处耘就曾令部下杀烹食俘虏威慑敌人。他因李处耘的残暴之举大为震怒，最后借李处耘与慕容延钊相互告状之事，将李处耘贬到了淄州为刺史。如今，他竟然在京城里听到脔割奴婢取乐之事，怎能不大为惊怒。

"那些被王继勋残杀者尸身在何处？"

"前后有十多人，都在后院里深埋了。"众人哭告道。

赵匡胤略一沉吟，说道："杨密、马韬，你等带这些人去大理寺先。保护好他们。"

"是！陛下。"

"神祐，随我去万胜门。"

"是！"李神祐知赵匡胤要亲去龙捷军军营带兵。

赵匡胤说罢，令宣德门守军牵来两匹战马。他旋即翻身上了战马，扬起鞭子，狠狠抽了一下马儿，大喝道："走！"那马儿吃痛，撒开蹄子在大雨中奔向前方。

此时龙捷军左右厢军部署在城西，在外城西北水门、万胜门、固子门、新郑门都有驻军。龙捷左右指挥使、权知步军司事党进其时正在外城正西万胜门驻守。

大雨瓢泼，路上行人稀少。赵匡胤和李神祐扬鞭纵马，沿着横街往西驰去，出了内城西水门，继续往西，未多时便到了万胜门。

李神祐取出大内金牌。万胜门执勤的军校见了金牌，大惊，慌忙领着两人登上万胜门城楼。

龙捷左右指挥使、权知侍卫步军司事党进见来人竟然是皇帝赵匡胤，不禁大惊失色。

"如此大雨，陛下亲自驾到，末将失迎，死罪死罪！"党进瞪着铜铃般的眼睛，跪地磕头。他是自杜审琼死后，接任权知侍卫步军司事的，同时继续兼任禁军龙捷左右厢指挥使。

党进的父亲是大秦人，自大秦逃亡至中土，与中原女子成婚后生下党进。因是混血儿，党进天生一副异样，皮肤白皙，绿瞳孔，高鼻梁。他长大成人后，身材魁梧高大，力大无穷，又因留起络腮胡子，故发怒时，目光如电，宛若金刚。

"不用多礼。党进，速备兵马一千，随朕去王继勋府邸。"

党进一听，大为吃惊，却也不多问，只答道："是！"说罢，他便扭头离开，自去部署兵马了。

不一刻，党进带一千禁军步兵，列队城楼之下。

赵匡胤当即由党进、李神祐陪同，带着一千整装禁军往南朝着王继勋府邸方向行去。

王继勋的府邸，离万胜门并不远，位于新郑门鱼街上。这座府邸，是赵匡胤赐给王继勋的。

王继勋府邸很大，内养家丁数十，蓄奴婢数百。这时，这座府邸因后院墙塌，奴婢逃失，正处于一片慌乱中。

赵匡胤率禁军到了王继勋府邸，立刻下令迅速将府邸团团围住。

随后，赵匡胤方带着党进、李神祐，率一队亲兵，进入王继勋府内。

王府的家丁们见皇帝率禁军亲临，哪里见过这架势，早被吓得丢下刀枪，束手投降。

赵匡胤令党进将王继勋带到前厅待处置。

王继勋已知事发，早吓得面色惨白，瘫作一团。

禁军很快在后院中发掘出一个尸坑，在其中挖出了尸骨十多具。

赵匡胤见王继勋罪行坐实，对王继勋不发一言，令党进留下禁军两百人软禁王继勋，让其余八百人回营。他自带李神祐冒雨赶回宫内。

当夜，赵匡胤彻夜难眠。王继勋这次犯下的大罪，比上次更甚，论罪当诛。可是，他怎么也难以做出这样的决定。每当要斩杀的念头在脑海里一闪，如月的影子便浮现在他的眼前。如月临死前将弟弟王继勋托付给他的字字句句便一字不差地在他的耳内响起。如今，他终于意识到，当他的诺言与一个曾经深爱过的人捆绑在一起的时候，尤其是当这个人已经逝去，而他又觉得深深亏欠着她的时候，它是多么沉、多么重。在灰暗的回忆的长河中，他挣扎着游动，努力想要去抓住那时间之河中远远流去的爱人的影子，他想要同她说上一句话两句话，想要请求她的原谅。但是，时间之河并不会给他任何机会，他不过徒劳地在时间长河翻起的大浪中沉浮。他最终决定在这件事上，即便得罪了天下人，令自己背上罪恶的包袱，也要放王继勋一条生路。好吧！就这样吧！便在这天的半夜，他躺在床上，瞪着眼睛，怒气冲冲地盯着那深深黑暗，做出了决定。

次日，赵匡胤下诏，削夺王继勋所有官爵，流配登州。

两日后，赵匡胤复下一诏，将王继勋带回京城，改任右监门卫率府副率。

八

"今天可够冷的。"杨密拍了一下刚又遇的肩膀。

"正是喝酒的好时候！兄弟我早想去喝几杯，都憋坏了。"

"就去巷东头那家脚店吧。"

"杨兄是想喝完酒去附近的瓦子吧。"刚又遇哈哈大笑道。

"兄弟这么一说，我还真是想去那边瓦子逛逛了！难得陛下许咱两日假，此时不去，更待何时！"杨密抬手佯装朝刚又遇的后脑勺拍去。刚又遇哈哈一笑，往旁边一闪躲开了。他虽身材魁梧，但个子矮小，比杨密矮了近一个头。他这一闪躲，很轻松地躲过了杨密的"偷袭"。

"有长进啊！"杨密笑道。

"不敢，不敢。还请杨兄多赐教啊。"

"赐教可不敢。改日咱叫上李丕、刘晖几个，大伙过过招，比试比试。谁要是赢了，便再一起去喝个痛快。"

"啥时候咱也去会仙大酒楼喝酒吧！"刚又遇笑道。

"别扯淡了！等当了都虞侯、节度使时再说吧。"一阵冷风正好吹来，杨密忍不住哆嗦了一下。

刚又遇无可奈何地说："说得也是啊。只是不知要等到啥时候！"

已近晚。云很厚，西边的天空看不到夕阳。天阴阴的。

杨密、刚又遇二人一边说笑，一边往东二条甜水巷的东头走去。将到巷子东头时，他们见路边围了一圈人，人群中传出啧啧称奇声，便走过去看个究竟。

那圈人群中间立着一人，此人身穿大袖玄色道士服，头戴高冠，脸颊瘦削，颧骨高突，留着三缕长须，一双小眼睛闪着精光。

杨密、刚又遇朝人群凑过去时，那道士仿佛认得二人，瞪着眼睛看了他们几眼，方才对围观众人说道："诸位且散开些，贫道再给诸位露一手。"

众人听了，便纷纷往后退了一步。

那道士见众人退后，双手一拱，说道："诸位可看好了！"

话音未落，道士双手一动，大袖往两边一展，刹那间伴随着"砰"一声响，一股白烟从地上升腾而起，直升到一丈多高，慢慢变成一团旋转的白云。那团白云越转越大，越转越厚，仿佛要遮住整个天地一般。

众人惊恐不已地盯着悬在空中的恐怖云团，个个张大了嘴，瞪圆了眼睛。这时，云团中间出现一个黑色的空洞，仿佛一个巨大的风暴眼。

"降！"众人在恍惚中听得那道士大喝一声。

喝声一落，那巨大的黑色云洞中，隐隐有东西纷纷往下落。旋即，众人听到地面上响起了叮叮当当的声音。

众人惊诧地往地上看去，但见满地皆是黄灿灿的铜钱。

"这叫天降通宝。地上的这些铜钱，贫道取自于天，便当贫道送于诸位吧。"那道士呵呵一笑道。

围观众人听了道士的话，一时不再理会那空中恐怖的云团，都纷纷扑地去抢铜钱。转眼间，抢铜钱的人在道士脚边乱成一堆。

杨密、刚又遇亲眼见此奇景，又惊又奇，不禁瞪着道士发了愣。

这时，那道士瞧见杨密、刚又遇二人，哈哈一笑道："贫道看这二位兄台气宇非凡，定非寻常百姓。二位可愿让贫道算上一卦？"

杨密和刚又遇两人听了道士的话，面面相觑，一时不知如何是好。

杨密、刚又遇两人都是宋皇宫中的卫士，今日恰逢得假在家中休息，便相约晚上出门喝酒。此时，他俩一个穿着灰色束腰窄袖箭袍，一个穿着灰色束腰苎麻滚边长袍，都是一般装束。两人均想，这道士如何看出我二人并非寻常百姓？

"怎么？二位不相信贫道？"道士笑道。

刚又遇心下一动，问杨密道："杨兄，不如咱请这道爷一起喝几杯，让他算算？"

杨密迟疑了一下，点点头，说道："为兄正有此意。"

"如此甚好！"那道士哈哈一笑。

三人离开那群疯抢铜钱的人，一起往前方的一家脚店走去。

脚店大门的一侧，用竹子搭架起一个一人半高的长方盒子状的灯箱。灯箱内有固定框架结构的木头格子，它的四面都用白色的绢布绷起，顶部和底部是空的，却没有用绢帛蒙上。在灯箱四面的绢布上，都用大字写着"脚店"两字。灯箱内的底部木格子上，放置了一盏油灯。灯箱底部距离地面大约有半人高。灯箱四边，围着一圈一人高的竹篱笆。这圈竹篱笆，一来可以防止行人不小心碰到灯箱，一来也可以让那些爱耍闹的小孩子和无家可归的流浪汉离灯箱远一些。等天一黑，店家便会将那盏油灯点着。竹篱笆的一侧可以打开。需要点亮灯箱时，点灯箱的人便从一侧的竹篱笆门进入。待灯箱亮起，人便从竹篱笆内出来，然后用一把铁锁锁上竹篱笆的门。每当灯箱亮起，在暗夜中的路人，便在老远就能看到灯箱上的"脚店"二字。作为一种招徕客人的方式，这种"灯箱"的广告效果非常不错。因此，开封城内不论是酒水低廉的脚店，还是高档的正店，都会制作类似的灯箱摆在大门口。

那道士走到脚店门口，在灯箱面前停住了脚步。他往灯箱上瞥了一眼，然后用一种带着嘲讽的眼神看了杨密一眼。

"怎么？瞧不上这里？"杨密感到脸上一热，带着恼怒的口吻问道。

道士"哼哼"笑了几声，说道："这店确实寒酸了点。可惜了——可惜了。"

刚又遇瞥见道士的神色，又羞又怒，喝道："可惜了什么？"

"可惜了两位壮士啊！"道士笑着摇摇头。

杨密见那道士一脸神秘，知他尚有话未说出口。

"委屈道长了，请！"杨密一把掀起了脚店青色的门帘，请那道士先进。

那道士也不客气，哈哈一笑，便微微一低头，从门帘下迈步走进了店门。

杨密与刚又遇互相交换了一个眼神，便都跟着走了进去。

这家脚店不大，店堂内也就五六张八仙桌。空气中混杂着酒气、油烟气和一股酸臭的汗味。这些味道，像是黏稠的液体，在一个封闭的空间中缓缓流动，包裹着这个空间内所有的一切。

那道士一进店门，便皱起了眉头，鼻子一哼一哼，用厌恶的眼光扫着周围的一切。

店小二认识杨密、刚又遇二人，见他两人陪着一个道士进来，当即便满脸热情地走过来招呼。

杨密冲那店小二点点头，便引着道士往墙边的老位子走去。

"来一壶酒，切两斤卤牛肉，再来——煎小鸡、煎肝、盐酒腰子各一份，再上两个时蔬。赶紧的。"杨密冲店小二说道。

店小二见杨密这次一下点了不少酒菜，乐颠颠地跑开了。

不一会儿，店小二先端上了一壶酒和一大盘卤牛肉。酒装在锡制的酒壶中，已经温热过。

杨密立起身，毕恭毕敬地先为那道士斟满了酒，然后才给刚又遇和自己倒酒。

"道长，请！"杨密斟完第一杯酒，坐下来，朝那道士说道。

那道士也不客气，端起酒杯，也不回敬，自顾自地喝了一口。

"不知道长如何称呼？"杨密问道。

"嗯，贫道姓张，名龙儿。"

杨密、刚又遇一听，都是微微一惊。这道士真是大胆包天，竟然敢取这样的名字！两人心中都冒出了这样的念头。

那道士似乎并不在意杨密和刚又遇二人的反应，抬手用筷子夹了一块卤牛肉放入口中，津津有味地咀嚼起来。

"张道长，方才所表现的，可是西方幻术？"杨密问道。

"没想到你还有点见识。"张龙儿笑道。

"听说幻术高超的，可以迷人心神，驱人如牛马。可是真的？"刚又遇问道。

"迷人心神，驱人如牛马，那都是雕虫小技。贫道所习之术，在宫殿中可以招龙引凤，在沙场上可以呼风唤雨，横扫千军。"张龙儿诡异地笑道。

杨密、刚又遇方才见过这道士的手段，一时间对他深信不疑。

"张道士，你方才不是说要给我二人算命吗？"刚又遇性子急，忍不住冲张龙儿瞪起了眼睛。

"是！是——不过，不用急，外面灯箱尚未亮起，有的是时间。"张龙儿慢条斯理地嚼着口中的牛肉，说道。

"刚兄，别催道长。"杨密知张龙儿是在卖关子，当下示意刚又遇少安毋躁。

此时，张龙儿喉头一动，将口中已经嚼烂的那块牛肉咽下了肚。他一边斜眼看刚又遇，一边抬手用筷子又去夹牛肉，口中说道："这般猴急，日后如何成大事！"

杨密、刚又遇听张龙儿这么说，都不禁心头一震，当即都沉默不语。

张龙儿嚼完口中的牛肉，方才缓缓道："如果贫道料得不错，你们二位，都是在官府当差的。是不？"

杨密、刚又遇一听，都微微一愣，更对张龙儿多了一分钦佩。

刚又遇奇道："道长如何看出来的？"

张龙儿微微侧身，举起筷子朝刚又遇的脚底点了点，口中道："你二位的脚上的靴子暴露了你们的身份。从你们穿的靴子看，都是宫中卫士的军靴，你二位不仅是当差的，而且是在皇宫中当差的。"

杨密、刚又遇没有想到道士张龙儿见多识广，竟然被他看穿了身份，当下也不再隐瞒，各自报上姓名，承认自己确是宫中卫士。

张龙儿仿佛心满意足地点点头。

这时，店小二用菜盘托子端上了煎小鸡、煎肝、盐酒腰子等菜肴。

杨密再次拿起酒壶，起身走到张龙儿身边为他斟满酒，口中道："道长，要不，你先为我算算？"

张龙儿歪头看着杨密，诡异地一笑，却不开口说话。

待店小二在桌上摆放好新上的菜肴走开后，张龙儿方才说道："好！你们俩且报上生辰八字来。"

杨密和刚又遇当下将自己的生辰八字都说了。

张龙儿放下筷子，眯起眼睛，掐指算了起来。

不一会儿，张龙儿眼皮猛然一抬，瞪大眼睛，说道："二位前程不小啊！只是——"

"只是什么？"刚又遇忍不住问道。

"只是需要冒点险，若是不冒险，二位恐怕永无出头之日也！"

"冒什么险？"杨密心头一紧，追问道。

张龙儿脸色一沉，沉声低语道："冒杀头的危险。你们敢吗？"

杨密和刚又遇一听，都不禁面面相觑，大惊失色。

"若是二位不敢，贫道的话便就此打住，免得惹祸上身。"张龙儿拿起酒杯，喝了一口。

"若我二人愿意冒险，我们又有何前程？"刚又遇问道。

张龙儿眉头一动，呵呵一笑，盯着杨密和刚又遇的眼睛，压低了声音，说道："不瞒二位，其实贫道都已经安排好了，也不需二位冒什么大风险，只要二位配合，二位的前程，至少是总辖一地的节度使。如是运气好，封王封侯亦不是没有可能。"

刚又遇见张龙儿一副胸有成竹的样子，心想："莫非这道士已经有谋富贵的成熟计划？我们怎能错过这个好机会！"他心念这么一动，便问杨密道："杨兄，你的意思呢？"

杨密的心底，此时正与刚又遇有类似的想法，当下沉吟片刻，说道："道长，你说吧，要我二人配合什么？你究竟是何人？有何计划？"

杨密为人谨慎，不像刚又遇那样性急。

"哼哼，你还是不信任贫道。罢了，贫道的话今日便说到此。告辞了！"张龙儿说着，站起身来便欲离去。

"道长留步。是在下失礼！还请道长点拨迷津。不论道长说什么，在下向你保证，绝不向他人透露半个字！"杨密一把扯住了张龙儿的袖子。

张龙儿死死盯着杨密的眼睛，瞧了一会儿，方才缓缓坐下来，以极低的声音说道："既然如此，贫道也冒一个险。若是两位不想干，便杀了贫道。"

"君子一言，驷马难追，请道长点拨迷津。我们绝不杀你。"杨密道。

张龙儿点点头，脑袋一转，眼珠子也跟着滴溜溜转动。他朝两侧和身后看了看，见近旁没有他人，方才压低声音说道："不瞒二位，贫道有个师妹，得我师真传，幻术天下无双。如今，她是南汉皇帝的红人，当了南汉的国师，不久前，师妹约我秘议，说好只要我杀了大宋皇帝赵匡胤，她便劝南汉皇帝挥师北上，一举拿下中原。到那时，便分我一半江山。不瞒二位，贫道已经观察二位多时了。二位常常近得大宋皇帝，只要二位配合，贫道便有办法取了那大宋皇帝老儿的性命。只要你们答应助贫道一臂之力，贫道拿了大宋江山，给你们封个节度使当当，又有何难！"

张龙儿的一番话，只听得杨密和刚又遇二人背脊发凉。

"怎么，打退堂鼓了？"张龙儿见杨密和刚又遇神色紧张，便追问道。

杨密锁紧了眉头，低头不语。过了片刻，他将头一昂，咬着牙，低声说道："不，我干！刚兄，你呢？"

"干！咱二人武艺不在那王继勋之下，虽然出生入死，却只能做个卫士，那王继勋不过因为是个皇亲，便做得节度使。他杀了人，罪该当死，却可继续做官。上天对我等何时有过公平！王侯将相，宁有种乎？杨兄，我们一起干一把！"刚又遇低声冲杨密说道。

杨密看了看刚又遇，牙关咬了咬，冲张龙儿说道："罢了，富贵终须一搏！只是，可否容我等先将家眷迁出京城到乡下藏匿好，随后再行事？"

"不可，那样恐怕会引起怀疑，打草惊蛇。"张龙儿道。

杨密皱起眉头又想了想，犹豫了一番，终于点头道："好！豁出去了。便从道长之言行事。"

"好，既然如此，待喝完这酒，二位便随贫道去一个地方，见几个人。"张龙儿面上又露出了诡异的微笑。

三人重新举杯喝酒，张龙儿开始天南海北说了些故事，却只字不提任何计划。

杨密、刚又遇见张龙儿言辞不着正题，也不敢多问。

过了半个时辰，三人喝完酒吃完饭，便离开了脚店。

张龙儿带着杨密、刚又遇两人，不急不缓地在城中走街串巷。过了许久，二人认出，张龙儿将他们带到的地方，正是汴河边的利仁坊。

进坊区后，张龙儿带着杨密、刚又遇来到一户看上去是普通人家的门口。

张龙儿在门上"嘭嘭嘭，嘭嘭嘭"地敲着门。

过了片刻，有人来开门，打开一条门缝，看了张龙儿一眼，一言不发，便将大门打开了一些。

张龙儿冲那人点点头，向杨密和刚又遇使了个眼色，便往门里走去。

杨密、刚又遇慌忙跟着张龙儿走进门内。

开门的人在三人的后面，悄无声息地关上了大门。

大门里面是一个非常小的院子。院子正对大门的那边，是一座三开间的房屋。院子两边，则是厢房。

三开间房屋中间的那间正厅此时正关着门，里面亮着光。除了这点光，院子里其他地方都是黑黢黢的。

张龙儿似乎对这里特别熟悉。他径直往那间亮着光的正厅走去。

杨密盯着张龙儿被前面的光勾勒出的漆黑背影，心头"突突"直跳。

没等张龙儿走到那正厅，正厅的门先打开了。

杨密、刚又遇往正厅内看去，一时间吃惊不小。只见正厅内，有十来个人，有几个人，他们并不认识。不过，其中有四个人，他们却是认识的。这四个人，他们不仅认识，而且很熟。这四个人，是与他们一起负责护卫皇宫的卫士，分别是李丕、聂赟、刘晖、马韬。

这时，杨密、刚又遇猛然意识到，张龙儿与他们的相遇，不是偶然，而是早有准备。一个阴谋，早已经在暗中悄悄开始了。如今，他俩也成为了这个巨大的阴谋的参与者。

九

赵匡胤一迈入大殿，便觉得殿内气氛不如往日。一定是出了什么事！他在宝座上坐定，拿眼光扫视群臣。这时，他注意到赵光义、赵普等重臣个个脸色凝重。

"出了什么事？"赵匡胤问道。

赵光义走出班列，启奏道："启禀陛下，昨日夜里，利仁坊发生了三处火灾。不过，大火现已扑灭。"

"利仁坊三处起火？可伤了人？"赵匡胤急问道。

"没有伤亡，不过屋舍倒是烧了几座。这几座被烧毁的房屋都是楚王的原居所。"

听到没有伤亡，赵匡胤轻轻松了一口气。但是，他旋即皱起了眉头，暗想："怎得偏偏是利仁坊起火，还烧了我赐给孟昶的房屋。如此一来，民间恐怕会有谣言，说我欲暗杀孟昶后人，意图斩草除根啊！"他抬起右手，摸了一下额头，又缓缓放回宝座的扶手上。便在这一瞬间，他的手心里微微起了汗。

赵匡胤抬头看了看，在文武班列中找到了京城巡检楚昭辅。

"昭辅，知晓利仁坊失火的人可多吗？"赵匡胤问道。

楚昭辅察觉到赵匡胤的眼光，慌忙站出班列。他的左脸颊靠耳根处，有一溜儿黑色的污渍。昨天半夜，他得到失火的消息，便亲自带着救火队前往救火。灭火之后，他急着上早朝，回家只是抹了把脸，匆匆换上朝服，便直奔皇宫，所以脸上还留着那没有洗净的污渍。

"启禀陛下，利仁坊昨夜失火，周围百姓有的起来帮着救火，有的在外围围观，至今晨，京城里应该不少人都知晓了。"

赵匡胤轻轻"嗯"了一声，说道："楚王的居所遭了火灾，朕不能不去探视。"说着，他看了赵普一眼。

赵普心知赵匡胤看他一眼，实是在征求他的意见，慌忙说道："陛下英明！京城夜半起火，百姓震恐。陛下如能亲自探视，必然能使人心大安。微臣愿随陛下一同前往。"赵匡胤对谣言的担心，赵普早已经想到了，但是他并不当众点明。如果点明了可能发生的谣言，岂非令皇帝难堪。他相信，赵匡胤一定明白他的话的意思。

赵普的话让赵匡胤稍稍安了点心。

这时，党进站出班列，大声说道："末将愿率御林军护送陛下前往利仁坊！"

赵匡胤正想说好，忽然班列中又走出一人。众人拿眼看去，那人个子不高，体形微胖，挺着一个小肚子，生就一张红脸，两只鱼泡眼闪着精光，却是翰林学士承旨载章。对于载章，赵匡胤并不喜欢。平日里，有词章之事，赵匡胤喜用陶穀、李昉等人。

只听载章说道："陛下，万万不可，此时万万不可带御林军前往。利仁坊乃陛下赐给孟昶族人的居所。如今遭遇莫名火灾，孟氏族人必然对陛下暗起疑心。陛下此时如带御林军前往，此事若传开去，恐为天下猜疑也。以微臣之见，不如令皇宫卫士护送，如此既可防不测，亦不会刺激孟氏族人之心，更不会为天下之人非议也。"

载章往日上朝时亦很少站出来说话。此时，载章忽然站出来，殿内诸臣无不暗感诧异，不少人心想："看来这载章总算找到个机会在陛下面前表现自己了。"

赵匡胤虽心里不喜载章，但此时听载章的话切中要害，不禁微微额首道："嗯，卿家所言甚是。光义、掌书记，户部、工部两部尚书、侍郎，你们都随朕一同去。殿前司安排一下，令宫内卫士着常服护卫。党进，你带几个人，也随朕前往利仁坊。"

载章听赵匡胤采纳自己的谏言，不禁微微一笑，旋即默然退回班列。

不多时，殿前司将马匹、护卫都安排停当，赵匡胤便宣布停止了早朝，带着光义、赵普等近臣，由宫内卫士护卫，骑马往汴河边的利仁坊赶去。赵匡胤的贴身卫士、内侍李神祐，依令随行。

行了许久，骑行在队前的殿前都虞侯杨义忽然勒住了马，大声道："且住！"

众人心中一惊，都勒住了马，抬眼往前看去。只见前方道路旁边，围着一大堆人，几乎遮住半边道路。

"有些蹊跷。"骑行在赵匡胤左侧的党进伸手指向前方。

"那群人围聚在一起，似是看热闹的。"在赵匡胤右侧的李神祐说道。

这时，殿前都虞侯杨义拨转马头，骑行到赵匡胤跟前，哑着嗓子道："陛下与诸位且住，末将先前往察看一下。"

正在此时，前方围聚之人散了开来，中间缓步走出一位道人。那道人身上穿着一件大袖玄色道士服，头戴高冠，颧骨高突，脸颊是又黑又瘦。道人留着三绺长须，一双小眼睛闪着精光。不知为何，赵匡胤看到这道人的样子，便不自觉将他与那些令人厌恶的老鼠联系在一起。但是，很快有东西将他的眼光从道人的脸上吸引开去。

那道人右手中托着一个圆球。圆球金光闪闪，大小如同蹴鞠。

赵匡胤暂时忘记了对道人相貌的厌恶，呆坐在马背上，将眼光转向了那道人手中的金属圆球。他眼睛一眨也不眨地看着那金属球，脸上露出恍惚出神之色。这时，众人的眼光也都齐齐地往那球体望去了。只见那球体浑圆闪亮，似金似铜，却不知究竟是何种金属所制。球体虽大，但那道人托在掌中，却似乎丝毫不觉吃力。

道人不待众人开口，大袖一挥，似乎往地上抛掷了什么东西，转瞬间从地上升起一团诡异的白雾。

众人鼻子中刹那间嗅到一股清香，顿有飘飘欲仙的感觉。

只听那道人冲众人道："诸位都往这边看过来！"

赵匡胤一行听了那道人的话，都不由自主地往前方看去。

那道人将手中金属球轻轻往上一抛，迅速地立起食指。那球往下一落，正好落在食指指尖上，竟然便在指尖上滴溜溜转动起来。

赵匡胤盯着那转动的金属球，顿觉一阵眩晕，心里觉得诧异，想要抖动马缰绳往前冲，却似乎没有了力气，眼前便渐渐模糊起来。

党进看着那旋转的金属球，鼻中闻到异香，刹那间想起一事："在我小时候，父亲曾经提到过西方有种摄魂之术，能以异香令人的神经迟钝，以旋转之金属球迷人之心智。莫非，这道人所施，正是传说中的摄魂术？"

这么一想，党进暗叫不好，慌忙狠命集中心神，使劲将眼光从那金属球上移开，扭头冲赵匡胤叫道："陛下，休要看那道人！"

可是，此时赵匡胤已经被那旋转的金属球摄住心神，只是在马背上呆呆盯着那道人手中的金属球发愣。

"杨密，尔等还不动手，更待何时！"那道人突然大喝道。

党进心中一惊，扭头一看，只见身后二十多步之外，杨密带着三四人正骑着马挤开挡在前面的几位大臣，往这边冲来。

"这是在谋逆啊！"党进顿时明白了眼前的一切意味着什么。他瞥了一下四周，见赵光义、赵普等人与赵匡胤一样，皆是迷迷瞪瞪地发着愣，心知此时要救诸人已经来不及了，当下一把拽住赵匡胤的马缰绳，两腿一夹，大喝一声："走！"

党进胯下的坐骑明白主人的意思，一声嘶鸣，载着主人往前猛窜。赵匡胤的坐骑被党进牵着，也往前奔去。

那道人未料到还有人没有被他的摄魂术迷住，眼见党进骑马向自己直冲过来，顿时吓得慌忙往路一边奔逃，手中的金属球顿时跌落在地。

党进骑马牵着赵匡胤的坐骑，掠过道士身边，往利仁坊方向冲去。此路是前往利仁坊的必经之路，这是他俩迫不得已的选择。

道士见走了赵匡胤，心中大急，狂呼道："快追，快追！不要让赵匡胤跑了！"

杨密、刚又遇等人大声呼喝，骑马往党进、赵匡胤奔逃方向猛追去。

这时，方才围在道士身边的十数人已经从衣袍内抽出所藏匕首、腰刀，冲赵光义、赵普、杨义等人砍杀过来。

赵光义、赵普、杨义等人已经回过神来，见一群人向自己砍杀过来，无不大惊失色。

杨义不及多想，口中大呼，激励剩余的几位皇宫卫士一同抵抗凶徒……

党进、赵匡胤两人慌不择路，骑马一路狂奔。路上的行人见两骑舍命飞奔，自然吓得早往两边躲闪了。

不多时，两人甩开了杨密、刚又遇等人，进了利仁坊，骑行到坊内的一个小路口。赵匡胤回过神来，见身旁只有党进一人，不禁大惊，问道："方才出了什么事？"他被摄魂术迷住心神，对方才发生的惊险一幕并无知觉。

"陛下方才被那妖道以西方摄魂术迷住了。杨密、刚又遇等人会同妖道欲谋害陛下！"党进当下三言两语将刚刚发生的一切说了说。

赵匡胤闻知杨密、刚又遇等皇宫卫士谋逆，又惊又怒，便欲调转马头杀回去。党进慌忙止住。

"陛下，万万不可。不知他们是否另有埋伏，咱还是先逃出利仁坊再说。那妖道似乎知道陛下今日要前往利仁坊，说不定在坊内也有埋伏。"

这时，赵匡胤已然想到，利仁坊昨夜三处失火恐怕并非偶然，而是一个蓄谋已久的阴谋。他警惕地往四周看了看，点点头，说道："说得也是。只是，哪里才是安全的出路？"

赵匡胤这么一问，党进顿时有点不知所措。

"罢了，不能在此等死，咱便走这条路吧。"赵匡胤往左边一条道路指了指，不待党进答话，便纵马往前奔去。党进慌忙呼喝一声，纵马追了上去。

两人骑行片刻，眼见又到一路口，只见前面路口右边突然转出两人。走在前面的是一个眉目俊秀的白衣少年。那少年的身旁，跟着一个书童。

赵匡胤未料到路口会突然转出人来，心下大惊，慌忙勒住马缰绳。

马儿一声嘶鸣，往前冲了数步，方才停住，险些将赵匡胤从背上甩出去。

那白衣少年眼见赵匡胤的马儿快要撞上自己，早已吓得魂飞魄散，生死之际，竟然紧紧闭上了眼睛，呆立在原地不能动弹。

所幸，马儿立住了，并未撞到那少年。

白衣少年缓缓睁开眼睛，见赵匡胤的马儿正站在自己面前喘着粗气。

"没撞到吧？"赵匡胤问道。

白衣少年抬头看了赵匡胤，不禁愣住了，脱口叫道："是你！"

赵匡胤一惊，猛然间也认出了呆立在马头前的少年。这少年，正是前些日子他见到的那个见义勇为的白衣少年。

"是你！"赵匡胤也轻呼一声。

这时，党进已经骑马跟上，他见白衣少年立在赵匡胤马前，便问道："这位兄台，你可知出利仁坊的捷径？"

那白衣少年呆呆地看了党进一眼，说道："知道。"

赵匡胤听那白衣少年声音比上次听到时更显清脆，甚是悦耳，不禁暗暗称奇："这世间竟然有如此神仙般的人物。"

"那便烦请兄台给指引一下道路，我等必有重谢！"党进道。

那白衣少年似乎想到了什么，呆了一呆，便不再开口说话，冲赵匡胤瞥了一眼，又冲书童使了眼色，便往方才的来路走去。

党进见白衣少年二话不说，便带着书童往路口右边走去，心下忽然生疑，朝赵匡胤看了一眼，轻声道："陛下，你看，咱跟不跟他们走？"

赵匡胤亦有困惑，一时不语。

这时，那白衣少年见赵匡胤、党进二人没有跟上，便扭头冲二人招了招手。

赵匡胤愣了一下，说道："走。跟着他俩。"

"是！陛下。"党进轻声道。

那白衣少年和书童带着赵匡胤、党进二人在坊内的小路中穿行，转了几个弯后，果然出了利仁坊坊区，来到一条大街上。

"请问这位兄台高姓大名，家居何处，今日引路之恩，吾必当择日重谢！"赵匡胤在马背上，冲那白衣少年一抱拳。

那白衣少年却只是仰头看着赵匡胤，并不答话。这时，赵匡胤突然察觉到，白衣少年的眼神有些奇怪。那眼神中，透着幽怨，似乎还透着一股敌意。

"这少年究竟是何人？我在那日之前，一定在何处见过他。"这时，赵匡胤开始再次猜测这个少年的身份。

便在赵匡胤走神发愣之时，那白衣少年带着书童，一转身，便往方才来路，朝利仁坊方向走去。

"他住在利仁坊内！利仁坊是朕赐给孟昶族人居住的。这少年一定是孟家的人。是了，一定是孟家的人。他是——"突然之间，赵匡胤的脑海中闪过一个画面——那夜宴请孟氏族人的场景。

"他是——不！她是——花蕊夫人。一定是她！那天晚上，我曾经见过她一面。难怪我觉得眼熟！"赵匡胤回想着，愣愣地望着那白衣少年的背影，呆住了。

"陛下，怎么了？"党进见赵匡胤有些恍然若失，关切地问道。

"没事！"赵匡胤轻轻地说道，双眼依然出神地盯着白衣少年的背影。

十

"招了吗？"赵匡胤从椅子上猛地直起身，大声问道。

"招了。道士张龙儿是主谋，张龙儿背后真正的主使者，乃是南汉国师樊胡子。卫士杨密、刚又遇、李丕、聂赞、刘晖、马韬，承旨载章，百姓王裕等参与了谋逆。张龙儿策划了整个事件。他利用了从成都迁来的王裕等人。利仁坊的火灾乃是王裕等在他的指使下所为。李丕、聂赞、刘晖、马韬几个先行加入了张龙儿的阴谋团体，随后张龙儿又诱骗杨密、刚又遇两人入伙。在利仁坊火灾之后，承旨载章趁机谏言，使陛下落入了张龙儿早就策划好的圈套。"党进回答道。

"杨密、刚又遇，这些人，朕待他们不薄，没有想到，竟然背叛朕！"赵匡胤阴沉着脸说道。由于极度生气，他说话时嘴唇哆嗦着，声音有些颤抖。

"陛下，这些反贼，如何处置？"

赵匡胤没有直接回答党进的这个问题，眼睛一瞪，口中道："你随朕去大理寺，朕要亲自问问杨密、刚又遇这几个人。"说罢，他从椅子上立起来，绕过书案，往御书房门口走去。

党进见赵匡胤满面怒色，眼睛渗透着血丝，心知他处于极度愤怒的状态，当下不敢多说，应诺道："是！"

杨密、刚又遇等几个谋反的卫士被分别关在大理寺的天牢中。

赵匡胤令狱卒打来了杨密的牢门。

"陛下！"党进见赵匡胤欲进牢房，身子一动，抢到前面，挡住了。

"你让开，朕没事！你守在外面便是。"赵匡胤肃然道。

党进略一迟疑，将头一低，退到了一边。

赵匡胤低下头，弓着身子，迈步进了牢房。

杨密颈项上戴着枷锁，足上锁着铁镣铐，箕踞在牢房的地上，瞪眼看着赵匡胤，却不起身。

赵匡胤又往前走了两步，睁大了眼睛，死死盯着杨密。

"你说说，究竟是为了什么？"赵匡胤克制住心中怒火，尽量让自己的声音显得平静。

杨密脸颊上的肌肉使劲抽动了几下，然后将头一垂，并不说话。

"说，究竟是为何要背叛朕？朕可薄待尔等？"

"我等欲谋富贵而已，既然事败，夫复何言！"杨密猛然将头一昂，冲赵匡胤睁大了一双带血的眼睛。

"好！还算你有点骨气，朕会成全你！"

杨密"哼"了一声，翻了一下白眼，恨恨说道："昏君！那王继勋残杀那么多无辜之人，你却饶他性命，如今杀我等，倒是痛快！"

赵匡胤听了杨密这话，只觉浑身血气上冲，脑中"轰"一声，眼前一阵眩晕，身子晃了几晃，几乎跌倒。

过了片刻，他使劲稳住了心神，抬起左脚，一脚踹在杨密的枷锁上。

杨密经不住赵匡胤这一脚怒踹，翻身往后倒去，斜躺在地上，却哈哈大笑起来。

"陛下，你知道吗，你欠着那些无辜死去的人！这命债，你永远也还不清，永远也还不清！"

赵匡胤被杨密的话气得浑身发抖，由于血液上冲，脸皮也变成了酱紫色。

"是！朕欠着那些无辜的人。朕是想让王继勋活着。难道朕作为一国之君，就不能让他活着吗？难道，朕杀了王继勋，那些无辜死去的人，便会活过来吗？会吗?！是的，是的，在战场上，朕亲手杀死的人何止千百，这天下，因朕而死的人，何止千千万万。朕欠着他们，朕是欠着他们。尔等便再把无辜的人的命债都算到朕头上，朕也认！朕都认！"

赵匡胤口中大声说道，一边说着，一边不时高举起双手，使劲地挥动着。他一开始还是冲着杨密说话，到了后来，便仰头向天，仿佛是冲着老天发泄着胸中的怒气。他一口气说完了一大段话，使劲喘着粗气，呆呆站着，仿佛灵魂出了窍，如一尊已然站立千百年的雕塑。

过了一会儿，他突然低头冲杨密轻声道："尔等都得死！朕不能不杀你们！杨密，你记住，你也害死了你的家人！你家人的命债，朕都会记着。"

说完，他不再说话，头一低，弯着身子，从牢门走了出去。

杨密呆呆望着赵匡胤的背影发愣。

待赵匡胤带着党进离去，杨密瘫倒在牢房的地上，像野兽一般大吼了数声，然后号啕大哭起来。

次日，张龙儿、杨密、刚又遇、李丕、聂赟、刘晖、马韬、承旨载章、百姓王裕等谋反之人，尽数伏诛。张龙儿、杨密、李丕、聂赟四人被夷族。

张龙儿谋反事件之后，赵匡胤生了一场大病。几个御医会诊后，达成共同意见，认为皇帝的病是上火后中了严重风寒。

这场病来得又急又猛，赵匡胤从身体到精神都垮了下来，接连好几日卧床不起。这几天，除了弟弟赵光义，妹妹长公主阿燕，御侍秋棠、玉儿、宰相赵普等少数几人之外，他不想见其他人，也未见其他人。

长公主阿燕接连几日都来探病，其间两次趁着秋棠、玉儿不在他身旁，婉言提出立新皇后的建议。"皇兄，如月姐走了已经有一段时间，你也该考虑考虑立个新皇后了。身边多个人，也多一份照顾。秋棠、玉儿虽也贤惠细心，但是遇到事情，尚缺些主见。"阿燕拉着他的手这样说道。

他当然能够体会妹妹的苦心，但是却依然没有立新皇后的心思。不过，在口头上，他倒是含含糊糊地应承下来，为的是能够让妹妹稍稍宽心，也为了自己能够躲开妹妹再三的唠叨与劝说。

阿燕似乎也看透了他的心思，说了两回后也不再说了。

赵光义带着夫人小符，也来探望了两次。他不忘叮嘱赵光义，令他务必与京城巡检楚昭辅协力，共同维护京城的安定。他又向小符夫人问了几句符家与柴家的情况。从小符口中，他得知符彦卿身体依然健朗，不过柴守礼近来却接连生了几场大病。

他回想起几年前在洛阳牡丹大会见柴守礼的情景，不禁叹道："朕闭上眼睛一想，柴司空还就是前几年的样子啊。待朕病好了，也该请柴司空来京城做做客。"

赵光义、小符听他这么说，都不觉有些诧异。他们知道，赵匡胤心里一直顾忌着柴家的势力，就在几年前的那次天下牡丹会上，他与柴守礼达成了"协议"，赐给柴家后人免死铁券，要求柴家世代效忠朝廷。他们也知道，赵匡胤此前从未对柴守礼有过好感。如今，赵匡胤主动提出要邀请柴守礼来京城做客，不免出乎他们的意料。但是，既然赵匡胤这么说了，他们也自然明白，这是他希望他俩私下里事先去与柴守礼打个招呼。

过了几日后，赵匡胤在御医的细心调理下，病情渐渐缓过来，可以下床走动了。杨密所说的那些话，渐渐沉入他的心底。这些话确实沉重地打击他。现在，它们渐渐沉入心底时，而他的意念，也已不知不觉地在心底挖好了一个深深的坑。他的意念，将它们埋到这个坑里，暂时严密地封存了起来。他从这次沉重的打击中，挺过来了。

在近这年年底的时候，西川传来了几个好消息。

丁德裕与西川兵马都监张延通相互配合，率军大战叛军全师雄麾下都统康祚。康祚不敌丁、张二军，兵败被擒，随后被斩杀于市。

康延泽在攻下普州之后，叛军王可僚纠集数个州的兵马，合攻普州。康延泽用计大破王可僚之军。王可僚败退至合州。康延泽不容他逃跑，率大军追至合州。

这时候，全师雄病死于金堂。叛军于是推谢行本为主，以罗七君为佐国令公。罗七君既为佐国令公，便纠集宋威怀等军，在铜山险要之处设立山寨，试图抵抗宋军的进攻。

康延泽等乘胜破谢行本之军，随后进攻铜山，大破罗七君。

罗七君被康延泽擒住后，西川各处叛军群龙无首，惊慌失措。

王全斌、丁德裕于是分兵前往西川各处招抚。

至此，全师雄之叛被平定。

但是，在西川局面好转的同时，位于北境的辽州却被北汉侍卫都虞侯刘继钦攻破。辽州复失于北汉。

在南汉倒是发生了一件有利于宋朝的事情。南汉的北面招讨使吴怀恩得南汉主刘铱恩宠，在桂州建造战舰船舶。吴怀恩为人苛严，督役建造过程一丝不苟。只要看到建造过程中用材不达标或度量有疏略，他必对工匠鞭笞捶挞。工匠们一时间怨气腾腾。一日，吴怀恩登船检阅钩、楯的制作情况。匠人区彦希在吴怀恩身侧，趁其不备，挥起斧头砍下了他的首级。船上众人一时惊散。区彦希趁乱逃跑，但是于数日后被擒杀。吴怀恩虽然是宦官，却是当时南汉颇有才干的将领。他被杀后，南汉百姓惊恐万分。南汉主刘铱慌忙派潘崇彻代吴怀恩为北面招讨使，严防宋兵南下。

赵匡胤心中积压着对张龙儿谋逆的怒气，本欲趁着吴怀恩被杀之机，以南汉国师樊胡子指使张龙儿谋逆之罪为由，发兵讨伐南汉。不过，赵普提醒赵匡胤，也许南汉国师樊胡子的计谋，并不为刘铱所知。若是这样，与其着急讨伐，不如令樊胡子继续在刘铱身边飞扬跋扈，暗生阴谋，以待南汉自乱。赵普的计谋，令赵匡胤收起了立即起兵讨伐南汉之意。如果南汉自乱，就可以少牺牲一些我朝将士啊！赵匡胤心里这样想着，努力将心里的怒气压了下去。也就在这个时候，北汉重新占领辽州，令赵匡胤内心燃起的攻击南汉的欲望再次受到打击。在两重因素的作用下，赵匡胤再次将讨伐南汉的计划暂时搁置。

"若自己的北境尚不能稳固，便起兵攻击南汉，岂非穷兵黩武，自取灭亡？"

在这年年底的那天，大雪从灰暗的天空飞飞扬扬飘落大地，赵匡胤坐在御书房中，取出慕容延钊遗赠的巨剑"血寒铁"，抚摸着冰冷的剑身，心里默默思度着天下大势，陷入了沉思。

卷
二

一

"便是在此处。"

"此处？"赵匡胤用脚踩了踩。他感觉脚下的土地有些松软。

"错不了。"老农呵呵地笑着，一边笑着，一边蹲了下来。他伸手在黑色的土壤里扒拉起来。他的手很大，骨节突出，手指又黑又粗。

老农将土壤扒拉了一会儿，仰头看着赵匡胤，说道："瞧，这不，找到木棍儿的梢了。去冬插下去时露出地面两寸，如今地气开始通达，土块儿分散，土壤上涌，便将露出地面的那截儿木棍埋没了。陛下，你试试去拔旁边丛草。"

赵匡胤也蹲下身子，单膝跪在地上，探手轻轻握住脚边的一小丛枯草，微微用力，往上一拔，便将那丛枯草连根从土地中拔起。

"是不？现在枯草根很容易从地里面拔出了。今年可以开耕咯！若是勉强在春天地气通达前便开耕，土块儿便不能粘连，水分便不易储存，那样子，这一年庄稼都长不好啊！"老农探手捏了捏赵匡胤手中的枯草根，喜呵呵地说道。

"好啊！好啊！过几日，朕便带大臣们来此处春耕，给百姓们做个示范。"赵匡胤笑着道。

"嗯嗯，那陛下可得赶紧。立春过了二十日，地便失了和气，那时土地会变硬起来。在地变硬之前春耕，耕一次，便当得其他时间耕四次。地失了和气，再耕地，耕四次还当不上和气时耕一次哦。"

赵匡胤单膝跪着，凝神听着老农说话。

老农见皇帝聚精会神地听自己说话，也是兴致大增，继续说道："不过，陛下啊，春耕也千万不可早了。要等杂草发芽后再春耕。那样子，耕过地后，再经过雨水，种子和土壤便会紧密结合咯。待庄稼秧苗长出，那些杂草便都腐烂了。如此一来，田便成了好田。再耕地，一次便可当得不这样做时耕五次。若是心急，早早耕地了，土是坚硬的，青草和庄稼的秧苗便会同时从土壤的同一空隙中发芽出来，那么杂草便不能除去。田便成了坏田，庄稼便种不成喽！"

赵匡胤听了老农的话，将手中的枯草放在地上，用手轻轻抚摸着脚边黑色的土地，沉默了片刻，说道："是啊！是啊！朕之前也知耕地有些学问，只是如无老伯今日这番讲解，朕哪里能晓得这些。今日朕受教咯！"

那老农听了，咧嘴一笑，说道："俺一粗人，只懂得如何种地，陛下真是折煞俺了。"

赵匡胤缓缓站起身来，冲身后的开封府尹赵光义、宰相赵普等人看了看，冲赵普说道："掌书记，你安排一下，明日备办好车马、耒耜，朕后日便与诸位大臣一起到籍田春耕劝农。"

"是！陛下。"赵普微笑着答道。

赵匡胤与诸大臣回到宫中，见时辰尚早，便带了赵光义、赵普、陶谷、党进等近臣往乾元殿议事，令其他官员各回官署。

赵光义、赵普等随着赵匡胤进了乾元殿，尚未站定，只听殿外有人大声禀报："启禀陛下，王仁瞻已至待漏院，等候觐见。"

赵匡胤听到禀报声，停了脚步。赵光义、赵普等人也都停住了脚步，回头望向殿门外。

这时，赵匡胤眉头微微一皱，缓缓转身，说道："速速传来。"

殿外那个前来禀报的阁门使听了，答应了一声，便匆匆离去了。

原来，西川全师雄叛乱被平息后，原后蜀国内的不少臣民继续前往汴京告状，他们控诉征蜀的几员大将王全斌、王仁瞻和崔彦进等在破蜀时豪夺百姓，占人妻，纳妓女，擅发府库，隐没财货等各种不法行为。赵匡胤派人前往后蜀旧地，暗中调查征蜀诸将的所作所为。一查之后，果然验证了告状人之言。于是，赵匡胤将几位征蜀大将召回了汴京。

思虑再三，赵匡胤决定先行召见王仁瞻细问内情。

不多时，王仁瞻迈着沉重的脚步进入了乾元殿。

想到自己任用的几位大将竟然犯下大过，赵匡胤心情有些沮丧。他坐在乾元殿的宝座上，眯着眼睛，看着丹墀之下默立着的王仁瞻，两只手掌合在一起，搓了两下，方才沉声问道："纳李廷珪之女，开丰德库取金贝，这些岂是诸位将军应该干的事？"

赵匡胤的问话，虽然声音不大，但是话中指名道姓，所言之事，具体明确，王仁瞻闻言如何不大惊。

未等赵匡胤的话音落下，王仁瞻的脸色已经变得像纸一般白。

惶恐之际，王仁瞻一时不知如何作答。

赵匡胤见王仁瞻脸色惨白，叹了口气道："你们所犯下的罪，论法应该由大理寺羁押审问啊！你们，一个个都是统率千军万马的大将，朕如何忍心看你们落入狱吏之手啊！"

"陛下，末将知罪了！请陛下开恩。"王仁瞻"扑通"一声跪倒在地，大声说道。

赵匡胤抬眼看王仁瞻，但见他满脸涨成了猪肝色，额头尽是黄豆一般大的汗珠子。

"你说！朕该怎么办！"赵匡胤抬起左手，重重朝宝座左扶手砸了一下，便仿佛通过这猛力的一砸，就可将面前的问题给砸碎、砸没了一般。

王仁瞻满脸羞愧，惊惧不能言语。

"朕先不说，朕任你为征伐西蜀大军的都监，你说说吧，你这都监究竟都怎么干的？"

王仁瞻耷拉下脑袋，抬手擦了一下额头的汗珠，当下不敢隐瞒，将王全斌、崔彦进等诸位大将贪赃枉法的细节一一道来。

赵匡胤虽然之前已知道大概，但是此时听了王仁瞻的细述，依然不禁怒火中烧。

待王仁瞻历诋诸将后，赵匡胤厉声问道："照你这么说来，我大宋征西诸将，就没有好的了？全都坏死了不成？"

王仁瞻见赵匡胤震怒，慌忙叩头道："启禀陛下，倒也不是没有清廉之人。曹彬将军，清廉畏谨，足为诸将之示范也！"

赵匡胤瞪着王仁瞻，叹了口气，说道："好！好！幸亏还有个曹彬！"

赵匡胤对曹彬印象一直不错。"曹彬今年应该是三十六，可算是年轻有为啊。王仁瞻能够推荐曹彬，也算是能够识人。"他这样想着，微微垂下眼皮，沉思了片刻，抬眼看看赵光义，又看看赵普，说道："掌书记，王全斌、王仁瞻、崔彦进的事，朕就责成中书门下查吧。待查清楚了，你先禀报朕。大理寺那边，先不必知会，朕自有考虑。"

赵普心里早对王全斌之前的专横跋扈之行有所不满，听皇帝将王全斌等人交付中书门下审查，心底暗喜，当下从容答道："陛下放心。"

"你们都退下吧。"赵匡胤皱起眉头，抬起右手，冲诸臣挥了挥手。

王仁瞻踟蹰着站起身来，抬头往赵匡胤看去，却见他缓缓将身子靠到宝座的椅背上，半仰着头，眼睛睁老大，无神地朝上方看着。

躬耕籍田的次日夜晚，赵匡胤在内东门小殿召见了赵普。这日晚膳前，赵普已经向赵匡胤禀报，王全斌等人的事情已经查实，所以才有内东门小殿的这一次召见。

待赵普进了殿内站定，赵匡胤便道："掌书记，王全斌等可都认了？"

"三人俱供认不讳。"

"倒是还算有骨气。都认了什么？"

"三人所公认的，包括取受、隐没钱财，暗藏蜀宫珍宝、削克士兵装钱、杀降致叛等罪。微臣合计了一下，三人所受取的钱财，不包括暗自藏匿的蜀宫珍宝等，共六十四万四千八百余贯。"

"六十四万四千八百余贯？"赵匡胤皱起了眉头，面色一寒。

"是的。"

"愚蠢!"赵匡胤低头沉吟了片刻,缓缓抬起头,问赵普道,"掌书记,你认为该如何处置?"

赵普见赵匡胤面带犹豫,当下微微一沉吟,说道:"微臣不敢擅断,不如陛下择日令御史台集百官于朝堂合议一下,再做定夺。"

"也好!王全斌等人在西川所为,民怨甚大,集百官合议,亦可有警示之用。"赵匡胤点点头。

次日,赵匡胤令御史台集百官于乾元殿,合议如何给王全斌等定罪。

"王全斌等杀降致乱,陷陛下于不义!其罪当诛!"

"不错!当杀!"

"王全斌等克扣兵服,巧取豪夺,荼毒西川,罪该万死!"

"陛下,臣等请治王全斌等死罪!"

一时间,多位官员上言,请治王全斌等死罪。

赵匡胤沉着脸,坐在宝座上,一言不发。对于王全斌等人犯下的罪状,他如何能不清楚。不过,如果让他就此杀了这几员大将,他却又心中不甘。

赵普站在班列中,一直拿眼睛注视着赵匡胤。昨晚,他还不敢确定赵匡胤真正的意图,但是今天在这朝堂之上,在多位官员进言处死王全斌之后,他见赵匡胤沉着脸色不语,便已经料到赵匡胤终是不忍心杀王全斌等。尽管他也有心借这机会除掉王全斌,不过,在心底再三权衡后,他改变了主意。

他走出了班列,冲赵匡胤深深一鞠躬,说道:"王全斌等兵定西蜀,为我朝开疆辟土,虽然犯下死罪,但如今寰宇未统,太平未至,尚需猛将劲卒为前驱。臣请陛下念及王全斌等刚立新功,赦其死罪。"

赵普几句话一出,朝堂内一片哗然。不少官员原以为宰相赵普会力主诛杀王全斌,可是如今宰相突然改变了主意,这些官员如何不吃惊。多位官员原先力主诛杀王全斌等,一方面确实认为王全斌等该死,另一方面,也是因为揣摩着宰相赵普往日与王全斌不睦,借此机会治王全斌等死罪，顺便可以讨好实力派的宰相。可是，他们没有料到，赵普此时此刻竟然会力主赦免王全斌等。

不过，出乎赵普意料的是，他说完这几句话，赵匡胤依然沉着脸，对他的进言不置可否。

赵普愣了愣，正待继续进言说服赵匡胤，赵匡胤忽然将头一抬，大声说道："开封府尹赵光义、宰相赵普留下，其余诸位卿家，都退下吧。"

百官一听，慌忙都遵旨退出了乾元殿。

不一会儿，乾元殿内，除了赵匡胤的几个近侍还留在原地，其余的大臣，就只留下了赵光义和赵普两位。

赵匡胤沉思了片刻，沉声说道："光义、掌书记，朕若不杀王全斌、崔彦进、王仁瞻等，该如何处置才好？你俩且说说。"

"皇兄，不如将他们几个降级处置，以示警告。"赵光义道。

赵匡胤缓缓摇摇头，说道："崔彦进忠勇，朕这样处置他倒是放心。只是，王全斌素来自傲，且手下虎狼之将众多，朕若不杀他，只是降级，恐他心生怨恨，与手下共谋生出变乱。如是杀他，朕又是舍不得，也怕寒将士们的心。"

"臣倒是有一计。"赵普道。

赵光义看了一眼赵普，心中暗暗揣摩赵普会想出何种计谋。

"说来听听。"

"王全斌、崔彦进的部队，除了崔彦进麾下一部分禁军，其余多来自其军镇。陛下不如令他二人离其本军镇，在他处别置新军镇，分裂其旧部，令两人各自统领一部分。他二人虽然离开原军镇又降了级，但保住了性命，又能带着一部分旧部，定不会生出兵乱来。"

"这种办法，朕不是没有用过，当年李筠便是不愿离开本军镇赴青州，最终在潞泽起兵叛乱。朕也担心王全斌、崔彦进手下闻主帅被迁，再生叛乱啊。"赵匡胤叹了口气。

"陛下多虑了。此时的王全斌、崔彦进、王仁瞻，可不同于昔日的李筠。当年的李筠，乃是将在外，独霸一方的豺狼。如今，王全斌等人，却是宫中待罪之羔羊。豺狼被困，必誓死一搏。羔羊遇难，寻到生路便会心满意足。"

赵匡胤听了赵普这句话，眼睛一亮，说道："掌书记之语，甚是精辟。朕便依了掌书记之策！"说罢，赵匡胤身子往宝座一靠，长长舒了一口气。

甲寅日，赵匡胤下诏，置崇义军于随州，同时又置昭化军于金州，将忠武节度使王全斌贬为崇义留后，将武信节度使、侍卫步军都指挥使崔彦进贬为昭化留后。枢密副使、左卫大将军王仁瞻则被降职为右卫大将军。

又过了些日子，赵匡胤再次下诏，赐内客省使曹彬为宣徽南院使领义成军节度使，又令侍卫马军都指挥使、宁江节度使刘光义改领镇安。

宿将龙捷左厢都指挥使张廷翰和虎捷左厢都指挥使李进卿在征伐蜀国时，在刘光义率领的大军中，任归州路行营马步军都指挥使。二人在平蜀过程中，不仅作战勇猛，而且纪律严明，赵匡胤因此大为赞赏。这次下诏，赵匡胤也同时晋升了二人。张廷翰被封为侍卫马军都虞侯，领彰国节度使，李进卿晋升为步军都虞侯，领保顺军节度使。

在加封武将的同时，赵匡胤不忘加封在开疆拓土后治理新领地的文臣。这年二月甲子，参知政事薛居正、吕余庆同时被加封吏部侍郎。

王仁瞻被罢枢密副使后，枢密副使之位空缺。赵匡胤揣摩许久，不知何人可用，忽然想起王仁瞻夸赞过的曹彬。"不久前，朕刚刚升曹彬为宣徽南院使领义成军节度使，至今尚未召他入对，不如召他入对，且看看他会推荐何人。"他想到这个主意，心下暗喜。

一日，赵匡胤派人去传曹彬到便殿觐见。曹彬正在城西军营中，接了圣旨，来不及换上朝服，便匆匆赶到皇宫便殿中。

赵匡胤抬眼看曹彬，但见他身披着绿色战袍，腰束褐色的锦护腰，头戴一顶银头盔，脸上的线条很柔和，一双丹凤眼中的神色坚定而从容，浑身上下透着一股儒雅之气。"好一员儒将！"赵匡胤不禁在心底暗暗发出赞叹。

将征蜀的功劳说了一通后，赵匡胤要对曹彬给予赏赐。

曹彬闻言，固辞道："此次西征的诸位大将俱都获罪，臣若独自受赏，何以自安？臣不敢奉诏。"

赵匡胤微笑道："卿家有功无过，又不自矜伐，如果真是有丝毫问题，仁瞻岂能为卿家隐瞒？惩罚与奖赏，乃是国家的常典，卿家不用推辞了。"

尽管赵匡胤说了这番话，曹彬依然坚决推辞。

赵匡胤见曹彬固辞，灵机一动，说道："这样吧，卿家且从征西诸官吏中为朕推荐几位可重用之人。若卿家没有合适人可推荐，便受了朕的赏赐。"

曹彬听了，不禁一愣，抱拳道："陛下，微臣奉命，只监军旅，至于采察官吏，非臣职责也！"

赵匡胤一笑，说道："身为大将，监军之时岂能不知军中官吏德能，卿家细细想想，莫要埋没了德才兼备的可用之才。"

曹彬略一沉思，说道："若陛下一定让臣举荐，臣以为，西征大军中，唯义伦可用也！"

曹彬所说的"义伦"，乃是给事中沈义伦。西征蜀国时，赵匡胤令沈义伦为随军转运使，跟着刘光义大军行动。曹彬当时是刘光义大军中的都监。

赵匡胤听曹彬推荐了沈义伦，不禁心中大喜，哈哈笑道："好！朕正要重用沈义伦，原来早入卿家法眼咯！"

原来，赵匡胤早已经从察子那里知晓了沈义伦的事迹。据派出的察子回报，西川随军转运使、给事中沈义伦自入成都后，独居在寺庙中，每日只吃些简单菜蔬，伪蜀群臣络绎不绝前来拜访，给他献来各种珍奇异宝，他都一一谢绝。东归之时，沈义伦箧中所有，只不过是数卷图书而已。

二月乙丑，赵匡胤下诏，以西川随军转运使、给事中沈义伦为户部侍郎，充枢密副使。

二

近一年来，北汉主刘钧接连生了几场重病，再加之受宋朝方面的军事压力和辽朝方面的怠慢与欺辱，他更是郁郁寡欢。从宋朝最新的一些举措，刘钧窥到了赵匡胤有志于进一步开疆拓土的心思。他又想到自己无亲生儿子，只有继恩、继元和继忠三个养子，可是论治国能力，这三个养子皆不能令他满意。这如何不让他心情郁闷呢。

秋七月的一天的午后，北汉主刘钧用完午膳，但觉头脑沉重，浑身无力。他令侍者将自己扶到勤政阁，斜倚在一张榻上，望着窗外灰色的天空发呆。过了多时，他心念一动，令最信任的姜太监去传郭无为来。此时，郭无为已经是北汉的宰相了。

郭无为奉旨赶到勤政阁。勤政阁内，刘钧已经让其他内侍都退了出去。除了刘钧、郭无为和姜太监，再无他人。

刘钧从榻上直起身子，眼光在郭无为鸟喙一般的嘴上略停了一下，便盯着郭无为的眼睛说道："朕用无为先生，乃朕知先生之才，天下少有匹敌者。"说到此处，刘钧停顿不语。

郭无为听刘钧这么说，深深一鞠躬，鹰钩鼻的鼻翼微微翕动，口中道："陛下知遇之恩，无为粉身碎骨难以为报，但求鞠躬尽瘁死而后已，为陛下分忧。"郭无为相貌奇丑，先不被北周郭威所用，后乃投于北汉，为刘钧重用。他对刘钧，确实满怀感恩之情。

刘钧神色凝重地点点头，说道："朕不仅要先生为朕分忧，更要先生为朕家事多多操心啊！"

郭无为闻言大惊，慌忙跪下，口中道："陛下何出此言？"

刘钧垂眼看着郭无为，叹了口气，说道："继恩虽然是纯孝之人，然而非济世之才，恐怕日后不能了我家事啊！朕将如何才好啊？！"

郭无为抬起头，眼光正好遇到刘钧的眼光，但觉这一代枭雄的眼中，充满了无奈与悲伤。一刹那间，郭无为心中亦升起无限悲哀之感。不过，他一直就不看好刘继恩。在他心里，有能力继承帝位的，应该是三子继元。因此，当刘钧提到继恩时，他沉默地低下头，不发一语。

姜太监侍立在侧，见郭无为沉默不语，不禁微微皱了皱眉头。

刘钧这样评价养子继恩，不是没有原因的。刘钧养子刘继恩，亲生父亲是晋时护圣营卒薛钊，其亲生母亲，是北汉世祖的女儿。北汉世祖因为刘钧无子，便让刘钧收养继恩、继元为养子，赐给刘姓。继恩相貌奇特，大肚多髯，上半身很长，下半身很短。所以，继恩骑在马上时，显得特别魁梧，但若是徒步而行，看上去便像侏儒。继恩侍奉刘钧非常孝顺，昏定晨省，没有一点违背礼仪的做法。刘钧任用继恩为太原尹，但是继恩却因软弱的性格，无法进行有效管理。刘钧因此大为忧虑。

这时，刘钧想到继恩的弱点，便将日后辅佐继恩的希望寄托在宰相郭无为身上。

刘钧的这个想法，郭无为如何不知。

刘钧说完那句话，见郭无为跪着不语，便道：“卿家请起，站过来说话。”

郭无为闻言，缓缓站起身，走到榻边。

刘钧又叹了口气，抬手拽住郭无为的一只手臂，紧紧攥着，口中说道：“不瞒先生，朕今日唤先生前来，乃是要将继恩托付给先生，望先生好生辅佐，捍卫江山社稷啊！”说罢，刘钧不禁垂下泪来。

郭无为见状，慌忙跪倒，呆了呆，口中道：“无为不才，虽非诸葛武侯，但陛下如此重托，无为必粉身碎骨，捍卫社稷，以报陛下！”

“好！朕要的便是先生这句话啊！好了，你去吧。”刘钧说完，惨然一笑，冲郭无为摆摆手。

郭无为但觉刘钧抬手摆手之际，虚软无力，不禁心下大悲。他立起身来，深深一拜，往勤政阁门口退去。

“且慢！”

郭无为正要迈步出门槛时，听到了刘钧的一声呼喝。

他停住了脚步，慌忙转过身去，望着刘钧。

"朕还有一事，须得告诉卿家。"刘钧冲郭无为招招手，示意他回到榻前去。

郭无为匆忙走回到榻前，垂首而立。

"有一件事，朕谁都没有告知，今日，朕要告诉卿家，也好让卿家有所准备。"刘钧说话间，神色更加凝重。

郭无为心下好奇，不知刘钧还有什么秘事，竟然会放在托孤大事之后才说。

刘钧嘴唇动了动，犹豫了片刻，方才沉声道："卿家可记得，南唐李景去世后，朕曾经集代北诸部发兵麟州？"

"臣怎会忘记，那次陛下正是听了臣的建议，才发兵麟州的。麟州之事不利，乃臣之罪也！"

"不，那怪不得卿家，怪只怪我们发兵太慢，而且南下之意不坚定，所以被宋分兵牵制，不得不退兵。"

"谢陛下恕臣之罪！"

刘钧摆摆手，继续说道："麟州之战后，发生了一件事，朕谁都没有告诉。"

郭无为一愣，微微张了张嘴。

"麟州之战后，宋帝曾派谍者秘密拜见朕。那谍者传宋帝的话说：'君家与周氏世仇，宜不屈。今我与尔无所间，何为困此一方之人也？若有志中国，宜下太行以决胜负。'当时取麟州失利，朕已知南下中原，决不是易事。为求自保，朕秘密派谍者回复宋帝曰：'河东土地兵甲，不足当中国之十一，区区守此，盖惧汉氏之不血食也。'朕借此告知宋帝，朕之所以守此社稷，乃是为给我刘氏留一块可以吃饭生存的地方。据朕的谍者回来报告说，宋帝听了朕的复言，笑着说：'为我语刘钧，开尔一路为生。'宋帝这么说，意思便是放我刘钧一马，不再攻击北汉。近来宋帝没有举兵攻击我北汉，实是朕屈膝向宋帝求来的一时平安。因此之故，朕密不告人。不过，朕担心，若是朕哪日不在了，恐怕宋帝便会举兵北上啊！"

说完，刘钧长长叹了一声。

郭无为听刘钧说完这番话，方知他为何要将此事放在托孤之后才说——在他心底，这必是奇耻大辱，自不想被世人所知啊。

郭无为略一沉吟，说道："陛下此言差矣！臣闻宋朝谋臣赵普向宋帝建言，统一天下的策略，乃是先南后北，先易后难。如今宋朝刚刚吞并后蜀不久，必将锋芒先指向南汉或南唐。陛下不必多虑！"

刘钧听了郭无为的话，神色一凛，猛然直起身子道："若朕在，宋帝必先南后北，若朕有不测，宋帝必乘隙谋我社稷。先生务必记得朕的话，早早为备！"

郭无为一惊，心中暗想，刘钧果然是一代枭雄，为了江山社稷，连颜面也不顾，在如此局面之下，竟然有如此明确之判断，恐怕之前用我，也并非完全自己没有主意，只不过借我之口，以调和诸臣之见也。

当下，郭无为又是深深一拜，肃然道："陛下之言，无为谨记于心。"

刘钧见郭无为如是说，默默点点头，愣愣盯着郭无为，看了片刻，方才说道："先生退下吧。朕想歇一歇了。"

郭无为退出勤政阁，走出十来步，停住了脚步，扭头往回看了一眼，身后并无一人，竖起耳朵细听，勤政阁内寂然无声，没有一点动静……

次日，北汉主刘钧下诏命养子继恩为监国，对外称自己不再问政，国事全部委托给了继恩。

刘继恩受诏，对于如何治国，心里没底，不禁惴惴不安。他慌忙召来郭无为问计。

郭无为平日与侍卫亲军使不睦，便趁机进言道："监国若想社稷安定，必先从身边着手。如今，侍卫亲军蔚进手握重兵，飞扬跋扈，若不早治，恐为后患也。"

"宰相有何高见？"刘继恩手捋长髯，心中毫无想法，只等郭无为拿主意。

"此事不难，只需削其侍卫亲军使军衔，派他去防守代州即可。代州守军原有镇将，蔚进此去，手下无人，自然不足为患。"郭无为从容答道。

刘继恩听了郭无为的话，笑道："此计甚好。"当下，刘继恩以监国身份，下令蔚进前往代州。

刘继恩又问："如何安排吾弟继忠？"

"可使继忠出守忻州。"郭无为依然语气从容。

"嗯，就按宰相之计安排吧。"刘继恩对郭无为言听计从，当即传令继忠前往忻州驻守。

未料，继忠让传令使者带话回来说，因为曾经出使契丹，得了冷瘤之疾，忻州寒苦，不能前往，愿留在晋阳。

刘继恩见继忠抗命，心下不悦，当即又派人，强令继忠即刻前往忻州，不得延误。

使者又带着命令前往继忠处，继忠闻令，心中愤恨，口出怨言。

使者回来，将继忠的怨言告诉了刘继恩。

刘继恩听完使者的报告，大为恼怒，却不知如何是好，于是又找郭无为问计。

郭无为那鸟喙一般的下嘴唇往前一突，冷冷说道："继忠已然心生怨恨，即便出守忻州，往日必为大患。不若速速派兵护送使者，带白绫一匹，赐其自缢。"

刘继恩被郭无为冷酷的决断吓了一跳，一时间犹豫不决。

"监国若再犹豫，他日恐为他人刀俎之下的鱼肉也！"郭无为那鹰钩鼻的鼻翼翕动着，睒着眼睛说道。

刘继恩额头上冒出了冷汗，呆了片刻，决然说道："好，便依宰相所言行事吧。"

当下，刘继恩派禁军护送使者，带着白绫一匹，前往继忠府邸赐其自尽。

继忠见了白绫，心中大惊，又见使者由禁军护卫，知其今日难逃一死，当即长叹一声，用白绫悬梁自尽。

两日后，北汉主刘钧在内廷病逝。

刘继恩旋即派使者前往辽朝报丧，同时请求辽朝准许自己嗣位称帝。辽朝欲利用北汉牵制宋朝，当即准许刘继恩登基即位。

刘继恩即北汉皇帝位的当日午后，一个商人模样的人骑着马，带着一个仆从，出了太原城，不紧不慢往南而行。这两个人，不是普通的商人，而是宋朝安插在太原的间谍。他们此行的目的，乃是前往宋都汴京城，向宋帝赵匡胤报告新近在北汉发生的一切。

三

午后的阳光透过福宁殿寝宫的南窗棂，慵懒地洒在窗前的琴桌上。皇后如月逝世前，赵匡胤令人将琴桌移到南窗下，这样如月气力尚好想要弹琴时，就顺便可以晒到太阳了。在这张琴桌旁边，是一副漆成深红色的松木博古架。架子上放了几件玉器、瓷器。其中一件，正是如月最为喜欢的子母猫玉摆件。这个子母猫玉摆件，如月从赵家老宅中一直带到了福宁殿中。如月病逝后，不论博古架，还是那张琴桌，从此再没有挪动过。

榻两边，各立了一副香炉架子。每个架子上面，摆着一只玉香炉。宫女在午后，早早为玉香炉内点起了檀香。新立的宋皇后最喜欢的就是檀香。这位新皇后，乃是忠武节度使宋延渥的长女，在今年二月被纳为皇后。赵匡胤虽然纳了新皇后，却未遵礼法，并未举办纳后之礼。为此，宋皇后生了好几日闷气。

赵匡胤用过午膳后，踱到福宁殿寝宫内，不见宋皇后，问了一下宫女，方知宋皇后午膳后带着宫女往后苑斗茶去了。他并不想去后苑找宋皇后，便在榻上坐下，斜倚着扶手，闭目养神。北汉刘钧病逝、继恩杀弟的情报，昨日他已经从谍者那里知晓了。"或许，这是进攻北汉的好机会。刘钧已死，朕也不算食言。"这个念头，从他知晓刘钧已死的那一刻，便萦绕于脑海。

淡淡的檀香在寝宫内温柔地飘散着。赵匡胤不知不觉在榻上沉沉睡去。不知过了多时，他隐隐听到有悠扬的琴声飘入耳中。他使劲睁开沉沉的眼皮，往南窗棂那边看去，却见琴桌前坐着一个女子，穿着青色的褙子，正背对着自己在弹琴。他的心猛然一颤。"如月！"他轻轻呼唤了一声，从榻上坐起，走向那弹琴的女子。这时，那女子似乎听到了他的呼唤，扭过头来，对他淡淡地一笑。这不是如月又是谁。他心中欢喜，往前疾走几步，想要去抓住如月的肩膀，可是刹那间，一股浓浓的悲伤涌上心头。"我为何又如此难过呢？如月看起来精神不错，病难道不是痊愈了吗？"他有些恍惚，继续往前走着。如月还是微笑着坐在琴桌前，一言不发地望着他。

"嗯，如月的病一定好了。太好了。"一个念头涌上脑海。这个念头混合着檀香的香味。

他继续快步往前走去。可是，琴桌前的如月却仿佛一直在远处，无论他往前走多少步，始终无法靠近。

"陛下！陛下！"

这时，他听到了呼唤声。不是如月在呼唤。谁在喊？他心里有些困惑。

猛然间，他身体一颤，睁开了眼睛。在这一瞬间，他明白了，方才所见，皆在梦境。

他定了定神，只见榻前立着两个女子。前面那个，正是新纳的宋皇后，宋皇后身后，却是一个宫女。

"原来是皇后。"他喃喃道。

"陛下方才睡着了，臣妾见陛下身体颤抖不已，料想陛下在做噩梦，故唤醒陛下。"宋皇后怯怯说道。

"无妨无妨。"他含糊地应了一句，从榻上坐起，缓缓往南窗棂边走去。

他停在那副博古架子跟前，扭头看了一眼旁边的琴桌，又扭回头，将眼光落在那子母猫玉摆件上。颜色各异的六只小猫围着母猫，玳瑁色的小猫趴在母猫的背上，正在睡懒觉，那只纯黑色的小猫立起半个身子正在张望，那只黑白杂色的小猫正扭头舔着自己的背脊，那只黄色的小猫正一副扑腾状，身上带着褐色斑点的那只小猫正攀爬在母猫的屁股上，还有一只青黑色的小猫正把脑袋缩在脖子下面挠痒痒。慵懒的阳光洒在母猫和六只小猫的身上。杂色玉在阳光下散发着各色温润的光。他情不自禁抬起手，抚摸起子母猫玉摆件。他的指尖，感受到了玉的温凉。微微抬起头，他望向窗外。窗外没有人，只有婆娑的树影。午后的福宁殿甚是静谧。在这一刻，他的鼻子一酸，眼睛发胀，顿觉泪水瞬间充盈了眼眶。

他装出欣赏各件玉器、瓷器的样子，在博古架前立了许久，渐渐平稳了心神。

"如月已经死了。柳莺姑娘也死了。我现在所能做的，就是要尽快统一天下，开创太平之世。刘钧已死，继恩不过是无能之辈，或许，现在就该拿下北汉！"他怀着愤懑与悲哀之情，慢慢放下对故人的思念，开始思考如何吞并北汉。

他缓缓转过身，冲宋皇后说道："你好好歇息吧。朕有事出宫。"

宋皇后见赵匡胤神色凝重，说道："陛下保重龙体，休要累着了。"

赵匡胤点点头，意识到方才自己对宋皇后过于冷漠，便温言道："皇后放心，朕心里有数。你若需要什么，便令宫女们去办。"说罢，他便迈开大步，出了福宁殿寝宫，带上在寝宫外侍立的李神祐，往飞龙院方向走去。

到了飞龙院，赵匡胤令李神祐去挑两匹御马。

"陛下这是要去何处？"李神祐问道。

"去利仁坊。"

"利仁坊？"

"不错。朕要去见一个人。感恩之语，需要及时说才是。朕也有事情向那人讨教。"李神祐听了，心里好生奇怪，不过上次张龙儿事件后，他曾听说过皇帝遇险后，曾在利仁坊内由一位白衣少年引路，方得脱险。"莫非陛下要去寻那白衣少年道谢？"李神祐暗暗这么想着，心里还是惴惴不安。

"陛下，要不要令党进将军带兵护卫一下？"

赵匡胤笑笑，说道："没那么多张龙儿。走吧！不必担心。"

李神祐听赵匡胤这么说，当下也不再多问。

两人骑了御马，自宣德门出了宫城，往利仁坊方向驰去。

不多时，两人骑马进入了利仁坊。

上次前来利仁坊，赵匡胤落入张龙儿设计的陷阱，险些被害。那一次，李神祐亦随赵匡胤出行，不过后来出现险情，赵匡胤匆忙奔逃之际，只有党进跟了上去。

这次再去利仁坊，一路上李神祐提起万分精神，骑着马紧紧跟着赵匡胤，眼睛警惕地四处扫射，唯恐再有闪失。

不多时，赵匡胤在一个大宅院门前勒住了马儿。

"这里是陛下赐给孟昶的府邸啊！"李神祐望着紧闭的大门上那黑底金字匾额。匾额上，刻书着"孟府"两个金色大字。

"朕要来的就是这里。你去敲门，就说朕要见见花蕊夫人。"赵匡胤笑道。

"花蕊夫人？"李神祐吃了一惊，不敢多言，下了马，快步跑上台阶。

李神祐用铜门环拍响了大门。

大门打开了，出来一个仆人模样的小厮。

李神祐从腰间摘下内廷侍卫的铜腰牌，沉声说道："御驾亲临，要见花蕊夫人，你不必张扬，带陛下去见花蕊夫人便是。"

那小厮听说是皇帝亲临，顿时吓得浑身哆嗦，口中连说道："是！是！是！"

说话间，又有一个年纪更小一点的仆人跑过来帮忙牵马。

"在拴马桩上拴好了！"先前那小厮冲那个年轻的仆人说道。

"晓得。"

年轻的仆人答应了一声，牵着两匹马沿着侧廊，往旁边院子里的马厩行去了。

方才出来开门的小厮走在赵匡胤和李神祐之前，引领着两人往前堂方向走去。他一边走，一边小声嘟哝着："真是扯拐！真是扯拐咯！"

甬道两旁，栽了一些锦葵。这些锦葵正开着花。花儿不大，多是紫色的花瓣，也有几株开着白色的小花。赵匡胤眼光扫过那些开得正盛的锦葵花，注意到那些花儿手掌一般的小花瓣正在风中微微摆动。

李神祐听到小厮的嘟哝声，问道："你说什么？"

那小厮一惊，慌忙赔笑道："哦，没说啥子，没说啥子。"

李神祐看出那小厮有些紧张，当下亦不以为意。

在踏上正堂前的台阶时，赵匡胤忽然停住了脚步。他微微低着头，眼光停留在眼前的石阶上。石阶上，有一个红色的小点在慢慢移动。那是一只小虫子，有着红色带黑斑点的壳。他眼前一阵恍惚。"那年的天下牡丹会，就在洛阳白马寺门前的白马石像上，不是也见过这样一只红色带黑斑点的小虫子吗？那个时候，如月还在世，柳莺姑娘虽然不知所踪却也还在世，而阿琨还在李筠的身边。那个时候，柴守礼为了维护他柴家的地位，召开了天下牡丹会。如今，如月、柳莺姑娘都已死了，阿琨不知流落何方，那个柴守礼，也在去年九月去世了。那时，我曾暗暗庆幸这世间少了一个潜在的威胁，没有了柴守礼，柴家今后不足为患。不过，现在想来，一个人，最大的对手，不是别人，而是时间啊！无情的时间啊！这只虫子，必不是当年洛阳白马寺前石头马上爬着的那只，那只虫子恐怕早已经死了。人在这世间，不正如那虫子一般，不可能在这世间再活一次啊！北汉、南汉、南唐、吴越、契丹，要统一天下，要做的事，真是很多啊。时不我待，还须趁早拿下北汉！"他这样想着，不禁血脉偾张，仿佛浑身汗毛都竖了起来。

李神祐见赵匡胤呆立着出神发愣，暗觉奇怪。

"陛下！"李神祐轻轻唤了一声。

赵匡胤"啊"了一声，缓过神来，迈开步子踏上了台阶，往前堂行去。

待进了前堂，那小厮请赵匡胤在堂内的太师椅上坐下，朝堂前一婢女大声喝道："快去请夫人出来见驾，陛下御驾亲临，要见夫人呢！等等，等等，你们都别大声声张哦。"

赵匡胤见那小厮虽然学着李神祐的口气提醒婢女不要声张，嗓门子却是老大，不禁哭笑不得。

"晓得！"那婢女声音脆脆地答应了一声。

过了许久，赵匡胤听得大堂一侧传来轻轻的脚步声。他抬头往旁边一看，正好看到一个穿着青色褙子的女子从堂壁后面绕了出来。

那女子莲步轻移走到赵匡胤跟前，呆了一呆，微微低下头，旋即盈盈下拜。

"臣妾拜见陛下！"

赵匡胤眼光停在那女子脸上，但觉她皮肤异常白皙，长着一张瓜子脸，虽然眼皮低垂着，但依稀可以感觉她那双美目的轻盈透彻。

"请起。你便是花蕊夫人吧。"

"正是臣妾。"

"院子里的锦葵花开得正盛啊。"

"谢陛下夸赞。在臣妾的家乡，我们把它们唤作'棋盘花'。初夏时，它们便开放了。"

"嗯——棋盘花，却不知为何会有这样一个名字。朕也瞧不出它们的样子与棋盘有啥关系。"赵匡胤若有所思地说道，他顿了一顿，并没有让花蕊夫人回答这个问题的意思，继续说道，"朕今天其实是专程来道谢的。朕要谢夫人的救命之恩呀！"

"道谢？陛下为何要向臣妾道谢？"花蕊夫人一惊，声音有些颤抖。

"如果朕没有记错的话，那次朕在利仁坊遇险，为刺客所追，正是夫人为朕和党进将军指明了路。若是没有夫人指路，朕说不定会被困死在利仁坊内，为刺客所害。"

"陛下一定是记错。此前，臣妾并未在利仁坊内见过陛下。"花蕊夫人说道。

"夫人就不用再隐瞒了。那天，朕遇到的白衣少年，正是女扮男装的夫人，朕不会看错。"

赵匡胤此言一出，花蕊夫人顿时沉默不语。

"不过，朕当时确实没有想到那少年便是花蕊夫人。朕是后来才猜想到的。想来，那天，是朕第三次见到夫人。"

花蕊夫人听赵匡胤这么说，抬眼看了赵匡胤一眼。

赵匡胤微微一笑，继续说道："朕第二次见到夫人，乃是那日夫人女扮男装在街上见义勇为之时。"

这时，花蕊夫人脸上浮起了一片绯红，更觉娇艳动人。

"当然，那一次，朕见到夫人，只觉有些眼熟，却实在未能想起究竟在哪里见过夫人。不过，现在朕知道，朕第一次见到夫人，乃是夫人随孟国主赴宴的那个晚上。只不过后来两次，夫人女扮男装，所以朕一时想不起。利仁坊那天，看到夫人扮成的白衣少年返回利仁坊，朕方才联想到了那晚的宴会，慢慢猜到，那少年，便是夫人。夫人，你说，朕猜得对不对？"

花蕊夫人嘴唇动了动，欲言又止，迟疑了一下，说道："既然陛下已经猜到，臣妾认了便是。"

赵匡胤又笑了笑，说道："夫人不必紧张，今日朕来见夫人，一来是为了来谢过救命之恩，一来是有事情要问夫人。"

"陛下请问。"

"朕想问夫人，当年孟氏为何会丢了江山？"赵匡胤肃然道。

花蕊夫人听赵匡胤如此问，脸色一变，冷冷说道："臣妾的夫君失国于陛下，陛下为何还有此问？莫非是再次羞辱臣妾不成？"

赵匡胤见花蕊夫人面如寒秋，虽然在发怒之中，却依然柔美动人，不禁心下暗叹："果然是一个绝代美女，民间传言非虚也。更可贵的是，失国之人，尚有如此气节，真是可敬可佩！"

当下，赵匡胤敛容道："朕有此问，非为羞辱夫人，乃是确想知道夫人的看法。"

花蕊夫人见赵匡胤并无轻慢之意，神色渐缓，沉吟片刻说道："十四万人齐解甲，可无一个是男儿！孟氏失国，非陛下之军战无不胜，乃孟氏无能，战士失了斗志也！"

花蕊夫人吟出的这句诗，令赵匡胤心中大喜。尽管后面那句有忤违之意，赵匡胤也不以为意。

"这么说来，夫人乃是认为朕的军队并不一定强过蜀国的军队了？"赵匡胤笑道。

花蕊夫人凛然道："蜀国已亡，陛下休再出此言。若陛下欲示军威，但问北汉、南唐尔！"

"好，朕正有志于北汉，待朕收了北汉，朕再请夫人诵北汉亡国之由。"赵匡胤振声说道。

花蕊夫人闻言不语。

赵匡胤又道："朕听说，夫人常在室内悬挂神像画祭祀，每祭祀，则垂泪不止。正如夫人所言，蜀国已亡，故人已去，夫人还得向前看，勿要伤了身体啊！"

花蕊夫人一听这话，顿时面露惊惧之色。原来，孟昶虽然死了，她心底却依然还念着孟昶的好处，常常思念起孟昶。她于室内挂出祭祀的神像画，画中的宜子之神，正是照着孟昶的形象所画，画中的童子，则是太子元喆，画中的武士，则是赵廷隐。

"莫非他已经知道我拜祭宜子之神，实是在思念我的夫君？他又是怎么知道的？"花蕊夫人这般想着，顿时有些心慌意乱。

赵匡胤见花蕊夫人面露惊惶，顿时已然猜到了七八分，不禁心中一软，说道："夫人不必惊惶，朕也是偶然知道的。夫人可记得，数月之前，朕曾经令御侍秋棠前来探望夫人。那次，秋棠在与夫人婢女闲聊时，知道了夫人拜画哭祭之事，回宫便与朕聊起。如果朕猜得不错，夫人每次不是为了祭神，而是在悼念死去的孟国主吧？"

赵匡胤此言一出，花蕊夫人惶然失神，顿时垂下泪来。

"朕不会怪罪夫人。朕敬夫人是重情之人！孟昶虽然失国，但一生有夫人陪伴，亦不枉此生也！"赵匡胤说罢，道了声"珍重"，便立起身，带着李神祐告辞而去。

花蕊夫人呆立堂内，无声地垂着泪，痴痴站了许久……

四

菜已经上齐了。可是，他们两人谁都没有动筷子。会仙酒楼的这个包厢内，除了他们两人，再没有其他人。

"不知陛下这次为何如此坚决。"赵普看了一眼赵光义，淡淡说道。

最近几日，赵普已经数次劝谏赵匡胤暂时不要对北汉发大兵征讨，但是都被拒绝了，所以，心里颇不痛快。去年三月，他被加封为左仆射。在仕途上，他又往前迈进一步，从次相成为亚相。与他同时被加封的，还有枢密使、检校太保李崇矩。李崇矩被加封为检校太傅。

"皇兄一定认为目前趁着刘继恩立足未稳，是拿下北汉的好机会。"赵光义说道。

"或许吧。"赵普点点头。

"宰相打算再次劝谏吗？"赵光义试探道。

赵普微微皱起眉头，摇摇头。

"对了，韩重赟昨日来京，拜访了我。据他说，宰相依然拒不见他。"赵光义又道。

"他如何这般糊涂。陛下去年免了他的殿前都指挥使、义成节度使之职，贬他为彰德节度使，说明已经对他不信任。虽说是陛下听了谗言，疑他私取亲兵为心腹，但是也怪他自己做事过于张扬。陛下一度想杀他，我数次开陈陛下，杀韩重赟必令诸将人人惧罪，恐使诸将离心。陛下这才打消了杀他的念头。府尹，你说，我如何能见他！我也劝府尹暂时远离他，免得陛下见疑，惹祸上身。"

"韩重赟这次想见宰相，一来是想再次向宰相谢恩，一来也是想通过宰相，在皇兄面前再替他说说话。他这次也求我去皇兄面前为他说话。我寻思着，我去说，还不如宰相去说。韩重赟毕竟是一员大将，日后或有用他之处。"

赵普听赵光义这般说，眼中精光一闪，低声说道："府尹，你现在切不可拉拢韩重赟。如今天下未定，如陛下察觉到府尹暗中拉拢各方节度，府尹的大志，恐无实现之日也！"

赵光义听赵普这么一说，想到之前与赵普暗中定下的盟约，不禁额头微微冒汗，说道："光义感谢宰相提醒。光义大意了。"

"如今，府尹该做的，是助陛下统一天下，然后，就是慢慢等，慢慢等待时机。"赵普说道。

赵光义此时念头一闪，想要开口问是否真有一份所谓的"传位盟约"。但是，略一沉吟，还是将这个念头压了下去。"既然赵普建议我慢慢等待时机，即便真有所谓的传位盟约，他现在也必不会承认。还是不问为好。"他暗暗想着，牙关咬了咬，紧紧抿起嘴唇。

"今年正月里，陛下将吕余庆从成都召回朝中，以兵部侍郎刘熙古为端明殿学士、权知成都府，这是有意于日后大用吕余庆。吕余庆之才，不在我下，可惜就是泥古呆板了些。"赵普继续说道，"不过，我也不得不小心，不能因韩重赟而被陛下见疑，被吕余庆替了位子。"

赵光义听了赵普的话，心想："看来，赵普心中虽嫉吕余庆，但是对吕余庆之才亦是肯定的。"他心中对吕余庆的器重，亦重了几分。

"宰相恐怕多虑了。去年四月，宰相丁忧。十二月，陛下急急让宰相丁忧起复，可见陛下对宰相之倚重。"赵光义说道。

赵普肃然道："人无远虑，必有近忧。"

"卢多逊这人如何？"赵光义换了话题，想要探探赵普的看法。

赵普听到"卢多逊"这个名字，左眼眼角微微眯了一下。这个微小的表情，并没有逃过赵光义的眼睛。赵光义所说的卢多逊，时任兵部郎中、知制诰，充史馆修撰判馆事。

"此人，普实不知也。"

赵光义见赵普这般回答，当下微微一笑，不再追问。

就在赵普与赵光义于会仙酒楼见面的次日夜晚，赵匡胤召集了皇弟赵光义、宰相赵普、枢密使李崇矩、侍卫步军都指挥使党进、翰林学士陶谷和李昉等人。他将他们召集到乾元殿侧殿的御书房中，一同商讨进攻北汉事宜。不久前，赵匡胤因党进救驾有功，已经将他升为侍卫步军都指挥使，同时负责扈从护卫。

众人进入御书房后，赵匡胤开门见山地说明了今日的议题，此后眼睛就再没有离开书案上的地图。他已经盯着这地图看了许久。

"这里。汾河桥，我军可以从这里渡过汾河，直逼太原城。"赵匡胤用拳头往地图上敲了一下，突然抬头看了看站在一旁的赵光义、赵普、李崇矩和党进，又瞥了一眼几步之外的陶毅、李昉。

"北汉军必会派猛将驻守团柏谷。要突破团柏谷，并不容易。"枢密使李崇矩瞪着眼睛，忧心忡忡地说道。

"嗯——一个团柏谷挡不住我军。朕决定兵分三路，从西、南、东三面进攻。以南面、东面两路为佯攻，掩护主力从西边渡汾河进攻太原。"赵匡胤将眼光重新落在地图上，沉声缓缓说道。他的语气非常肯定，仿佛太原已经是囊中之物。

赵普的眼光在地图上掠过，并没有太多停留。他扭头望着李崇矩说道："李枢密，李光叡能从夏州发兵助攻吗？"

赵普说的李光叡，乃是原定难军节度使、守太尉兼中书令、西平王李彝兴之子。去年九月，李彝兴在夏州病卒。赵匡胤赠授李彝兴为太师，追封夏王，先以其子李光叡权知夏州，年底，正式授李光叡为定难节度使。定难军在北汉西边，对北汉是一个直接的威胁。不过，统治定难军多年的李家，与中原王朝若即若离，尽管名义上已经归附朝廷，但是却往往自作主张。赵普这么问，一方面是意在提醒赵匡胤要借用夏州的李光叡的兵力，另一方面也委婉暗示赵匡胤，若是没有李光叡的助攻，攻击北汉恐怕不易。此前，他已经数次劝谏赵匡胤暂时不要对北汉用兵，赵匡胤不纳其言，故他在此刻以这种委婉的方式再次进谏。

赵普说这话时，赵光义动了一下眼珠子，瞥了一眼赵普，却不作声。

赵匡胤听赵普这么一问，心里自然明白赵普的意思。他看了看赵普，又用眼睛盯着李崇矩，等他的回答。

李崇矩迟疑了一下，微微摇摇头，说道："李光叡这次恐怕不会出兵助攻。其父新亡，其麾下人心不定，李光叡不会在此时轻举妄动。"

"不打紧，这次如何调兵，朕心里已有打算。李枢密，听令：派人令棣州防御使何继筠速速赶往西北，到昭义节度使李继勋处报到，令怀州防御使康延沼亦速往李继勋处待命。同时，令绛州防御使司超、隰州刺史李谦速速前往汾州，至建雄节度使赵赞处听候差遣。"赵匡胤口气坚决地说道。

"是，陛下！"李崇矩答道。

"党进，你与曹彬一起，明日一早，带朕诏书，前往李继勋处。"赵匡胤又扭头对党进说。

"遵命！"

"陶毅、李昉，朕给各位将军的诏书，你们速速起草了。"

陶毅、李昉两位翰林学士听了，当即大声应诺了。

次日，赵匡胤的诏书由党进、曹彬等人火速送往各地。几份诏书中的部署是：以昭义节度使、同平章事李继勋为河东行营前军都部署，侍卫步军都指挥使党进副之，宣徽南院使曹彬为都监；以棣州防御使何继筠为先锋都部署，怀州防御使康延沼为都监；以建雄节度使赵赞为汾州部署，绛州防御使司超副之，隰州刺史李谦为都监。

对于赵匡胤的这次作战计划，赵普颇为担忧，但是，他知道，这次他无法阻止赵匡胤的决策。他所能做的，就是祈祷这次进攻能够顺利。

"但愿陛下是对的。但愿是我过于小心了。"赵普心底暗想。尽管自己的劝谏没有作用，但是他还是希望这次进攻北汉的行动能够成功。他心里很清楚，辅佐赵匡胤统一天下，是他此生最大的愿望。赵匡胤是他心中的皇，也是他手中的牌。他心里很清楚，统一天下，开创太平盛世的宏愿，远远要比任何一个人都要重要。也许，让另外一个人去评判赵普的这一想法，可能会认为它是完全错误的、极端自私的、盲目自大的，它将一种抽象的空洞的伟大，凌驾于个体生命的尊严与价值之上；但是，在当时，赵普便是用这种想法来激励着自己。在这个宏愿实现之前，自认为是天下第一谋士的他，可不想让这张牌自己毁掉自己。

五

刘钧去世后，北汉新皇帝刘继恩披麻戴孝，白天在勤政阁中处理政事，晚上便夜宿勤政阁内。

这日夜晚，姜太监待刘继恩用完晚膳，凑到他跟前，低声说道："陛下，你要小心郭宰相啊！"

"郭宰相是先帝托孤之臣，你何出此言？"刘继恩大吃一惊。他的一张脸，由于吃惊，在勤政阁内的烛光照射下，显得似乎有些变形。

"先帝将陛下托付给郭宰相时，郭宰相起初沉默不语，稍后才答应陛下的托付，发誓捍卫陛下的江山社稷。以老朽观之，郭宰相其心必异，陛下还是早作防范为是。"

刘继恩听姜太监这样一说，心"扑扑"直跳，口中道："若郭宰相真有二心，这便如何是好？"

姜太监沉吟片刻，说道："老朽倒有一计。"

"快快讲来。"

"陛下可于明日将重臣们召集到勤政阁，当众大夸郭宰相才干，然后授他为南面行营都部署，令其出镇隆州，对宋作战。如此一来，既可加强南境的边防，又可逐步消除他在朝中的影响与势力。"

"只是，万一他在隆州拥兵反叛，该如何是好？"

"陛下，你只派他带几个亲信去隆州就任便是，他空有一个头衔，手下无兵，如何能反？！"

刘继恩听姜太监这样说，点头道："此言甚是。明日早朝，朕便依你之言行事。"

次日，刘继恩在早朝上依姜太监所说，对郭无为大大夸赞一番，又授他为南面行营都部署，欲令其赴隆州就任。

不料，郭无为识破刘继恩用意，在朝堂上悍然说道："中原新灭后蜀，锋芒正盛，当此之时，我朝应避其锋芒，以防守为主，若立南面之行营，岂非授人以柄，惹祸上身，自招灭亡。望陛下收回成命。"

郭无为的一番话，得到了当朝几位重臣的支持。一时间，数位官员陆续进言，请刘继恩收回成命。

刘继恩未料会出现这种局面，愣了许久，只好接受了诸位重臣的谏言，收回了成命。

郭无为自此知刘继恩已暗中猜忌自己。

数日后，刘继恩下诏加封郭无为守司空，表面上对郭无为优待有加，实际上暗中削夺其实权。

一日，姜太监再次向刘继恩进言："这勤政阁四周禁卫，都非陛下亲信，不如从太原府将陛下平日亲信都召入大内，令他们守卫，以防不测啊。"

刘继恩笑道："这些禁卫，都是昔日先帝亲信，朕对他们深信不疑。你多虑了！"

姜太监再三劝谏，刘继恩依旧不以为意。

为了收买人心，刘继恩加封百官官爵，在宫内多次大摆筵席，宴请诸位大臣和宗子。每次夜宴散去，刘继恩都由太监、宫女搀扶着，醉卧于勤政阁内。

郭无为自被加封守司空后，担心刘继恩暗害自己，心里惊疑不定。他左思右想，终于决定先下手为强。

一日深夜，郭无为将供奉官侯霸荣请到自己的府邸内。

"侯供奉，当年你兵败降宋，后又从宋逃回太原，先帝不杀你，任你为供奉官，让你戴罪立功。近日我听说，今上疑你为中原派来的间谍，正欲择机杀你。你当早作准备。"

侯霸荣闻言，大惊，两眼怒睁，额头暴起青筋，喝道："竖子为帝，竟不能容我！只是，宰相为何将此事告知于我？"

郭无为嘿嘿一笑道："先帝将江山社稷托付于我，继恩无能，我恐他坏先帝之江山社稷也！"

"宰相的意思是？"侯霸荣悚然动容，压低声音问道。

"无为愿与侯将军共谋大事。"

"这——宰相有何计策？"

"明夜，继恩又要在大内设夜宴，夜宴后，他必依旧返回勤政阁就寝。那勤政阁内，并无他亲信侍卫。届时，侯将军率勇士若干，持利刃直入勤政阁，取他性命，我自会带人接应，迎立继元为新帝。新帝登基，必因侯大人辅佐之功，为侯将军封官加爵。"

侯霸荣一听，大喜，说道："好！霸荣愿与郭宰相共谋富贵，明日必亲取继恩首级。"

次日夜晚，刘继恩在宫内大摆筵席。筵席结束，刘继恩果然由太监、宫女搀扶着，醉醺醺地回到了勤政阁楼上歇息。

待刘继恩在二楼床上躺下，姜太监坐到椅子上，支使着内侍窦神兴和另外两名宫女在一边烧水，只怕刘继恩半夜起来时口渴要寻水饮用。

不多时，姜太监忽然神色一变，扭头问窦神兴："什么声音？"

"没有什么声音啊。"窦神兴竖起耳朵听了听，并没有听到什么响动。

姜太监走到窗前，往勤政阁外望了望，嘟哝了两句，复又走回来，坐在椅子上。过了一会儿，姜太监不放心，便唤窦神兴去阁外看看是否有异样。

窦神兴颇为勉强地答应了，脚步缓缓地走下楼去。

勤政阁一层的殿堂内，点着几根蜡烛，蜡烛发射黄色的光，影影绰绰地勾勒出殿堂内各种器具的轮廓。

窦神兴缓步走到门前，正要去抬那门栓，却发现那门栓正自个儿往上缓缓挪动。窦神兴以为自己看花了眼，使劲揉了揉眼睛。这时，他突然看到，门栓下面有什么东西发着微光。

在这一刹那间，窦神兴突然意识到了什么，吓得张大了嘴，竟然忘记了呼叫。正在他发呆的一瞬间，门栓已经被抬起，勤政阁的门被人从外面推开了。

借着昏黄的烛光，窦神兴看到门外站着几个手持尖刀的黑衣人，当先一人，膀大腰圆，甚是魁梧，正瞪着铜铃般的眼睛看着他，模样甚是诡异狰狞。

这时，窦神兴认出了那张脸，惊呼道："是你！"

话音未落，他只觉寒光一闪，脖子上一凉，一阵剧痛袭来。他下意识地伸手捂住脖子，但觉黏糊糊的血浆从脖子中涌出。他呼哧呼哧地呻吟了几下，摇摇晃晃地跌倒了。

窦神兴很快地气绝身亡了。割断了他喉咙的人，正是供奉官侯霸荣。

侯霸荣杀了窦神兴，冲着身后十来名黑衣人低声喝道："快进来！"

众刺客飞快地进了勤政阁。侯霸荣又小心翼翼地将门栓从里面关上了。按照他与郭无为商量好的计划，他杀了继恩后，等待郭无为拥立继元前来接应。

"竖子必在楼上，你们随我上楼。"侯霸荣轻声喝道。

侯霸荣的手下都轻轻应了一声，便跟着他往二楼拾阶而上。

这时，姜太监听到楼下的动静，已经叫醒了刘继恩。但是，他们已经无路可逃了。

侯霸荣二话不说，一刀砍死了姜太监。两个无辜的宫女，尖叫了数声后，也被侯霸荣的手下杀了。

刘继恩跌跌撞撞地奔逃，躲到一个屏风后。侯霸荣绕过屏风，一脚将刘继恩踹倒在地，不容他开口，一刀扎入他的胸膛。

可怜新登基才六十余日的刘继恩，当场毙命于侯霸荣的刀下。

侯霸荣杀了刘继恩，又斩下了他的首级。正在他与手下拍手称快时，忽然听勤政阁人马嘈杂，呼声大作："有刺客！有刺客，休要让刺客跑了！"

侯霸荣等听到呼声，不禁大惊。

"勤政阁并无刘继恩的亲信侍卫，哪里来那么多兵马？莫非郭宰相事败了？"侯霸荣暗暗叫苦。

"去窗边看看，外面什么情况。"侯霸荣冲一个手下喝道。

那人慌忙跑到窗前，往外一看，顿时吓得灵魂出窍。

"将军，不好了，勤政阁外尽是全副武装的兵马啊！"

侯霸荣自己跑到窗边，往外看去，果然外面至少有数百士兵。这些士兵有的举着松油火把，有的手持弓弩与利刃。令他震惊的是，士兵当中，立着一个人，正是宰相郭无为。

"不好！郭无为定是想杀我灭口。"侯霸荣此刻方才明白，自己被郭无为利用了。

侯霸荣将心一横，猛然推开窗，想要大骂郭无为。这时，他突觉心口一痛，低头一看，却见胸口多了支弩箭。"啊——"他惨呼一声，身子晃动，仰天倒了下去，重重摔在地板上。

他躺在地板上，看到屋顶已经被掀开了几处瓦片，士兵们正从屋顶缒绳而下。他又吃力地将头扭到一边，看到在昏黄的烛光中，他的手下正与从屋顶缒绳而下的士兵战成一团。

"郭无为，你好狠毒啊！"他憋足了最后的力气，吃力地吐出一句话。可是，一片惨叫和呼喝声中，没有人听到他说了什么……

次日，郭无为迎立继恩弟、太原府尹继元为北汉皇帝。

继元刚一登基，便收到情报，得知宋节度使李继勋正集结兵力，似有事于北汉。

继元大急，找郭无为问计。

郭无为听完情报，垂下眼帘，思想片刻，说道："陛下勿急，臣有一计，宋军若来，我必破之！"

六

棣州防御使何继筠接到赵匡胤诏书后，以长子何承睿留守棣州，自己点了三千精兵，带了次子何承矩及数员副将，星夜兼程，赶往潞州去与主帅河东行营前军都部署、昭义节度使李继勋会合。

其时，已经入秋，天气凉爽。何继筠率部飞速过洺州后，分兵一千人马继续西行进入太行山，令其虚张声势往太原城方向前进；另外两千精兵，则由他与何承矩亲自率领，往西南方向继续前往潞州。

这一日凌晨，何继筠率部进入太行山区。他们在群山间逶迤行了多时，山路变得越来越崎岖难行。偏偏不巧，这时山间忽然升起了大雾。山雾升腾，越来越浓。何继筠面对着突如其来的山中大雾，一想到可能会错过会师进军的时间，心中大急。但是，他知道急也没用。贸然率部在雾中前行可不行，那样太冒险了！万一迷失了方向，或遇到悬崖，没了路，反而会更加浪费时间啊！他如此想着，更觉焦虑不堪。

"父亲，不如由我先带几名亲兵前去探路，如前方无碍，我派人回报，父亲再继续率部前进，这样或可省些时间。"何承矩主动请缨。

"嗯——也只好如此了。你带人先去探探路也好。多加小心！"何继筠答应了儿子的请求。

何承矩旋即带了三名机灵干练的亲兵，舍了马，卸下盔甲，只带了佩刀、匕首，在大雾中往前面山中摸索着行去。

大雾中，他们行进的速度很慢。山路上杂草丛生，不时有异常粗大的树木犹如黑色的巨人，突然在迷雾中挡住去路。四个探路者不得不常常用大刀砍开挡住去路的枝叶，提心吊胆地绕过挡路的巨树。

他们摸索着往前行了许久，那大山仿佛一直不愿显露其真容。终于，有一个亲兵忍不住问了一句："将军，这条路恐怕不通，咱是不是退回去？"

何承矩内心亦颇为焦急，被亲兵这么一问，也不禁有些犹豫起来。

正在这时，行在右翼的一个亲兵忽然惊诧地喊道："什么味道？"

何承矩心里一惊，鼻子使劲吸了吸。他闻到了一种熟悉的味道。他不敢确定，扭着头，又使劲闻了闻。

一直没有说话的那名亲兵这时说道："好像是炊烟。"

是的！就是炊烟！何承矩想起来了。他心里一阵狂喜。

"有炊烟，附近就一定有人。附近有人，就一定有路。咱再坚持一下！"何承矩大声说道。

熟悉的炊烟的气味，令四位探路者士气大振。

四人循着炊烟气味的方向，往前又行大约半盏茶工夫，忽然见前面一块巨石挡在中间，两条道路往巨石两边岔开。四人犹豫了片刻，挑了其中一条路继续往前行，行了片刻，忽觉脚下的地面变得平坦多了。这时，大雾淡了许多。何承矩拿眼望去，原来他们来到一个小山坳中。

又往前行了一会儿，四人看到前面出现两座小土坯屋子。屋子顶上，覆盖着茅草。两间土坯屋中，较小的那间屋子顶，立着一个烟囱。此时，烟囱正往外冒着白烟。屋子的外面，用一圈不高的木篱笆围出一个小院子。小院子挨着山坡的一侧，还有个鸡舍。两只老母鸡正在鸡舍旁边不紧不慢地踱步。篱笆旁边，是几块菜地。菜地里种着一些菜蔬。

"这里果然有农家。走！咱去那里问路。"何承矩指着那两座屋子，招呼三个亲兵加快脚步。

到了那篱笆外，何承矩担心吓着农家人，便令三个亲兵在柴门外等候，又将佩刀递给其中的一个亲兵，自己亲自去问路。

两间土坯屋子中，有一座比较大。何承矩估摸着那是正屋，便朝那间屋子走去。

屋子的木板门虚掩着。

何承矩抬手敲了几下门，口中问道："有人吗？"

屋里很安静，似乎没有人在。

"有人吗？"何承矩有些犹豫，又问了一句。

还是一片寂静。

何承矩心里颇觉奇怪。"明明有炊烟，怎么没有人答应呢？"他心中暗想。

正在这时，他忽然听到轻轻的脚步声。

有人从里面慢慢地打开了门。

一个女人抱着一个五六岁的孩子出现在他的眼前。

那女人看上去岁数不大，穿着一身粗布长裙，衣着非常朴素，但是一张脸却是异常地美丽。那五六岁的孩子估计是这女子的儿子，正瞪着一双水灵灵的大眼睛，吃惊地看着何承矩。

在山野之间突然看到这样一个美丽女子，何承矩吃惊不小。他愣了愣，退后两步，抱拳道："这位娘子好！在下冒昧打扰了。"

"请问这位官爷，你是？"那女子轻声问道。她似乎因突然见到陌生来客而感到有些吃惊。不过，她的声音虽有些紧张，却并无惊惶之感。

"我乃棣州防御使麾下副将何承矩，因公务途经此处。"不知为何，何承矩感到这个女子的眼光中自有一种威严，同时又有一种能够令人信任的坦荡。他没有对这个女子隐瞒自己的真实身份。

那女子听到何承矩自报家门，仿佛眼睛微微一亮，旋即用平淡的声音说道："原来是位将军。不知将军光临寒舍，有何贵干？"

何承矩略一犹豫，说道："不瞒娘子，我随父帅率部前往潞州执行任务，进入太行山后，遇到大雾，我带着几个亲兵先行前来探路。未想到一直寻不到合适的山路，后来我们循着炊烟的气息，误打误撞来到此处。"

"你们要去潞州？"那女子轻声问道。问了这个问题，她扭头充满怜爱地看了看怀中的那个孩子，用手掌轻轻抚摸了一下那孩子的额角。

"是的。"何承矩看到那女子的眼中流露出淡淡的哀愁。

"莫非朝廷要对北汉用兵了？"那女子扭过头，眼睛盯着何承矩，轻声问道。

这一问，令何承矩大吃一惊。"一个山野中的女子，如何会有如此判断力。她究竟是什么人？"他心中暗暗想，一时间不知该如何作答。

那女子似乎已经读出了何承矩的心思，微微叹了一口气。

"军务在身，不敢多言，望娘子见谅。还请娘子指点道路，在下便立即带人离开。"何承矩抱拳道。

"将军不用说了。小女子明白。将军在此稍候，我去喊钟儿与你说，他是我从五里外的一个小村子雇的，他是土生土长的本地人，对这座大山比我熟。他应该知道从这座山去往潞州的路。”

那女子说着便怀抱孩子侧身从何承矩身边走过，朝着旁边的小土坯屋子走去。

何承矩不知那女子究竟是何人，警惕地立在原地。

过了片刻，那女子身后跟着一个十五六岁大小的黑脸少年走了过来。

“钟儿，你与这位官爷说说，如何能尽快从这大山里出去，前往潞州。”

那被唤作“钟儿”的少年看了看何承矩，见他面容和善，便笑道：“方才你来此地时，可曾经过一块巨石挡道？”

“嗯，不错。”

“要出这大山前往潞州，说难也难，说易也易，只要从方才那块巨石处沿着另一条山路行去，绕过七八道沟子便能出去。不过，记住，从此巨石处再往西南前行一段后，有个岔路口，分出三条山路，一定要挑最北边的那条山路走。若是你们以为靠南的那两个岔道离潞州近，那就大错特错了。若走那两条岔道，你们绕上两天也出不去哦！”

何承矩见那钟儿一脸赤诚，不似撒谎，便抱拳道：“真是感谢娘子，感谢这位小哥了！”说着，他看着那女子，犹豫了一下道：“不过，在下很是好奇，以娘子的见识，为何会居此山中？”

那女子眼光一闪，略略一迟疑，说道：“小女子为躲避战乱，故隐居此处。”说完，那女子不再看何承矩，眼光转向了怀中的孩子。

“原来如此。”何承矩见那女子没有说下去的意思，便一抱拳道，“何承矩再次谢过娘子，告辞了！”

说完，何承矩转身往柴门处走去。

何承矩刚刚走出十来步，忽然听到那女子在后边喊道：“何将军留步！”

何承矩一惊，转过身去。

“何将军，你随我来一下，曾有位故人给了我一件东西，我留着无用。”那女子说着，抱着孩子转过身，往里走去。

何承矩大为吃惊，进了屋子，发现屋里陈设极其简单，只有两把椅子，一张木桌子。桌子上放着几只瓷茶壶，几只水杯。不过，令他吃惊的是，在墙角边的窗棂下，竟然有一张小小书案，还有一张小凳子。小书案上放着笔墨纸砚，还有一张摊开的宣纸，上面写着几个大字。字体显得很幼稚，一看便知是幼儿所书。

"将军请坐。"那女子抬手往桌子前的一张椅子指了指。

何承矩抱了抱拳，说了声"打扰了"，便在那张椅子上坐了下来。

那女子却不落座，说道："将军且稍待片刻。"

说完，那女子怀抱着孩子，往旁边的里屋走去。

过了片刻，那女子牵着那个孩子手从里屋出来，另一只手中，拿着一张叠了数叠的纸。

"这是什么？"何承矩从那女子手中接过那叠在一起的纸。

"何将军打开便知道了。"

何承矩小心翼翼地打开了那张纸，不禁惊讶地瞪大了眼睛。他呆了好一会儿，方才说道："这是一张地图，一张西域地图。"他从地图上认出了几个熟悉的地名，推断出那是一张西域地图。

"不错。一张西域地图。一位故人给小女子的。何将军可以将此图献给今上。小女子唯愿真有一天，天下能够一统，大地上不再有战乱，百姓们能够安居乐业。"

"娘子放心，末将一定将此图献给陛下。"

"如此甚好。将军保重。"

"末将冒昧，不知娘子可否告知芳姓大名，也好末将向陛下禀报。"何承矩终于忍不住问道。

那女子淡然一笑，说道："山野女子，名字不重要。将军快快赶路去吧，休要误了时间。"

何承矩见那女子眼光甚为坚定，知她定然不愿说出姓名，当下一抱拳，大声道："既然如此，末将告辞了！"

此时，山中大雾又浓了起来。

何承矩将那张地图在怀中放好，带着三名亲兵按照原路返回。见到父亲后，何承矩将方才问路的经历细细说了一番。何继筠听了，也不禁吃惊不已。

两日后的傍晚，何继筠、何承矩率部赶到潞州城外的河东行营前军都部署的大营。在中军大帐内，何继筠、何承矩等拜见了昭义节度使李继勋。

李继勋见何继筠、何承矩带兵赶到，心中大喜。对于何继筠、何承矩二人的战绩，李继勋早有耳闻。

建隆元年，何继筠、何承睿、何承矩父子三人在棣州凭数千兵马以少胜多，破契丹大军十万，扬名天下。李继勋很清楚，这次赵匡胤特将何继筠、何承矩二将从东部的棣州调来作为进攻北汉的先锋，乃是想要出奇制胜，一举拿下太原城。何承矩在邢州、洺州之间分兵佯攻北汉，正是赵匡胤事先暗中授意。

寒暄过后，李继勋拉住何继筠的手，一脸神秘地说道："何将军，你们且随我去见一人。"

何继筠露出吃惊的神色，正想开口问，不料李继勋接口便道："所见何人，见了便知，二位将军随我来便是。"

说罢，李继勋拉着何继筠的手臂便往大帐外走去。

何继筠心下好奇，但听李继勋这么说，便也不再发问。

何承矩见状，也只好赶紧跟在李继勋和父亲后头。

出了大帐门，李继勋带着何继筠、何承矩二人绕过自己的中军大帐，往大帐后面走去。这时，何继筠、何承矩二人惊奇地发现，在中军大帐之后，还有一个大帐。这个大帐看起来与中军大帐几乎同样大小，大帐门口，两边各立着几个全副武装的士兵。"不知这李节帅葫芦里卖的什么药？这大帐内又是何人呢？"何继筠心底暗暗嘀咕。

三人在大帐门口立住，李继勋冲两边的卫兵点点头，对何继筠父子说道："两位将军在此稍候，我先进去一下。"

何继筠父子见李继勋一脸肃然，不禁更觉奇怪。

不一会儿，李继勋便从大帐走出来，微笑着说道："两位将军请随我进来。"说罢，便掀开大帐门，迎接何继筠父子二人。

何继筠父子二人进得帐内，抬头望去，但见正前方的将军座上，端坐着一人，此人看上去有四十多岁，宽脸大耳，脸膛微黑，上唇留着两撇胡须，下巴也留着短须，身上穿着一件红色战袍，头上却没有戴兜鍪和头巾，只用黑巾拢着发髻。此人一左一右，各立一人。左边一人，三十五六岁模样，长方脸，脸部线条柔和，一双丹凤眼，蓄着三缕短须。此人身上披着一件绿色战袍，腰束褐色的锦护腰，头戴着银头盔，手按着腰间佩剑的剑柄，正面露微笑地站着。右边那人，脸膛长大，鼻梁高挺，蓄着络腮胡须，身披暗黑色铁甲，眼若铜铃，宛若金刚。

观察大帐内这三人的过程，都是何继筠在一瞬间完成的。在作出迅速的观察之后，何继筠大吃一惊。他认出了坐在将军座上的那个人——正是当朝皇帝赵匡胤。他最近一次见到赵匡胤，是在乾德元年棣州之战后不久。那时，他是奉命带着两个儿子进京觐见皇帝。转眼五六年过去了，他没有想到，再次见到皇帝会是在潞州的大营中。

"棣州防御使何继筠不知陛下御驾亲征，失礼了！"何继筠说话间，单膝下跪。此时，何承矩也已经认出了赵匡胤，赶紧跟随着父亲下跪拜见。

"两位将军请起哦。好啊！上阵父子兵啊。"

"谢陛下！"何继筠和何承矩从容立起身来。

"不过，朕要纠正一下老将军的说法。这次，朕可不是亲征。朕是随着党进、曹彬两位将军过来看看。这位是侍卫步军指挥使党进将军，这一位，是宣徽南院使曹彬将军。"赵匡胤微笑着说道。

原来，在令党进、曹彬先行赴潞州后，赵匡胤再三考虑，决定悄悄来到潞州，亲自指挥这次对北汉的突袭。为了出其不意攻其不备，赵匡胤令朝廷内外对他此次出行保密，不得声张。到了潞州大本营后，他也下令大本营内外不张皇帝旗帜，取消各种仪仗和觐见的繁冗礼节。

当下，何继筠、何承矩与党进、曹彬都抱了抱拳，算是认识了。

"既然众将来齐，咱就议议进攻太原的方案。李节度，赵赞那边有消息吗？"赵匡胤问李继勋。

"赵节度已经在汾州南边部署好，随时可以进攻。"

"如此甚好。朕的打算是，以棣州军一部从东面佯攻，由李节度会同何老将军从南面直接北上进攻太原，由赵赞从汾河右岸北上，从西翼突袭太原。何老将军，从东面佯攻太原的行动，应该已经于几日前开始了吧？"

"不错，末将已拨精兵一千入太行，由东往西进攻太原。"

"甚好！"

"曹彬，你如何看？"

"这——陛下，末将以为，东面已经确定是佯攻，中路也可按照原来方案作为佯攻。主力可以由李节度率领，与何老将军、承矩将军的两千棣州精兵一起调动到西翼。在西翼，以何老将军为先锋，而以李节度为中军，以赵节度为后卫，从西越过汾河，然后进攻太原城。"

赵匡胤低头略一沉思，说道："正合吾意。诸将听令！"

旋即，赵匡胤将进攻计划一一部署，定下三日后主力起拔，朝阴地方向前进，以便在汾州南与赵赞军会合。

待赵匡胤部署好任务，何继筠用手拍了拍何承矩的肩膀。"陛下，小儿尚有一事要禀报。"

何承矩会意，往怀中一掏，取出数日前神秘女子所赠的那张西域地图，双手呈上，说道："末将受人之托，将此图献给陛下。"

赵匡胤接过地图，缓缓展开看了看，诧异道："这是一张西域地图，你是从何处得来的？"

何承矩当即将得到此图的经过详细说了一遍。

赵匡胤听到何承矩说到那女子时，便微微变了脸色。待何承矩说完，他从将军椅上站了起来，冲曹彬道："曹彬，你挑十名精兵，备二十四上等好马，朕要去一趟太行山中，承矩，你带路，带朕去寻到那个女子。"

诸将听了，都不禁诧异。

"陛下，三日后便要拔营，陛下这一去，恐怕时间来不及了。"

曹彬谏言道。

"朕黄夜而行，快马加鞭，应该不会错过拔营时间。"

"这——"曹彬有些犹豫。

正在此时，忽然大帐外有声音喊道："报——怀州防御使康延沼求见。"

"传他进来。"赵匡胤一惊，冲李继勋道。

李继勋答应一声，出了帐，将康延沼带了进来。

赵匡胤见康延沼面色严峻，露出焦急之色，便问道："康将军，出了何事？"

康延沼看了何氏父子一眼，冲赵匡胤一抱拳，说道："陛下，探子回报，北汉主派侍卫都虞侯刘继业、冯进珂等率大军扼守团柏谷，又派枢密使马峰为监军。马峰率大军两万东出，沿洞过河北岸向东进军，似欲绕过何将军派出的佯攻之军，直接南下迂回攻击我军主力。"

赵匡胤听了康延沼的禀报，缓缓将那张西域地图折叠好放入怀中，神色黯然地沉默了片刻，然后对曹彬说道："朕暂且不去寻那女子了。马峰此举，有围魏救赵之意。何老将军分兵一千正往西行佯攻太原，马峰如绕过他们，确实可能直接攻击我军主力，亦可能直接南下，攻下澶州再直逼汴京，咱们不能不防。既定的进攻方案需要调整了。诸将听令！"

"在！"李继勋、曹彬、党进、何继筠、何承矩、康延沼等诸将皆肃然待命。

赵匡胤看诸将整整齐齐站在跟前，心神一动，眼前掠过当年亲征潞泽时的情景。其时大将石守信、高怀德、韩令坤等皆在前线，军威可谓盛极一时。如今，石守信已经解甲归田，高怀德已经被招为长驸马，两人皆退居二线了；韩令坤则不幸于今年四月逝于常山。赵匡胤与韩令坤当年同事周室，两人情同手足，情好款洽。此时，他想到石守信、高怀德远离身边，而韩令坤已死，不禁顿觉伤感。

从短暂的回忆中回过神来，赵匡胤振声道："何继筠、何承矩，朕令尔等为先锋，率五千精兵，自潞州北上，会合之前分兵的一千精锐，至洞过河阻击马峰大军。"

"得令！"

"李继勋听令，朕令尔率中军一万五千人，随先锋挺进洞过河。若先锋得胜，尔与先锋乘胜进军太原。"

"得令！"

"曹彬、党进听令！朕令尔等率部五千佯攻团柏谷，以分牵制刘继业之主力。"

"得令！"

"康延沼听令，朕令尔率四千人殿后，以为后备队，随时接应各部。"

"得令！"

"何老将军，朕与你一起赶往洞过河。"

"这——是！陛下！"何继筠略一犹豫，旋即大声应诺。

七

数日后，何继筠率领的先锋五千人与之前分兵派出的一千人会师，共同向洞过河上游靠近。洞过河又名铜锅河，是汾河的支流，起源于徒泉山，向西流至太原附近汇入汾水。

"陛下，马峰在山谷正中扎了营寨，其两员副将一个叫张环，一个叫石斌，两人分别在山谷两边山坡上扎了营寨，互为掎角，居高护卫马峰的大营，形势对我军甚是不利。"何继筠向赵匡胤禀报道。

"马峰大营后面距洞过河还有多远？"

"大约还有十里地。"

"这么说，他们也算不上背水一战。"

"看架势，他们现在并不想战，只想死守不出。"

赵匡胤坐在将军椅上，听了何继筠的这句话，一声不吭，右脚使劲搓了一下垫脚凳。

"如果马峰死守，我军要想通过此处，便只好强攻，但是，马峰占据了有利地形，我军如强攻，必伤亡重大！不行，得想想办法。"赵匡胤想了一会儿，抬起眼皮，看了一下跟前的何继筠，又看看何继筠身旁的何承矩。

"承矩，当年你出奇谋，助你父亲在棣州大败契丹，这次，你可有好办法？"

何承矩个子不算高，此时赵匡胤这么一问，他将身子挺了挺，浓浓的眉毛往上略微一扬，振声道："末将倒是有一计。"

"说来听听。"赵匡胤眼睛微微睁大，期待从何承矩口中听到能够克敌的奇谋。

"目前马峰有两万大军，我先锋军虽然刚刚会合了之前的一千人，但要硬攻，人数上不占优势。末将想讨两千人马，翻山越岭，从后偷袭马峰大营。不过——"

"不过什么？"赵匡胤问道。

"不过，末将担心，即便绕过大山，依然无法从后面构成对马峰大营的威胁。毕竟两万大军，布营之法有很多，末将无法预料马峰在大营之后如何布阵。如果马峰布下连环营，或刘继业已经率兵援助，恐怕即便我率军翻山越岭绕过大营，也无法从后偷袭成功。"

赵匡胤、何继筠听了，都点了点头。

在赵匡胤心里，何承矩是一员难得的大将。如今，何承矩作出如此判断，赵匡胤又如何能不信他。况且，赵匡胤自己也身经百战，深知战争中可能出现各种变数。何承矩的担忧，赵匡胤不能不顾及。因此，他听了何承矩的这番话，一时间沉默不语。

正在这时，忽然帐外有军士禀报："五台山行勤法师求见陛下。"

赵匡胤等三人一听，无不有些吃惊，心里均想："不知这个行勤法师此时求见，是为何而来？"三人中，最为吃惊的是赵匡胤，他此次并非亲征，而是在曹彬、党进陪同下，暗中离开京城前往西北的。离京之前，只有赵光义、赵普等十来个重臣以及他的好友守能和尚知道。"莫非是他们当中的某人将消息泄露了？"他心中顿时升起了疑团。

"快请进来。"赵匡胤道。

不一会儿，一个布衣和尚走入了先锋大帐。

赵匡胤朝那和尚看去，但见他披一件灰黄色的袈裟，个子很高很瘦，眼神颇为凌厉，但脸上的笑容却是非常温和。

"贫僧行勤有礼了！"行勤和尚见了赵匡胤等三人，低首合十行礼。他声音平和，态度不亢不卑。

赵匡胤见了行勤和尚的气度，对他顿生好感，心中疑虑大消。

"不知高僧到此，所为何事？"何继筠在一旁替赵匡胤发问了。

"若是贫僧没有猜错，中间这位，便是大宋皇帝。两位便是大小何将军。"行勤和尚说话间，眼光从容扫过赵匡胤等三人。

"高僧如何知道朕会在此处？"赵匡胤呵呵一笑问道。这时，或许是出于发自直觉的好感，赵匡胤已经对行勤消了戒备之心。

行勤仿佛也感到赵匡胤的戒备之心已经消除，微微一笑，说道："不瞒陛下，贫僧正想仿效唐代玄奘法师，前往西方去取经。听说陛下率兵受困于此，故专程赶来，望能助陛下一臂之力。"

"法师已经超脱于红尘之外，何苦来蹚这场浑水？"赵匡胤笑道。

"以贫道观之，北汉主继元乃残忍暴戾之人，为政如久，民必为其害也。"行勤法师道。

"何以见得？"赵匡胤敛容问道。

"陛下可曾听闻孝和帝灵柩前所发生之事？"

"法师所言何事？"

"孝和帝逝后，孝和后郭氏缞服哭于孝和帝灵柩前，继元派其嬖臣范超以白绫缢杀之，宫中的嫔妃们也遍遭凌辱。继元于灵柩前杀孝和后郭氏，可见其心狠手辣。"

"继元为何要杀郭氏？"

"继元妻段氏，曾经因小过被孝和后郭氏所责。段氏不久病卒，继元因此怀疑是孝和后派人暗害了段氏。"

赵匡胤听了，皱起眉头微微点头，却不开口说话。

行勤法师见赵匡胤一脸沉默，微微一笑，继续说道："不过，贫僧前来见陛下，另有大因。"

"哦？高僧究竟为何而来呢？"赵匡胤问道。说话间，他眉头一皱，脸上露出惊讶之色。

"我佛慈悲，普度众生。出家之人，不能杀生。贫僧来助陛下，非为助陛下杀人，实乃贫僧推演天下大势，不想逆时而动，只想顺天而行。故前来相助也。"行勤垂首低眉，谦恭地应答。

"高僧既然知道朕被困兵于此，如有好计谋，快快说来。"赵匡胤说道。

"马峰为人，老成持重，轻易不会上当。不过，贫僧确有一计，或可一试。"行勤和尚依然面如平湖，态度从容。

当下，行勤和尚不紧不慢地说出了一个破敌的计策。赵匡胤等三人听了，皆是半信半疑。

赵匡胤思虑良久，最终还是说道："既然没有其他办法，也只好依高僧之策，冒险一试了。"

这天一早，秋风吹过山林，带来一股萧瑟之气。

十来个膀大腰圆的宋军士兵，持着刀和盾，在马峰大营门前冲着马峰大营大声叫骂，极尽嘲讽之词。

"没想到尽是一群窝囊废。"

"何止是窝囊废，简直便是缩头龟！"

"哈哈哈哈哈——整天窝在军营里头，也算是当世名将？"

"哎，你懂个啥子，马峰躲在窝里有何不对，要不然怎有'马蜂窝'之说！"

"还是老兄高见，对对对，马蜂窝，窝马峰。"

"哈哈哈——哈哈哈——"

可是，不管这群宋军士兵如何嘲笑叫骂，马峰的大营、张环与石斌这两员副将的大营都是一片寂静。北汉的将士们只是站在大营的木墙之上，怒气冲冲地瞪着大营门口的宋军士兵们，却不作任何反应。马峰早就有了吩咐，不管宋军怎么叫骂，都不要回应，连箭也不许射出一支。

待到午时，宋军大营中出来一队人。那队人中，有的提着大小食盒，有的挑着酒坛子。他们为那些在北汉大营前挑衅的士兵们送来了好酒好肉。那些士兵叫骂多时，显然有些疲惫，一看到来了好酒好肉，顿时一阵喧哗，围着几坛老酒，席地而坐，开怀畅饮，大口吃肉，大碗喝酒。吃喝间，他们还不忘张口大呼小叫，不断嘲讽马峰和北汉的将士们。待酒足饭饱后，他们便站起身，在马峰大营前随意地溜达起来。

无奈，那马峰也颇有耐性，对宋军的挑衅、嘲讽就是不搭理。

过了许久，宋军先锋大营中奔出一骑。

那群宋军士兵往那骑马的人看去，见是少将军何承矩，便都大声欢呼起来。

"都回吧！"

何承矩纵马奔到自己的士兵跟前，大声喝道。

那群宋军士兵听将军叫他们回营，便都齐声答应了。

何承矩带着这群士兵回营后，宋军先锋大营便开始拔营缓缓撤退。宋军这一退便是十里，到傍晚才开始重新扎营。

马峰在自己的大营中见宋军拔营缓缓撤去，心中大疑，不知宋军究竟为何撤退。

"莫非宋军已经听说契丹将发大军前来支援？"马峰心中暗想。

张环、石斌接到马峰的命令，便从两边的营地赶到中军大营商讨对策。

"不如再观察观察，看看宋军究竟耍啥花招。"石斌说道。

"我看不像，这次宋军缓缓撤退，是怕我军从后追击。监军！我等不如速速杀将出去，从后偷袭宋军！出他一口恶气！"张环说话间，狮子鼻抽动了几下。

马峰沉思了片刻，说道："两位将军说得都有些道理。宋军后撤，确实是杀出去的好机会。只是，我亦担心宋军设下陷阱啊。不如，这样吧。再观察一天，看看宋军如何行动。如果宋军继续缓缓撤退，估计若不是得知契丹来援，便是朝中发生了大事，所以才改变了战略，欲稳妥退兵，全军还朝。到那时，咱再出营追击不迟。"

"还是监军高明！"石斌说道。

张环心中憋着气，欲再说话，马峰却摆摆手，让他休要再说了。

次日，宋军一早便又拔营，缓缓往南撤去。

马峰见宋军继续撤兵，便按照昨日定下的策略，令张环、石斌率兵出营追击。

张环、石斌骑着马，各带了五千步兵，尾随宋军杀来。

待张环、石斌将要追至宋军后卫时，何承矩率了一千骑兵，挡住了追兵的去路。

何承矩与他兄长何承睿一样，使一杆铁枪。

建隆元年，何承矩出谋，兄长何承睿凭借一杆铁枪，血战契丹军后故意败退，诱使契丹人上当。最终，何继筠与两个儿子一起，率棣州军在滴河以少胜多，大败契丹军。

此时，何承矩骑在马背上，将铁枪横在胸前，冲追在前面的张环大声喝道："来者何人？"

张环见挡路的是一位少年将军，不免有轻视之意。他一翻眼皮，瞪眼瞧那少年将军，但见其怒目圆睁，浓眉倒竖，手持一杆长铁枪，身披乌黑铮亮的铁甲，腰间用宽牛皮带束着锦缎护腰，胸前一面亮闪闪的护心镜，看起来相貌堂堂，英气逼人。

在张环拿眼睛瞪着他时，何承矩也对张环怒目而视。

"我乃太原马峰将军帐下副将张环。你又是何人？"张环于马背上暴喝一声。

"我乃宋先锋帐下副将何承矩。"何承矩答道。

张环一听，微微一惊，心想："原来此人便是当年在滴河大破契丹人的何承矩。"他这么一想，手将缰绳往胸前扯了扯，沉声喝问道："你便是那个参加过滴河大战的何承矩？"

"正是！"

"甚好，张某久闻将军之名。看招吧！"

话音一落，张环便纵马往何承矩冲去。

张环手中舞动的兵器，乃是一根狼牙棒。狼牙棒这种兵器，杀伤力极强，但是棒头沉重异常，舞动起来，不好掌控，不是一般人可使得。张环臂力非凡，马背上舞动狼牙棒，却是一点不吃力。

何承矩见张环来势凶猛，当下不敢怠慢，将双腿一夹，挺枪迎着张环冲去。

第一回合，两人骑马错身而过，铁枪枪头掠过狼牙棒的棒头，将它荡了开去。

张环见何承矩破了自己一招，也不敢怠慢，调转马头，二话不说，再度举起狼牙棒往何承矩冲去。

何承矩也调转马头，挺枪杀向张环。待到近前，何承矩突然变招，将枪往下一沉，往张环腰间扫去。

张环见状，慌忙施展其精妙骑术，将马儿往旁边一带，躲过了何承矩的一招。

两人接着一来一往，转眼斗了三五十招。战到惊险处，双方士兵都瞪大眼睛，张大嘴巴，随着两人的动作一惊一乍。

突然，何承矩猛然将马缰绳往旁边一带，旋即调转马头，往己方阵中撤去。

张环见状，双腿将马儿一夹，呼喝着去追何承矩。

此时，石斌担心张环中计，大声呼喊："小心回马枪！"

张环听到石斌的呼声，愣了一愣，勒住战马，不再追赶，悻悻然奔了回来。

当日，宋军和北汉军各自按兵不动。

次日清晨，北汉军发现，宋军已经连夜又后撤了十里扎营。

马峰等得到斥候的报告，断定宋军必因害怕契丹来援，又担心快速撤退被追击掩杀，故缓缓撤去。

"今日如宋军又拔营撤退，咱便趁机掩杀过去，莫要失去了良机。"张环主动向马峰请命。

马峰沉吟半晌，说道："好！果若如此，便这般行事。石将军，你届时与张将军一起行动，相互有个照应。"

"遵命！"

张环、石斌两员副将同声应诺。

待到午后，天突然阴暗下来。山谷的上空升起了乌云。

"老天爷看样子憋了一泡尿，一会儿非得撒出来！"张环仰望着天空，冲石斌说道。

"若是下雨，不晓得宋军会如何行动。"石斌一脸忧虑的样子。

张环看了看石斌，笑道："石将军怎如此忧心忡忡，他若再拔营，咱带军杀过去，必杀他个片甲不留。"

"那何承矩必留有后卫，咱还是小心为是。"

"宋军连连撤退，早没了士气，咱这次奋勇冲杀，那何承矩一人再勇猛，也抵挡不住。他又不是张飞。"

石斌听张环这么说，笑笑道："说得也是！"

两人正谈笑间，有斥候来报，说是宋军大营又开始撤退了，这次好像撤得急，只留下一部分人马尚在营中。

张环、石斌两人相视一笑。

"走！咱杀过去！"

于是，张环、石斌两人带着早就整装待发的四千精兵，打开营寨的大门，往宋军大营冲杀而去。

这时，忽然下起了暴雨。

北汉军冲近宋军大营门前时，宋军大营突然大门敞开，何承矩率军从营中杀出。

张环、石斌早有准备，也不与何承矩打招呼，纵马呼喝，双双冲何承矩杀去。

何承矩见张环、石斌杀来，也大喝一声，将手中铁枪一振，纵马冲杀过去。双方士兵见主将对阵，各自收了脚步，只待看时机再向前冲杀。

天地昏暗，大雨如注。

张环的狼牙棒、石斌的偃月刀，还有何承矩的铁枪，三种兵刃在大雨中舞动，在一片雨线中，扬起亮白色的水花。那水花的形状不断地变化着，展现出奇形怪状的模样。三匹马儿在雨中奔跑，旋转，腾跃，踢翻了铁蹄下的草皮，不停地溅起水花与泥浆。

三将在大雨中缠斗了片刻，何承矩忽然大喝一声，铁枪奋力一花，荡开张环的狼牙棒和石斌的偃月刀，拨马往回飞奔。

"快撤！"何承矩大声喝道。

宋军听到主将呼喊，慌忙拔腿往营中跑去。

张环、石斌两人哪里容何承矩奔逃，招呼着身后四千精兵往何承矩追杀过去。

宋军步卒们拔腿飞奔，抢回大营，四散奔逃。

何承矩俯下身子趴在马背上，朝着大营中的中间那条主路，头也不回地往南飞奔。

张环、石斌两人纵马齐头并进，紧跟在何承矩身后。

张环高声叫道："这次休要让他走了！"

"走不了！"石斌在一边喊道。

张环因为自己打败了宋朝名将，感到异常兴奋。他一边追着何承矩，一边大声狂呼。此时，大雨打在他的脸上，更增添了他的快感。"很快就要立大功了！"他兴奋地想着。突然，他只觉胯下的马儿忽然往前一栽，仿佛是前蹄踩空了。

"怎么了？不好！"

便在一瞬间，张环意识到自己正朝陷马坑中落下。他悲哀地扭头一看，看到石斌连人带马，也正一头朝下栽去……

原来，赵匡胤、何继筠等听了行勤法师的计策，以多次缓缓撤退的行动令马峰误判，又令猛将何承矩以力战不敌诱敌深入大营。在大营的主干道上，宋军早早就挖好了陷马坑。这陷马坑设计得非常隐秘，大约有五丈宽，两丈长，一丈多深，坑道靠近两边上缘处，都先用铰链扯起多块大木板，然后在大木板上又铺就厚厚的泥土。铰链通往坑道两边的地面，由绳索固定在木桩上，只待自己主将骑马奔过，敌人大将追至，便由早埋伏在两边的人从地面上砍断绳索，松开铰链，泥土下的大木板往两边翻下，致敌人人马陷落。何继筠本拟在陷马坑中倒栽下尖桩，不过何承矩欲生擒张环、石斌，建议赵匡胤和父亲留此二将生路。赵匡胤本不欲多伤性命，又从何承矩口中得知张环、石斌二人乃是难得猛将，起了惜才之心，便同意了何承矩的建议。何继筠深知自己的这个儿子宅心仁厚，自然也不反对。因此，这次的陷马坑中并未设计取人性命的器具。张环、石斌随后被宋军从陷马坑中救起，赵匡胤亲自劝降。二将被赵匡胤诚意所感，遂归顺了宋朝。

张环、石斌陷落后，何继筠、何承矩率军反杀过去。北汉军见两员将军陷落，顿失斗志，在大雨中溃逃而去。马峰见形势危急，不想恋战，便率大军拔营撤退而去。

于是，何继筠、何承矩率军掩杀过去，一路斩杀北汉军两千余人，抢获战马五百匹。随后，宋军长驱西进，夺了汾河桥，杀到了太原城下，以火箭猛攻延夏门。北汉主刘继元派遣殿直都知郭守斌领内直兵出战。郭守斌被流矢射伤，仓皇退回太原城。

"陛下，贫僧这便告辞了。"行勤法师微笑着，一边说，一边向赵匡胤稽首。

"法师，不如留下，助朕攻克太原城。如何？"赵匡胤不舍行勤和尚离去，抓住他的手臂问道。

"陛下自有天助，以贫僧的修为，便只能助陛下至此了。"行勤法师依然微笑着。

赵匡胤见行勤法师这般说，只好松了手，放开他的手臂，想了想，说道："既然法师要去西域，朕给法师看一件东西。"

说着，赵匡胤从怀中掏出一张折叠着的纸，小心翼翼摊开，放在案台上。

"西域地图！"行勤法师脸上露出惊讶的神色。

"这是朕的一位故人送给朕的。朕许你复制一张，你前往西域，自然用得到。"

"谢陛下，这真是求之不得啊！"

"不过，朕还要拜托你帮朕做一件事。"

"哦？"

"法师不用紧张，此事不难。朕请你为朕带一份国书，给大食国王。朕期待有一日能再次开通西去的通商道路，大食国正当其道，如能得其相助，于诸国百姓皆有益也。法师将国书带与他，宣朕之好意，期其与我同心，共致天下太平富足。”

"阿弥陀佛，善哉善哉，陛下真乃现在佛也！贫僧敢不遵命！"行勤法师向赵匡胤稽首说道。

当下，行勤法师于赵匡胤营帐中取笔墨复绘西域地图。

地图绘制完毕后，行勤法师对赵匡胤道："贫僧忽然想起一事。"

赵匡胤微微一愣，说道："法师说来便是。"

"目下守卫团柏谷的北汉侍卫都虞侯刘继业，本姓杨，乃杨重勋之兄，幼时事北汉世祖，后来世祖赐其姓刘，因名刘继业。此人乃难得的忠勇之将，使一把偃月刀，武功非凡，少有匹敌之人。刘继业的几个儿子，也是个个赤胆忠心，英勇过人。陛下日后遇此将，若能不伤其性命，收为己用，必胜过收十万之军也。"

赵匡胤听了，肃然道："谢法师提醒，朕会记在心里。"

行勤法师淡淡一笑，旋即飘然西去。

行勤法师离去后，宋军围困太原城数日，刘继元闭城不战。

赵匡胤见太原城近日难克，担心久离朝廷，朝中有事情，便令李继勋等继续围困太原城，自己带着何承矩星夜赶回汴京。回汴京路上，赵匡胤令何承矩带路，绕道前往太行山去寻那个女子。可是，待寻到那个山谷时，却发现那两座茅屋中，早已人去屋空。

"陛下，那女子是何人？要不要派人追查？"何承矩好奇地问道。

赵匡胤听了，眼睛中亮光一闪，往云雾弥漫的山谷望了望，仰天长叹一口气，沉默了片刻，说道："她是朕的一位故人。不用追查了。由她去吧。"

八

高德望箕踞而坐，背靠着一棵大树，两只手扯弄着一根草茎，眼睛盯着三丈之外正在草地上练武的王承衍。跟随王承衍离开汴京来到华州已经有很长一段时间了。他发现，自从宥娘死后，王承衍再也没有真正快乐起来。"心爱的人没了，原来是这样痛苦啊。我还不曾真正喜欢过哪个女子，少将军的心情我是无法真正体会到的。"他本是一个乡村少年，也没有经历过爱情，心里为王承衍感到难过，却想不出怎样去安慰和开导王承衍。作为一个好朋友，他感受到的是因为好朋友受到伤害，因为深厚的友情而产生的痛苦。他也常常想起周远，每次想起，亦感到惆怅无比。他原本天真的面容，经历了那么多事情，不知不觉中也已经发生了变化，多了几分沧桑与深沉。

此刻，正入辰时，早晨的太阳将充满朝气的光芒洒向大地。王承衍在晨光中舞动着唐刀，太阳的光芒照在刀刃上，不时反射出刺眼的金光。太阳的光芒和那刀刃上不时反射过来的金光，以它们特有的力量，渐渐消除了高德望心中的惆怅，让他不知不觉产生了一种振奋的心情。

"少将军一定会慢慢振作起来的。"高德望这样想着，心中多了一分愉悦。这时，他看到东边出现了一个人影。晨光为那个人的轮廓勾勒出一条细细的金边。

当那个人渐渐在金色的光芒中走近时，高德望认出来那人正是王承衍的父亲——节度使王审琦。

王审琦今日戴着幞头，穿了一身深褐色锦袍，腰间系着金玉腰带，腰带上悬着一柄长剑，看上去甚是端庄威严。

王承衍似乎并未看到父亲走近，依旧"呼呼"舞动着唐刀。

高德望站起身子，向王审琦走去。他正想招呼王承衍，王审琦摆摆手，示意他不要去提醒王承衍。高德望只好遵命立于一旁。

过了片刻，王承衍大吼一声，挥刀斩向草地。那唐刀异常锋利，刀刃虽未着地，却无声地削断了数十片草叶子。王承衍略一停顿，旋即收刀，肃然而立。

这时，王承衍注意到了站在一旁的父亲。

"父亲！你怎么来了？"

"嗯，刀法不错。这唐刀，确实是一把好刀啊。"

"谢父亲夸奖。"

"为父前来，是要告诉你一件事。"

"父亲请说。"

"承衍，陛下来信了。"

王承衍一听，微微一愣。

王审琦看着儿子，说道："近日，道州刺史王继勋上书陛下，言南汉主刘钺肆为昏暴，民被其害，又数寇我境，请陛下发王师南伐。陛下因有事于太原，未想急以加兵，只是想先派人前往南唐，令南唐主李煜修书一封给刘钺，劝其以湖南旧地来献。陛下想到了你，令你带着高德望一起，再去南唐一次。当然，陛下在信中也说了，如若你不想去，也不会怪罪于你，他自会另择他人。陛下此信，是以私人身份写的。你可以考虑一下。"

高德望听王审琦这么说，便看着王承衍，等候他的反应。

王承衍听完父亲的话，沉默下来。他微微垂下了头，眼睛盯着脚下的草地，想了片刻，缓缓抬起头说道："我若不去，也有人去。不过，其他人恐怕不如我熟悉李煜。若事不济，我岂非有愧于天下人。这也许是我必须承担的责任吧。爹爹，我去！"

王审琦听儿子这么说，抬起右手，轻轻按在他的左肩头，沉声说道："承衍，你真的长大了。"

"爹爹，你放心。孩儿不会有事。"

王承衍感到父亲按在自己肩头的手微微有些颤抖，便抬起右手，轻轻按在了父亲的手背上……

王承衍带着高德望回到汴京后，迅速被赵匡胤召见了。

"朕需要你再去一次南唐，让南唐主李煜修书一封，劝南汉主刘钺归顺我朝。"赵匡胤对王承衍说道。

"陛下前番遣我去南唐游说，已经失败，陛下还相信我能成功吗？"

"没有哪个比你更合适了。你熟悉南唐，熟悉李煜与韩熙载等南唐重臣。他们对你的防备之心不是没有，但在我大宋国内，没有其他人比你更加熟悉他们。这件事，如果你做不到，其他人更不能。况且，此次与上回不同。这次朕的策略，不是让南唐纳土归宋，而是让李煜劝南汉纳土归宋。以朕对李煜的了解，他必不敢因南汉而得罪朕，只是——只是韩熙载等人，倒可能在李煜面前阻止他按朕的意图劝刘𬬭归降。"

"故，这次任务的难点，乃是要破除韩熙载等人对李煜的影响。是吗？"

"正是！"

"如果李煜愿意修书劝刘𬬭归降，也意味着李煜真心服从陛下，也意味着我大宋与南唐，日后可和睦相处。是吗？"

赵匡胤并没有直接回答，而是温和地注视王承衍，微笑说道："这么说，你已经愿意为朕再下南唐了？"

"臣愿往。"王承衍沉声道。只要有一线免除兵戈的可能，我愿赴汤蹈火，在所不惜！他在心里暗暗对自己说道。

南唐宫中的景象看起来既熟悉又陌生。

这是王承衍、高德望第四次来南唐了。

他俩跟着一个小黄门，沿着宫中的小路往前走。

"国主在哪里召见我们？"王承衍警惕地看着周围，走了一会儿，方开口询问小黄门。

"移风殿。"

"移风殿？"

王承衍默默点了点头，尽力回忆移风殿的样子。

又行了一会儿，王承衍远远看到一圈灌木，灌木丛围着当中的一座小殿。小殿周围的灌木，约莫一人高，灌木围着小殿，只留南面一条甬道通往小殿。甬道北端，正对着那座小宫殿的南门。

对，这便到了移风殿外面了！前面，便是移风殿！眼前的这幅景象，一下子让他想起了从前。

那时，周远大哥还在啊！

一瞬间，王承衍感到眼睛、鼻子一酸。他模模糊糊又看到了周远的样子。他仿佛又看见了那个晚上，周远、高德望与他一起，在夜色中偷偷潜入南唐宫，摸索到了移风殿附近……

那个夜晚，宫内的许多事物都朦朦胧胧地隐藏在夜色中；此时却是上午，阳光明媚，南唐宫内一切景物的轮廓与细节，都显得格外清晰真切。

"哎哟，这不是王少将军吗！快请进，国主正在殿内等候你们呢。"

一张脸，挂着诡媚的笑容，迎了过来。

王承衍、高德望一下子认了出来，在小殿门口迎接他俩的，正是李煜的潜邸旧臣，如今的金吾卫首领刘澄。

"刘将军！"王承衍朝刘澄抱了抱拳，冷冷说道。也许是出于一种直觉，他对刘澄这人有一种强烈的厌恶之感。

刘澄似乎不以为意，依然笑脸相迎。

王承衍瞥了刘澄一眼，继续朝殿内走去。刘澄慢跑了几步，赶到王承衍、高德望两人前头带路，引两人入殿，自己则在殿门口驻了足。

进了移风殿，王承衍看到李煜端坐在宝座上。

丹墀之下，立着三位大臣。右侧那人是右仆射、兼门下侍郎、平章事游简言；左侧两人，其中之一是兵部尚书韩熙载，还有一个人看上去比较年轻，王承衍之前并不曾见过。

王承衍在丹墀之前参见了李煜。

"又见王少将军，吾不胜欣喜啊。来人，赐座！"李煜待王承衍行了见面礼，微微挺了挺腰背，微笑着说道。

有两个内侍搬上一张金丝楠木椅子请王承衍落座。高德望则肃然立于王承衍一侧。

"不知王少将军此次前来，所为何事？"李煜问道。他的声音听起来有些发涩。

王承衍看了看韩熙载和游简言，说道："南汉主暴虐无道，人神共愤。近来，南汉臣民接踵赴阙诉冤，控诉刘铢，期盼王师南下，扫荡残暴。陛下仁慈，不忍遽发大兵，故特命我为信使，请国主念南国黎民之苦，给南汉主修书一封，先劝其以湖南旧地归宋，进而劝其纳土归宋，保全一方百姓。若能如此，陛下亦可答应刘𬬮，全其九族，共享富贵。"

李煜听王承衍这么一说，垂下了眼皮，静默了片刻，缓缓抬起头，朝游简言看了一眼，又朝韩熙载看了看。

"游仆射，你以为如何？"李煜问游简言。

王承衍朝游简言的脸上看去，但见他双眼凹陷，脸色灰白，一脸严肃，比之前见到时苍老了很多。

游简言略一沉吟，作揖说道："国主，以老臣之见，此事还需从长计议。"

"这——嗯。"李煜露出犹豫的神色。此刻，他感觉到自己仿佛孤身坐在一只小船上。小船正行驶于狂风大浪的海面，而此时一股大浪从不远处骤然升起，如同一堵高大无比的墙壁，遮天蔽日向自己压过来。该怎么办？游简言的回答令他有些不知所措。那样一来，岂非得罪了宋帝赵匡胤？游简言尚且如此回答，那韩熙载的态度自不必问了。

正在李煜一脸犹豫时，韩熙载往前迈了几步，走到丹墀之下，站在王承衍的左前方，面冲李煜大声说道："陛下，万万不可！"

"哦？为何不可？"李煜惊道。

"南汉主暴虐无道，时候一到，自有报应。再者，中朝如有意问罪，自便即可，又何必偏偏烦劳国主？"韩熙载说话间，斜着眼睛瞥了王承衍一眼。

"国主！"王承衍从椅子上立起身说道，"陛下请国主致书刘𬬮，乃是不想再起兵戈。若国主一封信，能消除我朝与南汉一战，岂非救万民于战火，大积功德。"

李煜笃信佛老，听王承衍这么一说，心中一动，动容说道："吾知此乃功德无量之事也——"

"国主，且慢下定论。"韩熙载往前又走一步，打断了李煜的话，振声道，"若论功德，岂可看一时之举。此事干系重大，非如王少将军所想如此简单。熙载建议，请王少将军先回驿馆歇息。来日再议。"

李煜见韩熙载瞪眼扬眉，心中一惊，不知他为何如此激动，当下面露犹豫之色，一时难下决定。

"国主，韩大人所言甚是。微臣也建议此事从长计议。"韩熙载旁边那位年轻的官员此时也作揖说道。

李煜看了看进言的年轻官员。那是查文徽之子查元方，现任尚书省工部水部司水部员外郎。

"这样吧，王少将军，不如今日先说到这里。你且回驿馆歇息，此事择日再议。"李煜沉吟了一下，朝王承衍说道。

王承衍知道如果继续说下去，于事无补，当下说道："陛下急等国主回复，恳请国主早早定夺。"

李煜听王承衍这句话说得生硬，心头一颤，暗想："赵匡胤会不会因吾不致书刘鋹，而以违旨为由发兵我江南呢？"

"王少将军勿急，吾必尽快答复陛下。"李煜匆忙间补了一句。

李煜旋即派人护送王承衍、高德望，暂到驿馆歇息。待王承衍走后，李煜又召来自己宠爱的文安郡公徐游，以及左仆射兼门下侍郎、平章事汤悦，中书舍人徐铉，知制诰潘佑，清辉殿学士张洎等人共同商议。徐游担心若不致书刘鋹，赵匡胤动怒兵发南唐，因此极力建议李煜速速答应赵匡胤提出的要求。韩熙载依然力言不可。张洎则一开始不表态，随后便开始附和徐游。汤悦、游简言、徐铉、潘佑、查元方等人先是支持韩熙载之见，随后见李煜听信徐游、张洎之言，态度渐渐坚决，知再多言也无益，便都默认了李煜致书刘鋹的决定。

韩熙载谏言不成，心中郁闷，强抑怒气，甩开大袖，离开了移风殿。他本想回金陵城外的别宅，可是转念一想，不甘心就此放弃，便独自一人，径直往清风茶楼行去。

此刻，韩熙载将希望寄托在一个女人身上。他知道，她喜欢听清风茶楼一个艺妓的琵琶弹奏，最近常常在午前，带着侍女，前往清风茶楼,在那里一待便是两三个时辰。"如果此刻能够在清风茶楼见到她,或许可以通过她劝说李煜。"他这样想着。

"原来是韩大人。"清风茶楼的跑堂立即认出了韩熙载。

"她今日可又来听琵琶了?"韩熙载问道。

"在上面呢。韩大人怎得突然想见她?"那跑堂猥琐地笑了一下。

韩熙载不以为意,哈哈一笑道:"哪个雅间?带我去。"

"是。韩大人。"跑堂低首哈腰答道。

李煜温柔地看着眼前这个女子。她的身材比她的姊姊瘦了一些,脸上的线条却比她的姊姊要柔和。此刻,她的脸仿佛是半透明的凝脂一般,在阳光之下,看上去比她的姊姊更加明艳动人。

看着皇后娥皇的小妹女英,李煜想起了临死前的娥皇。在她死前的几日里,他一直陪在她的身旁,朝暮侍食,药必亲尝。有好几日晚上,他甚至衣不解体,守候在她的床侧。有那么几天,娥皇因为无意中知道他将她的小妹留宿在宫中,而大为不悦。不过,就在临死前几日,她似乎原谅了他。李煜至今记得她与他告别的那一幕。那是她去世的三日之前的清晨,她不知从哪里来了力气,挣扎着从病床上起来,取出元宗所赐的琵琶,又将平时用约臂的玉环交给他。他记得她说的话:"婢子多幸,托质君门,窃冒华宠十载矣。女子之荣,莫过于此。所不足者,子殇身殁,无以报德。"说完这些话,她又作书请求薄葬。这些话他又怎能忘记呢。在说完告别的话三日之后,她坚持从病床上起来,沐浴焚香,口中含玉,随后在瑶光殿西室内,偎依在他的肩头逝世了。他从来没有忘记过她身上那种淡淡的香味。这一切,他如今回想起来,美好又伤感。

他记得,在娥皇逝去后几日里,他终日扶杖而行,哀苦神伤。就在那几日里,他写成一诔,寄托哀思。诔云:

天长地久,嗟嗟蒸民,嗜欲既胜,悲叹纠纷。

缘情攸宅,触事来津,赀盈世逸,乐鲜愁殷。

沉乌逞兔，茂夏凋春，年弥念旷，得故亡新。

阙景颓岸，世阅川奔，外物交感，犹伤昔人。

诡梦高唐，诞夸洛浦，构屈平虚，亦悯终古。

况我心摧，兴哀有地，苍苍何辜，歼予伉俪。

窈窕难追，不禄于世，玉润珠融，殒然破碎。

柔仪俊德，孤映鲜双，纤秾挺秀，婉娈开扬。

艳不至冶，慧或无伤，盘绅奂戒，慎肃惟常。

环珮爱节，造次有章，含颦发笑，擢秀胜芳。

鬓云留鉴，眼彩飞光。情澜春媚，爱语风香。

环姿禀异，金冶昭样。婉容无犯，均教多方。

茫茫独逝，舍我何乡？

昔我新婚，燕尔情好，媒无劳辞，筮无违报。

归妹邀终，咸爻协兆，俯仰同心，绸缪是道。

执子之手，与子偕老，今也如何，不终往告！

呜呼哀哉！

志心既达，孝爱克全。殷勤柔握，力折危言。

遗精眒眒，哀泪涟涟。何为忍心，览此哀编。

绝艳易凋，连城易脆，实曰能容，壮心是醉。

信美堪餐，朝饥是慰，如何一旦，同心旷世。

呜呼哀哉！

丰才富艺，女也克肖，采戏传能，弈棋逞妙。

媚动占相，歌萦柔调，兹簋爱质，奇器传华。

翠虬一举，红袖飞花，情驰天降，思栖云涯。

发扬掩抑，纤紧洪奢，穷幽极致，莫得微眹。

审音者仰止，达乐者兴嗟，曲演来迟，破传邀舞。

利拨迅手，吟商逞羽，制革常调，法移往度。

剪遏繁态，蔼成新矩，《霓裳》旧曲，韬音沦世。

失味齐音，犹伤孔氏，故国遗声，忍乎湮坠。

我稽其美，尔扬其秘，程度余律，重新雅制。

非子而谁，诚吾有类，今也则亡，永从遐逝。

呜呼哀哉！

该兹硕美，郁此芳风，事传遐祀，人难与同。

式瞻虚馆，空寻所踪，追悼良时，心存目忆。

景旭雕薨，风和绣额，燕燕交音，洋洋接色。

蝶乱落花，雨晴寒食，接輦穷欢，是宴是息。

含桃荐实，畏日流空，林调晚箨，莲舞疏红。

烟轻丽服，雪莹修容，纤眉范月，高髻凌风。

辑柔尔颜，何乐靡从，蝉响吟愁，槐凋落怨。

四气穷哀，萃此秋晏，我心无忧，物莫能乱。

弦尔清商，艳尔醉盻，情如何其，式歌且宴。

寒生蕙帷，雪舞兰堂，珠笼暮卷，金炉夕香。

丽尔渥丹，婉尔清扬，厌厌夜饮，予何尔忘。

年去年来，殊欢逸赏，不足光阴，先怀怅怏。

如何倏然，已为畴曩。

呜呼哀哉！

孰谓逝者，荏苒弥疏。

我思妹子，永念犹切。

爱而不见，我心毁如。

寒暑斯疚，吾宁御诸。

呜呼哀哉！

万物无心，风烟若故，唯日唯月，以阴以雨。

事则依然，人乎何所？悄悄房栊，孰堪其处。

呜呼哀哉！

佳名镇在，望月伤娥，双眸永隔，见镜无波。

皇皇望绝，心如之何！莫树苍苍，哀摧无际。

历历前欢，多多遗致。丝竹声悄，绮罗香香。

想涣乎忉怛，恍越乎惟悴。

呜呼哀哉！

岁云暮兮，无相见期；情瞀乱兮，谁将因依？

维昔之时兮亦如此，杂今之心兮不如斯。

呜呼哀哉!

神之不仁兮，敛怨为德；既取我子兮，又毁我室。

镜重轮兮何年，兰袭香兮何日？

呜呼哀哉!

天漫漫兮愁云暗，空暖暖兮愁烟起。

蛾眉寂寞兮闭佳城，哀寝悲氛兮竟徒尔。

呜呼哀哉!

日月有时兮龟蓍既许，箫笳凄烟兮旌常是举。

龙辆一驾兮无来辕，金屋千秋兮永无主。

呜呼哀哉!

木交枸兮风索索，鸟相鸣兮飞翼翼。

吊孤影兮孰我哀，私自怜兮痛无极。

呜呼哀哉!

应寤皆感兮何响不哀，穷求弗获兮此心堕摧。

号无声兮何续，神永逝兮长乖。

呜呼哀哉!

杳杳香魂，茫茫天步。扠血抚榇，邀子何所？

苟云路之可穷，冀传情于方士。

呜呼哀哉!①

那篇诔文，被刻于石，已然与娥皇生前最喜欢的金屑檀槽琵琶一起，与娥皇同葬了。

"娥皇啊! 你可知道我对你的思念! "他盯着眼前的女英，心里怀念死去的娥皇。便在这同时，他想到自己其实在女英第一次进南唐宫时，便已经喜欢上了她，心头不禁暗暗内疚。不过，令他自己感到奇怪的是，这内疚，似乎也同时加深了他对娥皇的思念。

"国主。你怎么了？"女英见李煜神情恍惚，轻声问道。

---

① 《十国春秋》卷第十八《南唐四·列传》，吴任臣，中华书局，2010 年，第 265 页至第 266 页。原文繁体，小说文中引用时转为简体。

"哦，没什么。你不是有事情找孤家说吗？"

"是啊。今日中午，韩夫子突然到清风茶馆来找婢子了。"

"韩熙载？他找你何事？"

"他让我来劝国主不要劝刘铱纳土于宋，还让我劝国主与刘铱联盟，共同对抗中朝。"

"这韩熙载，还不死心！竟然去找你来劝孤家。"李煜听女英这么说，面露不悦之色。

"国与国斗来斗去，婢子是不懂的。婢子只知道，只要国主愿意，婢子便一心从着国主。"

女英的话，李煜听在耳内，甚是受用。

王承衍见韩熙载突然来访，微微有些吃惊。

"韩夫子，有何见教？"王承衍将韩熙载迎进驿馆大厅，作揖问道。

韩熙载背着双手，昂首立着，冷冷"哼"了一声，两眼一瞪，死死盯着王承衍，眼中闪着寒光。

王承衍从韩熙载的眼中看到一股前所未有的怒气。

"哼！你以为，令我国主修书一封劝刘铱归宋，便能消除宋与南汉的兵戈，就能消除宋与我南唐的兵戈吗？你以为，只要一封书信，便可避免千百万将士和黎民的牺牲吗？你若是真这般想，便真如幼稚小儿了！赵匡胤远比你更懂刘铱，也远比你更懂我国主。老朽告诉你，即便我国主修书一封给刘铱，那刘铱也必不会答应。不仅不会答应，他反而会因我国主屈从于赵匡胤之意图，而对我南唐充满敌意。如此一来，南汉与我南唐前仇加新恨，从此再无联手对抗中朝的可能。这才是赵匡胤的真正意图——他欲借此激怒刘铱，从而制造征讨南汉的借口。王少将军，今日，你记住老朽的话！只要我国主真如你所愿，修书一封劝刘铱，则赵匡胤发兵征讨南汉之日便不远矣！而我南唐，待以时日，与大宋亦必有一战！记住，正是你推动了战争。你——也是制造战争的帮凶！就如之前一样，你与我一样，其实都是害死宵娘的凶手。"

韩熙载语气森然地说完，大袖一甩，再也不看王承衍一眼，径直往大门口走去。

王承衍听了韩熙载的话，呆立在原地。韩熙载的一番话，深深刺入了他的内心。他只感到浑身一阵发冷，仿佛掉进了一个冰窟窿。"莫非我真的错了？可是，老天，你告诉我，告诉我究竟该如何才是呢？不——不，陛下一定是真心诚意想说服刘铱归降，陛下一定也想避免发动战争。他一定不是想激怒刘铱，一定不是！"他在心底吼叫起来，攥起右拳，往身旁的柱子上狠命一击。

次日，李煜召见王承衍，表示即日派使者致书南汉主刘铱。之前有韩熙载的一番话，王承衍听了李煜的决定，心情复杂，向李煜作揖，简单致谢。

李煜见王承衍面无喜色，心中诧异。"莫非他因孤家答复太慢，而心中不悦？不知他会如何回复宋帝。但愿不会生出事端。"这么一想，李煜内心暗生恐惧。他哪里知道，王承衍是因为韩熙载的一番话，心情才变得异常沉重。

数日后，李煜的使者带着书信到了南汉。刘铱见书，大怒，果然不从。

九

赵匡胤坐在石凳上，左胳膊搭在石桌上。他今日外面披了一件绛纱袍，腰间束了一条革带，一副寻常的打扮。他的神色，看上去甚是轻松，但那不过是一种表面的假象。太原久围不下，南汉刘铱又拒绝将原来属于楚的土地纳宋，近来的一切，都似乎非常不顺。尽管他直到此刻，并未后悔过进攻太原，但是一想到赵普此前的委婉提醒，他还是心里面起了个疙瘩。他希望赵普能够帮助他早日攻下太原，吞并北汉，但是近来赵普似乎认定了先南后北的方针，对进攻北汉一直并不积极，这令他颇不痛快。

天空的云很厚，是个阴天。尽管是上午，但是被厚厚云层挡住的太阳，只能将暗弱的光芒无力地照着地面。他出神地看着眼前的草地，看着那一片在深秋中渐渐枯黄的草儿，神情有些黯然。"他们都垂垂老矣！"他沉默着，脑中浮现出符彦卿、石守信等几员老将的面容。

在玉津园的石凳上，他静静地坐了半个时辰，琢磨着对付北汉和南汉的计划。终于，他仿佛拿定了主意，重重拍了一下石桌子，站起身来，对站在几步外的内侍李神祐说道："走！回讲武殿。"

回到讲武殿后，赵匡胤令人速去传赵普前来。

赵普得传，很快从宰相官署赶到了讲武殿。

"我朝初缘旧制，只祭四月，恐不足以敬天地。掌书记以为如何？"赵匡胤问话时，右手中攥着柱斧，杵在宝座上。

赵普听皇帝突然提起祭祀之事，略一迟疑，旋即想到皇帝必然是因为近来进攻北汉、游说南汉皆不利，故有此议。于是，他作揖道："我朝初立，确按旧制，祭东岳泰山于兖州，祭西岳华山于华州，祭北岳恒山于定州，祭中岳嵩山于河南府。陛下有志于混一天下，合该增祭南岳，并祭天下淮渎、江渎等于各地……"

赵普话未说完，忽然听得殿外有声大哗。

赵匡胤眉头一皱，抬头见一人甩开殿外金吾卫，大步闯进殿来。他下意识地攥紧手中的柱斧，从宝座上立起身子。

"陛下——微臣有事面禀——"来人飞快往丹墀前走来，绿色大袖袍的袖子一甩一甩，一边走，一边大声说道。

这时，赵匡胤认出来人乃是屯田员外郎、判大理寺雷德骧。

"雷德骧，有何要事，如此风风火火？"赵匡胤见雷德骧无礼闯入，心中恼怒，大声喝问。

雷德骧此时注意到殿内的赵普，愣了一愣，旋即大声道："微臣急见陛下，乃是要弹劾赵普！"

"你再说一遍！"

"微臣要弹劾赵普！"

"因何？"

"赵普暗中指使大理寺官署和堂吏，擅自增减刑名，左右刑法！赵普还强买良人宅第，聚敛财贿。其扰乱朝纲，巧取豪夺，如何能为宰相！"雷德骧怒目圆睁，声色俱厉。

赵匡胤心中为近事烦恼，刚找来赵普商议，不巧雷德骧闯入殿来弹劾赵普，一听这话，顿时心中升起无名火，拔腿从丹墀上走下，直接走到雷德骧跟前，怒道："你这是在指责朕用人不当了！鼎铛犹有耳，你难道不知道，赵普是吾之社稷臣吗？"话说完了，他心中怒气犹不解，脑中一热，抬起右手，挥柱斧打在雷德骧嘴颊上。

雷德骧惨叫一声，脸往旁边一歪，吐出一口血，两颗断齿"啪嗒啪嗒"落在地板上。

"雷德骧，你可知，不经引对，擅闯宫殿，便是大罪，你又信口弹劾当朝宰相，你自己说，朕该拿你如何？"

这时，雷德骧昂起头，犹大声道："微臣便是来弹劾赵普的。杀身成仁，臣无悔也！"

赵匡胤斜了一眼赵普，再次盯着雷德骧，大声说道："好！朕便成全你。宰相，你都看到了。朕把他交给你，你代朕斩了他！"

赵匡胤说完这句话，扭头看站在一旁的赵普，但见他微微低着头，双手作揖于胸前，默然而立，紫色公服的反光在他的下巴上映出一片淡淡的灰蓝色阴影。

赵普心里早暗恨雷德骧，但是听赵匡胤这么说，却是心头一惊，背上微微发汗。他心想，我此前委婉建议陛下不要进攻太原，陛下未听，如今兵围太原而不下，若陛下是袁绍之辈，我岂非落得田丰、沮授之下场，方才陛下所谓"社稷臣"，莫非语带暗讽，一来提醒我未能尽力辅佐，一来也因太原受挫，陛下暗忌我之谋见——这点恐怕陛下自己也未清楚意识到吧。

这么一想，赵普慌忙稽首道："陛下息怒，雷德骧对臣颇有些误解，恐怕是听了小人之言。他一心为公，闯殿之举，也是无心为之，望陛下念其忠勇，饶他死罪。"

雷德骧听赵普为他开脱，"哼"了一声，斜眼瞥了赵普一眼。

赵匡胤见雷德骧满口是血，断齿落地，心中已暗悔方才自己的震怒之举，听赵普这么一说，略一沉吟，便道："既然宰相亲自求情，便降他为商州司户参军吧。雷德骧，你好自为之。"

"谢陛下不杀之恩。"雷德骧稽首谢恩，口中却不再多说一句。

次日，赵匡胤下诏，从今后，除祭祀四岳之外，增祭南岳衡山于衡州，东镇沂山于沂州，南镇稽山于越州，西镇吴山于陇州，中镇霍山于晋州；祭东海于莱州，南海于广州，祭西海、河渎于河中府，祭北海、济渎于孟州，祭淮渎于唐州。江渎，按照显德五年的敕书，祭于扬州扬子江口，如今改为祭于成都府。后来，祭北镇于定州。

在与赵普商议后，赵匡胤采纳赵普的计谋，派使者到太原，告谕北汉主刘继元如果能够降宋，将授其平卢节度使，另外，又暗中赐郭无为、马峰等诏四十余道，许诺授郭无为安国节度使，马峰而下，都许以官职。告谕刘继元的诏书以及其他四十余道诏书，按照赵普的计谋，都送到郭无为的手中。郭无为得诏色动，仅将告谕刘继元的诏书拿出献给了继元，其余的都藏匿不发。自此，郭无为心中暗生降宋之心。

郭无为于是劝刘继元纳土降宋，刘继元不从其谋。

一日，郭无为得岚谷守将报告。报告中称，在岚谷捕获逃匿的供奉官惠璘，怀疑其为宋朝间谍。郭无为知道惠璘这个人。数年前，惠璘称自己是宋朝殿前散指挥使，获罪投奔北汉。北汉主刘筠任惠璘为供奉官。郭无为得报后，急令岚谷守将将惠璘械送至太原，自己亲自审问。

惠璘开始时拒不开口，随后又说自己厌倦战事，想解甲归田，因亲人与亲戚都还在汴京，故想前去投亲。

郭无为见其言语闪烁，因出赵匡胤诏书，暗示其己欲归宋，欲令其暗中为助。

惠璘见郭无为不似在诳他，便默认自己是宋朝间谍，答应郭无为，愿意留在太原为其助力。

郭无为因此无罪开释惠璘，又在刘继元前为惠璘圆谎。因为有郭无为保荐，刘继元便继续任惠璘为供奉官。

数日后，有一人求见北汉枢密使马峰。此人名叫李超，原来是上党的厩卒，后来到太原投了刘筠，被任为军校。李超密报马峰，自己在惠璘逃匿前，曾经碰巧见到过惠璘与人秘密接头，言及宋军攻太原之事，称惠璘必是宋朝间谍无疑，请立即捕获惠璘严加审问。

马峰听了李超的密报，慌忙找到郭无为。

郭无为听了马峰的报告，大怒，对马峰道："既确认了惠璘为谍，吾必斩之。不过，如今宋军围城，又刚刚下诏劝谕陛下归宋，若知吾等杀其谍者，其必恼怒强攻。吾国危矣。那李超，既知谍者，之前不报，此时方报，真欲置吾国于不测之地，不如一并斩之，以二人争斗致死布告百姓。"

马峰听郭无为这么说，沉吟片刻后，觉得郭无为之言有理，便应允了。

可怜那惠璘、李超，转眼间便做了刀下之鬼。

十一月辛巳，赵匡胤下诏，以境内盗贼渐渐平息，令各县根据情况减除弓手，并警告县令、县尉，如果私下占留弓手，将处以重罪。

不久，赵匡胤得报，契丹发兵支援北汉，便趁机令李继勋等从太原撤兵。北汉见宋军撤退，趁势入侵，袭击了晋州、绛州二州的边境。赵匡胤闻讯暗怒，心中暗生亲征北伐之意。

不数日，党项直荡族首领塛佶等引北汉入侵府州，被守将所败。赵匡胤下诏，令党项内属藩部十六府大首领屈遇，会同十二府首领罗崖，率所部，诛杀塛佶。塛佶大惧，率部族前来汴京归顺。赵匡胤既见塛佶归顺，免了兵戈，心中大喜，于是以屈遇为归德将军，以罗崖、塛佶为怀化将军。

眼看近年底，又要祭祀太庙，太常寺和岘进言："案唐天宝中享太庙，礼器礼料外，太庙每室别加常事一牙盘。五代以来，废其礼，今请如唐代礼仪。"

赵匡胤听了和岘的进言，颇喜，下诏自今后享太庙，礼料外，别设牙盘献常食，禘祫、时享也按照此例。随后，又下令，减太庙祭祀用犊的数目，遵从周制，即太庙四室共用一犊。

十一月壬寅，赵匡胤亲享太庙。

十一月癸卯，朝廷合祭天地于南郊。赵匡胤下诏，大赦天下，改元，定年号为"开宝"，同时免除乾德五年以前的欠租。

这个月月底，李昕儿为赵光义生了第三个儿子。按照赵匡胤的意思，这个孩子依然用"德"字明示辈分，取名"德昌"。这个男孩儿出生时，脸圆圆的，甚是可爱，瞪着一双大眼睛，看着谁都微微笑着。

十二月的一天，大食国的使者带着财宝和方物前来进贡。赵匡胤于乾元殿接见了使者。大食国使者言，这次进贡乃是因为行勤大师将大宋国书带到了大食国，国王欣然尊奉中朝，故派他前来贡献。赵匡胤回想起行勤和尚当日助己破敌，恍如昨日，不禁大为感慨。

使者贡献方物之后，从怀中掏出一封信呈上，说是行勤大师委托他专门献给皇帝的。

赵匡胤令人将信递上，接过来打开一看，信中却只写了十个字：

识得阿赖耶　始有真慈悲

"何为阿赖耶？"赵匡胤问大食国使者。

"高僧之言，微臣实在不知。"

赵匡胤又问班列中的诸臣，皆不知其何意。

退朝后，赵匡胤心中不忘行勤和尚赠给他的那句偈语，忽又想："已经很久不见守能和尚了，不如去问问他，或许他知道此句的深意。"

心念一动，他便令李神祐陪着，前往封禅寺去访老朋友守能和尚。

守能和尚见赵匡胤来访，甚是高兴。

两人在住持室中坐定，赵匡胤掏出行勤和尚赠给他的那封信向守能和尚请教。

守能和尚盯着那十字偈语，沉默半晌后方缓缓开口道："不瞒陛下，若是陛下早点来，贫僧也不知'阿赖耶'所谓何物。巧的是，不久前，一自云游高僧来访，那高僧与贫僧说了几次经，贫僧从高僧那里，首次听说了'阿赖耶'。"

"哦？这么巧！那赶紧说来吧。"

"这'阿赖耶'，乃是梵语的音译。据那高僧说，佛教有两大流派，有所谓'大乘''小乘'之别，大乘中又分出一支叫作'金刚乘'。简言之，'小乘'度己，'大乘'之宏愿是度众生，当然，度众生，亦可以度己度人，亦可舍己度人。大乘佛教经典《楞严经》中，有所谓'六入'，即眼入、耳入、鼻入、舌入、身入、意入。有六入，因有六识。法门在一'因'字。大乘中的'金刚乘'则别有深旨，其修炼之目标乃为跳出轮回，其法门在一'果'字，故又叫'果教'。'金刚乘'之佛法中，有所谓'八识'。何谓'八识'——眼识、耳识、鼻识、舌识、身识、意识、末那识——这第七识又叫污染识，还有阿赖耶识。这第八识，就是金刚乘特别强调的'阿赖耶识'。当时我问那高僧，何谓'阿赖耶识'。他与我说了一大通，我听得一知半解。以我之浅见，大约是指人肉体消亡后依然不灭的东西。"

"肉体既亡，有何不灭？"

"按照佛法之说，不灭者，存于天地，无始无终，世间任何一人一活物死后，其'阿赖耶识'便去别处投胎，牛的'阿赖耶识'可能投胎到一个人的身上，人的'阿赖耶识'可能投胎到一只猫身上。"

"佛法不是说一切皆空吗？为何又有所谓的'阿赖耶'？"

"佛教中的空宗法门在一'空'字，有宗则主张内识非无。融空、有二宗的经典《楞严经》，将'阿赖耶识'与'如来藏'相融合，以消'空''有'之矛盾。金刚乘，应属于有宗吧——不过——对这阿赖耶识，我亦是难悟其深意——也许你我都是凡人，难悟佛法深意吧。"守能和尚思考了一下，淡淡说道。

"按照这种说法，岂非万物混淆，此中有他，他中有此，你中有我，我中有你？"

守能和尚微微一笑，稽首道："不错，以我之浅见，轮回万千，无有穷尽，因此先辈、他人的'阿赖耶'可能出现在我辈人身上。一个人的父母的'阿赖耶识'，可能出现在其敌人的身上。既然众生都知道应该孝敬父母，一旦识得'阿赖耶'，岂不是对敌人也该生出慈悲心吗？"

"嗯——行勤和尚这是劝我要少杀生啊！"赵匡胤听了守能一番话，喃喃道。旋即，他两眼发愣，呆若木鸡，怅然若失，久久不语……

卷
三

一

　　小梅偎依在光义的怀中，将脸贴在他的肩膀上。她用一只手轻轻地摸弄着赵光义的额头。赵光义被她弄得痒痒的，心里感到一阵温暖。他动了一下身子，将小梅紧紧地拥在自己的怀中。

　　"大人，你可听说李煜的事情了吗？"小梅忽然问道。

　　"南唐主李煜？"

　　"是啊。"

　　"你从坊间都听到了什么？"

　　"大人真是整日忙于公务了，竟然连李煜与周后妹子之间发生的传奇故事都不知道。坊间都传了一阵子啦。"小梅咯咯笑了几声。

　　"我只听说周后的妹子也是个美人坯子。休要笑，说来听听。"赵光义笑道。

　　"听说李煜在周后死前，便与周后的妹子好上了。去年十一月里，李煜将周后的妹子正式接入南唐宫，纳为国后了。坊间都唤作'小周后'。"

　　"李煜倒是有美人缘啊。"

　　"婢子瞧大人颇是羡慕那李煜啊。"小梅嗔道，抬手轻轻捶了一下光义的胸膛。

　　"哪里哪里，我只不过照实说罢了。"赵光义哈哈大笑道。

　　小梅莞尔一笑，继续说道："那李煜既纳了'小周后'，南唐朝内可是闹翻了锅。听说为了婚礼仪式，南唐几位大臣便闹得不可开交。"

赵光义仿佛来了兴趣，瞪大眼睛，说道："究竟都闹了什么？你且细细说来。"

"我都是听坊间传说的，不晓得真假。据说，南唐朝内议论婚礼仪式时，中书舍人徐铉与知制诰潘佑针锋相对吵了起来。古代婚礼是不用奏乐的，那潘佑认为古今不相沿袭，坚决请求婚礼上奏乐。婢子听人说，按照《礼》书，房中之乐无钟鼓，那潘佑对徐铉说：'窈窕淑女，钟鼓乐之。这不是房中乐又是什么？'还有呢，按照古礼，婚礼时，后应先拜后起，帝应后拜先起。那潘佑以为王者婚礼，王者不需答拜。还有，车服之制，南唐大臣们也是争论不休，久议不决。"

"后来呢？"

"后来李煜令文安郡公徐游来做决定。徐游知道李煜当时宠信潘佑，便说潘佑说得有道理。也是巧了，不久徐游便病死了。那徐铉便对人说，徐游不懂尊重周公、孔子定下的古礼，恐怕是周公、孔子的鬼魂把徐游招走了。李煜因喜欢音乐，还将户部侍郎孟拱辰的宅子赐给了教坊使袁承进。南唐的监察御史张宪上书说，昔日唐高祖欲拜舞胡安叱奴为散骑侍郎，举朝皆笑，今日虽然不是拜袁承进为侍郎，却是将侍郎的宅子赐给他，这事不是与高祖的荒唐之举很像吗。那个张宪也真是胆子大，敢这样向李煜进谏。"

"嗯，张宪倒是个人才。李煜如何反应？"

"听说李煜倒是嘉奖了张宪，旌其敢言。"

"如此说来，李煜也并不是个昏君。那潘佑的论调，倒也有趣。"赵光义嘴角一歪，笑了笑，然后仰起头，若有所思地瞪着眼睛，呆了片刻，又说道："不晓得我皇兄何时会对南唐下手。转眼又过了一年了。"

小梅听了赵光义最后半句话，咬了咬嘴唇，欲言又止。

"怎么了？你好像有事情瞒着我。"赵光义微微低下头，看着小梅。

小梅肩膀动了动，仰面看着赵光义，幽幽问道："自乾德三年来，大人连得三子，大人还会娶我吗？"

"你莫非信不过我？"赵光义低声笑了笑，狠狠地搂了一下小梅。自小梅去南唐游说韩熙载索回李雪菲、王承衍等人之后，赵光义更觉小梅不简单，对她更多了几分信任。

小梅忽然面露羞涩，忸怩说道："婢子有一事要告诉大人。"

"哦？何事？说来无妨。"赵光义见小梅神色妩媚，面露娇羞，不禁扭头轻轻吻一下她。

小梅仰起脸，将火热的唇迎了上去。

一阵热吻之后，小梅轻轻推开赵光义，盯着他的眼睛，愣愣地看了一会儿，终于轻声说道："婢子有身孕了。"

赵光义一愣，旋即喜道："真的？"

小梅仿佛用尽了全身力气，才微微点了点头，低眉垂首，轻声说道："大人又要添子了。"

"好！好！好！"

"大人，你说给咱们未来的孩子取什么名字好？"

赵光义没有想到小梅这时便想要他给孩子取名字，略感意外，不过他沉吟片刻，旋即笑道："就给咱儿子取名'德严'吧。"

"大人怎么知道是个男孩儿？"小梅妩媚地笑道。

"我就是知道。"赵光义笑道。

"谢大人给孩子赐名。"小梅开心地笑了起来。

赵光义笑道："过几天我便要娶了你。"

"小符夫人、李夫人、孙夫人她们几个怕要不高兴。"小梅怯怯道。

赵光义微微皱了一下眉头，说道："这个我自有办法，你莫要担心。"

小梅听赵光义这么说，心中欢喜，紧紧抱住赵光义。

过了好一会儿，小梅仿佛想起了什么，脸色变得严峻起来，低声说道："大人，婢子还有一事要告诉你。你看要不要告诉陛下。"

"你说。"

"婢子听利仁坊里的一个下人说，花蕊夫人常常在其内室挂出观音像拜祭，拜祭时往往流泪不已，其实真正拜祭的乃是其亡夫孟昶啊。"

"这么说，花蕊夫人倒是对孟昶用情很深，念念不忘啊。"

"恐怕真是那样吧。"

这时，赵光义陷入了沉默，又露出一副若有所思的样子。

开宝二年春正月的一天，从早晨开始便下起了纷纷扬扬的大雪。

赵匡胤早朝完毕，踏着厚厚的积雪，迎着飞飞扬扬的雪花，在李神祐、王继恩等几个内侍的陪同下，慢慢走回福宁殿。

……杨柳依依……雨雪霏霏。

不知为何，《诗经》里的诗句突然浮现在赵匡胤的脑海中。随后，这些诗句仿佛在他脑海里渐渐散乱开去，就如同一缕青烟在空中渐渐飘散。但是，在这些诗句于脑海渐渐消退的同时，他想起了故去的母亲、柳莺姑娘，想起了不知所终的昔日恋人阿琨，想起了死去的慕容延钊、李处耘、韩敏信和李筠等人。他不知道那些诗句和这些故人有何关系。难道是这些诗句让我想起了这些故人吗？他琢磨了一下。"不，也许是这春雪让我想起了他们吧。又是一年啊。"他自言自语道。一股浓浓的伤感很快弥漫在他的心头。

"朕要举办一个春宴。"他扭头对内侍李神祐说。

当日中午，在皇宫宫苑里，举办了一场特殊的春宴。

这场由皇帝赵匡胤紧急举办的春宴，参加的人有皇弟赵光义、赵光美，长公主阿燕，皇子赵德昭、赵德芳，赵光义的妻妾和儿子们。宋皇后，御侍秋棠、玉儿，宰相赵普，长驸马、归德节度使高怀德，天雄节度使符彦卿，天平节度使石守信及他的儿子们，忠正节度使王审琦及其儿子王承衍，镇宁节度使张令铎，灵武节度使冯继业等人。几位节度使是不久前来京觐见的，赵匡胤留他们在京城暂住，都尚未回各自的镇所。王承衍自带着高德望从南唐回京后，想要回军镇，赵匡胤不许，所以便一直留在汴京。

在后苑一块空地的北侧正中，立着一顶大罗伞。在空地的东西两边，则都立着数列小罗伞。所有的罗伞，都是青灰色的。它们都是用旧的军用幕帐制成的。几年来，赵匡胤坚持令人尽量用用旧的军用幕帐来制造宫室中的帷帐和罗伞，只有当没有旧幕帐可用时，才专门使用各类新的织物，如果没有特殊需要，他总是避免使用那些昂贵的绫罗锦缎。几年来，宫内的人和近臣们早已经熟悉了皇帝的喜好，因此也就不以为怪了。

在每张罗伞下面，都摆着食案与椅子。每张食案上，都摆着一口小铜锅。小铜锅下，是铜炭火炉子。铜锅里，焖着羊肉，散发出一股浓浓的香味。中午时，大雪还在下着。罗伞撑起来没有多久，已经覆盖了一层厚厚的白雪。风虽然不大，但是足以将一些雪花卷入罗伞底下。不少雪花落在食案上，不过它们很快便被食案上小铜锅里散发出的炭火的热气融化了。

赵匡胤坐在北面正中的大罗伞下。他身边，端坐着宋皇后，小皇子德芳挨在宋皇后身边坐着。

在空地西侧的第一排第一张罗伞下，坐着皇弟赵光义。皇子德昭则单独坐在赵光义旁边的一个罗伞之下。在德昭南边的一顶小罗伞下，坐着公主琼琼和瑶瑶。再往南的一张罗伞下，是长公主阿燕和长驸马高怀德。赵光义的妻儿们，则坐在西侧第二排的罗伞之下。在空地东侧的两排罗伞下，则坐着赵普、符彦卿、石守信、王审琦、冯继业等重臣以及他们的儿子们。石守信三个儿子保兴、保吉、保从和王审琦的儿子王承衍也坐在西侧第二排的罗伞之下。

在长公主阿燕和长驸马高怀德南边的一张罗伞下，有两张椅子，一张椅子上坐着御侍秋棠，另一张椅子上却是空着。众人落座后，见那张罗伞下空着一张椅子，都不禁暗暗觉得奇怪。

赵匡胤察觉到众人的神色，哈哈笑道："今日喜见春雪，朕忽来兴致，故请各位前来一起赏雪。我朝方得蜀地，实乃天命之赐。当日出征之前，朕早有言，邀请孟国主举族永居汴京，共享太平。可惜孟国主早早归天，朕方才想起昔日之言，感慨万千，便想也请花蕊夫人前来坐坐，也算是朕对孟国主的一番情谊吧。朕刚刚才派人去请花蕊夫人，决定晚了一些，故她尚未前来。春宴就先开始吧，今日赴宴的，都是朕的亲人、好友，诸位不必拘礼。"

赵匡胤话音刚落，内侍王继恩匆匆走到他的身侧，轻声道："陛下，花蕊夫人到了。"

"好，你去领她来。"

"是。陛下。"王继恩答应了一声，扭身匆匆走开了。

这时，内侍们将一些热菜和温好的美酒端了上来。

"来，朕先敬各位一杯。"赵匡胤从椅子上立起来，举起了手中的酒杯。

众人见皇帝敬酒，都纷纷端起酒杯站了起来。

年方六岁的小皇子德芳也举着一个酒杯，煞有介事地站起来敬酒。

赵匡胤望着德芳，心中充满欢喜。宋皇后尚未有子，对德芳倒是甚是喜爱。德芳虽然年纪小，却举止端庄，言辞不多，却口齿清晰。知道宋皇后喜欢德芳，赵匡胤自然感到欣慰，心里只盼这个孩子能够平安长大，不枉如月的一番深情。

眼光在德芳的脸上停留了片刻后，赵匡胤又看向德昭。德昭今年二十一岁了。看着德昭，赵匡胤想起了多年前出征潞泽时，内侍李神祐骑马抱着小德昭，小德昭在李神祐怀中东张西望的样子。赵匡胤还记得，当时小德昭在马背上指着赵光义，说赵光义的都点检官服好威风，长大了也想穿那样的官服。"那是七八年前的事情了吧，为什么想起来仿佛就是昨日呢？可是，不知不觉中，小德昭已经长这么大了啊。"赵匡胤一时心潮起伏。看着孩子长大了，他既感到欣慰，又感到有些心酸。这时，他不自觉地又朝弟弟赵光义看去。

赵光义此时正举杯而饮。他并没有注意到赵匡胤此时看了他一眼。

赵光义的夫人小符，姜李昕儿、孙氏也都立起敬酒。赵光义的三个孩子德崇、德明、德昌都由各自乳母抱在怀里。乳母虽不敬酒，此时也抱着孩子们立了起来施礼。小符瞟着李昕儿和孙氏的孩子，一张美丽的脸庞露出黯然之色。

众人喝完一杯酒落座后，赵匡胤冲石守信说道："守信，朕看你的三个儿子，都越长越英武了。真是将门出虎子啊。"

石守信听皇帝称赞自己的儿子，乐得哈哈大笑。

"如果朕没有记错，保兴今年该是二十二岁，保吉十九，保从十四。保兴与德昭年纪相仿啊。"

石守信未料到赵匡胤还记得自己三个儿子的年龄，不禁稍稍有些吃惊，慌忙站起身来，举起酒杯，说道："陛下日理万机，竟然还记得犬子的年齿，老臣怎不感激涕零。老臣斗胆敬陛下一杯。"

"好！好！"赵匡胤高兴地拿起酒杯，仰头喝了一杯。

石守信见赵匡胤喝得痛快，心中大喜，也是一仰脖子，将杯中酒喝得一干二净。

"快，你们仨，还不起身，一起敬陛下一杯！"石守信扭头冲三个儿子喝道。

保兴、保吉、保从听了，慌忙一起站起身子，举杯向赵匡胤敬酒。

赵匡胤心中高兴，毫不犹豫地举杯又喝下一杯。

当赵匡胤将酒杯从唇边移开时，他注意到众人的眼光都朝南边看去。他呆了一下，也抬头往南边看去。

这时，他看到一个女子。那女子乌发高盘，脸若凝脂，穿着一袭白衣，衣袂在风中微微飘动，正于飞扬的雪花中款款走来，宛若仙子飘然而至。

"参见陛下。"那女子走到赵匡胤罗伞之前，盈盈下拜。

"原来是花蕊夫人到了。快快请坐。"赵匡胤微笑着冲花蕊夫人说道，用手指了指御侍秋棠、玉儿身边的椅子。

"谢陛下。"

花蕊夫人神色冷峻，并没有露出一丝笑容。赵匡胤也不以为意。

席中很多人是第一次见到花蕊夫人，都不禁被其美貌所折服。

在孟昶举族至京时，赵光义倒是见到过花蕊夫人，但是今日近距离见到花蕊夫人，不禁惊为天人。

赵光义不忘偷偷观察皇兄赵匡胤看着花蕊夫人的眼光。从皇兄的眼睛中，他看到了怜爱，看到了爱慕。"皇兄将花蕊夫人与御侍秋棠安排在一起，看来是有所用意的。不如……"他为这个发现感到欣喜，心里暗暗打定了一个主意。

赵匡胤不厌其烦地为花蕊夫人引介了席间之人。赵匡胤每介绍一人，花蕊夫人便冲那人微微点点头。待赵匡胤介绍完众人，众人皆不言语，席间一片沉默，气氛不禁有些尴尬。

这个时候，长驸马高怀德笑着说道："陛下，怀德斗胆，请求吹笛一曲，以为酒宴助兴。"

"如此甚好！"

这一次，高怀德早有准备，得了赵匡胤的许可，便令在旁侍立的亲信取出一支笛子，他接到手里，将笛子凑到嘴边吹了起来。

悠扬的笛声，很快吸引了众人的注意力。

雪花飘飞，笛声悠悠，炭炉微红。众人凝神倾听，各自思绪飞扬。

石守信倾听着高怀德吹笛，回想起建隆元年时与高怀德一起出征潞泽时的情景，不禁老泪纵横。

待高怀德一曲结束，赵匡胤鼓掌大声喝彩。

"怀德，吹得好！"

"谢陛下。"

"他也就这点本事了！"长公主阿燕在一旁笑道。

赵匡胤看了妹妹阿燕一眼，看着她的脸，不知为何，他再次回想起往日的一幕。那天——就在陈桥兵变前的那一天，他回到自家的厨房，在厨房的氤氲中，看到妹妹阿燕正拿着擀面杖压在一块面团上，眼睛呆呆地望着他。想到这一幕，又令他想起了年少时的恋人阿琨。在更多年前，他也曾见到阿琨的母亲，在厨房中，拿着一根擀面杖，压着一块面团。相隔多年的时光碎片，在同一时间浮现在眼前，显得既真实又有些诡异。"岁月终将把人拥有的一切都剥夺啊！"这个念头，让他心如刀绞，伤心得差点落下泪来。

这时，石守信开始鼓掌叫好。

"怀德兄弟，你可记得，当年咱俩出征潞泽，你曾在太行山中以刀击木，慷慨悲歌吗？"

"记得，当然记得！"高怀德亦不禁热泪盈眶。

"没有想到，一晃便是七八年咯！"石守信说道。

赵匡胤听石守信这般说，心里亦不禁有伤时之感。他看了看众人，再次举起酒杯，大声说道："来，朕再敬诸位一杯。"

赵匡胤的敬酒，再次将春宴的气氛推向了一个高潮。

酒过三巡后，赵光义起身去如厕。内侍王继恩怕赵光义不熟悉后苑，便领着他前往。

如厕之后，赵光义沿着来路，深一脚、浅一脚地踩着积雪，匆匆往回走。他记性甚好，来路早已经记在心里，着急赶回，便将王继恩甩在了身后。

走了一会儿，忽然王继恩喊道："府尹大人！"

"怎了？"赵光义停了脚步，转过身。

"这可是大人的？"王继恩匆匆赶了上来，双手中托了一块玉佩。

赵光义一眼便认出那块玉佩正是自己的，他下意识地低头一看腰间，果然发现腰带上系着的玉佩已经不见了。

"怎会在你这里？"

"方才我在雪地里捡到的。想来也是大人匆忙之间掉落的。"

赵光义点点头，心想，这个内侍倒是个诚实之人。这样想着时，他便想要伸手去拿王继恩手中的玉佩。

王继恩俯身低头，举着玉佩呈了过来。

忽然，赵光义心中一动，问道："你叫什么名字？"

"在下名唤王继恩。"

"很好！很好！"

王继恩不知赵光义说此话何意，只是用双掌托着玉佩，并不答话。

赵光义接着说道："这玉佩我佩戴多年，从未掉落过，未想到今日竟然掉落雪地，却被你捡到了。这恐怕是天意吧。既如此，我便将玉佩赏赐于你，也算是成全上天之意。"

"大人，小人不敢收。"

"有何不敢！放心，我不会对任何人说起。你收下便是。"

王继恩听了赵光义的话，呆了片刻，说道："府尹如此厚爱，小人敢不从命。"

"如此甚好。"

赵光义微微一笑，也不多说，转了个身，继续往前行去。

春宴一直进行到午后巳时末，皇后、御侍、皇子与公主们、重臣们纷纷告退后，赵匡胤一个人留在罗伞之下。

他还不想马上离去。

他让内侍李神祐又温了一壶米酒，自斟自饮。

雪比上午小了一些，但还在下着。后苑里的楼台、花木、地面都已经被白雪覆盖了，到处白茫茫一片。

"不知再到何时，今日之人，方又可再次聚在一起饮酒赏雪啊！"他喃喃自语，端起酒杯，仰起头，"咕嘟"一大口，喝下了一杯米酒……

二

"今日飞龙院中的名马，尔等各挑一匹吧！符帅，你先来。"

"谢陛下！那老朽就不客气咯。"天雄节度使符彦卿哈哈大笑道。说完，他沿着马厩，慢慢往前走去。

"就它了！"符彦卿指着一匹枣红色的马儿说道。

"好！来人，为符帅备马。"赵匡胤喝道。

御马值闻言，便慌忙牵了那匹枣红马去打理了。

"诸位节帅，你们都别闲着了，一起挑吧。名马配良将，是何等美事啊！"赵匡胤冲石守信、高怀德、王审琦等节度使招了招手，言罢哈哈大笑。

石守信等人谢了恩，便各自前去挑马。

这时，赵光义走到赵匡胤身旁，轻声说道："皇兄今日兴致甚高，不知可否听光义一个小小的建议？"

"给诸节帅赐马，你倒是出了个好主意。看到他们几个如此高兴，我兴致便自然高了。你又有何好主意，说来无妨。"赵匡胤冲着兄弟微微笑了笑。

"嗯——皇兄，你觉得花蕊夫人如何？"

"花蕊夫人？你怎得突然问这个？"赵匡胤愣了一愣。

"恕光义冒昧，春宴那天，皇兄专程请了花蕊夫人赴宴，光义心知皇兄是看上了她。若是光义没有说错的话，皇兄不如将花蕊夫人接入宫，将她纳为爱妃。"

赵匡胤听赵光义这么说，沉默不语，呆了片刻，说道："为兄也不瞒你，其实，为兄心里确是敬慕花蕊夫人，不过，却不敢生纳她为妃之心。我吞并蜀国，将孟氏一族迁至汴梁，如今孟昶已死，我若再占其妻，岂非为天下所笑！"

赵光义笑道："皇兄乃天下之主，岂能惧天下人之口。"

"此话差矣。光义，水能载舟，亦能覆舟。你难道不曾闻此言？"

赵光义神色一凛，说道："皇兄差矣，皇兄为天下之君，更应体察民情。如今，蜀国已不存，孟昶已死，花蕊夫人为亡国之君的未亡人，天下又有谁敢娶她。她正值芳华之年，是皇兄令她远离故土，她夫君早亡，岂与失国无关？皇兄莫非要为自己的脸面，违背内心的真情，忍看花蕊夫人余生孤独，孑然终老吗？"

赵匡胤未曾想到赵光义会说出这样一番话来，心中暗想："光义的话倒是没错，花蕊夫人有今日之命运，皆因为我。只是，她对孟昶情深义重，心里却不一定有我。"

"皇兄，你还在犹豫什么？难道脸面如此重要吗？"

赵匡胤被赵光义这样一追问，不禁脸上一红，露出惭愧之色。

"皇兄若不愿开口，只要皇兄点头，光义便去帮皇兄说合。"

"不，我自去与花蕊夫人说。"

这回倒是赵光义感到吃惊了，他没有料到赵匡胤有这样的反应。不过，既然已经说服了赵匡胤，他心里自有几分得意。事情正按照他预定的方向发展。

前几日下的雪，还没有化。早晨的天气，有些寒冷，赵匡胤穿了厚锦袍，又披上一件驼色的大氅，骑了马，出了宫，只由内侍李神祐一人扈从，径往利仁坊去拜访花蕊夫人。

皇帝再次微服私访，令孟家人甚是吃惊。不过，赵匡胤这次并没有进孟氏宅子的大门，而是派人去请出了花蕊夫人。

花蕊夫人与前几日一样，依然穿着一袭白衣。她看到赵匡胤一大早出现在门口，自然吃惊万分。

赵匡胤早已经下了马，待花蕊夫人走到他面前，呆了片刻，说道："朕有些话要对你说。可否与朕一起走走？"

花蕊夫人微微仰着脸，眼睛看着赵匡胤，露出吃惊的神色。她不知道他想要对她说什么。"为什么他要亲自上门找我呢？"她感觉到自己的心跳有些加快，一时间不知如何应对。

"随便走走，如何？"

花蕊夫人内心一番纠结，呆了半晌，终于默默点了点头。

赵匡胤见她点头答应，便道："咱便顺着这街，往汴河边走走吧。"

说罢，赵匡胤将马缰绳递给李神祐，令他在身后远远跟着便是。

街道中心的雪，已经被来往的路人踏成了雪泥。赵匡胤与花蕊夫人却完全没顾及街道的泥泞，都是默默地往前走着，一开始谁也没有开口说话。

过了许久，花蕊夫人问道："陛下不是有话要与我说吗？为何又沉默不语？"

赵匡胤犹豫道："这——朕一时不知如何开口。"

花蕊夫人低着头，快步往前又行了两步。

赵匡胤低头看到，花蕊夫人的白色裙摆上，已经溅上了一些泥点。

他往前跟了两步，说道："这一路泥泞，真是难为你了。你——你对朕有救命之恩，朕自心里感激——其实，朕心中早已暗暗敬慕夫人。近来，朕一直想，若能请夫人入宫，有夫人伴朕左右，那该是朕多大的福分啊。不知夫人是否愿意入宫呢？"

花蕊夫人听赵匡胤这么说，停住了脚步，愣住了。

呆了一呆，她紧紧抿着嘴唇，眉头皱了起来，侧转身，说道："陛下何出此言，贱妾乃亡国人之妇，岂能入宫侍奉陛下？陛下就不怕世人耻笑？"

"孟君失国，乃因为朕，夫人离乡万里，亦因为朕。朕怎忍夫人孑然一身。"

"陛下说得好听。只是，贱妾的心，早已许了孟君，难以再许他人。"花蕊夫人说话间，眼睛一红，便落下泪来。

赵匡胤见花蕊夫人伤心落泪，不觉神色黯然，轻声道："其实朕早知道夫人一直对孟君念念不忘。只是，斯人已逝，夫人在心里总得快快放下才是。"

他说到这里，眼前突然闪过柳莺的容貌，顿觉心中一阵惭愧，眼中的花蕊夫人，似乎变成了死去的柳莺。他默默闭了一下眼睛，然后又睁开眼睛，盯着花蕊夫人，突然提高了声音，说道："朕不想错过你。"

花蕊夫人吃了一惊，旋即说道："陛下乃一国之君。陛下欲令贱妾进宫，贱妾不敢不从。只不过，贱妾心已许孟君，即便进宫，终不能侍奉陛下。"

赵匡胤见花蕊夫人神色坚定，不免心中难过，想了想，温言道："方才是朕冒昧。不过，朕的心里，确实不想再错过夫人。既然如此，夫人便请先入宫，朕会给夫人时间。请夫人让朕照顾夫人。"

花蕊夫人叹了口气，眼光中多了份柔情，又低头往前走了几步，站在那里呆了一会儿，然后慢慢转过身子，愣愣地看着赵匡胤一言不发，只是将头轻轻地摇了摇……

三

不久前，吴越国钱惟濬奉其父钱俶之命来到汴京助祭。到了开宝二年正月己亥，钱惟濬向赵匡胤辞别。赵匡胤对钱惟濬优待有加，此前常常召他入宫参加宴会，而且令他与诸王同席而坐，曾赐给他白玉带、缀珠衣、水晶鞍勒御马，钱近万贯。赵匡胤如此优待钱惟濬，一来是因为他确实比较欣赏钱惟濬的才华，一来则是为了通过优待钱惟濬，笼络钱俶。按照赵匡胤的设想，吴越国最好和平归顺宋朝，这样便可免去发动战争令生灵涂炭；另外，还有一层更加重要的用意——自花蕊夫人进宫后，赵匡胤已下定决心，要亲征太原，为了集中精力对付太原，他必须借助吴越国牵制住南唐。

"此番回国，还请转告你父王，请他尽快在南唐边境驻扎重兵。朕不久便将再次兵发太原，需要你父王的鼎力相助，在东面牵制南唐。切记切记。"在钱惟濬告辞之际，赵匡胤拉着他的手，轻声对他交代。对于钱惟濬，赵匡胤没有隐瞒他的真实意图。

正月壬寅，赵匡胤派遣殿中侍御史李莹等十八人分往诸州，调发军储，赶往太原附近。大军未动，粮草先行。他开始了亲征太原的准备。

丙午，赵匡胤又一下子派出四十九位使者前往诸州调遣兵马，令各路兵马前往潞州、晋州、磁州等处驻扎。

侍御史李莹等刚刚离京不久，出使江南的客省使卢怀忠因为中途生病，乘坐肩舆返回了汴京。赵匡胤听说卢怀忠病重，立刻派太医前往诊断，又以艾草赐给卢怀忠，对卢怀忠说："我曾经艾灸治病，功效甚好，你要尽力治病，早日康复啊。"不久，卢怀忠病重不治，卒于汴京家中。赵匡胤闻讯，悲痛不已，当即令中使护其丧事。

庚戌，符彦卿向赵匡胤告辞，返回其军镇。赵匡胤刚刚失了卢怀忠，又走了符彦卿，心中又起伤时之感。他心念一动，想起皇后如月临死前让他关心两位公主婚事的嘱咐，便令人将王承衍请入宫中，在福宁殿的内御书房召见了王承衍。

"承衍，你为朝廷做了很多事，为朕做了很多事。朕的事情，不想瞒你。今日召你来，是想告诉你，朕已决定，不日亲征太原。"赵匡胤凝目注视着王承衍，语气平稳地说道。

但是，从赵匡胤口中说出的话，却令王承衍大为震惊。

"陛下要亲征？"王承衍惊问道。

"是。"

"此前出兵太原，已然无功而返，陛下为何还要亲征？"

王承衍鼓起勇气，质问赵匡胤。

"朕有些等不及了。"

"可是——"

"没有什么可是。"赵匡胤斩钉截铁地打断了王承衍。

"陛下召我来，就是要告诉我这个吗？"

"不，当然不是。朕还想问你一件事——如果朕把长女琼琼嫁给你，你愿不愿意？"

"什么？"王承衍大惊失色。

"朕知道，你心里头装着宵娘。不过，宵娘已经不在了。朕多次考察你，知道你勇敢、干练，而且是一个重情重义的人，故朕考虑多时，想将公主琼琼托付于你。怎么？为何一脸愁？莫非是不愿意？"

王承衍垂首而立，沉默不语。

"难道你觉得朕的女儿不配你？"

"不，臣岂敢！只是——上次从南唐回京，承衍已经对自己发过誓，等天下太平，再行成家。"

赵匡胤从御座上站起，绕过书案，站到了王承衍的跟前。他看着王承衍，抬起一只手，拍了拍王承衍的肩头，深深叹了口气，一时无语。

沉吟片刻，赵匡胤说道："朕知道你心里还怨朕，是怨朕间接害了宵娘，是怨朕不断发动战争。"

"承衍不敢怨陛下。"

"瞧，瞧你那样，还没在怨朕？朕怎会看不出来。自从南唐回来，朕更觉你心事重重。你是有什么事情想不明白吗？"

王承衍眉头跳了一下，说道："承衍倒是一直想问陛下，陛下派我去劝南唐国主致信南汉主劝降，是否一开始便知道那南汉主必不从，只不过是为今后发动战争找一个借口？"

"你怎会这样想？"赵匡胤听王承衍这么说，露出震惊的神色。

"陛下只不过是在利用承衍。是吗？"

"胡思乱想！若朕只是想要找个对南汉用兵的借口，又何须派你去南唐做说客？等等——是不是那个韩熙载对你这么说的？"

王承衍微微一愣，不知如何作答。

"看来朕是说对了。"

王承衍依然一声不响。

"好了。朕不想多说。朕就问你，愿不愿意做驸马？"

"既然陛下要亲征，承衍愿追随陛下，为我大宋而战。"

"朕记得你说过，已经厌倦了战争，现在为何又主动请战？"

"陛下说过，待天下统一，便不会再有战争，百姓便可以安居乐业。为了这个宏愿，太多人牺牲了。承衍又何敢偷生！"

"是啊——太多人牺牲了。"

"陛下真觉得对吗？"

"什么？"

"为了混一天下，不惜发动战争，吞并小国？"

赵匡胤听王承衍这么问，不禁愣住了。

这个问题，他自己在心底何曾不是一次又一次地质问自己。"我一次又一次告诉自己，没有错，没有错，必须这么做！可是，为何我也是一次又一次在内心有所动摇呢？"他有些悲哀地想着。

识得阿赖耶，方得真慈悲。

这时，他想起了行勤和尚托大食国使者带来的那句偈语。"行勤和尚一定是借这句偈语劝朕少杀生啊！"他觉得头有些晕眩，身子晃了晃，用一只手扶住书案的边缘。

过了片刻，赵匡胤说道："朕相信是对的。"

他挺了挺胸膛，尽量使自己的语气显得沉稳。

王承衍听了，咬了咬嘴唇，没有说话。

"好，既然你愿意随朕亲征，朕便封你为侍卫步军副都指挥。"

赵匡胤见王承衍不语，继续说道。

"不，陛下，承衍不要做什么都指挥，也不要任何军衔，只愿做一个普普通通的士兵，承衍愿意做一个士兵，冲锋陷阵。"

"承衍——你知道，你无须这样做！"

"陛下，请陛下答应承衍。上次去南唐前，陛下不是说过吗——即使承衍不去，陛下也会另找一个人。如今打仗，如果承衍不做士兵，陛下也会找另一个人去做士兵。"

王承衍说出这话时，脸涨红了，因为激动，声音微微颤抖着。

"好！好！好！朕成全你！"赵匡胤见王承衍态度决绝，将心一横，便不再劝阻。

"谢陛下！"

"不过，你要答应朕，要从太原安全回来。记住，朕要你做驸马！"

"是，陛下，如果承衍能够活着回来！"王承衍抱拳深深一拜，慨然说道。

二月乙卯，赵匡胤命宣徽南院使曹彬、侍卫步军都指挥使党进等，各领兵先行开赴太原。王承衍辞别父亲，带着高德望，跟随党进军行动。王承衍深知此去太原，凶多吉少，本不欲让高德望同行，无奈高德望决意与他一起并肩作战，他也只好默然接受。

赵匡胤虽然同意王承衍、高德望在党进军中做先锋营的普通士兵，暗地里却叮嘱党进，尽量保证王承衍、高德望的安全。党进知王承衍是王审琦之子，又是皇帝特别器重之人，自然分外用心，将得力亲信和精锐与王承衍编在一个队内。

开宝二年二月十一日，戊午，赵匡胤下诏亲征太原。手诏曰：

> 朕以菲薄，为天下君。临御以来，不敢逸豫，忧劳庶政，勤恤下民。所冀咸遂昭苏，渐臻治定，虽未遑于偃革，固匪愿于加兵。蠢尔太原，独背朝化，潜依房帐，数结蜀川。既丧刘钧，旋立异姓，岂能保守，寻亦覆亡。今残众

游魂，驱童专国，乘我郊禋之际，来侵晋绛之民。焚荡乡川，驱略黎庶，致数州之被害，顾凉德以何安。宜顺人心，龚行天讨。朕取此月内，率六师亲征，沿路供须，并从官给，务令省约，无至劳人。①

己未，赵匡胤令皇弟、开封府尹赵光义为东京留守，以枢密副使沈义伦为大内部署。安排好东京留守事务后，赵匡胤又令昭义节度使李继勋为河东行营前军都部署，建雄节度使赵赞为马步军都虞侯，各率兵马，浩浩荡荡开往太原。

不料，此时传来一个坏消息——彰国节度使、侍卫马军都虞侯张廷翰病重。赵匡胤得到消息，亲自赶往张宅看望。

张廷翰一病不起，终于癸亥日病逝。

赵匡胤想那张廷翰一生戎马倥偬，如今溘然长逝，不禁心中伤痛不已。为表奖励，赵匡胤即赠张廷翰为侍中。

在车驾出发前两日，赵匡胤在殿内设宴招待群臣。

赵匡胤见老宰相、现右仆射魏仁浦闷头不语，亦不饮酒，心下奇怪，便笑道："仁浦，你为何不上前劝朕一杯？"

魏仁浦闻言，便拿起酒杯，缓缓走到赵匡胤跟前，双手捧着酒杯，神色肃然地敬酒。

赵匡胤见魏仁浦神色凝重，低声问道："卿家似有难言之隐啊。"

魏仁浦眼中精光一闪，略一迟疑，低声说道："陛下英明，太原虽弹丸之地，却易守难攻。陛下，欲速则不达啊，望陛下慎思之。"

赵匡胤闻言，笑道："卿家不必为此忧虑。征太原之事，朕自有定夺。"

宴席结束后，赵匡胤令人前往魏仁浦宅，赐给他美酒十石、御膳羊百头。但是，赵匡胤终究没有改变亲征太原的计划。

二月甲子，赵匡胤车驾自汴京启程，往太原而去。宰相赵普，

---

① 《宋会要辑稿》（影印本）兵七之三《亲征》，中华书局，1957 年。原文繁体，无句读，小说文中引用时转为简体，标点为笔者所加。

右仆射魏仁浦，兵部员外郎、知制诰卢多逊等大臣扈从而行。内侍李神祐等照例随驾护卫。

四

王承衍与高德望被编入了党进统率的步军第一指挥第一步兵营第一小队之中。

此次出征太原，党进统率的步军按照新法编制，共有一万八千人，分成三十六指挥，每个指挥五百人，由主将一位、副将数人率领。第一指挥第一步兵营五百人，党进挑的都是能负重、疾走之人，能射近、射远之人，能近身搏杀、武功高强之人。这些人，可谓是精锐中的精锐。五百人，分为两大队，十个小队。与王承衍、高德望编在一起成为一个小队的，另外还有四十八人，其中有党进的亲信，也有党进专门从军中挑选出的精锐。王承衍在这一小队中被推为队长。对于这个小小的职务，他倒是没有推辞。

党进的部队经过滑州、相州、磁州、潞州，一直到达南关。

不久后，昭义节度使河东行营前军都部署李继勋、建雄节度使马步军都虞侯赵赞等各率兵马抵达附近。

赵匡胤的车驾过了滑州后，在三月丁卯到了王桥顿。

这日午时，赵匡胤刚用午膳，忽然得报，彰得节度使韩重赟前来朝觐。赵匡胤闻讯大喜，派人将韩重赟接入中军大帐之内。

"重赟，你来得好啊。朕正为一事担忧呢。"

"不知陛下为何事烦扰啊？"

"此次亲征，朕已经诏告天下。朕担心契丹知我亲征太原，会率众来援。镇州、定州乃是要害之地，契丹若来援，必攻此二处。"

"陛下有何对策？"

"卿家可为朕领兵倍道兼行，速速赶往镇、定，择要害之地设下伏兵，待契丹军前来，你便出其不意破了他。"

韩重赟闻言大喜，慨然以破契丹为誓。

赵匡胤于是封韩重赟为北面都部署，令义武节度使祁廷义为北面副都部署。

韩重赟、祁廷义二将得令，当即不作停留，率兵飞速往镇州、定州方向去了。

待韩重赟、祁廷义率兵离开后，赵匡胤下令拔营，继续往相州方向行去。过了数日，经过了相州、磁州，眼看要到潞州，天却下起了瓢泼大雨。

赵匡胤见大雨下个不停，道路一片泥泞，便令大军在潞州城外驻扎。待驻扎好大营，赵匡胤骑着马，带着几位重臣和将官，由亲兵护卫，冒雨到潞州城内视察。

此时，诸州的军储从各地纷纷运来，正往城中聚集。城门内外，车马杂沓，人声鼎沸。瓢泼的大雨，更增加了城门内外的混乱状态。运送军储的车马争先恐后进出城门，结果倒好，全都堵塞在了城门口上。

赵匡胤见潞州城门内外乱哄哄一片，不禁大怒，以调度不利为由，当即想将转运使拿下问罪。

宰相赵普慌忙进言："陛下，万万不可。如今六师方至，如转运使获罪，敌人知道了，必猜想我军粮草储备不充足。这可不是威服远人之道啊。不如，暂时先挑选精明干练的大臣，帮着处理潞州事务。"

赵匡胤听赵普这么说，当下按下怒气，听从了赵普的建议，从扈从的大臣中，挑了户部员外郎、知制诰王祜权知潞州。王祜得令，当即进入潞州城，分拨调配诸州运送军储的车辆，不过半日，潞州城内外行路畅通无阻。

赵匡胤见道路重新畅通，心中大喜。为了加强粮草及物资运输，赵匡胤考虑再三，又以枢密直学士赵逢为随驾转运使。

就在赵匡胤下诏亲征后不久，北汉很快得到了消息。为了应对宋朝的进攻，北汉主欲以大军守太原，只派侍卫都虞侯刘继业、冯进珂率一部军马屯于团柏谷，又派遣牙队指挥使陈廷山领数百骑前往宋军先锋部队附近侦察。

陈廷山率数百骑出了团柏谷，往南行出百余里，忽然见前面转出一队人马，当中一面大旗，旗上绣着一个大大的"李"字。原来，此军正是昭义节度使李继勋的前军。陈廷山大惊，待要调转马头奔回太原城，已经为时已晚。陈廷山见自己人马根本不可能抵挡李继勋的大军，只好下令放下兵器，向李继勋的部队投降了。

刘继业、冯进珂在团柏谷的大营内望见宋军旌旗遮天蔽日，杀气腾腾，稳步前来，心知凭所带的一部人马，定然寡不敌众，于是便领兵奔还晋阳。

北汉主见刘、冯二人弃了团柏谷，勃然大怒，当即罢了二将的兵权。

李继勋、曹彬、党进、赵赞等大军先后抵达太原城附近，暂时将大军都驻扎在太原城南。

这日晚上，北汉主得报，大辽皇帝派内侍韩知璠抵达太原城北，便令人打开北城门，冒险将韩知璠接入城内。

原来，韩知璠此番是带着大辽皇帝的诏书前来册封北汉主为北汉皇帝。

北汉主盼着契丹能够助己对抗宋朝的进攻，虽然被契丹册封，成了契丹的藩属，心里有些不是滋味，但还是装作兴高采烈的样子，接受了册封。

次日，北汉主在大殿内设宴，款待大辽使者韩知璠。

宴席结束时，宰相郭无为起身离席，走到大殿当中，恸哭不已。

郭无为哭了一会儿，忽然拔出佩剑，仰头便要自刎。

北汉主慌忙奔下丹墀，急急奔到郭无为身旁，抓住了他的手。

"宰相何至于此？"北汉主大呼道。

郭无为狠狠抽动了几下鹰钩鼻，啜泣道："中朝百万大军已经兵临城下，陛下奈何以孤城抗百万之师？"

北汉主闻言，说道："朕有契丹相助，何惧宋军！"

郭无为早已有归宋之心，当即又道："契丹只派一内侍至，空授陛下皇帝之号，其援军不见踪影，况且，即便契丹派了援军，必在镇、定之间为宋军所破也。"

"宰相如何知道？"

郭无为见北汉主这样问，当即放下佩刀，拉着北汉主的衣袖，轻声道："臣之前派出的斥候，已侦察到宋军韩重赟部正往镇、定方向行去。契丹军若来，岂不正中宋军下怀。况且，臣见大辽使者韩知璠神色惊惶，言辞闪烁，只恐他已知其军为宋军所困，不过引而不发也。"

郭无为的这番话，令北汉主心头一惊，脸色变得煞白。

"宰相且回座，容朕三思。"

郭无为见北汉主心有所动，当即不再说话，收了佩剑，缓缓步回自己的座位。

转眼到了三月。

赵匡胤在潞州驻跸多日，花了不少时间安排军储调度之事。为了加速各州粮草往太原附近调度，赵匡胤又以刑部员外郎滕白知河东诸州转运使。三月辛卯，赵匡胤下令免去知河东转运使刘仪的官职，以馈饷稽期将其治罪。

这一日，赵匡胤得报，听说沿边诸军和市扰民。沿边和市的诏令，本是他之前下诏允许的。他没有想到，会出现扰民的情况，当即便派内侍李神祐为使者，驾快马驰驿前往，制止和市。李神祐得令，一夕而返。赵匡胤不禁暗暗佩服李神祐行事果敢。"没有想到，神祐还是一个将才啊。"赵匡胤没有看错。多年后，李神祐有一次机会受命带兵出征，果然赢得大胜。

壬辰，赵匡胤车驾自潞州出发，不久后，到达了南关。

此时，李继勋、党进、赵赞、曹彬等部已经从四面将太原城围得水泄不通。李继勋很快在太原城下取得了一次胜利，杀敌千余人，获得战马六百匹。

戊戌，赵匡胤到达了太原城外。庚子，赵匡胤于太原城内大阅将士，下令开始筑造长连城，准备久困太原城。

辛丑，赵匡胤率领大臣和几位大将，亲自视察汾河，下令搭建了新桥。就在这日，赵匡胤以兵部员外郎、知制诰卢多逊知太原行府事。

北汉主虽然被郭无为的话动摇了内心，但是思虑良久，最终还是决定依赖契丹，力抗宋军。尽管数日来有太原附近州县的官员前往宋军大营投降，但是，太原城却在不断加固城防。

赵匡胤见北汉主无出城投降之意，心中亦感到烦闷。

这一日，赵匡胤骑着马，带着大臣与一干大将视察汾河。他骑在马背上，遥望着太原城，眉头紧锁。

兵部员外郎、知制诰、知太原行府事卢多逊欲在皇帝面前表现自己，便进言道："陛下，臣以为，当下之际，应增兵强攻太原城，一鼓作气，攻而下之。"

宰相赵普听了卢多逊的话，斜了他一眼，冷然道："卢大人可是着急要当太原知州？我军攻太原之兵，非不多也。此时再行增兵，又有何益！"

卢多逊被赵普抢白一句，嘴角抽搐了几下，脸上一阵白一阵红，顿时将头低下，默然不语，心中暗想："赵普，你这是存心与我过不去，总有一日，我要报这一箭之仇。"他本来就想暗中对付赵普，有朝一日可以自己上位为相，此时更是对赵普添了几分仇恨。

赵匡胤听了赵普的话，心中亦以为是，当下皱着眉头，一筹莫展。

这时，赵匡胤身后，随行诸将中有人一拉马缰绳，骑马出了队列。

"陛下自有数千万兵在左右，为何不用之？"

赵匡胤扭头一看，识得此人是左神武统军陈承昭。

"此话怎讲？"赵匡胤有些茫然地看着陈承昭。

陈承昭在马背上，抬起手，用马鞭往汾水一指。

赵匡胤顺着马鞭方向，往汾水望去。

之前，数日大雨，汾水河水大涨，水流大急。赵匡胤此时一眼望去，但见波浪滔滔，如同万马奔腾。

忽然间，赵匡胤明白了陈承昭的意思。他神色一凛，拉下了脸，沉默了许久，方道："罢了，也只好如此了！"

三月乙巳，赵匡胤令陈承昭于汾水中，筑起一道长堤，以壅汾水。

三月丙午，李继勋奉赵匡胤之命，派出一支精锐，秘密赶赴太原城北面的晋祠。晋祠又名王祠，即周唐叔虞祠，郦道元《水经注》云："昔智伯遏晋水灌晋阳，其川上源，后人蓄以为沼。沼西际山枕水，有唐叔虞祠，水侧有凉堂，结飞梁于水上，晋川之中，最为胜处。"李继勋秘密派出的部队，到晋祠后，掘开晋祠沼，泄晋水自东北冲灌太原城。

然而，这次大水灌城几乎没有任何成效。晋水入城后，自太原城东南门涌出，奔涌着冲入汾水，冲垮了汾水中的长堤，南泄而去。

五

"报——"一个传令兵匆匆奔入王承衍的帐中。

"何事？速讲。"王承衍放下正在擦拭的唐刀，从容问道。

"党将军下令第一指挥至第五指挥一个时辰内赶到城东南汾水岸边。李指挥令各队从速集合，赶往岸边。不用披甲。"

"到汾水岸边？不用披甲？"王承衍眉头一皱，心中升起疑虑。

"正是。"

"好，你去吧。我队立刻集结赶往。"

王承衍令传令兵离去后，立刻召集起小队的五十人，往营地中指定的集结处奔去。

第一指挥五百人很快列好了队，由李奉行指挥率领着，会合了其他四个指挥的部队，出了大营，飞速赶往城东南汾水岸边。

王承衍奔行在队列中，但见前方泥尘滚滚，一直往汾水岸边延伸而去。他从小随其父王审琦在军营中长大，对眼前这种景象并不陌生。但是，凭着直觉，他感到，今日前往汾水岸边，显然不是打仗。李奉行指挥没有传下任何作战指令，虽然每个人都没有披甲，却都带着常用刀剑——它们已然是每个战士身体的一部分。不过，尽管部队行进迅速，却没有一点即将投入战斗的气氛。"究竟是何任务？莫非要再次筑堤？"他一边随着队列奔跑着，一边暗自猜想。

没多久，王承衍随着部队来到了汾水岸边。

令王承衍感到吃惊的是，他发现汾水岸边还聚集了众多百姓，草草一看，至少有两三千人。这些百姓显然是从周围州县召集来的农人，他们每人穿着普通的灰布衣，手中有的拿着锄头，有的拿着铁锹。在这些农人旁边，还堆着一大推挖掘用的各色工具。

王承衍还看到，党进骑在马上，带着数名将官和百名穿着光明甲的亲兵，已经在那里等候五个指挥的人马到来。

待五个指挥的两千五百名战士在岸边列队整齐，党进骑着马走到了队列前面。他瞪着铜铃一般的眼睛，绿色的瞳孔中射出精光，缓缓扫视了一下队列。

"诸位将士，如今，行营都部署李继勋将军率其部驻扎在城南，赵赞将军所部被调到城西，曹彬所部则转移到城北围城。我步军一万八千人驻扎城东，负责从东面围城。我四支大军，已将太原围成铁桶一般。不过，太原城尚在负隅顽抗。陛下不欲多伤生灵，为迫使太原城速速投降，陛下有令，在城南筑起新长堤，同时于汾水中再造新堤，壅塞汾水。随后，我军将决汾水之岸，以汾水倒灌太原城。各指挥听令，壅塞汾水之事，听左神武统军陈承昭号令，不得有误！"党进大声说完了命令。

这时，王承衍注意到了党进身后的将官队列中有一位将官纵马出列，他猜那人便是左神武统军陈承昭。

"陈将军，这里交给你了！"党进喝道。

"遵命！"陈承昭答道。

旋即，陈承昭冲五个指挥的两千五百名将士和岸边的数千农人大声说道："诸位将士，我陈承昭受命董筑堤之役，筑堤之事，虽非临阵对敌，然干系重大，决定着攻城成败，诸位须听我号令，有违令者，本将必依军法从事！好，众将士，且到岸边，领了工具，与当地百姓一起，速速掘土，筑起长堤，壅塞汾水！"

众将士听了陈承昭的训词，纷纷唱诺。

王承衍却没有唱诺，听了党进和陈承昭的话，他已经明了了即将开始的行动。

他想起了《水经注》中的记载。他记得，书中说，晋水出悬瓮山，昔智伯遏晋水以灌晋阳，城不没者三版，后人踵其遗迹，蓄以

为沼。沼水分两派，北沼便是智伯渠，渠水因地势，从东北注入晋阳城，用以灌溉，渠水穿过城，出东南注入汾水；南沼之水，则从地下，以伏流，自晋阳城南流出地表，又折向东南注入汾水。

"郦道元所记之晋阳城，正是如今之太原城。之前决晋祠水灌城不成，乃因晋水智伯渠与暗河流入了汾河。如果书中记载的情况都没有变化，那么，一旦在城南面筑起长堤，同时壅塞汾水，然后决汾水岸，确实可以令大水自东南倒灌太原城，届时太原城内与城南，长堤之内，将聚出一片大水。城中之民，那时不得不悬釜而炊了。这样一来，可苦了百姓啊。不过，如果这样真能迫北汉主投降，倒也确可减少战士和百姓的牺牲，亦不失为一好策略。只是——万一城南的长堤无法抵挡汾河之水，岂不淹了我自家之军，那时南面之地，将是洪水漫漫，一片泽国！"他想到这里，不禁变了脸色。

他心中暗叫不妙，紧锁了眉头，暗想："不行，必须提醒他们！"

"且慢！"他大声喝了一声。

"是谁在说话？"指挥李奉行扭头喝问道。

"是我！在下有话要说！"

"李将军，筑造新堤，可有筑堤图纸？咱们不能再失败一次。"

"什么图纸？"

"工程图纸。"

第一指挥第一队的队列正好排在方阵正中，与党进、陈承昭距离不远。党进、陈承昭两人都听到了王承衍的声音，一时间将目光

往王承衍的方向投射过来。

李奉行拉下脸，但是他知道王承衍的特殊身份，故强忍怒气不发作，说道："王承衍，不得无礼。你，出列！"

"怎么了？"此时陈承昭喝问道。

王承衍大步走出队列，抱拳作揖，冲陈承昭大声说道："陈将军，现可有成熟的筑堤方案？"

陈承昭笑道："自然有筑堤方案，本将拟围城南筑一长堤，这又有何难？"

"可有工程图纸？"

"区区一个长堤，何须图纸。本将早以将基宽与高度，告知各指挥了。尔等听令便是。"

"这基宽与高度，陈将军是依何而定的？"

"这——这本将自有经验。无须担心。"陈承昭眼神飘忽，说话间有些犹豫。

王承衍心中一震，料其这次筑造新堤，一定没有进行精心测算，并无成熟之筑堤计划，当下厉声道："诸位将军，筑堤淹城，确是一个好策略，只是城南这道长堤，不是轻易筑得。诸位想一想，万一所筑之堤不够坚固，挡不住汾河决堤放水，那会如何？！那样，大水反会淹了我军，而城池以南，将是一片泽国，万民流离！此恐大违陛下之好生之意也！"

陈承昭听王承衍这么说，心中亦感惊惧，脸色慢慢变得难看了。

党进、李奉行等大小将领听王承衍这般说，顿时都是大惊失色。

"王承衍，你有何对策？"党进是认识王承衍的，故直接向他问道。

"在下以为，当找来博学巧算之士，细细推算出筑造长堤所需的长宽高、所用土方，并制定合适牢靠的筑堤办法，选择合适之材料，方宜开始筑堤，切不可草率为之。"王承衍答道。

李奉行拿眼睛瞧着党进，党进一时间也没有主意，又将目光投向陈承昭。这个主意最先是陈承昭提出的，党进希望他能够做出反应。但是，陈承昭显然亦没有对此进行充分的考虑，一时间也是呆若木鸡。几位将领面面相觑，谁都不敢轻易说话。

沉默了片刻，陈承昭终于开口道："党将军，不如先令兵马与百姓回营安顿，我且带他去面圣，商议具体对策。"

"嗯——那便依陈将军之见。"党进说道。

陈承昭不敢耽搁，当即领上王承衍，两人乘马飞驰，前往赵匡胤的御营。

赵匡胤见陈承昭带了王承衍前来，不禁有些吃惊。此时，宰相赵普、右仆射魏仁浦、宣徽南院使曹彬、兵部侍郎卢多逊等人恰好都在御营内。赵匡胤正与他们几个商议攻城之事。待听王承衍说完一番话，众人皆惊出一身冷汗。

"朕险些犯下大错也！"赵匡胤叹道。

"陛下，王承衍所言极是。当细细计算才是。"老臣魏仁浦道。

"好。那就速速在军中招募博学巧算之士！"赵匡胤不再犹豫，大声说道。旋即，传令李继勋、曹彬、党进、赵赞四军发布公告，选拨招募所需之材。

两个时辰后，四支大军中经由自荐、推荐，选拨出十多人，他们当中，有的来自马军，有的来自步军，有的在从军前做过泥水匠，有的在从军前做过木匠，有的在军中参加过筑城搭桥、筑堤挖道，还有的自称自小精于算术。

十多位特异之材被召集到御营中，赵匡胤亲自向他们说明了此番召集他们前来的意图，并令陈承昭、王承衍一起负责规划新的筑堤方案。

十多人听了命令，经过一番分工，有的前去勘探地质，有的前去测量海拔地势，有的则去测量城池的宽度和城墙的高度。待到午时，十多人陆续回到御营，不及吃午饭，便开始进行了忙碌的测算工作。黄昏之时，十多人拿出了一个具体筑堤方案。

这个新方案，与陈承昭当初设想的方案大有不同。陈承昭的方案，是将长堤筑于城南，自城西一直拉到城东。新的方案，则建议仅将长堤围住城东南门，同时缩短长堤距离城门的距离，增加长堤的基宽，增高长堤的高度。原来，如果按照原来的筑堤计划执行，由于太原东北地势高，南面低，上游决堤放水，水流会漫过长堤，一路南下。

"不过，现在还有一个担心。"其中参与新方案制订的一位老兵说道。

"速说。"赵匡胤说道。

"挖土筑堤，大堤新成，虽然按照计算，大堤长宽高足够，足以抵挡大水，然土质未结，若即刻放水，恐筑堤堤基不固也，堤基溃于大水也。若求稳妥，假以时日，再行放水淹城之策，可无碍也。只是，那样一来，恐耽搁了攻城时日。"老兵面露忧色。

原本有了新方案，众人都有欣喜之情，此刻听了老兵的话，无不心情沉重。

王承衍听完老兵说的话，眉头紧锁，心中隐隐觉得有什么办法可以解决这个难题，可是却一时间想不起来。

这时，曹彬忽然说道："本将军中，有不少收编的蜀兵，他们来自成都，成都有都江堰，或懂快速筑堤阻水之法。"

"对了！都江堰！此前，我不是在都江堰边见过阻水护河的古法吗？"曹彬的话，令王承衍突然想到了办法。

王承衍冲赵匡胤说道："陛下，我想到一策。那年，我与周远、高德望一起前往成都，在青城山下、都江堰旁，曾从一个老汉口中，听说了一种阻水之法。据说，当地护堰工用竹子编成三尺长的竹笼，然后将大鹅卵石塞入竹笼。他们将填了石头的竹笼搬到都江堰岸边，用来阻挡涨起的江水。此处虽无四川之竹，但我们可以学习此法，凿岩运石，以藤编笼，填以岩石，在城南长堤和汾河河中的长堤的基础内砌入，然后实之以泥土，石重而稳，必可起固基之效！"

那老兵听了，略一沉思，便拍手道："此计甚好！"

赵匡胤大喜道："既然此计可行，便从速依计推行。曹彬，你也将军中蜀地之兵召集起来，让他们一起参加筑堤。"

"是！"曹彬答道。

数日后，筑造新堤的工程，在太原城南热火朝天地开始了。

赵匡胤又令李继勋、赵赞、曹彬、党进在太原城四面三里处筑寨，加固四面合围之势。御营则移至城东党进大寨之后。

城东南一里之处，正是长堤所在。

太原城中的北汉军自城楼上看到宋军在城南筑造长堤，很快明白了宋军的计划。

三月丁未日的傍晚，夕阳刚刚开始西沉之时，太原城西城门忽然大开，从中杀出一大队兵马，约莫有一千余人。

当中一员大将金盔金甲，四十多岁模样，蓄着短须，骑一匹大黑马，手中持一柄偃月刀。夕阳的光芒照在这员大将的金盔金甲上，不时反射出刺眼的光芒。

马步军都虞侯、建雄节度使赵赞在寨楼上瞧见那员大将威风凛凛的模样，不禁暗暗喝彩。

那员北汉大将率一队骑兵，出城门后，往赵赞营寨方向奔了一阵，忽然调转马头，往南奔去。

赵赞本以为那北汉大将要来寨前挑战，忽见他变了方向，率队南下，知其绕往城南攻击筑堤之军。

"快快击鼓！来人！备马！取我大刀来。"赵赞冲亲兵喝道。

战鼓声"咚咚咚"地响了起来。

赵赞飞快地下营寨的望楼，带着几员副将，率一队骑兵，打开寨门，纵马往东南斜刺奔行，去追那队北汉骑兵。

不一会儿，赵赞带着骑兵奔近城池西南角。

为了转到城南面去，赵赞的骑兵放慢了马速。然而，他们刚刚绕过城角，便觉不妙。

原来，那员北汉大将似乎早有准备，在拐往城南后，留下一队人马，搭好强弩，正等着追兵到来。

北汉伏兵眼见赵赞率骑兵绕过城墙西南角，顿时百弩齐发。

赵赞大呼："小心！"

可是为时已晚。

只听得"嗖嗖"之声骤起，赵赞的骑兵眼见空中尽是劲弩飞射而来。

赵赞挥舞大刀，拨开数支劲弩。他身边惨呼声不断，十数名战士已经被劲弩射中，翻身落马。

这时，一支从低处射来的劲弩，正中赵赞的左小腿。

赵赞痛苦地叫了一声，险些翻身落马。

北汉军一阵劲弩射过后，那员北汉大将指挥着众骑兵调转马头，往赵赞杀将而来。

赵赞见己军被夺了士气，不敢恋战，带着残余人马，往西边的寨门回奔而去。

不料，此时太原城西城门再次打开，又杀出一队骑兵，径直往赵赞寨门奔去。

"糟了，这是要在那里将本将堵截在寨门之前啊。莫非，这里便是我赵赞葬身之地？"一个可怕的念头在赵赞的心底冒了出来。

正在绝望之际，赵赞忽然听到西北面传来一阵马蹄声。他在马背上张目望去，却见一队人马远远从西北杀来。那队人马，多是步兵，只有前面奔着几骑。

从太原城西门出来的北汉骑兵，亦未料到赵赞营寨西北面会杀出一支不明来历的宋军。

转眼间，赵赞率兵退到营寨近处，那队刚从太原城西处杀出的北汉军怕北侧翼受敌，并未冲到赵赞营寨门前，只等着之前那员北汉大将率部来到，合兵一处。

率部从西北面赶来救援赵赞的人，乃是东寨都监李溥谦。原来，李溥谦奉党进之命，带了三个指挥的兵马，到西山伐木，以备军用。王承衍、高德望所在的第一指挥，亦在这三个指挥之列。李溥谦方才听到西寨战鼓，心知必然是北汉军出城袭寨，故率负责伐木的三个指挥的步兵飞快赶往西寨前支援。

赵赞带着人马奔回西寨门前时，李溥谦指挥的步军已经与北汉后来出城的骑兵缠斗在一起。

方才最先出城的北汉大将此时朝赵赞杀来。

"来将报上名来！"赵赞忍着小腿上的剧痛，冲杀来的北汉大将厉声喝问。

那金盔金甲的北汉大将听到喝问，勒住了马缰，大声道："吾乃并州刘继业！你又是何人？"

赵赞一听，心中一惊，心想："原来，他便是威震西北、号称'无敌'的刘继业。"他这么一想，愣了一愣，方才说道："本将乃大宋建德节度使、马步军都虞侯赵赞。"

"原来是赵节度，久闻大名啊！好，今日我刘继业便请赵节度赐教了！"刘继业哈哈一笑，将手中的偃月刀一横。

赵赞脚部受伤，血流不止，心下略略犯怯，正要硬着头皮迎战，只听旁边一声大喝。

"赵节度有伤在身，且由在下与刘将军一战！"

赵赞扭头一看，却见一穿着布衣，未披甲胄的年轻人骑在一匹战马上，刚刚杀出重围，来到了自己的马前。

那个年轻战士的手中，紧紧地握着一把长长的唐刀。唐刀的血槽与刀刃上，正往下滴着鲜血。他胯下的战马，显然是北汉骑兵的坐骑。

"王承衍！你怎么来了？"赵赞惊奇地问道。

"在下随军伐木西山，闻战鼓，便跟着李将军赶来救援了。"

"原来如此！"

"刘将军，且由我与你一战吧。"王承衍转向刘继业说道。这时，他瞥见高德望正在他身后丈许外挥刀与一个北汉骑兵缠斗。"兄弟，坚持住。"他在心里默默地说道。

刘继业并不认识王承衍，见他年轻，又未身披甲胄，不免有轻视之意，便笑道："年轻人，本将不与无名之辈对阵。"

"在下王承衍，请刘将军赐教了！"王承衍说完，更不多言，纵马挥刀往刘继业冲去。

刘继业微微一愣，旋即将坐骑的缰绳一抖，挥起偃月刀冲王承衍冲去。

两人刹那间奔近。

王承衍持唐刀往刘继业胸前扫去。

刘继业面无惧色，于马背上挥刀直劈。

王承衍知偃月刀长唐刀短，刘继业是以兵器之长，克兵器之短。一念之间，他身子在马背上一侧，手顺势将唐刀收回，在胸前一挡，堪堪格开了刘继业的一刀。

刘继业没有想到眼前这个布衣年轻人变招如此之快、手中的唐刀如此有力，心中暗暗称奇。

王承衍挡去刘继业一刀，顿觉两手虎口发麻，心想："这刘继业果然武功非凡。我须得小心对付。"

两人在马背上一来一往，转眼斗了十来回合。王承衍渐渐感到手臂酸软，心里不觉感到悲哀。"莫非，今日我要死于刘继业之手？"他心神稍稍有些乱，死亡的念头不断在脑海闪过。以前，他从来没有这种感觉。这次，他真的感觉到了，感觉到自己离死亡是如此之近。

又斗了片刻，刘继业大喝一声，手中偃月刀一振，挑开王承衍砍过来的一刀。这一招，刘继业使得是如此有力，令王承衍手中的唐刀差点脱手飞出。

王承衍大惊，在马背上呆了一呆。

不料，刘继业突然喝道："年轻人，你今日未穿甲胄，又未带长兵器，本将这般杀了你，也被天下笑话。今日便到这里，你我来日再战！"

说罢，刘继业亦不等王承衍回答，冲近处的几名副将和亲兵大喝道："挡住宋军，且战且退。收兵！"

刘继业的命令很快传达开去，北汉骑兵旋即在他率领下，一边战斗，一边徐徐撤退。

宋军方面见主将赵赞受伤，且己方损失颇多，故亦不敢追击，只是守住阵脚，待刘继业率军退远后，便搬了己方战死的士兵尸体，匆匆撤回了西寨。

王承衍跟着赵赞、李溥谦一同回到了西寨。

西寨的寨门前，留下了一具具北汉战士的尸体。夕阳将光芒洒在战场上，在战士的尸体上笼上一片金红色。

一进寨门，王承衍便急急忙忙开始寻找高德望。他一心挂念着高德望。自从方才与刘继业战斗前瞥见高德望一眼，他再也没有看到他了。过了一会儿，王承衍看到高德望手臂上缠着渗血的布条，在人群中朝他走过来。

"少将军，方才战斗时，我以为再也见不到你了。"高德望说着，憨笑起来。

便在这一瞬间，王承衍的眼睛中涌出了泪水。

王承衍朝高德望迎了上去，紧紧与他拥抱在一起。

夕阳快要落下西山的时候，北汉城门打开了，一些士兵推着板车，往宋军西寨门前慢慢靠近。

西寨的望楼上，宋军战士们呆呆地望着寨门前的战场。从城门出来的北汉士兵，从地上抬起一具具尸体，放到板车上，然后一车车地往城门方向拉了回去。

不论是战场上搬运尸体的北汉士兵，还是在望楼上的宋军战士，双方都没有人说话。天地间只听见车轮滚动的"嘎吱嘎吱"的声音。

天刚刚黑下来时，赵匡胤率一队亲兵，由李继勋、党进陪着一道，赶到了西寨。在西寨内，赵匡胤看到了被劲弩贯足的马步军都虞侯赵赞。他亲自察看了赵赞的伤口，对赵赞好好勉励了一番。随后，他前去士兵营地，慰问将士。当时，西寨内众多士兵未披甲胄，只穿着布衣，军容甚是不整。他的脸色，变得阴沉了。

"这些兵是怎么回事？为何未披甲衣便仓皇出战？"赵匡胤问赵赞。赵赞坚持忍着伤痛，陪同皇帝视察战士们。

"他们都是李溥谦将军率领的伐木之兵，听到战鼓紧急前来援助的。故未有甲胄在身。"赵赞答道。

赵赞的话，令赵匡胤面露愧色。

愣了一下后，赵匡胤说道："是朕错怪了这些英勇之士啊。"

赵赞旋即将李溥谦和王承衍助己之事细细告知赵匡胤。赵匡胤听了，当即下令重赏李溥谦、王承衍等。

但是，王承衍坚决谢绝了赏赐。

赵匡胤并没有勉强王承衍。在王承衍的眼睛中，他发现了——或者说，感觉到了——一些新的东西。它们是什么？他并不能清楚地说出来。但是，他知道，它们包含着靠近死亡的近距离的体验，包含着对命运的坦然，包含着对当下所拥有的一切的感激。他曾经是多么熟悉它们，所以当它们在另一个人身上出现的时候，他能敏感地捕捉到它们。他突然发现，自己不知从何时起，已经离那种感觉越来越远了。他看着王承衍，心中不禁有些暗暗羡慕这个年轻人。于是，他微笑着对这个年轻人勉励了一番，令他回营好好休养。

当晚，赵匡胤率兵，返回东寨东侧的御营。王承衍、高德望、李溥谦等亦回到了东寨。

深夜里，王承衍久久无法入眠。战友们的鼾声此起彼伏。他也隐隐听到了太原城中传出的哭声。

在寂静的夜晚，凄厉的哭声，可以传得很远很远。

"咚咚咚——咚咚咚——"

一阵急促的战鼓声，将王承衍从昏睡中惊醒。

"敌军夜袭！"

"北汉军袭营了！"

营地内，呼喊声四处响起。

王承衍和他的战友们从行军床上翻身跃起，纷纷抄起佩刀、长枪，不及披甲，便冲出了营房。

寨墙上已经竖起了火把。

火光中，王承衍见党进骑在一匹马上，手持狼牙棒，带着几骑正往寨门处赶去。党进身后，跟着一名旗手，举着转光杂色旗，召集战士们从速跟随主将迎敌。

王承衍往望楼看了一眼，但见望楼上的哨兵亦举起了转光杂色旗。转光杂色旗，军中俗称"无常旗"，乃是紧急情况召集战士所用。军令要求：见旗者，不需上司直接命令，即可随时投入战斗。

"无常旗立起来了！"

看到转光杂色旗，王承衍大声疾呼起来。

"你们几个，快带上旁牌，随我去寨门。"王承衍冲他的队员们喊了一声。

"是！"高德望和其他十多个跟得紧的战士大声回应，飞快地从营房门口取了十多面旁牌。所谓的旁牌，是步兵防御所用等身高木盾牌。

王承衍手持唐刀，带着高德望等一干人往寨门冲去。尚未近寨门，王承衍便听到巨大的撞击声。

是敌人在用撞车撞击寨门！王承衍立刻明白了正在寨门外发生的一切。

"谁去推塞门刀车？"王承衍大吼道。

"少将军，我去！"高德望喊道。

"我也去！我也去！"又有几人喊道。

"好，快！"王承衍一边喊，一边继续往前奔跑。

但是，没有等到他靠近寨门，只听得一声巨响，寨门被撞裂了，旋即"咔啦啦"倒了下来。

只听巨大的呐喊声响起，一群北汉士兵挺长枪冲了进来。

"射！"

王承衍听得党进大声下令。

方才集结到寨门口的宋军战士们有的射出了劲弩，有的射出了点钢箭。

第一批冲入寨门的北汉士兵或中弩或中箭，惨呼着倒下了。

很快，北汉士兵在寨门口架起了弩床，发射出一阵劲弩。十数名宋军战士应声倒下。

"旁牌列墙！"王承衍带着十多名战士冲近了寨门。

这时，又有其他队中的战士举着旁牌赶到寨门口。很快，在王承衍的指挥下，宋军战士们迎着如雨的劲弩，列好了一道三丈余宽的盾墙。

"举枪！前进！"王承衍大声呼喝道。

随着王承衍的呼喝，士兵举起手中长枪，穿过旁牌间的缝隙，举着旁牌，喊着前进的号子，一步一步往寨门口推进。

"梆、梆、梆——梆梆梆——"

北汉军的劲弩射在旁牌上发出可怕的声响。

"啊！"

王承衍身旁的一个士兵，被穿过旁牌缝隙的劲弩射穿了肩膀，惨呼着一晃身子。

"你退下！交给本将。"

一个人冲了过来，接过了那名士兵手中的旁牌。

"李指挥！"王承衍认出赶过来的人正是第一指挥的将领李奉行。他散乱着头发，没有戴着平日里常戴着的灰铁兜鍪。火光照着他的脸，络腮胡上沾着血迹。

"表现得不错！"李奉行冲王承衍点点头，夸了他一句。

王承衍冲这个上司点点头。

这时，一支弩箭从两面旁牌的缝隙中射过来，从王承衍和李奉行的眼前穿过。

"这帮北汉崽子，真他娘的够劲。"李奉行笑骂道。

"梆、梆、梆——梆梆梆——"

劲弩还是不断射在旁牌上。

这时，王承衍看到高德望与几个士兵推着四辆塞门刀车赶来。

"快！快！"王承衍冲高德望等高喊。

"中间旁牌准备闪开，刀车上！"李奉行喊道。

位于中间的五六个士兵听到命令，举着旁牌往两边一闪，为塞门刀车让出了道路。

几乎与此同时，只听北汉军那边一片呐喊，从寨门外面冲出几骑，当先一员金盔金甲大将挥着偃月刀，带着几名副将往寨门内直冲而来。他们乘宋军推出寨门刀车的间隙，组织了一次非常有效的快速冲锋。

王承衍听到呐喊，往寨门口一看，立刻认出了那员一马当先的北汉大将。那人，正是昨日傍晚与自己交手的刘继业。

便在这一瞬间，刘继业已经飞马奔近。

挡住刘继业去路的，正好是高德望推着的一辆塞门刀车。

刘继业亦不发话，大喝一声，将手中偃月刀往那塞门刀车下一插，左手上猛然一用力，竟然生生将那塞门刀车从高德望手中挑脱了，"咣啷啷"翻滚在一旁。

王承衍见高德望徒手暴露在刘继业刀下，大呼一声"不好"，将身子一纵，举起旁牌往高德望身前挡去。

便在这时，刘继业手中偃月刀已经劈下，只听"咔嚓"一声，竟然将旁牌劈裂了。

王承衍只觉手中一震，虎口剧痛，眼前一闪，被劈下的一块旁牌往旁边飞落。

这时，李奉行见王承衍有性命之忧，不及多想，举起旁牌往刘继业腰间砸去。

刘继业副将此时骑马奔到，见李奉行袭击主将，大喝一声，挺枪直刺。

李奉行想要躲闪，已然晚了。

只听"扑哧"一声，李奉行被刘继业副将的长枪当胸刺穿。

那副将的胯下之马并没有停住，继续往前直冲，李奉行被长枪贯穿，拖行数步，才被甩落在地。

这时，刘继业瞥见党进怒气冲冲挥狼牙棒冲自己冲来，顾不上已经倒地的王承衍和高德望，拨马挺枪，迎战党进。

王承衍用唐刀支着地面，摇摇晃晃地站了起来。他看了一眼旁边的高德望。高德望亦刚刚从血泊中站起。两人朝着倒在不远处的李奉行看去，慌忙赶去救助。

但是，当王承衍和高德望蹲下身子，扶住李奉行的身体时，他们知道，一切都晚了。

李奉行的络腮胡子上，沾满了鲜血，那不是别人的血，而是从他自己口中吐出的血。他的胸口，是一个巨大的血窟窿，鲜血汩汩涌出。不论王承衍、高德望怎么努力尝试去按住他的胸口止血，也挡不住黏稠滚烫的鲜血从那血窟窿中不停地流出。

李奉行使劲瞪大眼睛，眼神迷离地盯着王承衍，嘴角露出一丝惨笑，很快便没有了气息。

王承衍只感胸口发闷，泪水从眼眶中不停地涌出。他失声恸哭起来。耳边，他听到了"挡住敌人，挡住敌人，为李指挥报仇"的呼声。

"少将军！快起来！"高德望哭喊着。

王承衍立起身，手中举起了唐刀。

"把敌人杀回去！"他高喊了一声，发疯一般朝寨门口冲去。

高德望大惊，怕王承衍出事，便一声高喊，飞快跟了上去。

这时，北汉的士兵正往寨门内拥来。

宋军战士们则从寨门内拥向门口。

便在双方主将战在一起的时候，双方战士也短兵相接了。

刘继业与党进战了十数回合，两人难分胜负。

刘继业见宋军斗志高昂，心知如果再战下去，一旦宋军援军赶到，己方有全军覆没的危险。

为了尽快脱身，刘继业使出浑身解数，几个连环枪，招招刺向党进要害。党进被他一阵猛攻，顿时有些手忙脚乱。

"撤！撤！"刘继业把握机会，大声招呼撤退。

北汉军听主将命令，四处发喊，慢慢往寨门外撤退。

这时，太原城东城门再次打开，放下了吊桥，接应撤回来的人马。

刘继业立马回枪，带着几个副将、十数名亲兵，掩护着己方战士往吊桥回撤。

党进举着狼牙棒，骑马往吊桥这边追来。

刘继业的两员副将迎上去挡住党进，斗了五六回合，便相继被党进打落下马。

党进杀了刘继业的两员副将，并不罢休，继续拨马狂奔追赶刘继业。

眼前离吊桥还有一段距离，刘继业见己方战士大部分都已经撤过吊桥回城，便冲城楼上高喊："升吊桥！升吊桥！"

城楼上的士兵见刘继业尚未赶到，犹豫了一下，终于还是依令升起了吊桥。

刘继业带着残留的几骑亲兵，纵马奔到吊桥边，往回一望，但见党进正率人马杀来。

"下护城河！"

刘继业大喝一声，纵马往护城河中跃下。几名亲兵见主将如此，大呼着跟着纵马跃入护城河。

护城河河水甚深，刘继业等舍了马，往对岸游去。

此时，太原城楼上一片发喊，万箭齐发，将党进率领的追兵射阻在护城河数丈之外。

王承衍在城下，远远望见太原城楼上坠下了十多根绳索。随即，十来个身影，缘绳而上，飞快爬上了城楼。

高大的太原城楼上，松油火把闪着光。宋军战士们从城楼下往上看，虽然有火光映照，却看不清城楼上那些战士们的脸。城楼上的北汉战士，往城楼下望，同样也看不清城楼下宋军战士们的脸。

黑黢黢的城墙，沉默地矗立着。

便在这一刻，王承衍听到城楼上有哭声传来。他怅然若失，忽然想起了前半夜从太原城中隐隐传出的哭声……

六

"老夫今日请节帅前来，乃是要托付一件极重要之事。"

尽管已经屏去左右，游简言还是将声音压得非常低。他在数日之前，刚刚被南唐主李煜从右仆射、判省事任命为右仆射兼门下侍郎、平章事。不过，此时他却并没有因为升了官而感到欣喜。在此之前，他已经数次请辞，可是，李煜不仅没有同意，反而还将更大的责任压到了他的肩头。

听游简言这么说，林仁肇慌忙道："游相请讲。"

游简言轻轻咳嗽了几声，轻声道："此事，实是先帝在世时，秘密托付给老夫的。"

林仁肇心里一惊，下意识地将身子往前一倾。

游简言继续说道："当年，先帝在唐镐的支持下，迁都南昌府。迁都之举，当然是为了避开大宋的锋芒，先帝不得已而为之。这你是知道的。去南昌时，老夫执意跟随先帝，先帝知我忠心不二，故秘密地将一个任务托付给老夫。先帝当年最后决定让六王子接替大位，其实在他心底，却是对六王子重振社稷有所怀疑的。后来，先帝知自己可能不久于人世，便私下召我，告诉了我一个秘密。这件事，除了先帝，再没有其他人知道了。原来，先帝在赵匡胤陈桥兵变之后，便暗中往大宋都城汴京派出了一个死士，令其设法潜伏。宋乾德三年时，赵匡胤下诏设内藏库，散内府之财，招募战士。先帝派出的那名死士，便装作失去田地的客户，应募加入宋禁军。数年后，这名死士因为武艺出众，得到了晋升，并被调入皇宫，充当了皇宫卫士。如今，这名死士已经是大宋皇宫内的一名散指挥都知，日常参与宋宫城的禁卫。"

说到这里，游简言又咳嗽了两声，艰难地喘了几口气，方才继续说道："唉，老夫这病啊——先帝告诉我，他曾经想令那名死士择机刺杀赵匡胤，可是那名死士却回复说，一直没有找到合适的机会。直到先帝临终前，那名死士也没再与先帝联系过。这个秘密，先帝说，他即便连六王子也没有告知。先帝担心，万一死士身份暴露，赵匡胤可能会以此为借口向六王子问罪，并兴兵攻击我江南。不过，先帝倒是交代我，必要时可以告诉你。先帝说，他将这个秘密告诉我，有两个目的，一是不想带着这个秘密离去；二是，先帝以为，赵匡胤有混一天下之心，迟早会对我江南动兵，因此，如果有必要，就密令那名死士，暗中刺杀赵匡胤。"

"游相，这么说来，那名死士至今也未背叛先帝。"

"这——老夫也不敢肯定。这个，只有先帝知道了。据徐游说，先帝即将驾崩前，曾经想再见我一次。那时，先帝口中说'嗯，应该将敏中也叫来'，可是旋即又对徐游说，"算了，算了，景游，有你在就够了。"这都是我从徐游口中仔细问到的。后来我想，也许，先帝临终前想见我，就是想再向我交代一下那件事。不过，不知为何，先帝终归还是放弃了传我去。可能——这是徐游猜测的——可能那时先帝已经自知时间无多，再传我去，已经来不及了。老夫受先帝之恩甚重，没能在先帝驾崩之前再看他一眼，真是遗憾啊！你看，这便是先帝那次召见老夫时留给老夫的信物，凭此物，那名死士——如果他没有背叛先帝的话，见到此物，他一定会依令执行他的秘密使命。"游简言一边说，一边伸手从怀中掏出一物递到林仁肇眼前。

林仁肇往游简言手心中一看，却是半块铜符。他双手接过来，仔细看那半块铜符，只见它被铸造成鱼的形状，一面精雕着鱼鳞，另一面却是故意铸造成凹凸不平的样子，其铸造法，类似于兵符。

"此物的另一半，在那名死士手中。老夫现将此物托付给节帅，节帅该明白老夫的用意了吧。"

"游相的意思是——令我派人潜入汴京，找到那名死士，令他——"林仁肇抬起右手，做了一个格杀的动作。

游简言咳嗽了几声，微微点点头，说道："正是。老夫受先帝重恩，又得当今国主眷顾，自认为报国时机便在当下，岂能错过。林节帅，你可愿与老夫一起执行先帝之密令？"

林仁肇闻言，单膝跪地，一抱拳，慨然道："匹夫尚思报国，我林仁肇身负节钺，自当赴汤蹈火，不辱先帝之托，不负游相之信任！"

"好！有节帅之助，能保卫社稷，老夫不枉为官一世。可惜啊，可惜啊，老天不能再给老夫多一些时间啊！"游简言说着，身子竟然哆嗦起来，瘦削的脸上竟然挂上了两行热泪。

"游相，何出此言！"

"节帅，老夫自己清楚，这病啊，老夫这病啊，是好不起来咯。"

"游相休要说这沮丧的话。国主需要游相辅佐，这朝廷，更离不开游相啊。"

游简言凄然一笑，说道："这朝中啊，老夫没有几个朋友。这自知之明，老夫还是有的。为官这么多年，老夫事必躬亲，稽查事务，向来苛严，得罪了不少人啊。对于朝中的请托之风，老夫也甚是看不惯，有请托者，老夫都故意推托或严词拒绝了。所以，在这朝中，士大夫们都暗中说老夫不识大体。这老夫岂有不知。"

说到此处，游简言苦笑了一下，眯着眼睛，看着林仁肇，沉默了一下，方才继续说道："请托成风，官官相护，无能者多上位，有才者多忍辱，更有以两面三刀、诽谤同僚、暗中耍弄阴谋诡计为能者，这便是我南唐今日之官场啊。老夫如何不懂其中关节，不是不会为，是不屑为也。唉！可叹啊！老夫不是为自己而叹，是为国主而叹，为我南唐社稷而叹，为我南唐百姓而叹啊！"

游简言的这一番话，虽然是以极其低的声音说出来的，但句句皆是肺腑之言。林仁肇听了这番话，一时间沉默无语，心情沉重。

两人默默相对，沉默了片刻后，林仁肇说道："游相休要想太多，以身体为重。仁肇尚想再问一句，游相方才所说的死士，可知道他姓名？"

游简言将腰背微微挺了挺，说道："那名死士，姓杜，名延进。节帅一定要保存好这块鱼符，如要联系杜延进，务必托付给可靠之人。"

"游相，咱们何时动手？"

"当下，赵匡胤正亲征北汉，节帅可秘密派人，潜入汴京，联络杜延进。以老夫观之，盛夏将近，赵匡胤围太原，如久攻不下，必会返回汴京。他回汴京之日，便是杜延进动手之机。"

"好！果然是个好时机。游相放心，仁肇必尽力去办此事。只是，万一行动失败，国主这边——"

游简言点点头，嘴唇哆嗦了几下，说道："先帝说，杜延进很清楚，如果行动失败，此行动与我南唐无任何关系。节帅放心就是了。无论成败，国主都不会知道。我等报国，本不图名利，功与过，便任凭后人去评吧！"

游简言的这几句话，再次在林仁肇的胸中掀起了波澜。

"游相说得是，仁肇感佩不已。好！不论成败，便让仁肇与游相一起去履行使命吧！"林仁肇慨然道。

七

　　已经进入夏四月，天气渐热。棣州刺史何继筠全身披挂，这日
一早便站在石岭关的城头。望着关前的莽莽山林，有那么一刻，他
想起了建隆元年的那场棣州防御战。在那场战役中，他在两个儿子
的帮助下，以少胜多，打败了入侵的契丹人。此刻，太原围攻不下，
他心中担心，再这么拖下去，如果契丹大军来援，形势将可能发生
变化，如果契丹与太原军内外勾连，那就大大不妙了。可是，便在
这天中午，他得到了斥候的报告——契丹南大王率领三万大军，正
向石岭关方向杀来，契丹先锋大将武州刺史王彦符率领的部队，离
石岭关已不到两百里地了。便在何继筠得到情报不久，赵匡胤的信
使到了石岭关。原来，赵匡胤亦得到契丹大军杀向石岭关的情报，
所以立刻派了信使赶来，请何继筠前往太原城外的御营商议对策。
何继筠得令，不敢怠慢，留了儿子何承睿部署石岭关，同时令所部
在阳曲加强了防御。随后，何继筠随信使快马加鞭，在天黑后赶到
了御营。

　　太原城外，宋军大营虽然很大，但是在无边无际的黑暗原野上，
却显得非常渺小。宋军东南西北四个大寨，在黑黢黢的夜色中，像
是四团小小的荧火。四寨外围的长连城，除了每隔一段出现的点点
火光——那是巡防岗哨点燃的火把——几乎整体都隐没在黑暗中。
即便是被围的太原城的一片灯火，在黑暗的大地之上，也显得如此
地单薄。"多么奇怪啊，数万的大军，在黑夜中，不过如同围绕着点
点荧火的虫豸！"这是何继筠在将近太原的山岭上远望大营产生的
印象。这种想法，令他产生了一种前所未有的空虚感。不过，随着
马儿渐渐跑近大营，眼前的灯火慢慢壮大起来，他的心便又慢慢充
实起来。

　　赵匡胤在御营接见了何继筠。在何继筠到来之前，他实际上已

经想好了对付契丹大军的办法。因此，何继筠到来后，他立刻授意其按照自己的战略执行。

何继筠听了赵匡胤的战略，并没有马上回答。他看着案上的地图，用手指往石岭关附近一点，说道："陛下，恕末将不敬，陛下的打法虽妙，可是末将麾下只有三千人，人马不够，虽然可以击溃契丹先锋，但是无法形成纵深打击，如果待契丹主力到来，会合先锋溃军，重整人马，小小石岭关，恐怕万难抵御。"

赵匡胤眉头皱了一下，说道："此言甚是，这样吧，朕再给你三千精骑，任你调遣。"

何继筠闻言大喜，大声道："谢陛下。"

正在此时，李神祐进门来报王承衍求见。

赵匡胤愣了一愣，便让李神祐请王承衍进来。

"承衍，你有何事？"

"陛下——"王承衍注意到何继筠在旁，面露难色。

赵匡胤微笑道："有何事，说来无妨。"

"是！陛下。我多日来观察局势，以为太原久攻不下，大军决不可久留。一来渐近盛夏，大军久驻必疲；二来，太原围城，城内居民生计艰难，长久以往，必对我朝心生怨恨，拼死一搏之心恐日强。还有一事，不可不忧——陛下，若此时契丹发大军来侵，则我军可能两线作战，凶多吉少啊！"

赵匡胤听王承衍说完话，微笑道："承衍，看来你跟着你父亲，确实学到了不少东西，在步兵营当一个小兵，真是委屈了你。朕的很多将领，所见所谋，都不如你啊。你说得都对，可是目前朕决不能退兵。"

"陛下——请三思啊！"王承衍单膝跪地，一抱拳，大声说道。

"你先起来。你可知为何现时不能退兵吗？"

王承衍愣了一愣，不知如何作答。赵匡胤往前两步，伸手往王承衍肘部一托，王承衍不得不站起身来。

"正如你所担忧的，契丹人已经来袭了。如今，契丹南大王的先锋王彦符，离石岭关已经不到两百里地了。这不，朕正与何刺史商量如何对付契丹人呢。"

王承衍听到这消息，朝何继筠看了看，仰头道："陛下，请准我随何将军出战！"

赵匡胤既早已在心中暗暗决定招王承衍为驸马，哪里会同意他随何继筠出战。

"不行！"赵匡胤断然说道。

王承衍道："陛下不是曾对我说过吗，事情总得有人去做，没有我去，也可派其他人去。承衍既知契丹人来侵，怎可退而不顾！"

赵匡胤听王承衍用这话顶他，心中升起一股怒气，正待发作，忽然转念一想："他是赤子之心，朕喜欢的不正是他这一点吗？罢了，但愿老天护佑，不要让他有事。"

"承衍请战，望陛下恩准！"王承衍再次单膝跪地。

赵匡胤低头看着王承衍，微微叹了口气，说道："承衍，你起来吧。"

"请陛下恩准！"王承衍大声回应，却不起身。

"好！朕方才正要拨三千精骑给何刺史，你便率这三千精骑，随何刺史调遣吧！"

"谢陛下！"王承衍振声道。

"何刺史、承衍，黑夜中山地行军不便，你们今晚好好歇息，明日一早再出发。"赵匡胤道。

何继筠得了三千精兵相助，自然喜出望外，当下遵令在大营内歇息一夜。

次日清晨，三千精骑早早列队在御营之外。

到了卯时，天便渐渐热了起来。

赵匡胤令随军御厨专门制作麻浆粉，用冰块镇了，赐给何继筠、王承衍等饮食。

何继筠、王承衍等食讫，赵匡胤执何继筠之手说道："明日亭午，朕等将军的捷报至也！"

何继筠唱诺辞别，与王承衍率三千精骑，从敞开的营寨大门中，疾驰而去。他们于当日午时，便赶到了石岭关。

八

在脚店喝了几杯酒后，杜延进与几个弟兄道了别，便往自个家行去。他的家，在东水门附近。今日值他休息，因此得以出宫城回家去看看。离开脚店，他晃晃悠悠地行了半个时辰后，眼看快走到了家门口时，却停住了脚步。他缓缓转过身子，盯着路旁一株大旱柳，缓缓说道："出来吧。别再藏着了。"

杜延进的话音落了后，没有人答应。过了片刻，那株大旱柳后，慢慢转出一人。

"你是何人？为何跟着我？"杜延进翻眼看了那人一眼，眯着眼问道。

"如果在下没有弄错的话，兄台便是杜都知吧。"

夜色中，杜延进看不清那人的脸，却看出那人身上穿着一件圆领长袍，脚上穿着皂靴。不远处的一只灯笼发出的黄光从后面斜照在那人身体一侧，长袍看上去像是深深的墨绿色。

"不错，鄙人正是杜延进。你究竟是何人？"杜延进压低了声音问道。

那人沉默着不说话，缓缓往前走了几步，待走到距离杜延进约莫五步之时方才站住脚步。

杜延进没有后退，只是冷冷地盯着那人靠近。

那人照着四周瞧了瞧，见近旁并无他人，才开口说道："不瞒杜都知，在下自金陵而来。"

杜延进心里一惊，并不答话。

那人继续说道："在下受林员外之托，给杜都知带一样东西。"

杜延进道："不好意思，我并不认识什么林员外。"他白了那人一眼，扭头便走。

那人"嘿嘿"轻笑一声，说道："你或许不认识林员外，不过，你一定认识我带来的这件东西。"

杜延进微微一愣，停住脚步，说道："兄台，你可能认错人了吧。"

那人道："不如先看了东西再说？否则，这东西缺一半也无用。"

杜延进听到这句话，心头一哆嗦。他尽量用平静的口吻问道："别卖关子了，是什么东西？现在何处？"

"此处不是说话的地方。可否移步再谈？"

"去何处？"

"在下下榻在会仙酒楼，都知若不介意，可否随在下走一趟？"

杜延进略一犹豫，旋即说道："也好，走吧。"

那人微微一笑，点点头，拔腿便走。

杜延进也不答话，跟着那人便往会仙酒楼方向走去。

两人行了多时，来到会仙酒楼，从一楼穿过前面的酒楼，来到后面的住店区域。

那人领着杜延进上了二楼，走了几步，在一间屋子门口站定，掏出一把铜钥匙，打开了门锁，先行走了进去。杜延进在门口略一犹豫，看了两边几眼，见没有旁人，方才跟着进去了。

那人待杜延进进了屋，回过身轻轻合上了门，从里面上了门闩。

"杜都知请坐。"那人往屋里八仙桌旁边的一张太师椅指了指。

杜延进也不客气，在太师椅上坐了下来。

"方才，我所说的林员外，乃是我南唐林仁肇将军。"

杜延进面无表情，没有任何回应。

这时，那人伸手，在怀中掏了一会儿，摸出一个小布囊，小心翼翼打开，从中取出一个小物件。

那是半块鱼形的铜符。

"自进了汴京，在下便一直带着这个物件，片刻不敢离身。"那人捧着那半块铜符，轻声说道。

杜延进看到那鱼形铜符时，嘴角抽搐了一下。

"你究竟是何人？"杜延进低声喝问。

"在下乃林仁肇将军家将、贴身卫士古衢通。奉游相和林将军之命前来。见到此物，你应该知道该怎么做了吧。"

"你怎知我就信了你？你就不怕我报官，拿你下天牢？"

古衢通笑了笑，说道："你若是拿了我，我便是我，与谁都没有关系。至于这铜符，我也不会告诉任何人它的来历。"他的语气虽然很平淡，但是态度显然非常坚决，坚决得无须再借任何其他表情与激烈的语气来强调。

杜延进听那人这么说，冷冷地点了点头，说道："即便我不拿你，并不代表我就信了你。你且把那物件给我，若无问题，三天后午时，我到此地找你。"

古衢通听杜延进这么说，淡淡一笑，将那半块鱼铜符递了过去，说道："杜兄果然是谨慎之人。很好，你且拿回去看看与那半块能否对上。"

杜延进不置可否，将半块鱼铜符接在手里，在怀中放好，冲古衢通一抱拳，说了声"告辞"，转身便走。

古衢通一个箭步，绕到杜延进前头，轻轻拔下了门闩……

三天后的午时，杜延进再次来到会仙酒楼。

"林仁肇将军要我何时动手？"杜延进开门见山地问古衢通。

"宋帝自太原回时，便是你动手之机。"

"嗯。"

"人手可够？"

"这个我自会安排。"

"可有什么好计划？"

"现在尚无。"

"你的家眷，我近日帮你带出汴京如何？这也是游相和林将军的意思。"

"不行。宋帝疑心重，所有的散指挥，家眷都被安置在京城之内，如果此时将我家眷带出汴京，说不定会被宋帝安排的察子盯上。"

"这——"

"我受先帝活命之恩，无以为报，早将生死置之度外。况宋帝有吞灭天下之心，我祖上世居南唐，我又岂能坐忍国家被灭。"

"你可知，万一失败的后果吗？"

"当然，此前张龙儿谋逆，被夷全族，我岂能不知。"

"在下知杜兄育有二子，其中一子尚未成年，不如，在下以走商为名，携杜兄幼子回金陵？"

杜延进听了这话，眼中泪光一闪，沉吟半晌，说道："如此甚好！"

古衢通听了，点点头，默然无语。

许久，古衢通肃然道："但愿我等所为，能救我南唐。"

杜延进淡淡一笑，说道："天意不可测，我等但尽人力！"

"好！杜兄请受在下一拜！"说话间，古衢通已经单膝跪地，向杜延进拜倒。

杜延进见状，慌忙俯身扶起古衢通。

"你便速回金陵，向林将军禀报吧。若是行动失败，自与金陵无关。若是行动成功，我便回金陵，投于林将军麾下，继续为国尽忠。"

"是！兄台放心。"

"来日方长，若我不死，与兄再会。"

古衢通淡然一笑，道："不瞒兄台，我家林将军与卢绛大人欲乱吴越而除南唐后顾之忧，林将军派我与我兄弟二人潜往临安刺杀吴越王钱俶。生死难测，不知日后是否有缘相见。"

杜延进闻言，动容道："古兄如此交心，杜某三生有幸。江湖万里，朋友之间，一面胜千回。若今生无缘再见，咱下一辈子定做兄弟！"

古衢通哈哈一笑，道："好！就此别过了！"

九

石岭关大捷后，赵匡胤幸汾河，观看造船。数日后，一个噩耗传来，镇国节度使罗彦环在军镇病卒了。赵匡胤闻讯，回想起陈桥兵变之日，罗彦环仗剑威慑群臣助其一举定下乾坤的情景，不禁无限伤感。眼看故人一个个离去，赵匡胤更觉时不我待，当即下令加强了对太原城的围困，同时督促汾河造船所加紧造船。他已经做好了打算，准备用汾河水灌城，届时他将令人乘这些新造的小船，借水道攻入太原。

宋军发起的新一轮围攻，产生了一定的效果。北汉麟州刺史结齐罗、兵马都监嘉且舍鄂以城来降。为了招揽人心，赵匡胤于五月戊寅命结齐罗为汾州团练使，嘉且舍鄂为石州刺史。

契丹南大王在石岭关被何继筠、王承衍大败后，契丹皇帝又派兵分道由定州来援北汉。赵匡胤令韩重赟、祁廷义在嘉山阻击契丹军。韩重赟令人在嘉山山脊上密树旗帜，契丹人见旗帜无数，不知宋军几多，大骇，在土门之前，止步不进，逡巡欲退兵而去。韩重赟见契丹人欲逃撤，哪肯放过机会，当即命北面行营都监李汉超之子李守恩率领牙兵数千出击。契丹人心下惶恐，无心恋战，李守恩摇鼓驱军大进，斩杀契丹人三千余众，缴获战马、器甲甚重。

赵匡胤得战报，大喜，召韩重赟、李汉超、李守恩等至营寨，赐给他们戎服、金带和大量缯钱。对于李守恩，赵匡胤大为赞赏，对李汉超道："此子尚幼，明日将帅之才也！"

五月甲申日，赵匡胤来到太原城北，令李继勋发兵掘汾河堤岸，将汾水引入新堤，汾水入新堤后，自城南倒灌太原城。太原守军紧闭城门，以土包堵于城门之后防水。没过多久，汾水在新堤内渐渐漫起，太原城的东南生生变出一个大湖。

赵匡胤见新堤水攻初见成效，便下令水军于戊子日乘新造小船，载强弩，强攻太原城。诸将久攻太原不下，早起焦躁之心，如今皇帝下令强攻，一时群情汹涌，个个急起请战。王承衍领着高德望，带着十来人，乘一小船，随诸船一起向城边攻去。

内外马步军都军头、衡州团练使王廷义登上小舟，亲自击鼓，催军急进。待从舟中往城头抛上钩锁后，王廷义脱去甲胄，背负大刀缘索往城头攀去。王承衍在王廷义之右，亦缘一索往城头攀去。

北汉军见宋军开始强攻，立刻展开了防守。一时间，城头矢石纷下，杀声四起，哀号一片。

王承衍眼看要攀上城头，忽听左上方一声惨叫。他抬头一看，见王廷义被一矢贯脑，正摇摇欲坠。

"不好！"王承衍大叫一声。

此时，王廷义已然侧身从城头往下翻落，掉入城下的水中。

王承衍不及多想，舍了绳索，纵身跃入水中。他感到身边箭弩嗖嗖掠过，落入水中后，立刻下潜游了丈许。不一会儿，他终于看到了正在往下沉去的王廷义，当下游到他背后，一手从腋下将他抱住，另一手使劲划水，托着他往水面浮去。

"快！德望，快将他拉上去。"王承衍一眼看到了小船上的高德望，冲着他大声喊道。

高德望从小船上俯下身子，伸手将奄奄一息的王廷义拖上了小船。王承衍待王廷义上船后，便攀着船沿，爬了上去。这时，他突然发觉左肩一阵剧痛，扭头一看，只见肩头扎着一支弩箭。旋即，他感到一阵眩晕，耳中只听高德望大喊一声"少将军"，便立刻晕了过去。

在太原守军的坚决守卫下，宋水军不得不撤了下来。这一战，宋军伤亡了不少将领。

这日晚上，赵匡胤到伤兵营看望伤兵。他在伤兵营看到了刚刚苏醒过来的王承衍，也看到了尚在昏迷的王廷义。王廷义就躺在王承衍旁边，他的右脑壳内，还留着一段箭弩，不过弩头和弩尾，都已经被小心翼翼地截去了。

"陛下——"王承衍看到了赵匡胤，轻轻说了一声。

"承衍，不要说话，好好养伤。"赵匡胤手抚他的肩头，没有再说下去。

便在这时，王廷义仿佛受到什么刺激，突然醒了过来。他"啊"了一声，从病床上坐了起来。他睁大了两只血红的眼睛，嘴中冒着白色的泡沫，愣愣地看着赵匡胤。

"廷义！"赵匡胤轻轻唤了一声。

王廷义听到呼唤声，咧嘴一笑，张口道："哈——娘啊——娘啊——瞧，我抓了一只小雀儿——"

赵匡胤、王承衍听王廷义这么说，知道他因为中了弩，已经疯癫了。

"廷义啊！"赵匡胤又叫了一声，却已是喉咙发哑，满眼含泪，再也说不出声来。

那王廷义不理赵匡胤，扭头又朝王承衍看了一眼，忽然哈哈一笑，吐出一口鲜血，身子往后一倒，气绝而亡。

赵匡胤呆呆看着死去的王廷义，待了许久，方才一言不发从伤兵营离去。

随后接连几日，赵匡胤令水军数次强攻太原，但都被太原守军击退。宋军伤亡日益增多。殿前指挥使都虞候、袁州刺史石汉卿也中了流矢，落水溺亡。

太原久攻不下，损失日重，赵匡胤怒气渐增。五月丁酉，他命诸军猛攻太原西门，又派偏师围攻岚州。北汉岚州刺史赵文弘危蹙请降。赵匡胤本欲杀文弘替阵亡诸将报仇，宰相赵普暗中劝谏，称赵文弘曾一度被北汉主刘钧任命为宰相，与现北汉宰相郭无为等重臣共事过，如果能够善待赵文弘，将对招降郭无为等大有助益，若杀了赵文弘，除了出一口气泄愤之外，对于消灭北汉没有任何帮助。赵匡胤听了赵普劝告，强忍心中怒气，赐赵文弘袭衣、玉带、金鞍、勒马、器币等，随文弘来降的岚州地方官吏，也一并获得或多或少的赏赐。因为"文弘"两字犯了宣祖讳，赵匡胤又赐赵文弘名为"赵文度"，不久封其为重国节度使。随后，赵匡胤又以右千牛卫将军周承瑨为岚州团练使驻守岚州。

五月末的一日，权知府州折御勋和建宁留后杨重勋各带亲兵数人前后脚赶到太原城外御营觐见。两人皆言愿跟随赵匡胤左右，听候差遣。赵匡胤见两人心诚，心中欢喜，即任命折御勋为永安留后，仍遣二人各回军镇驻守。

折御勋听说王承衍正在营中养伤，不禁又惊又喜。在离开太原之前，他专程前往伤兵营看望王承衍。王承衍没有想到在此地能够见到折御勋，不胜惊喜。两人叙了一番旧，回想起不久前在府州并肩御敌，都忍不住热泪盈眶，感慨万千。因皇命在身，折御勋不敢久留，旋即与王承衍挥泪而别。

王承衍在高德望的搀扶下，将折御勋送出营门。他望着这位昔日的战友，骑在一匹枣红大马上，渐渐消失在绿色的山野中，一时间顿觉天地茫茫，人生无常，禁不住怆然泪下……

眼见宋军围城日急，郭无为有些坐不住了。"吾既得宋帝允诺为节度，岂能就此困死城中！"他拿定主意，打算以出兵偷袭宋军为借口出城归降。

五月底的一个傍晚，郭无为向北汉主献偷袭宋军之策。北汉主久困城中，正无对策，听了郭无为之言，当即欣然准奏，拨给郭无为一千精兵，令刘继业、郭守斌为他副将，于当夜出城偷袭宋军北营。

夜幕降临后，太原东北门延夏门悄悄打开。郭无为、刘继业、郭守斌所率一千精兵早就马蹄裹布、士兵衔枚藏在延夏门瓮城之中。延夏门一开，郭无为等率兵悄然而出，直奔宋军北营。可是，未行多远，天地间忽然黑云弥漫，转眼便狂风大作，暴雨骤降。郭无为率一部顶着风雨，行至北桥，驻马而望，但见前方漆黑一团，不辨方向。他再往回望去，只见风雨中模模糊糊只有数十人紧随其后，刘继业、郭守斌等均不见了踪影。

"刘将军、郭将军在哪里？"郭无为喝问一名亲兵。

"方才风雨骤起，小人只见刘将军、郭将军骑马行在右翼，现在倒不知去了何处。"那名亲兵顶着大风，吃力地回答。

郭无为又问了几人，均说不知。正在他迷茫之际，一个甲兵匆匆奔至郭无为马前。

"报——刘继业将军方才坐骑伤足，其麾下部队亦在风雨中失了队形，将军见风雨冥晦，恐有不测，已率麾下先行返城，特命在下来寻大人，请大人速回。"

郭无为听了，又令人去寻郭守斌，却是毫无结果。他心中暗想：

"刘继业、郭守斌皆不在，倒少了些麻烦，我不如径往宋军北寨，直接降了。"这么一想，他便令麾下冒着风雨继续前行。

又行了一阵，狂风愈大，天地间乌黑一片。东边的汾河水汹涌奔流，在风雨中发出可怕的轰鸣声。

郭无为突然被一阵狂风从马背上掀落。他紧紧拽住马缰绳，在两名亲兵的搀扶下方才勉强立住。

"这风雨怎如此奇怪，莫非天意不欲我于今日降宋?！"郭无为心底这般想着，抬手抹了一把脸上的雨水，仰面往乌云翻滚的天空望去。

便在此刻，天空的乌云突然剧烈地翻腾起来，如同一只巨兽，探爪而下。

郭无为大骇，"啊"地惊叫一声。

"退！回城！回城！"郭无为低下头，死死扯着马缰绳，冲麾下歇斯底里地吼道。

大雨一直下了几日，汾河水位迅速升高。

至闰五月戊申，太原城东北的一段汾河有一处决堤。奔腾的河水直冲太原城的延夏门，水自延夏门瓮城入，穿过两重外城，注入内城之中。城中守军和居民大为惊骇。

延夏门外的大水很快淹没城东的一些田地房舍，漫过宋军围起的东南面长提，与城东南的水面连成一片。所幸宋军为了围城，之前已经将城外的百姓迁离他处，因此虽然城东田舍突然被淹，却并没有百姓伤亡。

赵匡胤一早来到长连城头，往下面一望，但见太原城外黄黑色的洪水滔滔，水面上四处浮着碎木、杂物，顿觉心头沉重。他茫然望着大水，一言不发，呆立许久。

至这日辰时，延夏门城门开了条缝，一队士兵扛着土包，蹚着齐膝头高的大水，出了城门，开始在城门口设障阻水。

宋军乘了小舟，以弓弩远射那些出来设水障的北汉士兵。一时间，十来个北汉士兵被射杀在城门前。余人抢了尸体，纷纷退入城中。

过了一会儿，延夏门城门再次打开，这次倒没有士兵出来，不过却有几个高高的草堆，在水面上浮着，缓缓往外推出。

草堆挡住了宋军射出的弓弩，趁着这当儿，城中拥出很多北汉士兵，迅速在城门口堆砌起又高又厚的土包墙，挡住了不断上涨的大水。

这日午后，赵匡胤下令暂时停止了对太原城的进攻。他心底期待着，大水围城，能够击溃北汉人的心理防线，令他们开门投降。

正如赵匡胤所料，太原城中，确实有些人的心理防线已经崩溃。郭无为就是一个。此前，他得到赵匡胤授其节度使的允诺，已经有了降意。几日前，他率兵冒风雨出城，本想那日便降了宋，无奈为风雨所困，退回了太原城。进入闰五月，郭无为见延夏门又被大水困死，料想太原不日定然陷落，降宋之事，再也不能拖延了。于是，他便在汾水自延夏门灌入内城的当天午后，再次劝北汉主开城降宋。北汉主不听。宦官卫德贵对北汉主进言，称郭无为反状明显，不如趁机杀了郭无为，以定太原人心军心。汾水入延夏门后，北汉主见太原城内人心骚动，正自忧惧，听了卫德贵之言，犹豫片刻，便决定听其言将郭无为问斩。可怜郭无为自以为聪明，长期左右北汉军政，却不料在此时丢了性命。

郭无为被处死后，北汉主立即下令刘继业死守延夏门，同时令郭守斌——他在那日于延夏门遇风雨时也早早退入了城中——率兵两万，打开西城门，突破西长连城，欲火烧宋军屯于城西的粮食与军械。在北汉军的攻击下，赵赞率军出西寨，李继勋率主力出北寨，于西长连城内外同北汉军展开大战。这一战，宋军斩杀北汉军万余人，自家亦伤亡不少。北汉军见伤亡重大，只好且战且退，慢慢退回太原城中。

大战之后，太原城内外，安静得有些诡异。城西双方战士的尸体，依然还留在原地。由于担心对方报复性偷袭，双方都不敢派人出来搬运尸体。

天色渐渐暗了下来，黑夜再次降临，除了奔流的汾水发出轰鸣之声，战场上死一般寂静。

至夜半，党进突然急急到御营求见赵匡胤。

"又出何事了？"赵匡胤见党进深夜求见，略感意外。

"陛下，北汉使者在寨墙外求见，说是北汉主要来请降，请我们开寨门受降。事干重大，末将不敢擅自做主，特来禀报。"

赵匡胤闻言大喜，当即下令将宰相赵普、枢密使李崇矩、右仆射魏仁浦等紧急召来商议受降事宜。

众臣突然听说北汉主欲降，一时间都欣喜万分。不过，正当众人喜形于色时，班列中站出一人，大声说道："受降如受敌，岂可半夜轻诺乎！望陛下三思。"

赵匡胤闻言一惊，一看说话之人，却是八作使赵璲。

正所谓一语惊醒梦中人，赵匡胤暗想："我真是被欢喜冲昏了头脑，险些犯下了致命之错啊。"

当下，赵匡胤打消了立刻开寨门深夜受降的决定，而先派人传话，令北汉主先行率诸臣出太原城。

南大营寨门外的北汉使者得了回话，便退回太原城去了。

可是，直到天明，太原城门也没有再次打开。北汉主并未率诸臣出城投降。至此，赵匡胤方知，北汉主果然是想借诈降偷袭御营。

虽然躲过一劫，但是围困太原城依然没有丝毫进展。

几日后，右仆射魏仁浦病倒了。此时，已是盛夏，天气又闷又热。赵匡胤见魏仁浦病情日益加重，便派人专程护送魏仁浦回京养病。又过数日，赵匡胤得报，魏仁浦在梁侯驿病卒了。这个噩耗，给赵匡胤造成了巨大的打击。魏仁浦乃是他陈桥兵变后登上大位的见证人，是世宗时代留下的三大宰相之一，入宋后，为他建言献策，立下了许多功劳。虽然赵匡胤用赵普替代包括魏仁浦在内的三大旧相，但是对于这三个旧相，赵匡胤却是深怀感情的。此前范质已故，如今魏仁浦又走了，赵匡胤又怎能不为之感到伤感。听到魏仁浦去世的噩耗，赵匡胤想起亲征前这位忠心耿耿的老臣的谏言，不禁潸然泪下。

欲速则不达，望陛下慎思！

言犹在耳，斯人已逝。

赵匡胤因魏仁浦之逝，一日茶饭不思，沉郁不语。"莫非，我真的错了？！"他愤懑地想着。

数日后，赵匡胤下令再次攻城。

东西班指挥使李怀忠冒死率众突前，结果被飞箭射中，重伤后被手下抢回大营。

殿前都指挥使都虞候赵廷翰见战不利，率诸班卫士，至赵匡胤跟前叩首道："我等愿先登城，以尽死力！"

赵匡胤看着一班身边卫士慨然请战，心想："不曾想到战斗竟然发展到这一地步，魏仁浦所言不错啊！真是忠言逆耳啊！"

沉默了片刻，他冲赵廷翰等诸卫士说道："尔等皆我亲自训练，无不以一当百，所以备肘腋，同休戚也。我宁不得太原，岂能驱尔等冒锋刃，蹈必死之地乎！"

诸将听赵匡胤这么说，无不感泣。

赵普听赵匡胤说出"我宁不得太原"之语，眉头一跳，嘴唇动了动，欲言又止。

随后数日，天上连降大雨，又闷又热。宋大军所驻之处，多为甘草地，大雨之后，暑热难当，虫豸四起，许多士兵得了怪病，上吐下泻，腹胀疼痛，有的人甚至腹部溃烂，蛆虫破肚而出，惨不忍睹。

王承衍在伤兵营中休养，渐渐恢复体力，但见身边许多战友病成一片，心中大痛。"如此硬撑下去，太原难下，我军危矣！"他苦思良久，决定先找宰相赵普，请赵普劝说赵匡胤退兵。

赵普听了王承衍的话，默不作声，沉吟良久，说道："此前，魏仆射便早已向陛下谏言不要出征北汉，我反对出征北汉的意见，陛下也是早就清楚的。如今，魏仆射已然病故，陛下却依然兵困太原而不退，足见陛下太想一举拿下太原了。陛下虽非袁绍之流可比，然而若是由我去劝说，陛下虽不至于以我动摇军心而杀了我，但恐怕也不会听我之言而马上退兵啊！"

王承衍见赵普面有难色，便道："既然宰相为难，不如承衍前去死谏！"

赵普看了王承衍一眼，摇摇头，呆了片刻，说道："那日，我听陛下说出'宁不得太原'之语，觉得陛下或已有退兵之意。我等皆在此前不赞成出兵太原，即便死谏，陛下碍于面子，恐怕会适得其反。你先回去继续养伤吧，劝谏之事，我自有定夺。"

王承衍再想说话，赵普摆摆手，说道："不用多说了，我一定尽力想办法。无论如何，得保住我大宋的实力！"

王承衍知道自己再多说也无用，当下道谢后便告辞了。

待王承衍走后，赵普坐了半晌，便起身出了自己的营帐，不紧不慢地往随征的中级幕僚的营帐区走去。

片刻后，赵普找到了太常博士李光赞。

"李博士，为了我大宋社稷，本相有一事相求。"赵普对李光赞说道。

"赵相有事吩咐便是。"李光赞听赵普言辞恳切，神色凝重，不知出了何事，不觉心中暗自惊讶。

"李博士，你也看到了，我军久困太原，目前暑热难当，战士们病倒者，十有其三，如此以往，恐有不测。故我欲请博士写一份札子，向陛下谏言退兵。我原想自己向陛下谏言，只因出征前我已然反对过出征，如今我担心谏言退兵，反而易激怒陛下。我虽然不畏当一回田丰，但恐谏言不成，却害我朝大军困于此地也！我知此次谏言，有冒犯龙颜之危，可能担动摇军心之罪，请李博士谏言，实乃置李博士于险地。如李博士为难，我亦不勉强，只去另想法子便是。"

李光赞听了赵普一番话，血脉偾张，叩首道："光赞已知赵相之意，赵相信光赞如此，托以重任，光赞敢不领命！光赞定不负赵相之托，虽千万人吾往也！"

赵普扶起李光赞，执其手，哽咽而言："我托你谏言之事，断不可让陛下知道，否则前功尽弃也！"

"光赞明白。"

"光赞，尔但凭这一谏言书札，便可留名青史也！"

李光赞稽首说道："光赞不欲空读圣人之书也！"

赵普再次扶起李光赞，握着他的手，使劲摇了几下，终是激动得说不出话来……

次日，李光赞上书赵匡胤，上书曰：

> 陛下应天顺人，体元御极，战无不胜，谋无不臧，四方恃险之邦，借窃帝王之号者，昔与中国为邻，今日与陛下为臣矣。蕞尔晋阳，岂须亲讨，重劳飞辂，取怨黔黎，得之未足为多，失之未足为辱。国家贵静，天道恶盈。所虑向来恃险之邦，闻是役也，竭府库之财，尽生民之力，中心踊跃，各有窥觎。《传》曰："邻之厚，君之薄也。"岂若回銮复都，屯兵上党，使夏取其麦，秋取其禾，既宽力役之征，便是荡平之策。惟陛下裁之。况时属炎蒸，候当暑雨，傥或河津泛滥，道路阻难，辇运稽迟，恐劳宸虑。[①]

赵匡胤阅李光赞上书后，神色黯然，沉思良久，方召集宰相赵普、枢密使李崇矩等商议。

"如今李光赞上书谏言，请朕退兵，掌书记，你以为如何？"

赵普稽首对曰："臣以为光赞所言甚是。陛下英明，能随机应变，则天下幸甚，黎民幸甚也！"

赵匡胤听赵普这么说，微微点头，亦不再问李崇矩等，沉声说道："嗯，朕会认真考虑班师之事。掌书记，你且先去抚慰光赞。"

赵普听赵匡胤这么说，心下暗喜，脸上却不敢露出笑意，当下只再次稽首谢恩。

---

① 《续资治通鉴长编》卷十，中华书局，2004 年，第 224 页至第 225 页。原文繁体，小说文中引用时转为简体。

闰五月癸丑，赵匡胤移驾太原城南的罕山之南，正式召集将帅重臣商讨班师事宜。

薛化光进言说："伐木先去枝叶，后取根柢。今河东外有契丹之助，内有人户赋输，窃恐岁月间未能下。宜于太原北石岭山及河北界西山东的静阳村、乐平镇、黄泽关、百井社，各建城寨，扼契丹援兵，起其部内人户，于西京、襄、邓、唐、汝州赐给闲田，使自耕种，绝其供馈，如此，不数年间，自可平定。"

赵匡胤对薛化光之策大加赞赏，于是，于闰五月己未下诏，徙太原外围州县三万余家十多万人前往山东、河南；庚申日，分命使者十七人，发禁军护太原百姓迁移。

闰五月壬戌，赵匡胤自太原起驾，率大军，缓缓而退，返回都城汴京。

十

赵匡胤亲征北汉，虽然最后没有攻克太原，但是，获得了北汉近一半的州县与人户，也不算无功而返。因为这个原因，他依然以胜利的姿态班师回了汴京。东京留守、开封府尹赵光义在京城内组织了盛大的欢迎仪式，迎接皇兄的回归。

皇帝回宫城的沿线，防卫森严。杜延进同他手下的十多名死士，没有找到任何刺杀皇帝的机会。杜延进只能秘密派人潜回南唐，向游简言和林仁肇禀报了情况，请求另择机会再采取行动。游简言和林仁肇得报后，令杜延进等择机便宜行事。六月底的时候，南唐宰相游简言病卒的消息传到了汴京。杜延进听到这个消息后，在家中的天井里，默默地倾洒下一杯老酒，算是祭奠那个从未曾谋面的南唐宰相。

转眼到了冬十月，天气渐渐冷了。

一日傍晚，阴沉沉的空中，飘起了大雪。杜延进巡逻结束后，照例找了一家不起眼的脚店去喝上几杯。为了不引人注目，他从来不固定在哪家酒店喝酒，经常变换地方，而且专挑那些不起眼的脚店。这些廉价小酒店内的客人，来自天南海北，汇集三教九流，正是搜集情报的好地方。

杜延进掀开脚店的染青门帘，走进门去。他拍了拍肩头积起的一层白雪，扫视了一下店内的情况，便朝角落里一张空着的小桌走去。坐下来后，他向店小二要了半斤米酒、一碟炸小鱼儿、一碟小葱拌豆腐，便自个儿慢悠悠地喝起酒来。因为他穿着中等武官的常服，酒客们怕招惹麻烦，便也没有人主动前来搭讪。

他一个人静静地喝着酒，一副漫不经心的样子，其实却是竖着耳朵，仔细听旁边一桌上两人的闲聊。

只听得一人说道："那孟昶的妃子，可是天下绝顶美人啊。"

"你说的可是花蕊夫人？"

"是啊是啊。"

"说得好像你亲眼瞧见一般。"

"你别说，我当年在成都跑生意时，还真是在花蕊夫人出宫时见过一眼哩！"

"真的？"

"那还有假。可惜，这花蕊夫人虽然随孟昶来了汴京，我却再也不曾见过了。"

"我瞧你是念念不忘啊。"

"那样的绝代美女，谁见了都得念念不忘。哎，听说了吗？听说今上曾经私下去过利仁坊，为的就是花蕊夫人。估计是想纳她为妃呢！"

"今上那是看上花蕊夫人了。"

"那还用说。自古英雄爱美人，难过美人关啊！"

杜延进听那人说话时突然压低了声音。

"不过，听说——听说花蕊夫人拒绝了今上呢。"

"你这都是从哪里听说的？"

"从利仁坊里听来的。"

"今上也真是的，灭了人家的国，还要纳人家的妃子。"

"话不能这般说，那花蕊夫人要是跟了今上，也算有个着落。否则，一个亡国之君的妃子，哪个敢娶，岂非要孤独终老。"

"也是啊。既然如此，花蕊夫人为何还拒绝今上？"

"听利仁坊的人说啊，花蕊夫人心底还念着那个风流后主孟昶呢。据说，她经常在内室悬起送子观音像哭拜，拜的虽是观音，其实是祭奠那孟昶啊！"

"唉，可怜啊！也是个可怜人啊！"

"家仇国恨啊，那孟昶死了倒罢了，一个女子，心里定然不好受啊。"

"你说，今上若果真纳了花蕊夫人，他两个能好受吗？"

杜延进听到这里，突然浑身一颤，一个念头突然在脑中蹦了出来。随后，那两个人再说了些什么，他虽然句句入耳，却完全不清楚他们又说了些什么。一个大胆计划，正在他心底如藤蔓一般慢慢生长。他完全陷入了自己的沉思。

大约一个时辰后，杜延进从凳子上站起身来，给了店小二三十文酒菜钱，便出了脚店。外面的雪比傍晚时更大了。他立在脚店门口，朝天看了看。昏黄的灯笼光从脚店的屋檐下散发出来，在黑暗中照出一团飞舞的雪花。在这灯笼光照亮的一小块空间之外，漆黑如墨。

"你去将人请进来。"花蕊夫人对侍女说道。前堂会客厅中有些冷，依着在成都时的习惯，她已经让侍女早早在前堂生起了铜暖炉。

侍女答应一声，便朝门口去了。过了片刻，她领着一个男人，两人沿着积雪的甬道，往会客厅走来。

雪还在下，不过却比昨晚下的雪小多了。花蕊夫人今天在高高的发髻的一侧，插了两支金步摇，因为天气寒冷，她加披了一件红色的大氅。她在厅内看见那男人走近，心底有些忐忑不安。方才，侍女报告说散指挥都知杜延进来访，令她着实吃了一惊。

"莫非是赵匡胤派人前来逼我入宫？"对于赵匡胤，她的感情极为复杂。后蜀灭亡时，她恨过他；孟昶死时，她恨过他。她也曾想过自尽，随深爱的人而去。但是，在见了他几次之后，她发现自己虽然依旧被怨恨所折磨，但心底却又盼着能够与他多见几次。虽然，他表示要纳她为妃时，她拒绝了他，但是她却发现自己竟然会常常带着苦涩的心情想起他。

"在下散指挥都知杜延进拜见夫人！"

"杜都知，这大雪天的，你有何要事急于见我？可是陛下令你来的？"花蕊夫人说完之后，感到有些后悔。她后悔问出了后面那句话。

杜延进却不回答，只是往花蕊夫人身边的侍女看了看。

花蕊夫人会意，令侍女退出了前堂会客厅。

"你现在可以说了。"

杜延进淡淡笑了笑，说道："我并不是陛下派来的。"

花蕊夫人"哦"了一声，略略感到有些失望。她知道，如果是赵匡胤来请她入宫，她一定还会拒绝他。可是，她此刻是多么想要听到他的消息啊。

"贱妾并不认识杜都知，杜都知此行为何呢？"

杜延进压低了声音，从容说道："在下知夫人是爽快之人，那在下便开门见山吧。不瞒夫人，在下并非生在中原，而是生在南唐。"

花蕊夫人稍稍呆了一下，心头有种不祥的预兆。

杜延进将花蕊夫人的神情瞧在眼内，说道："后蜀亡国，举族迁移，夫人的感受，我心中明白。"

杜延进这句话说完，花蕊夫人发觉自己的手心里开始微微冒汗了。

"在下有一计划，不知夫人愿不愿意加入？"杜延进将声音压到了极低，脸上露出肃穆的神色。

花蕊夫人不语，瞪大了眼睛。

两人对视了片刻，花蕊夫人终于忍不住问道："什么计划？"

杜延进没有立即回答，他的眼睛，盯着花蕊夫人的眼睛，仿佛要在她的眼睛内寻找什么。过了片刻，杜延进轻声说道："坊间都在传，夫人心里还念着故去的夫君。"

花蕊夫人心头一震，问道："你究竟是何人？"

杜延进淡淡一笑，说道："夫人不必追问，夫人只要告诉我，你想不想为夫君复仇？"

此话一出，花蕊夫人只觉脑中一阵轰鸣。她怎么也想不到，便是这样一个大白天，竟然有人堂而皇之地上门来与自己谈谋逆之事。

她心思百转，默默想着："我难道不是多次想到为孟君复仇吗？不，他看上去确实是个好人，也许还真是个好皇帝。我也不想他死。不，我不想他死。若是这个杜延进是他派来试探我的呢？我该怎么办？若是这个杜延进真是想要害他，我若是现在拒绝了，他恐怕会杀了我，我便再也难以知道有什么可怕的计划。那样，他不是处于危险之中了吗？我该怎么办？看样子，我只有假装答应杜延进，然后摸清楚他的计划。可是，如果杜延进真是他派来的，我这样一答应，不就等于参与了谋逆，那时我又如何自辩得清楚呢？"

杜延进见花蕊夫人神色大变，心知她一时间难以决定。他早就想好了，若是花蕊夫人拒绝他，便当即杀了她，然后逃离京城，将刺杀的计划交付给他收买的一帮死士，而他则于暗中指挥。若是花蕊夫人答应了参与行动，那他真的拥有了一个完美的行动计划。他必须冒这个险。

花蕊夫人眼睛盯着天井里飞舞的雪花，呆呆地看了许久，仿佛下了巨大的决心，扭头对杜延进说道："是的。你没有说错。若是有机会为夫君复仇，我自然不会错过。现在，你可以告诉我，你究竟是什么人，又有何计划了吧？"

杜延进听花蕊夫人这么说，说道："既然如此，我自没有什么可以隐瞒。"当下，杜延进将自己真实身份与潜伏的任务简单地同花蕊夫人说了。

"你需要我配合你做什么？"

"很简单，请夫人先答应赵匡胤，同意入宫为妃。随后，你听我指令便是。"

花蕊夫人从椅子上立了起来，从会客厅中迈步走了出去，立在屋檐下，静静地立了一会儿，缓缓转过身来，莲步轻摆，走回会客厅，冲杜延进说道："好！贱妾依计行事便是。"

杜延进见花蕊夫人同意了，心下大喜，从椅子上立起身，一抱拳，说道："好，夫人爽快，在下佩服！这便先告辞了，我会择机与夫人联络。"

杜延进来访，在花蕊夫人的生活中掀起了新的波澜。赵匡胤自亲征回京后，曾经数次请她入宫，可是她都委婉拒绝了。"如今，我该如何去与赵匡胤说呢？难道自己主动去请求入宫不成？"她离开了会客厅，独自往后花园走去。她想在那里静静待一会儿，好好想想下一步该怎么走……

赵匡胤近日心情甚是不错，因为他自认为干了一件对招揽天下人才、对王朝命运大为有用的事情。就在几日前，他下诏西川等地发遣举人，往来并给券，以为资助。

诏书云：

> 昔西汉求吏民之明经术者，令与计偕，县次续食，盖优贤之道也。国家岁开贡部，敷求俊乂，四方之士，无远弗届，而经途遐阻，资用或缺，朕甚愍焉！自今西川、山南、荆湖等道举人，往来给券。①

诏书颁发后，天下读书人无不纷纷叫好。读书人的称赞之声很快传到了赵匡胤的耳中，使他的精神大为振奋。

这一日清晨，赵匡胤突发兴致，想要去汴京郊区畋猎。他专程备了好马，令贴身卫士、内侍李神祐去利仁坊请花蕊夫人一同前往。对于这次邀请，花蕊夫人没有拒绝。受命扈从和参与畋猎的，还有开封府尹赵光义、皇子德昭、长驸马高怀德、长公主阿燕、枢密副

---

① 《东都事略》卷第二《本纪二》，王称，宋刻本，眉山程舍人刊行本。原文繁体，无句读，小说文中引用时转为简体，标点为笔者所加。

使沈义伦、京城巡检使楚昭辅、殿前将官党进、杨义等。赵匡胤特意也召王承衍、高德望以及李处耘的女儿李雪菲随同与猎。殿前诸班、散指挥使等亦随行护驾。

众人骑马出了南薰门，往东南方向不紧不慢地奔去。殿前诸班、散指挥使等两翼展开，负责护卫。十来只猎狗，奔跑在马队之前，仿佛是一群小卫士。

在这日一早，党进已经令御林军在汴京东南部的这片山岭与原野上圈起方圆三十多里的猎场。因此，在赵匡胤率诸人畋猎的这片区域内，除了安排在外围巡逻的禁军，已经没有了闲杂之人。

山岭与原野上，几日前下的大雪尚未融化，乍一看，四处是白茫茫一片，若是再仔细瞧瞧，在这一大片茫茫的白色中，有些地方还杂着一块块斑驳的黑色、暗青色，那是尚未被白雪全部遮盖的树木、岩石或土地。天地仿佛被无边的白色冻结了。数十匹骏马，在白色的原野上飞奔，马儿的嘶鸣声、马蹄踏雪的"噗噗"声，一时间为天地增添了不少生机。

赵匡胤让赵光义与自己并辔而行，其余扈从的人，则在数丈之后，一路跟着。王承衍、高德望二人曾经去过成都，在成都已经见过花蕊夫人。他俩与花蕊夫人也算不打不相识。王承衍心底敬佩花蕊夫人的勇敢，理解她的痴情，但因为周远的死，也对她抱了几分怨恨。这次畋猎，赵匡胤特意让他与高德望保护花蕊夫人，王承衍的心情相当复杂。李雪菲则与长公主并辔而行。两人很久未见，此次畋猎能够一同出行，都是开心得不得了。李雪菲对王承衍尚有几分思恋，因此一路上不时在马队中寻找他的身影。

众人纵马奔行了片刻，渐渐将汴京的城楼甩在身后。

"皇兄，花蕊夫人还不愿进宫吗？"赵光义扭头看了看身后，见众人还在后面远远跟着，便轻声问皇兄赵匡胤。

赵匡胤一侧头，苦笑了一下，微微摇了摇头。

"皇兄不如下诏直接宣她为妃。料她也不敢抗诏。"

"为兄可不想如此。"

"既如此，皇兄再找她说说。"

"已经说过数次了。"

"要不，下次我帮皇兄去劝说她。"

"还是为兄自己说吧。"赵匡胤叹了口气，在马背上将身一扭，朝后看了看，见花蕊夫人正扭着头望向远方。

赵匡胤突然大声呼喝了一声，扬鞭抽了马儿一鞭。那马儿吃痛，顿时扬蹄往前急奔。赵光义见状，慌忙催马跟了上去。

不一会儿，赵匡胤纵马奔上一个坡道平缓的山头。

赵匡胤在山头勒住了马缰，往远处的原野极目远眺。众人见皇帝不再往前，便也勒住了马儿。猎狗们见主人的马儿站住了，也都停住了脚步，都瞪着眼睛在雪地里寻找猎物。

立马南望，赵匡胤被眼前的美景深深陶醉了。

"多美的山岭啊，多美的原野啊！瞧啊，这美丽的江山，多么地安静啊！"赵匡胤一边对刚刚赶上来的赵光义说，一边用马鞭往远处的地平线指了指。

"江山多娇啊！"赵光义答应道。

石雕的白马，带着黑色斑点的小虫在石马的脑袋上慢慢地爬着……这些画面突然在赵匡胤眼前一晃而过。他的脸上刹那间露出惘然之色，整个身子仿佛僵在了马背上。

凝神望着眼前这片白茫茫的山岭，沉默了好一会儿，赵匡胤突然扭头对赵光义说道："光义，如果我们在这个世上只剩半个时辰，你会做什么？"

赵光义听赵匡胤这么问，不知其意如何，愣了一愣，突然想起在这片山岭的不远处，正是夏莲殒命之处，顿时禁不住浑身一震，心想："莫非皇兄已经知道，是我杀了夏莲，因此特意安排了到此处畋猎，要治我的罪?！"

这个想法，令赵光义一时间变得脸色惨白。他不知道如何作答才好，深深呼吸了一口气，让自己尽量镇定下来。他也将眼光投向白色大地的远处，沉思了片刻，方用显得平静的口吻回答："我真是不知道该做什么。皇兄，如果是你，你会做什么呢？"

赵匡胤侧过头，凝视着赵光义，又扭头往身后看了看。在后面的马队中，他看到了皇子德昭，看到了长公主阿燕和长驸马高怀德，看到了王承衍和高德望，看到了那一张张他所熟悉的脸庞，他又微笑了一下，眼光在花蕊夫人身上停了一下，旋即转回头，轻声对赵光义说道："如果在这个世上，只剩下半个时辰，我就想如此刻一般，与你们安安静静地待在一起，等待最后一刻的降临。"

就在赵匡胤回望马队这一刻，花蕊夫人望着白雪茫茫的山岭，问骑行在自己右侧的王承衍："这冰天雪地的，会有哪些动物出没呢？"王承衍装作没有听见，只是双目直视前方，盯着远处的山头，并不去看花蕊夫人。他没有忘记，当年自己正是因为不忍杀花蕊夫人，才在关键时刻放弃了刺杀孟昶，结果导致周远被后蜀的追兵射杀。一直以来，他在心底暗暗责备自己，是自己间接害死了周远。

骑行在花蕊夫人左边的高德望觉出气氛尴尬，便回答道："雪天打猎，野鸡、野兔常常会在山间出没，尤其是那些小野兔，因为天气寒冷，便特别容易被猎到。除了一些小动物，在汴京附近，偶尔也会见到野狼、野猪等比较凶悍的家伙。"

花蕊夫人扭头冲高德望一笑，算是对他的好意表示感谢。

兄长的这句话，再次令赵光义感到意外。他微微张开嘴，吃力地呼出一口气，这一刻，他感到喉头被一团棉花给塞住了。他想努力说出点什么，却一时间不知说什么才好。

这时，赵匡胤往远处一望，又是一笑，说道："不过，在此刻，我还想射那只兔子呢！"

话音未落，他飞快地从腰间的箭壶中抽出一支箭，猛地拉满了弓。

赵光义只听得"嗖"一声，便瞧见那箭已被赵匡胤射出，往一百多步外飞去……

"神佑，你过去瞧瞧！"

赵匡胤扭头冲身后的内侍李神佑喝道。

李神佑答应了一声，纵马往前奔去。转眼间，他便骑了马奔回，手中拎着一只野兔，野兔的身子插着一支羽箭。

"陛下，中了！中了！"李神祐兴高采烈地喊道。

赵匡胤满意地笑了笑，旋即对赵光义说："光义，你帮我个忙，请花蕊夫人过来好吗？"

赵光义听赵匡胤这么说，心头大大松了口气，说了声"好"，便猛然将马缰绳往旁边一扯，马儿打了半个圈儿，朝花蕊夫人那边慢慢奔了过去。

"陛下请你过去，他有话与你说。"赵光义冲花蕊夫人说道。

花蕊夫人眼光一闪，犹豫了一下，方答应了一声，轻轻抖了抖马缰绳，慢慢往赵匡胤那边骑行过去。

赵匡胤见花蕊夫人靠近，催马往花蕊夫人方向行了几步。

两匹马儿很快靠近了。

赵匡胤勒住了马缰绳，在马背上凝视着花蕊夫人。花蕊夫人亦勒住了马缰绳，让马儿立在了赵匡胤的三步之外。

"我本以为可以一举拿下太原，可是没有想到，一个太原城，却能抗争如此之久。你说得没错。若不是十万将士齐解甲，蜀国也不会轻易亡国。也许，我匆忙出征太原，是一个错误。我错估了人们的意志、低估了人们的意志。"赵匡胤说道。

花蕊夫人闻言不语，诸种思绪缠绕在一起，心中如同一团乱麻。

"陛下会自此放弃征伐各国吗？也许，那样更好，天下各国的百姓可以各自安居。陛下也可安享太平。"花蕊夫人睁大一双美目，用期盼的眼神看着赵匡胤。

赵匡胤苦笑了一下，摇了摇头，淡淡说道："不，我不会放弃。你提的这个问题，我何止想过千万遍。我日日想，夜夜想，但是面对眼前的这个天下，我不会放弃。现在还不是时候，也许有一天，是的，也许有一天，我会停下来。"

花蕊夫人说道："陛下，若是上天给你的时间不够呢，你还不放弃统一天下的愿望吗？"

听了花蕊夫人的问题，赵匡胤愣了一愣。他想起方才自己问过赵光义的问题，不禁莞尔一笑，说道："谁又知道老天会给我们每个人多少时间呢！这不，此刻我不是正与你在一起，而不是在征服天下吗？”

他的这句话，令花蕊夫人心里一颤。

“你考虑得怎样了？”赵匡胤突然问道。

“什么？”

“愿意今后伴在我身边吗？”

花蕊夫人将头扭向别处。她往马队侧翼望过去。这时，她突然在散指挥的马队中看到了一个熟悉的身影。是杜延进！她呆了一呆。

她扭回头，凝视着赵匡胤，微微点了点头。

“好！三日后，我便接你进宫。”

“贱妾可以进宫，但是不能侍奉陛下。贱妾的心，早已经许给了孟君。”

赵匡胤一愣，旋即说道：“好！便先这样吧。总有一天，你的心里，会有我。走，随我去那边。瞧，那边不是又有两只野兔吗！”他说着，往远处一块凸起的土坡处指了指……

十一

畋猎的次日一早，赵匡胤便诏告天下，纳花蕊夫人为妃，择日入宫。诏告一经颁发，京城之内顿时议论纷纷。不过，令花蕊夫人感到意外的是，自诏书颁发后，有不少客人登门拜访贺喜。这些客人，多是同样居住在利仁坊中的一些蜀国降臣旧吏。孟昶死后，冷冷清清的孟府顿时热闹了许多。

花蕊夫人却无心应酬，每位贺喜之人来了，她只是应付几句便将人打发了。因为，自接了圣旨，她便在焦虑之中，自然无心应酬。她不知道杜延进何时会出现，也不知杜延进究竟会下何指令。整整一天，她都在等待杜延进前来找她，可是直到天黑，杜延进也没有出现。“杜延进不可能不知道消息。可是为何迟迟不见踪影？如果杜延进改变了主意，想到了独自行动的办法，不来找我，我岂非再也无法知道他有多少同党，而且，如果他真的不再需要我，他一定还怕我泄密，说不定会设法杀了我。我该如何是好？"

第二日，杜延进还是没有出现。

花蕊夫人心里更加焦急了。她想："莫非他要待我入宫之后，才会再与我联络不成？那时想要联络我，岂非更难？本想摸清楚他与同党的计划之后，再提醒陛下，现在看来，不能再等了，事不宜迟，我需得设法提醒陛下小心防备杜延进的阴谋。不，不能再等了。快！快想想办法！"

可是，就在这天晚上，花蕊夫人又犹豫了。"如果当时孟君的手下多一些杜延进之类的人，如果当时蜀国多一些誓死抗争的国民，蜀国也不至于亡国。我不也是当着赵匡胤的面，抱怨蜀国的战士们不争气吗？南唐乃是杜延进的故国，那里是他的故乡，他这样做，不正是为了他的家国吗？他不正是我应当敬慕的义士吗？我若是出卖他，该是多么地可耻啊！我究竟该如何是好呢？"她的心思，一会儿想要护着赵匡胤，一会儿又不想出卖杜延进，真是左右为难，焦虑万分。

第三日傍晚，杜延进来到了孟府。花蕊夫人担心再有前来拜访之人，便令仆人关了大门。她吩咐管家与仆人，就以要为明日入宫做准备谢客。随后，花蕊夫人将杜延进请入后堂厢房中，让侍女去端了茶水来。

"宫内有事，我与杜都知有要事商量，你下去吧。在外面天井里候着，不要让人找来。"花蕊夫人吩咐贴身侍女。那侍女放下茶水，转身合了房门离开了。

"谢谢夫人。"杜延进待侍女脚步走远，向花蕊夫人作揖说道。方才，他已经飞快地扫视了一下室内，但见屋子东墙正中挂着一幅送子观音图。图中，送子观音站在中央，左右各立着一个侍者。那观音虽然穿着飘逸的道服，但两个侍者，却都是世俗打扮。那幅观音图下，摆着一条长案，条案上摆着一个墨绿色的玉香炉，香炉前供着三盘果点，长条案两边都各有一个烛台，烛台上各插着一支已经点了半截的红蜡烛。条案前没有摆设椅子，只在地上放着一个跪拜用的包锦蒲团，北侧和南侧都各摆了两张金丝楠太师椅。

花蕊夫人开门见山地轻声问道："你有何计划？"

"不必着急，你入宫后等我指令便是。"

"既如此，你今日登门造访，却是为何？"

"夫人——不——贵妃，今日我前来，乃是要告诉贵妃，入宫后你我的接头方式。贵妃，护卫嫔妃院的金吾卫中，有一个是我的人。时机合适时，他自会与贵妃接头。他表明身份的暗号是'斜月沉沉藏海雾，碣石潇湘无限路'这句诗。你可记住了。"

花蕊夫人微微点了点头，咬了咬嘴唇，轻声说道："义士！"

杜延进听花蕊夫人叫自己"义士"，不禁愣了一愣。他看了花蕊夫人一眼，只见她一双美目睁得很大，眼中却噙着泪水，白玉一般的脸上，露出悲哀之色，即便是铁石心肠的人见了，也恐怕会生起怜爱之心。

真是个绝色女子啊！杜延进在心底暗叹。

"怎了？"

花蕊夫人猛然跪倒在杜延进跟前，说道："贱妾冒昧恳请义士放弃刺杀宋帝的计划。"这便是她想出的办法——如果刺杀计划取消了，赵匡胤就不会有危险，她也不必出卖杜延进等人。

花蕊夫人的话，令杜延进大为吃惊。

"你改变主意了？"

花蕊夫人又咬了咬嘴唇，犹豫了一下，沉默着点点头。

"你应该知道，为了刺杀宋帝，我已经潜伏多年，决不会放弃。你若不干，为了防止泄密，我必须杀了你！"杜延进用冰冷的口气说道。

花蕊夫人的脸上已经没了血色，她的身子由于恐惧，开始微微哆嗦起来。不过，她终于还是将脖子一昂，用坚定的口气轻声说道："既然如此，你便杀了我吧！"

杜延进紧紧皱起了眉头，瞪大了眼睛，露出可怕的神色。他呆了一呆，从腰间拔出了一把匕首，缓缓将匕首架在了花蕊夫人的脖子上。

匕首的刃，真是冷啊！花蕊夫人闭上了眼睛，身子剧烈地颤抖起来。

杜延进紧紧握着匕首。他的手，握着匕首，从来很稳，此刻却开始微微发抖。

"你已经是贵妃了！为何此刻改变了主意？为了一个害死你夫君的人，为了一个灭了你故国的人，这样丢了性命，值得吗？"他压低声音厉声问道。

花蕊夫人感觉到匕首的冰冷刀锋贴着自己的肌肤，缓缓睁开眼睛，鼓起勇气说道："我的确曾不止一次在心里想，若是能杀了宋帝为孟君报仇，那该多好啊！真的，我也曾恨过他。可是，他是个好皇帝，不，不仅是个好皇帝，还是一个好人。若是杀了他，还会有新的皇帝，你能保证新皇帝就一定比他更好吗？我只不过是个弱女子，不明白列国的王图霸业。我回答不了这个问题。我只知道，一个好人当了皇帝，或许是天下百姓的幸事吧。你真能保证，下一个皇帝，就一定更好吗？"

杜延进呆了一呆，压低声音，怒然说道："南唐先帝曾对我说，若是南唐无法中兴，灭南唐者，十有八九，便是赵匡胤。我南唐世居东南，百姓安居乐业，难道就理当为宋所灭吗？"

花蕊夫人听了杜延进的话，摇了摇头，说道："我一个弱女子，如何晓得这些。可是，国与国征战不息，受苦的终是百姓。这个宋帝死了，下一个宋帝难道就不会讨伐南唐了吗？"

花蕊夫人这个问题，令杜延进再次感到困惑。他握着匕首，呆住了。

呆了片刻，杜延进问道："既然你不忍宋帝死，为何不去告密？你有足够的时间。"

"你于南唐，毕竟是义士，小女子不愿为无耻之事也！"

杜延进的手剧烈地颤抖起来。花蕊夫人的这个想法，超出了他的意料。他的眼睛，不知不觉被泪水模糊了。

终于，他重重叹了口气，将匕首缓缓收回了刀鞘。

"为何不杀了我？"花蕊夫人仰起头，吃惊地问道。

"你一个女子，尚不愿为无耻之事，我虽是刺客，亦不愿为杀无辜之人的无耻凶徒也！"杜延进轻声说道。

花蕊夫人听了这话，眼中顿时流下泪来。

"夫人，你虽是一女子，却胜过蜀国半数男人！在下敬佩夫人，今日别过，夫人自己珍重！告辞了！"

"那计划呢？"花蕊夫人问道。

杜延进微微垂下头，沉默片刻，坚定地说道："天意难测，事在人为！"

花蕊夫人听杜延进这么说，知其不会放弃刺杀计划，跪在地上，愣愣地望着杜延进转身出了门……

杜延进离开后，花蕊夫人在厢房中默然呆坐了许久。这会儿，她是彻底没了主意。她既不愿出卖杜延进，却也无法阻止他执行另外的刺杀计划。"我无法左右事情的发展。"她悲哀地想着。突然，她听到了敲门声。

"何人敲门？"

"禀报贵妃，是开封府尹大人来贺喜了。"

花蕊夫人听出是自己的侍女在说话，愣了一下，有些恼怒地说道："不是叮嘱你们，让你们谢客了吗？"

"婢子实在是挡不住府尹大人啊。"

"府尹大人现在何处？"

"大人已经进来，现就在婢子身边。"

花蕊夫人叹了口气，说道："罢了，请府尹大人进来吧。"

侍女应了一声，厢房的门"嘎吱"一声开了。

开封府尹赵光义抬脚迈进了门，向花蕊夫人作揖问候。花蕊夫人毕竟在后蜀皇宫中见过大世面，见赵光义向自己施礼，当即也大方地还了礼。

"你出去，带上门，我与贵妃有话说。"赵光义直起身后，扭头冲花蕊夫人的侍女说道。

那侍女怯怯地偷瞄了花蕊夫人一眼，脚下没有动。

花蕊夫人冲侍女微微点点头，那侍女方才退了出去，随手带上了门。

赵光义的强势，令花蕊夫人心中暗暗吃惊，她请赵光义在屋内北边的椅子上落了座，自己则在南边的椅子上坐下。

赵光义拿眼睛扫视了一下屋内，但见屋内东墙正中挂着一幅观音图，图轴之下，摆着一条案，一个墨绿玉香炉端端正正地摆在条案中间，在香炉前摆着几盘果子，条案两边的烛台上，各插着半截红蜡烛。

盯着那图上的送子观音看了一会儿后，赵光义呵呵一笑，说道："这观音画得倒是生动啊。我瞧着，倒是与一个人有几分神似。"

花蕊夫人闻言，脸色一变。

"嗯，不错，很像孟昶。"赵光义继续说道。

赵光义的这句话，令花蕊夫人花容失色。

只听赵光义说道："贵妃明日便要进宫，怎得大白天关了大门，将贺喜之客都挡在门外了？莫非又在拜祭这送子观音？"

花蕊夫人强作镇定，说道："昨日登门贺喜的人太多了，闹得慌，贱妾平日喜静，故关门谢客，不过，可还是挡不住大人啊。不知府尹大人大驾光临，望大人见谅。"

"方才与你开玩笑呢，以后，你便是我嫂子，叫我光义便是，"赵光义盯着花蕊夫人，眯眼笑着继续说道，"今日我让人拿了一千缗钱，十匹各色绸绢送给嫂子。嫂子进了嫔妃院，免不得需要些钱打点下人。"

"如此重礼，贱妾怎能受得，大人还是拿回去吧。"花蕊夫人慌忙说道。

"嫂子这么说就见外了。哎，我瞧着嫂子好像心里有事，明天就要入宫，这可是天大的喜事，嫂子为何满脸忧虑？"

花蕊夫人方才心里正想着该如何提醒赵匡胤小心刺客，同时又不至于出卖了杜延进，因此忧虑之色难免有所流露，此刻，被赵光义一句话点出，不禁紧张起来。

"明日我入宫，陛下可到嫔妃院去？"

"嫂子这是想问，明日是否能见到陛下吧？"赵光义笑问。

花蕊夫人一时不知如何作答。其实，她这样问，乃是担心赵匡胤如果在嫔妃院迎她，恐怕遭杜延进的暗算。

"据我所知，陛下不愿遵循常礼，他与太常寺商量，明日等你一入宫，午时便会在后苑举行燕射之宴，以为喜事助兴。嫂子会在燕射之宴上见到陛下。"

"嗯——"花蕊夫人从椅子上立了起来，走了两步，在观音图前立住，仰头看了看画像，然后缓缓转过身，往门口走了几步，木然立在那里。"他这般安排，定然是为了避免让我难堪。这么说来，明日燕射之宴前，我见不到他，也无法与他说上话。不知杜延进等人究竟会在何时行动。若想在燕射之宴前提醒他小心防备，现在恐怕是最后的机会了。"她沉默着，一张秀美的脸，布满愁云。

赵光义坐在椅子上，凝神盯着花蕊夫人。就在这一刻，赵光义不禁微微张开了嘴——他被眼前所见的美震惊了。夕阳的光芒透过窗棂，斜斜地照进厢房，照在了花蕊夫人的身上。从赵光义这边看去，花蕊夫人的脸部，仿佛是半透明的玉石雕刻的一般。她的鼻梁高挺，鼻尖微微翘起，脸部的轮廓边缘，由于被夕阳照着，仿佛散发出一圈暖暖的光芒。乳白色的织锦褙子，被夕阳照着，也从光滑的表面反射出一层朦胧的光芒。她身体优美的曲线，被夕阳的光芒完美地勾勒了出来。此时，赵光义在心里迅速将花蕊夫人与小符、李贤妃、孙妃、小梅以及他没有得到的李雪菲都做了一番快速的比较，更觉得她美冠群芳。他心里是喜欢几位夫人的，也喜欢小梅，更无条件地喜欢着李雪菲，但是他却在这一瞬间又被花蕊夫人打动了。这一刻，他的心完全被火一般的欲望所左右。最近，在他心里，小梅占据的时间最多，因为就在不久前，小梅为他生下了一个男孩——这是他的第四个儿子。这个孩子，得到了他早就定下的名字——"德严"。不过，在这一瞬间，小梅的面容在他脑海刚刚闪现了一下，便迅速地被花蕊夫人的面容挤走了。

"真是难得的尤物啊！难怪那孟昶甘愿沉醉在这温柔乡中！"赵

光义心中暗叹，心头一热，欲望之火在身体内熊熊燃烧起来。他猛地站起身，快步走到花蕊夫人身后。

此刻，花蕊夫人突然转过身，微微仰起头，吃惊地盯着赵光义。

赵光义呆在那里，眼中闪烁着欲望之火。

"见你一脸愁容，定是不想进宫吧。若你心中没有我皇兄——不如——"赵光义说到这里，突然伸手一把抱住花蕊夫人，头一倾，往她唇上强吻过去。

花蕊夫人没有料到赵光义有如此之举，刹那间又惊又羞，她使劲一缩身子，将两只手抬起挡在胸前，狠命往赵光义胸前一推，生生将他给推了开去。

"大人！你怎能行如此无耻之事！"花蕊夫人柳眉倒竖，怒斥赵光义。

赵光义脸色一寒，说道："怎么？难道我便不如那孟昶？"

"别说了。你走吧，大人！"

"莫非——莫非你心里倒是真有了我皇兄——"

赵光义心头一惊，没有再说下去。他沉默着看着花蕊夫人，脸色变得更加难看了。花蕊夫人瞪着他，似乎对他并无一丝畏惧之心。

"好！我走！"

赵光义抬脚疾走，迈出门槛后，回头看了花蕊夫人一眼。花蕊夫人见他眼神森然，不禁浑身一寒……

花蕊夫人如期入了宫，住进了嫔妃院。半天过去了，什么事情也没有发生。进入宫门后，也没有金吾卫说出那句唐诗与她接头。"我真傻，当然不会再有什么金吾卫联络我了。只是不知杜延进等会以何种方式动手。"自入了宫，她的心没有一刻平静下来，就仿佛一只小船，一直在狂风大浪的大海中颠簸漂荡着。心中巨大的矛盾，无情地折磨着她的心。

燕射之宴在午时于后苑如期举行。

赵匡胤显然对参加这个宴会的人员做了精心的安排。出席宴会的人并不算多，席间并没有后蜀的归降之臣。正北方位，坐的是赵匡胤和宋皇后。开封府尹赵光义，皇子德昭，长驸马高怀德，御侍秋棠、玉儿，宰相赵普，翰林学士陶毂、李昉等皇亲国戚、皇帝近臣以半弧形坐在皇帝和皇后的两侧。曹彬、王承衍等赵匡胤的爱将也被邀请赴宴。宋皇后的座位在赵匡胤的右侧，花蕊夫人则被安排在赵匡胤的左侧。

宴会开始后，赵匡胤更不提纳妃之事，口中提到花蕊夫人时，则以"贵妃"相称。如此一来，众人自然明白了皇帝的心意。

酒过三巡之后，赵匡胤便令人在百步外立起数个箭靶子。

"席间习武之人，朕发给你们每人三支箭，哪个若三箭皆中，便无须喝酒，若不然，射失几支，便喝几杯。朕不参加，你们放开射，先来三轮，都拿出本事来，给朕瞧瞧！掌书记，你也射！"赵匡胤笑道。

赵普苦笑了一下，慌忙摆手道："陛下，饶了我吧，我可没这本事。"

赵匡胤呵呵一笑，道："也罢，那朕来点名。"说着，他一口气点了赵光义、德昭、高怀德、王承衍等十来个人的名字。

"德昭，你先来！"

皇子德昭接了令，弯弓搭箭，"嗖嗖嗖"连射三箭，三箭连中。席间众人见皇子英武，箭术高明，无不纷纷喝彩。

赵光义听到众人为皇子德昭喝彩，嘴角微微撇了一下，亦跟着众人拊掌大声叫好。

接下来，赵匡胤令赵光义射箭。

赵光义亦三箭连中。他走回座位时，眼睛似不经意地瞟了花蕊夫人一眼。花蕊夫人见赵光义看她，慌忙低下了头。

随后又有十来人射箭，有的三箭连中，有的射中两次，有的射中一次。没有射中的，无不按照约定，被罚了酒。一轮射箭下来，宴席的气氛大大高涨了。

第二轮射箭比赛开始了。

皇子德昭又射三箭，又是三箭皆中。

轮到赵光义，他从容地从位子上站了起来，又从侍卫手中接了弓箭，冲赵匡胤行礼道："陛下，今日乃陛下大喜之日，光是我等射箭，倒是冷落了贵妃。昔日盛唐，杨贵妃有霓裳之舞。臣闻贵妃亦善舞，光义斗胆想请贵妃为陛下舞一曲，以为今日之大宴助兴。请陛下恩准！"

赵匡胤听赵光义这么说，扭头看了花蕊夫人一眼，心想："光义说得倒也有理，我倒是真的有些冷落了她。"

这么一想，他对花蕊夫人道："贵妃，你去舞一曲，如何？"

花蕊夫人略一犹豫，说道："既然陛下让贱妾去，贱妾不敢不去。"

说罢，花蕊夫人站起身来，慢慢往场地中间走去。

她在场地中间站定，冲赵匡胤行了礼，便开始跳起舞来。一开始，她跳舞的动作很缓慢，她脸上虽然带着微笑，这种微笑与缓慢的舞蹈动作结合在一起，给观者创造出一种幽怨、沉郁的美。过了片刻，她在几个快速旋转之后，加快了整体的舞蹈动作。红色的礼服，现在看上去像一朵怒放的红牡丹。随着舞蹈动作的加快，她的笑容也变得更加灿烂了。她旋转着，跳跃着，有时俯身，有时仰首，在没有音乐伴奏的舞动中，她用脚步，用姿态，用笑容跳出了流动的音符。众人目不转睛地盯着她，完全被她的舞蹈、被她的美所征服了。

花蕊夫人做了几个跳跃的动作，将舞蹈推向了高潮。便在方才，她偷偷瞄了赵匡胤一眼，看到了他脸上的笑容，那一刻，她不知为何，却又再次回想起了孟昶，悲伤随之袭上心头。她在旋转中，努力保持着微笑。她开始做几个旋转动作，当第二旋转动作完成时，她的脸正好朝向了赵光义。这时，她看到赵光义正弯弓搭箭，拉满了弓。一刹那间，她看到一支箭向自己飞来，她感到胸前一阵剧痛，旋即仰面往后倒去。在倒下去的时候，她看到了一片蓝色的天空。这片蓝色的天空，映衬着一支微微颤动的羽箭。这支羽箭，射入了她的胸口。

赵光义一箭射中了花蕊夫人的心口。席间所有人都被这一突然变故惊呆了。

赵匡胤愣了一愣，从座位上腾身立起，飞步奔向了倒在地上的花蕊夫人。他屈膝跪在花蕊夫人旁边，呆呆看着她。他想去抱起她，却张着双手，哆嗦着，不敢去碰她。战场上，他曾经抱过许多具战士的尸体，他从不曾害怕。但是，他不知道，自己为何在这一刻却害怕了。他犹豫着，尽量让自己镇定下来，将一只手轻轻塞到她的脖子下，微微托起了她的头。她的胸口已经开始流出鲜血，浸透了红色的礼服。她那双美丽的眼睛茫然看着他，眼中充满了恐惧与悲伤。

"是陛下下令杀我吗？"她仿佛倾尽了全力，费力地问道。

"不！我怎会杀你。"他茫茫然摇摇头，柔声说道。

看他摇头，她眼中的恐惧仿佛消失了，虽然充满了悲伤，脸上却露出了微笑。她吃力盯着他看，嘴唇动了动。

"你想说什么？"他俯身将耳朵靠近她。

赵光义远远看到赵匡胤向花蕊夫人侧耳俯身，不禁脸色微变，下意识地将手中的弓攥得更紧了。

但是，花蕊夫人什么都没有来得及说出来。

赵匡胤看到她的笑容僵在了她那张美丽绝伦的脸上。

盯着她的脸，他默默看了一会儿，然后缓缓地立起身来，向赵光义走去。

他停在赵光义的五步之外，语气冰冷地问道："光义，你给我一个解释！"

赵光义将手中的弓箭往旁边一掷，猛然跪倒在地，高声道："陛下，之前是臣弟失察，险些陷陛下于危地。昨日我去孟府贺她荣升贵妃，在厢房中见一画像，画像看似观音，实际上画的却是蜀国后主孟昶。画像前，更有祭拜之物。如此看来，此女心中不忘孟昶，居心叵测，若居君侧，臣弟恐陛下为其所害。故借机杀之！"

赵匡胤听赵光义这么说，黯然想到："坊间的传言，果然为实。不过，这都是我早已知道的啊。何况，她亦不曾骗我。只可惜光义不知其中内情啊！我又怎能怪罪光义呢？花蕊夫人啊，是朕害死了你啊！"

他这样想着，仰天长叹一声，冲赵光义道："朕不怪罪你。你起来吧！"

旋即，他环视了一下目瞪口呆的众人，大声说道："宴会散了吧！"

宴会散去后，赵匡胤令人将花蕊夫人以贵妃身份厚葬，对于赵光义，也终究没有追究。

数日后的一个早朝后，京城巡检楚昭辅突然请求单独觐见赵匡胤。

赵匡胤在后殿召见了楚昭辅。

楚昭辅禀报道："陛下，一秘密察子来报，有数个散指挥、金吾卫近日行动诡异，接触频繁，似有不轨之举。为首的，似乎是散指挥都知杜延进。"

"可有坐实之证据？"

"这个倒没有。"

"那便不要轻举妄动，打草惊蛇。让察子暗中盯紧，随时禀报情况便是。"

"是！"

赵匡胤又细细对楚昭辅吩咐了一番。楚昭辅得令后离去。赵匡胤旋即召来殿前都虞候杨义，令其加强皇宫的防卫。

几日后，秘密察子报拿获了杜延进等人谋反的证据。赵匡胤令杨义率兵在宫城内将杜延进及其同党尽数捕获。

在便殿内，赵匡胤亲自审问杜延进等。

"你究竟是何人？为何图谋不轨？"赵匡胤向杜延进厉声喝问。

杜延进"哼"了一声，昂首不语。

"你身为散指挥使都知，朕应该待你不薄，为何还纠集党徒，行大逆不道之事？"

杜延进冷笑一声，说道："王侯将相，宁有种乎？所谓胜者为王，败者为寇。我没什么可说的，快杀了我吧。"

赵匡胤见杜延进神色平静，态度坚决，知道即便严刑拷打也是没有用的，当即又朝绑在台阶下的其余十八人问道："你们还有什么说的吗？"

十八人仰面朝天，尽皆不语。

突然，杜延进高声吟道："斜月沉沉藏海雾，碣石潇湘无限路！"

这句诗，是杜延进定下的招募死士的接头之语。如今从他口中吟出，竟然成了他与众死士的诀别之语。

赵匡胤听到这诗句，听到其中"潇湘"两字，心中一震，问道："莫非，你等皆是湖南的旧将士，要为湖南王复仇不成？"

杜延进听了，神秘地一笑，仰头不语。

十八死士此时皆同声吟道："斜月沉沉藏海雾，碣石潇湘无限路——"

赵匡胤见众死士神色沉静，声音悲壮，知无人再会招认，沉默了片刻，令殿前都虞候杨义将杜延进等十九人斩于庭下。

十二

六月的金陵，天气有些闷热。

这日午后，南唐中书侍郎韩熙载在金陵别宅中，迎来了一位重要客人——南唐节度使林仁肇。近两年来，韩熙载数次大病，元气大伤，高大的身材，显得愈加瘦削了。因为天气闷热，今日他贴身穿了白麻衣裳，外面披了一件薄薄的对襟丝袍，头上戴了一顶透气的笼纱高帽。他拄着一根龙头拐杖，亲自将林仁肇迎进了宅子。

"随老夫在院子里走走，边走边聊。可好？"韩熙载微笑着对林仁肇说。

"客随主便。韩夫子既然想走走，我林某自当奉陪。"林仁肇笑道。他身穿团花锦绣夏季战袍，腰系皮带，皮带上悬着一柄龙泉宝剑。

韩熙载点点头，拄着拐杖，带着林仁肇，沿院内的甬道慢腾腾地往前走去。

"如果老夫没有记错，这是近半年来，节帅第三次到访了吧。"

"韩夫子好记性。"

"哎，以后啊，节帅还是少来为妙。"

林仁肇一愣，问道："为何？"

韩熙载摇摇头，看了一眼林仁肇，沉默了片刻，方说道："国主多疑，老夫担心国主多心啊！老夫年纪大了，不中用了，节帅却是我南唐中流砥柱，不可因为老夫，而坏了前程啊！"

林仁肇道："听说国主几次想封韩夫子为相，怎么会猜忌你呢？"

"节帅啊，你若是频繁来访，国主即便不疑惧老夫，也会疑惧节帅啊。唉，也怪老夫，不久前自以为国主有中兴之志，故数次直言上谏，结果是徒增猜忌啊。你可记得去年十一月老夫劾奏国主之事？现在想起来，老夫可真是蠢啊！"

林仁肇当然不会不知去年十一月韩熙载劾奏国主李煜之事。当时，李煜于青龙山畋猎结束，返回后至大理寺，亲自提问大狱中的囚犯，开释了很多重犯。身为中书侍郎的韩熙载闻之此事，不日上劾奏："狱必由有司，囹圄之中非车驾所宜至。请省司罚内帑三百万充军储。"韩熙载劾奏之书于朝堂一上，举朝震惊。李煜被韩熙载的劾奏弄得大失脸面，朝堂上又不便发作，只能忍住怒气，对韩熙载大加赞许，亦不得不从内府中拿出三百万缗钱以充军储。此后，李煜对于韩熙载提出的对抗宋朝的重大谏言，虽然表面上称许，但却从不依计施行。

想到这些，林仁肇一时无语。

只听韩熙载继续说道："为了打消国主的疑惧，老夫在别宅后院中广蓄姬妾，国主虽然不悦，但亦对老夫稍去疑惧之心。不久前，国主又以老夫出姬妾侍客之事，责老夫去南都。老夫不得不遣发姬妾，以年老力衰为由，恳请国主留我在金陵。"

"韩夫子会不会真的会错了国主之意呢？"

韩熙载苦笑道："节帅，一次可能看错，三次四次，老夫再蠢，恐不至于看错国主只图安逸不求中兴之意吧。节帅，你现在不信老夫，以后便会慢慢知道了。"

"果真如此，仁肇日后该如何做才好？"

韩熙载听林仁肇这么问，微微一笑说道："节帅今日来访，不会就是要问老夫这个问题吧？"

林仁肇哈哈大笑道："怎么，韩夫子莫非舍不得授计于仁肇？"

韩熙载摇摇头，却沉默着不言语。他的眼光投向不远处的一间小楼，盯着它看，仿佛那里站着一个许久不见的朋友。过了一会儿，他微微笑了一笑，扭过头，对林仁肇说道："方才啊，我这心里面，突然想起了几位故人。年纪大了，老是回想起旧事啊。对了，最近汴京那边，可有何新消息？"

"消息倒是有一些。六月时，宋帝封其长女为昭庆公主。之前出使过我朝的王承衍，做了左卫将军、驸马都尉，娶了昭庆公主。那王承衍，韩夫子应该熟悉吧。"

韩熙载听到这个消息，微笑着点点头。

"好啊，好啊！这倒是件好事。"韩熙载扭头朝向西北方向，微微仰着面远望。

林仁肇看着韩熙载，似乎看到他脸上露出满意的笑容。

此时，天上翻起乌云，一阵大风吹来。大风吹鼓起韩熙载的衣襟，吹乱了他的胡髯。韩熙载感到大风吹刮着头上的笼纱帽，下巴被系着帽子的丝绦勒得有些发紧。他抬起一只手，扶了一下头上的帽子。

林仁肇继续说道："还有，据谍报，便在数日之前，宋帝连下三百多通诏书，付河东北、陕西驻军，令人带诏书潜入北汉境内，招降其民吏。"

韩熙载听了，脸上露出肃穆之色，说道："宋帝身边有高人啊。这可是釜底抽薪之妙策，去年宋帝亲征，虽然太原未克，可是太原外围州县，一半已入宋朝囊中，此计推行，不出十年，北汉必为大宋吞灭也！"

韩熙载话音刚落，突然天空中电光一闪，紧跟着一声霹雳，大风吹得更猛了。

"倒是凉快了许多。看样子，快下雷阵雨了。随老夫去茶室吧。"

韩熙载笑着冲林仁肇说道。

"好啊！走！吃韩夫子的好茶去。"林仁肇发出一阵爽朗的大笑。

他俩刚刚步入茶室坐定，室外便下起了瓢泼大雨。

茶室中早就候着两位仆人。他们见主人带了客人来，慌忙开始备茶。

"慢着，今日老夫自己动手。"韩熙载冲两个仆人说道。

韩熙载将林仁肇领到一张丈许长的大木头茶案前，笑着指了指茶案，说道："今日，老夫要亲手为节帅点一杯好茶。"

"那敢情好！"林仁肇笑着说道。他扫视了一下那张茶案，见上面摆着碾子、茶桶、茶杯、茶篦子等茶具。茶案边，还有一个炉子，炉子旁边，放着一只铁质茶壶。韩熙载令仆人生起茶室中的炉子，打来了泉水，灌入铁茶壶中。

随后，韩熙载屏退了仆人。

待仆人退下后，韩熙载用茶匙从茶桶中舀了几匙茶叶置于铜碾子的凹槽中。

"我来碾吧！"林仁肇道。

韩熙载笑着摆摆手，说道："不用，这几片茶叶，老夫还是碾得动的。"

林仁肇微笑着瞧着韩熙载，也不勉强，便在一旁坐下了，静静地瞧着韩熙载碾茶叶。

过了片刻，林仁肇道："韩夫子，最近谍报说，宋军有往南动作的倾向。"

"哦？这情报，可向国主禀报了？"

"已经禀报了。"

"国主可有反应？"

林仁肇失望地摇了摇头。

"你有何打算？"韩熙载问道。

"宋帝向南汉用兵的意图，已经日益明显了。如大宋再吞并南汉，我朝危也！依我之见，与其等宋帝各个击破，我朝不如先下手为强，主动出击。或者，联合南汉，拉拢吴越，共同对付宋朝。韩夫子以为如何？"

韩熙载听了林仁肇的话，没有回答。他用两手托起铜碾子，将它放在碾槽一边，然后用一柄小茶帚将碾成碎末的茶叶扫到一个小茶罐中，接着，又用小茶匙从小茶罐中将茶叶碎末倒在一个纱网上。最细的那些茶叶碎末通过纱网，落入一个小茶碟中。

"用这筛出的茶粉，便可以点茶了。可是，究竟哪些计策能够通过国主的筛子，真是不好说啊。"韩熙载叹了口气。说话间，他将铁茶壶拎起放在炉子上开始烧水。

林仁肇道："以韩夫子之见，如果宋帝对南汉出兵，国主会作何反应？"

"国主恐怕会再次修书南汉主，促其投降啊！"

"这么说来，国主不可能同意联合南汉抗击宋朝这一策略？"

韩熙载摇了摇头。林仁肇生气地拍了一下茶案，桌上的茶杯、茶碟被他这一拍，震得纷纷跳起来。

"哎哎，别拿这茶案子出气啊！"韩熙载笑道，"瞧着，老夫来为你点一杯好茶。"

说着，韩熙载将两小匙茶粉舀入一只建州黑瓷盏中。

这时，旁边的铁茶壶中的水正好烧开了。

韩熙载笑道："好了，这山泉水也开了。"

他从容地灭了炉子，然后从炉子上拎起铁茶壶，将茶壶嘴冲茶盏中一点，将少许开水倒入茶盏中。然后，他将铁茶壶置于茶案上，又从桌上拿起茶帚和茶盏，将茶帚置于茶盏中飞快搅动起来。

不多时，林仁肇见那黑瓷茶盏中的茶水竟然渐渐变白，表面好比白色泡沫一般。又过了片刻，韩熙载停止搅动那茶帚，将它放在了一边的茶盘上，随后将黑瓷茶盏静置在茶案上。

"成了，瞧，这次点出的茶汤又白又鼓，一定是杯好茶。来，品一口。"韩熙载说着，双手端起黑瓷茶盏，递给林仁肇。

林仁肇接过茶盏，一低头，品了一小口，但觉满口清香，沁人心脾。

"韩夫子点得一手好茶啊！"林仁肇赞道。

韩熙载哈哈大笑，旋即，他收了笑容，叹了口气道："不知今后，老夫是否还有为节帅点茶的机会啊！"

林仁肇闻言顿生伤感，说道："韩夫子何出此言？"

韩熙载仰头一笑，说道："不说这个了。老夫倒是要给节帅出个点子，希望也像点这杯茶汤一样成功。"

林仁肇闻言大喜。

"节帅先别高兴，老夫还不知节帅是否愿为国担个天大之险啊！"

林仁肇肃然道："仁肇为国，万死不辞！"

韩熙载立起身，向林仁肇深深鞠了一躬，旋即坐了下来，说出一番话来。林仁肇听了，沉默半晌，慨然道："韩夫子放心，林仁肇必择机向国主谏言！只要国主下令，仁肇虽负骂名，亦无愧矣！"

韩熙载点头道："好啊！好啊！我南唐之国运，仰仗节帅了！"

这时，窗外又是电光一闪，雷声隆隆，似乎有雷打在了不远处。

两人一惊，都将眼光往窗外投去……

十三

南唐给事中龚慎仪恭恭敬敬将国书托在双手上举过头顶。

南汉主刘铄倨傲地坐在宝座上，令人将国书递给了自己。他接了国书，打开来看，刚看片刻，脸便拉了下来。过了一会儿，他看完南唐国书，一脸怒色，将国书朝丹墀下猛然一掷，冲龚慎仪怒喝道："汝国主便是宋朝的一条狗！我南汉带甲百万，岂能凭你国主一张纸，便降了他。"

"大宋兼并荆湖，又灭后蜀，其大军所向披靡，若南下图陛下之国，恐陛下危矣！我国主劝陛下归宋，免去生灵涂炭之苦，望陛下念我国主之苦心啊！若待千里沃土罹患兵殃，便悔之晚也。请陛下三思啊！"龚慎仪大声说道。

刘铢怒目圆睁，腾地从宝座上立了起来，喝问道："劝朕归宋，他李煜为何不先纳土归宋了？"

龚慎仪一时无语，良久，说道："我南唐已然向中朝臣服，已为一体也。"

"来人，将他拉下去！"刘铢喝道。

龚慎仪以为刘铢要杀他，大声争辩道："陛下，两国交兵，不斩来使！"

刘铢"哼"了一声，喝道："先将使者拉下去，在大理寺牢中囚禁起来！"

当下有两个卫士将龚慎仪拖下殿去。

龚慎仪一路挣扎抗辩，可他一个文弱书生，哪里挣得出两个虎狼大汉之手。

囚禁了龚慎仪之后，刘铢令知制诰写国书一封，回复了南唐主李煜。

南汉国书中的言辞甚是不逊，南唐主李煜阅后，心下恼怒，令使者快马加鞭，将南汉国书送往汴京，呈送给了宋朝皇帝赵匡胤。

赵匡胤阅南汉国书后，心知南汉之国，不发兵决不可得，当下决定以替天行道之名，出兵征伐南汉。

宋开宝三年九月己亥朔，赵匡胤命潭州防御使潘美为贺州道行营兵马都部署，朗州团练使尹崇珂为副都部署，道州刺史王继勋为行营马军都监，同时派遣使者，发诸州兵马，开往南汉贺州城下。征讨南汉的战争，自此开始。

征讨南汉，并非赵匡胤的一时之怒，而是多方面都有着充分的准备。不论在舆论方面，还是在军备方面，宋朝一方，都占据了明显的优势。大军的主帅潘美，经历过征讨后蜀的考验，战功卓越，深得赵匡胤的信任。副帅尹崇珂、王继勋都是勇武超群的大将。王继勋乃是如月皇后的亲弟弟，此前因罪被贬为道州刺史。这次赵匡胤特意安排他为贺州道行营马军都监，亦是良苦用心，希望他能够借这次战争中的战功，重回朝廷的核心。

这一日午后，南汉主刘铄于蔷薇阁中午睡，李美人在旁侍寝。睡了大约半个时辰，刘铄迷迷糊糊醒来，将李美人拥在怀中，一时间欲火中烧，剥了李美人的衣裳，与她云雨一番。随后，他裸着身子，仰面躺在床上，将李美人紧紧搂在怀中。

突然，一宫女在外屋急急说道："启禀陛下，龚大人有急事求见！"

"什么急事，在这个时间要见朕！"刘铄有些恼怒，犹豫了一下，推开怀中的李美人，匆匆穿好衣裳，掀开床幕，下了床，走到外屋，在屋子中间的榻上坐定。

"你去传他进来吧。"刘铄冲宫女说道。

宫女应了一声，便出了屋门，去唤人了。

很快，龚澄枢推门而入。

"陛下，不好了！"龚澄枢哭丧着脸说道。

刘铄注意到龚澄枢的手中拿着一份文书。

"究竟出了何事？"

"宋军败我军万余，攻克了富州，已经兵临白霞，贺州刺史陈守忠告急文书到了。"

龚澄枢说话间，匆忙将手中的文书呈了上去。

刘铄览书后，额头顿时冒出一阵冷汗。他从榻上立起身来，背着手踱了两步，冲龚澄枢喝道："快！去将国师请到此处来！"

"请到这——这里？"

"是，快去啊！"

龚澄枢得令，急匆匆奔了出去。

过了好一会儿，女国师樊胡子由龚澄枢陪着，慢悠悠踱入了屋内。

樊胡子向刘铄施了礼，刘铄请她同坐榻上。

"国师，宋师来犯，贺州危急，你可有高见？"刘铄问道。

樊胡子道："陛下，方才一路上，龚大人已经与贫道说了。陛下无须惊慌，贺州之地，易守难攻，只需一猛将防守，那宋军必知难而退。"

听女道士樊胡子这样一说，刘铱紧绷的神经稍稍松了一些。他皱着眉头，犹豫了一下，问道："国师可有何妙计，可退宋军？"

樊胡子右手一举，掐起兰花指，闭起眼睛，口中念念有词。刘铱、龚澄枢两人面面相觑，屏息注目，生怕打扰了眼前这位神通广大的女国师。

过了片刻，樊胡子猛然睁开眼睛，说道："宋军此时锋芒正盛，此时破宋军，时机尚未到也。"

刘铱急道："那如何是好？"

"陛下可先派大臣，带诏书前往贺州宣抚守军，同时召集大军，前往贺州支援。"

刘铱听了樊胡子的话，低头略一沉思，扭头朝龚澄枢看去。

龚澄枢被刘铱一瞧，顿时头皮发麻，心脏直颤，瞪大了眼睛，看着刘铱，口中却不说话。

"怎样？"

"陛下，什么怎样？"龚澄枢故作糊涂。

"什么怎样！朕是要让你去宣抚贺州守军！"

"这——这——陛下，你知道，老臣我——"

"休要推辞，就你去吧！你若不去，朕斩了你。"刘铱绷着脸，不耐烦地说道。

龚澄枢见刘铱发怒，慌忙跪地领旨。

当日下午，龚澄枢带着南汉主刘铱的一份诏书，前往贺州宣抚守军。贺州刺史陈守忠与将士们闻中使至，皆以为朝廷必有重赏下来，待听龚澄枢宣读圣旨，其中除了一些勉励坚守贺州、必有重赏的空话，并无任何实际的攻防对策，亦对边境守军将士无任何赏赐，都不禁大为沮丧。

宋军如期攻来，先锋克冯乘，兵至芳林。龚澄枢闻宋军至芳林，惶惧不安，连夜乘坐小舟，逃回广州。

九月癸丑，潘美率领的宋军兵围贺州。

南汉主闻潘美兵围贺州，慌忙召大臣商议对策。国师樊胡子亦被刘铱请到大殿内参与商议。此前，樊胡子说退宋军时机未到，不幸言中。刘鋹以为国师樊胡子并未欺骗他，故对她仍然深信不疑。

这次朝议，诸臣皆推举潘崇彻率兵迎战宋军。国师樊胡子倒是会随大流，完全支持大臣们的提议。不料，潘崇彻因为此前被罢军职，怏怏不乐，虽得众臣推举，却以眼疾推辞挂帅迎战。

南汉主刘鋹闻潘崇彻推辞率兵出战，勃然大怒道："难到没有潘崇彻，朕便没有了率兵之人？！难道伍彦柔便没有谋略吗？"

伍彦柔乃是刘鋹近年非常宠爱的一个内侍。此人五短身材，长了一张圆脸，一对大眼睛上面，生了一对淡淡的眉毛，鼻子之下，长了一张小嘴，两片嘴唇，薄得像纸。平日里，此人对在宫内职务低于他的人飞扬跋扈，颐指气使，对于刘鋹，却是低头哈腰，脸上时时堆着谄媚无比的笑容。每次刘鋹与之交谈军事，伍彦柔便眉飞色舞，高谈阔论。刘鋹因此对伍彦柔印象深刻。此时潘崇彻推辞为帅，刘鋹便想到了伍彦柔。于是，在刘鋹的力主之下，伍彦柔当上了南汉军的主帅，率大军迎战宋军去了。

九月戊午，宋军闻伍彦柔率领南汉水军杀气腾腾由水路攻来，便退兵二十里，在南乡岸边埋伏下重兵。当夜，伍彦柔令船队泊于南乡。次日天刚蒙蒙亮，伍彦柔下令各船将士挟弹登岸，又令人抬了胡床上岸，自己踞胡床上，手摇鹅毛扇，学三国孔明模样，临阵指挥。

伍彦柔的水军刚刚登岸过半，埋伏多时的宋军擂鼓而起。南汉水军未料到宋军会于此时出击，仓促应战。可是，在宋军强大的攻势下，南汉水军很快大乱，纷纷退入江中。尚未登岸的水军见形势危急，纷纷乘船逃窜。战斗没有持续很久，伍彦柔的水军损失十有七八。宋军擒获伍彦柔，斩之，枭其首于贺州城下。城中见援军大败，主帅伍彦柔被杀，坚守不出。

潘美问计诸将，随军转运使王明进言道："如今南汉军新败，当急击之，如援兵再至，则我军老矣！"

诸将领听了王明的话，一时犹豫不决。

王明见诸将犹豫，便出了大帐，回到自己的营帐，沉思片刻后，慨然披上甲胄，下令所部互送辎重兵卒百余人、丁夫数千，挥锸举镐，填平了贺州城外一段城壕，直杀城门之下。贺州城中人见宋军直抵城门，惊恐万分，匆匆开了城门投降了。

潘美闻贺州城开门投降，知王明立了大功，贷其擅自行动之罪，在战报中将其功上报于朝廷。

随后，潘美下令发战舰，声言将顺流而下直驱广州。

南汉主闻宋军要直杀广州，痛骂伍彦柔空言误主，于是放下架子再次请潘崇彻出山，封他为内太师、马步军都统，领军三万，屯于贺江。

冬十月辛卯，宋军行营兵马都监、道州刺史王继勋于行营中病逝。主帅潘美将王继勋死讯连夜送往京城。赵匡胤闻继勋病卒，下诏以郴州刺史朱宪代之。王继勋多次犯罪，论罪当死，但因为是皇后如月的弟弟，赵匡胤念旧情，只是轻责于他。赵匡胤没有想到，王继勋竟然会病卒于行营之中，闻知继勋死讯，亦不免长叹命运之难测。

潘美得知潘崇彻屯兵贺江，遂改变策略，先率兵前往昭州。在丰州开建县，宋军再次大破南汉军，斩杀千余人，擒了南汉大将靳晖。昭州刺史田行稠、桂州刺史李承进见宋军来势凶猛，皆弃城而逃。

宋军占领昭州、桂州后，将两州的岁入账簿送往京城。赵匡胤亲阅账本，见桂阳岁入白金数，对宰相赵普说道："山泽之利虽多，然朕闻采纳颇为不易啊！掌书记，你看，若减免若干，可乎？"

赵普对云："陛下混一天下之初心，难道是为了采纳天下之利，而不是为了百姓安居乐业，天下太平祥和吗？"

赵匡胤笑道："掌书记问得好啊！"

十一月乙巳，赵匡胤下诏，将桂阳监旧额减免三分之一，以宽民力。

就在这个月内，潘美率领的宋军攻克南汉连州，南汉主刘𬬮任命的招讨使卢收率军退守清远。刘𬬮得报又丢了连州，对大臣们说道："昭州、桂州、贺州、连州，原先都是湖南属地，如今北师得了这四州之地，一定不复南下也！"

然而，刘铱的话只不过是自欺欺人罢了。

宋南征大军得了连州之后，很快往韶州进军。

刘铱计无所出，又将希望寄托在女国师樊胡子身上。

樊胡子被刘铱问计，又是掐起兰花指一算，说道："陛下勿慌，破宋军之机，近在眼前，贫僧有一计，必让宋军有来无回。"

"快快说来！"刘铱急道。

于是，樊胡子微笑着说出一番话来。刘铱闻言大喜，当即封李承渥为都统，发兵十万，屯于莲花峰下。女国师樊胡子穿紫色大袖道袍，戴高冠，持拂尘，以军师之身份，亲自布置战阵。

时间转眼到了十二月。这一日，潘美令副帅尹崇珂率先锋进攻莲花峰。

先锋三千人整队后，迅速向莲花峰推进。

眼见三千人渐渐逼近南汉军大寨，寨门突然大开，从门中冲出十来只大象，发疯一般直向宋军冲来。那些大象发足奔跑着，踩踏着大地，发出"隆隆"的轰鸣声。每只大象上，都载着十数名战士。当中一只巨象背上，撑起一张紫红色的华盖，华盖之下，坐着一个穿紫色道袍的女道士，正是南汉的国师——樊胡子。

宋军中的普通战士，都不曾见过大象，突然见到如此巨大的动物，无不吓得魂飞魄散。一时之间，三千士兵纷纷往后溃逃。跑得慢的，有的被大象踩在足底，顿时粉身碎骨，有的虽然躲过象踩踏，却被从象背上射下的箭弩射中。

宋军副帅尹崇珂见形势不妙，慌忙鸣金收兵，将残余的战士们救入大寨之内，又令寨墙上万箭齐发，将大象阻止在寨墙之外。

南汉军见宋军大寨一时难以攻破，便收兵退回了自己的营寨。原来，以大象充前阵，正是樊胡子的妙计。

潘美、尹崇珂见南汉军大象阵威力非凡，不敢轻举妄动，当即紧闭寨门，暂不出战。

次日，樊胡子再次于寨前列大象阵。

潘美、尹崇珂令集中寨中所有弩床，以劲弩攒射南汉军阵前大象。十数头大象为劲弩所伤，发足狂奔乱撞，象背上的战士纷纷坠落，有的当场摔死，有的则被后面的大象踩死，一时间，南汉象阵大乱。女国师樊胡子亦被大象从背上掀落，当场被大象踩成了肉泥。

大象阵后面的南汉军，被大象一阵踩踏，死伤大半。宋军于是乘胜追击，大破南汉军，一举攻下韶州，擒获南汉韶州刺史辛延渥及谏议大夫邹文远。

大军征伐南汉所取得的进展，虽然给赵匡胤带来不少欣慰，但是却并没有改变自去年十月以来他整体上比较低落的情绪。世事的变迁，令他比以往更多地陷入沉思之中。每当这个时候，他身旁的人——有时是内侍，有时是扈从的近臣——就会发现他脸色变得沉郁，脸上会流露出一种奇怪的表情——其中似乎混杂着意外、痛苦、悲哀与沮丧，也混杂着遗憾、迷茫、怜悯与愤怒。这种变化，是从斩杀杜延进等十九个谋逆者之后开始的。随后，在去年年底，得知大辽皇帝被部下所弒杀后，他的脸上曾出现过这种表情；在今年春正月里镇宁节度使张令铎病卒后，在今年二月雄州刺史侯仁钜病卒后，在今年秋七月，他闻知南唐中书侍郎韩熙载病卒后，在今年冬十月，当皇后如月的亲弟弟、道州刺史王继勋在行营病卒的噩耗传到京城后，在今年十二月，当翰林学士承旨、户部尚书陶穀病卒后，他的脸上都曾流露出这种奇怪的表情。他也似乎更加热衷于给大臣们颁发赏赐，或者给予升迁；也更加热衷于为人张罗起婚嫁大事——不过，也许是因为这些行为过于集中，因此给大臣们造成了一种错觉。就在今年正月，在张令铎去世之前，他为皇弟赵光美娶了张令铎的女儿为夫人；二月里，他又为宰相赵普张罗，令他娶了和氏为妻；三月里，赵普生病，他亲自前去探病，赐给赵普银器五千两，绢五千匹，又赐其妻和氏银五十两，衣着三千匹；六月里，他封长女琼琼为昭庆公主，以昭庆公主出降左卫将军、驸马都尉王承衍。这些陆续发生的喜事，虽然每次都使他感到快乐，但是却并没有消除他不时出现的沉郁状态，反而使他的情绪有时显出神经质一般的剧烈变化。开宝三年十二月二十四日辛卯，当接到潘美率兵攻克韶州的捷报后，他一开始开怀大笑，旋即脸上便浮现出阴郁之色。他沉思片刻后，便下诏令潘美一边设法招降南汉，一边抓住一切战机向广州推进。

再说那李延渥在莲花峰下大败后，便间道逃回广州。他一到广州，便劝南汉主刘铱向宋朝归降。六军观军容使李托极力反对，南唐因此朝野震恐。

南汉主刘铱听从了李托的建议，开始在广州城外挖掘壕堑准备死守。可是，刘铱遍视朝内诸将，却不知何人可以率兵抵抗宋军。这时，宫媪梁鸾真举荐其养子郭崇岳可用。刘铱正一筹莫展，听了梁鸾真的举荐，仿佛抓住了一根救命稻草，当即任命郭崇岳为招讨使，令他与大将植廷晓统兵六万屯马迳。郭崇岳、植廷晓率兵在马迳扎下营寨，用竹木树立高高的栅墙。此处，距离番禺不过百余里。这已经是广州城外的最后一道防线。

十四

禅室内，很安静。白玉香炉中点着沉香，散发出淡淡的香味。南唐主李煜口中默默念着佛经，手中捻着一串紫檀木佛珠。他所处的这间禅室，是去年刚刚建成的，现在已经成为他闲时最喜欢待的地方之一。

突然，从禅房的门外传来内侍的禀报声："国主，南都留守林仁肇求见。"

"让他进来吧。"李煜说了一声。

林仁肇推门进入，施了礼，站在李煜跟前。

"听说你傍晚时分刚刚从南昌府赶到金陵，为何不歇息歇息，明日一早觐见，亦不为迟啊。"

"陛下，臣怕错过了时机，误了大事。"林仁肇依然称李煜为"陛下"，而不称"国主"。

"何事如此着急？"

"陛下，臣于南都收到消息，潘美率领的宋军，已经攻克韶州，向番禺进军了。"

李煜一惊，叹道："孤家早劝那刘铱纳土归宋，刘铱偏不听，这不，弄得损兵折将，生灵涂炭，社稷倾危。"

林仁肇想起韩熙载的话，只是默默听着，并不回应。

李煜继续说道："宋朝若收了南汉，解了一方黎民之困，想来便会偃旗息鼓，休养生息了。"

林仁肇说道："陛下，臣倒以为，宋朝若灭了南汉，定然会将矛头朝向我江南。臣这次星夜赶来，乃是为了向陛下献计，此计臣筹划已久，正待时机，如今时机已到，故臣急急求见陛下。"

"哦？是何妙计，卿家且说来。"

"臣派探子潜入淮南，发现淮南各州驻军各不过千人。宋军前年灭蜀，如今又南下取南汉，往返数千里，师旅必然疲惫不堪。臣请提精兵数万，自寿春北渡，迳据正阳，借助当地我朝旧民，恢复江北旧地。若是宋军来援，臣据淮对垒而御之，宋军必败。"

李煜闻言大惊，手中佛珠串险些脱手滑落，急道："不可不可，若是宋帝因此罪我，必招来大祸。"

林仁肇心中暗叹："果然被韩夫子说中了，如此，只好用上韩夫子的最后一策了。"当下，他顿首慨然说道："臣起兵之日，请以臣举兵外叛闻于宋朝，事成则国家享其利，败则族臣家。"

李煜听这林仁肇这么说，眼中的重瞳忽闪了一下，盯着林仁肇半晌不语，犹豫许久，方说道："孤家怎忍让卿家背负天下骂名。况且，宋朝出征南汉之兵，只是其中一部，其朝内良将如云，即便卿家夺回江北旧地，宋朝恐怕也会卷土重来啊。孤家怎忍千里沃野，血流成河，千万黎民，流离失所。还是忍一忍吧，孤家一心侍奉宋帝，他有何理由开罪孤家？"

林仁肇大声道："请陛下三思，机不可失，时不再来啊！"

李煜沉默不语，良久，终于还是摆摆手，说道："孤家知卿家忠勇，只是卿家之计，过于冒险。你先回南都去吧。"

林仁肇想要再行劝谏，李煜示意他不必再说。

无奈之下，林仁肇只好推门出了禅室。他走了十多步，只觉胸口发闷，停住了脚步，仰天长叹一声："韩夫子啊！仁肇终不得行你之策啊。你劝仁肇此计不成，当立即退隐山林，可是，仁肇既以身许国，怎可弃主而去啊。"他转身回望了禅室许久，终于昂起头，拔腿离去……

就在林仁肇秘密觐见李煜数日之后，又有一人向李煜进言。此人乃宜春人卢绛。他是经由枢密使陈乔提拔起来的。他官任枢密院承旨、沿江巡检，数年来，在长江边招募亡命，多次邀击吴越之兵，曾于海门缴获吴越舟舰数百。宋开宝三年年底，卢绛向李煜秘密献策说："吴越，我南唐世仇也。他日，必为北朝向导，掎角攻我，当先灭之。"李煜道："大国附庸，安敢加兵？"卢绛对曰："臣请诈以宣州、歙州叛，陛下声言讨伐，且乞兵于吴越。兵至据击，臣蹑而攻之，其国必亡。"李煜犹豫良久，终是不用卢绛之计。

宋开宝四年春正月，宋军攻克英州、雄州，南汉统军潘崇彻率兵投降。随后，宋军进军至龙头。南汉主刘𬬭见宋军突进，心下大惧，于是派了使者到龙头请和，并请求宋军缓师。潘美等宋军将领见龙头山水险恶，疑有伏兵，于是扣留刘𬬭的使者，指挥军队快速通过了险要之地，经过栅口，到达马径。

潘美令大军屯于双女山上。从双女山上，可以俯瞰郭崇岳的营寨与栅墙。宋军派出游骑数次邀战，不过郭崇岳之兵多是昭州、英州的败卒，因此毫无战斗的欲望。大将植廷晓欲出战，郭崇岳不从，只令其坚壁自守。郭崇岳自己则日夜祈祷鬼神，希望宋军能够自行退去。

南汉主刘𬬭见宋朝大军兵临马径，一旦突破防守，转眼便到广州，哪里还坐得定。他秘密征集了海船十余艘，准备载着金银珠宝和嫔妃们入海躲难。船还没有出发，宦官乐范率领卫兵千余人，盗了诸船逃亡而去。刘𬬭见走投无路，于是派遣右仆射萧潅、中书舍人卓惟休奉降表，诣潘美军门外乞降。潘美令人将萧、卓等人羁押起来送往京城。刘𬬭见两位使者没有返回，更加恐惧，惊惧之下又改变了主意，令郭崇岳重新戒严防宋军攻击。

二月丁卯朔，刘铱又令其弟判六军十二卫、祯王刘宝兴率兵会合郭崇岳军一起阻击宋军。植廷晓向郭崇岳进言："宋军士气旺盛，其锋芒不可当也。我军虽众，然屡战屡败，将军所率之兵，多为残兵败将，今不驱策向前，终坐以待毙也！"郭崇岳听植廷晓之言，犹豫再三，终从其议。庚午清晨，植廷晓领前锋据水列阵，请郭崇岳率部殿后，以防前军临阵溃逃。天明，潘美、尹崇珂指挥所部强行渡河，向植廷晓所部猛攻。植廷晓力战而死。宋军大进，郭崇岳闻植廷晓战死，率部溃退，逃入栅墙背后的营寨。

潘美于是召集诸将，商议进攻之策。诸将各抒己见，最后，潘美将希望寄托在刚刚在贺州立下大功的王明身上。

潘美对王明说："南汉军以竹木建造起栅墙，若我军以篝火烧之，其军必大乱。我军趁着火势进攻，乃是万全之策也。王将军可敢率军前往南汉军栅墙放火？"

王明笑道："有何不敢，但请待夜幕降临，趁黑夜以火袭之。"

潘美以为然，因让王明率领丁夫，每人分给两支松明火炬，间道潜往郭崇岳军栅墙之前。

当夜幕降临后，王明发出号令，一时间，丁夫点燃火炬，万炬齐发，投向栅墙。这时，碰巧刮起大风，而且风向朝着郭崇岳大营。风助火势，不多时，烈焰奋起，栅墙四颓。潘美见火焰升起，擂鼓催军挺进，南汉军大溃。

郭崇岳在乱军中被杀，刘保兴则侥幸逃回了广州城。

郭崇岳兵败的消息传到广州城内，全城陷入极度惊恐之中。

龚澄枢、李托等几个当权宦官商议后，认为宋军征伐广州，乃是为了抢夺内府的奇珍异宝，如果将它们焚毁，宋军即便得了广州，也是一座空城，必然不会久驻。于是，他们令人纵火焚烧府库。可惜那南汉府库，无数财富，无数珍宝，一夜之间尽成灰烬。

潘美攻破郭崇岳的防线后，很快推进到白田。

南汉主刘铱见大势已去，便着素服率领文武官员出降。

潘美遂率军进入广州城，俘获了南汉宗室、官员九十七人，将他们与南汉主刘铱一同羁押于龙德宫中。刘保兴在宋军入城时，藏匿到民间，但是很快被捕获。

潘美等入南汉皇宫不久，有宦官百余人穿盛装求见。潘美见了，肃然道："尔等阉人乱国，吾奉旨讨伐，正是为民除乱也。"说完，潘美下令，将这一众阉宦都给斩了。随后，潘美以露布告捷。

二月己丑，捷报至京师。群臣上朝称贺，赵匡胤大宴群臣。

灭南汉后，宋得州六十，县二百一十四，户十七万二百六十三。不久后，赵匡胤以南面行营都部署潘美、副都部署尹崇珂同知广州。

四月里，潘美遣人送刘铱及其宗室、官员前往京师。

刘铱等行至公安，在邸舍歇脚。刘铱刚刚坐定，便进来一人。那人见此时无宋军军士守在屋外，便向刘铱跪下施大礼，催泪问安。

刘铱惊问一旁侍立的学士黄德昭："此何人？于此向吾行如此大礼。"

黄德昭道："本国人也！"

刘铱问："为何在此？"

黄德昭此时禁不住流下眼泪来，啜泣道："此人乃邸吏庞师进，高皇帝居藩日，岁贡大朝，辎重都要经过荆州，乃令师进在此地置邸舍，造车船以给馈养耳。"

刘铱闻言，长叹道："我在位十四年，还从未听说过此事啊。我今日才知道，祖宗山河，直抵大朝境土也！"言罢，哭泣良久。

刘铱等到了京师后，先下榻于玉津园内。

赵匡胤派参知政事吕余庆见刘铱等，劾问其乞降间反复不定和焚烧府库之罪。刘铱归罪于龚澄枢、李托、薛崇誉等人。赵匡胤又遣使者质问龚澄枢等三人究竟是谁出的主意。三人皆低头不语。谏议大夫王珪冲李托斥道："昔日在广州，机务都被你们几个掌握，大火又是从内烧起，莫非你们今日还想再推罪给他人。"说罢，王珪一口吐沫吐在龚澄枢脸上，又怒扇其颊。龚澄枢等吓得魂飞魄散，顿时都伏地认了罪。

五月乙未朔，刘铱及其宗室官员，被锦帛捆绑着，到宋太庙、太社拜祭。赵匡胤登上明德门，令卢多逊——不久前，他已经晋身为刑部尚书——诘问刘铱。刘铱哭诉道："臣子十六岁僭伪号，被龚澄枢等先臣的旧人所控制，事不由己，不得自由。在国时，臣倒是臣下，龚澄枢等倒是国主啊！"说罢，伏地待罪。

赵匡胤知刘铱所言，并非全实，但为笼络南汉民心，亦不想杀了刘铱，因此便顺水推舟，令大理寺卿高继申引龚澄枢、李托、薛崇誉等斩首于千秋门下。随后，释刘铱罪，并释其官员和宗室刘保兴等，且赐给他们冠带、器币和鞍马，又封刘保兴为左监门卫率府率。

又过了数日，赵匡胤加封潭州防御使潘美为山南东道节度使，朗州团练使尹崇珂为保信节度使，仍令两人同知广州；又以王明为秘书少监，领韶州刺史、广南诸州转运使。

六月壬寅，赵匡胤下诏，在广州设立市舶司，以知州潘美、尹崇珂兼市舶司使，以通判谢秕为判官。

设置市舶司，乃是赵匡胤深思熟虑之策，他立下的宏愿，不仅仅是要开疆拓土，而是要开创一个富庶和平的王朝，不仅仅是居于一隅，还要同海上海外的万国进行贸易，互动有无，令王朝中的黎民百姓安居乐业。将南汉并入版图，在广州设立市舶司，让他感到，自己离之前立下的宏愿又近了一步。然而，他并没有因为吞并了南汉而得意忘形，近一年多来，他看着自己熟悉的重臣、大将一个接一个离开尘世，深知无情的岁月不会因凡人的任何宏愿而给予他无尽的时间。"南唐、吴越尚存，北汉未灭，燕云未复，契丹雄踞于北。吾岂能懈怠！"他在心里勉励自己。

因为他心怀这种想法，故宰相赵普在他大宴群臣时，在他的笑容中，依然看出了深藏的忧虑……

卷
三

卷
四

一

宋灭南汉后，赵普的心，有很长一段时间沉浸在狂喜中。只是，他并没有将这种强烈的情绪流露出来。他很清楚，自己离目标更近了一步，但是，梦想还远未实现。宋顺利吞并南汉，说明他的"先南后北"的战略是对的。虽然他在朝堂之中，总是将宋灭荆湖、后蜀和南汉的原因，都归之于皇帝的英明神武，不过他知道，"先南后北"战略的谋划者和坚定的捍卫者，正是他——赵普。他相信，他可以借助皇帝的力量，实现他一个书生的理想——那就是开创一个文治的王朝，他——赵普，要借着当世最有权力的手——不论是赵匡胤——还是以后的赵光义或赵德昭，来消除五代乱世的武力。他为自己拥有着这个宏愿而骄傲，并也因为这个宏愿与赵匡胤的宏愿相一致而感到庆幸。如今，南汉已经归入大宋版图，下一个目标是哪个呢？他相信，经过亲征失利，征服北汉已经不可能是赵匡胤心中的下一个目标，在赵匡胤的心里，下一个目标，应该是——南唐。

吞并南汉后，赵普察觉到自己在赵匡胤心中的地位进一步得到了巩固，但是，他也渐渐察觉到，随着王朝统治版图的扩大，随着一个个老臣老将的接连去世，朝廷内的政治格局，也正在慢慢地发生着变化。开宝四年夏四月，永兴节度使、同中书门下二品吴廷祚到京师朝觐，因病卒于京师；同年秋七月里，担任御史中丞十二年之久的刘温叟死于任上；居北境二十年，令契丹闻风丧胆的建武节度使、判棣州何继筠来朝，亦卒于京师；开宝五年春正月，礼部尚书致仕陈国公张昭卒于京师。这些老臣老将的陆续离世，不仅给赵匡胤造成巨大的打击，也令赵普对朝廷内部下一步的政治格局花费了更多心思。

收了南汉后，赵匡胤命京城巡检楚昭辅核校左藏库金帛，数日而毕。对于楚昭辅的表现，赵匡胤甚为满意，即授其为左骁卫大将军、权判三司。刘温叟去世后，赵匡胤命太子宾客边光范兼判御史台。开宝五年春正月，赵匡胤以端明殿学士、兵部侍郎刘熙古守本官，参知政事。这几个任命，使赵普意识到，随后一段时间，朝廷内的政治局面将会发生巨大变化。

与楚昭辅、边光范不同，有一个人，虽然不是赵匡胤以前的亲信，但是最近一年来，却让赵普隐隐感到了压力。那个人，便是兵部员外郎卢多逊。

最近，不时有消息传到赵普的耳中。赵普知道，卢多逊常常在朝廷内外说他的坏话。他因此担心，卢多逊所为，可能渐渐引发赵匡胤对他这个"掌书记"的不满甚至怀疑。对于卢多逊的为人，赵普此前早有所闻。据说，卢多逊知赵匡胤爱读书，便事先诫令史馆官吏，每次皇帝取了何书，都一定要告知他。他一旦知道皇帝所取之书，自己必通宵达旦翻阅此书。因此，每次赵匡胤问到书中事时，卢多逊多能对答如流。对于卢多逊最初赢得赵匡胤的信任的这种小伎俩，赵普甚为不齿。每当一想起卢多逊在赵匡胤面前低头哈腰的样子和那张留着两撇小胡须一撮山羊胡的瘦脸，赵普心里就生出一种厌恶的感觉，仿佛吃饭时见了苍蝇，想要使劲挥挥手赶走它。

不过，赵普绝不想被朝廷内官员的人事变动影响自己对主要目标的注意力。自南汉灭亡后，他时刻关注着南唐的政局与各种军事行动。年初，李煜派使者前来上贡，同时向皇帝禀报，南唐国已自损制度，改中书、门下为左、右内史府，尚书省为司会府，御史台为司宪府，翰林为修文馆，枢密院为光政院，改郑王从善为江国公，从谦为鄂国公。李煜的这一系列举措，令赵普既喜且忧。

"南唐国自损制度，说明其并无与我朝对抗之决心。李煜若能如陛下所愿，以土来献，归顺我朝，那是最好不过。不过，那李煜虽然表面恭顺，但似乎舍不得放弃其社稷。陛下恐终不愿卧榻之旁有他人安睡啊！去年十一月，李煜去了'唐'这个国号，改国玺为'江南国印'，又派皇弟从善到京师朝贡。陛下虽然赐诏呼名，但却赐从善私第，将他留在京师。可见，陛下并不满足于李煜的表面臣服啊。"基于这种想法，赵普决定再尝试一个新的办法。他心底祈祷，如果这个办法可行，或许可以免去宋与南唐之间的一场大战。

开宝五年闰二月辛卯，赵匡胤封次女瑶瑶为延庆公主。

封公主的仪式进行完毕，赵匡胤露出少见的欢欣之色。他的神色的变化，都被赵普瞧在眼内。

这日一早，天气虽尚寒，但早春的天地看起来却是一片明媚。早朝退后，赵匡胤将赵光义、赵普、李崇矩、楚昭辅、李昉、卢多逊、沈义伦等人召到后殿。石守信不久前来京师朝觐，赵匡胤想将其次子石保吉纳为驸马，故留他在京师商议，尚未归镇。他也被召往了后殿。

众人施礼后，赵匡胤微笑着朝石守信说话："守信，令公子保吉与延庆公主的婚事，朕与你已经议了多次，朕决定了，就在近期，择个吉日，让他俩完婚吧。可好？"

石守信喜道："好！好！好！臣能与陛下联姻，乃前世修来的福分。哪有不好之理！"

"那就烦劳挑个吉日。婚礼之事，朕另嘱礼部与你家一同好好筹备。"

"谢陛下隆恩！"石守信谢了恩，忽然抬起一只手，用衣袖往眼睛上轻拭了一下，口中继续哽咽说道，"臣得福如此，全赖陛下眷顾。这些年来，享天伦之乐，忽忽数年，不觉孩儿们都大了啊！"他这样说着，心里回想起数年前出征潞泽时与三个儿子告别的情景，当时孩子们的样子，历历在目。

赵匡胤坐在宝座上，看着丹墀之下的这个老臣，见他虽然目光依然炯炯，但头几年还挺拔的腰背已略显佝偻，满头的黑发亦已花白。"岁月不饶人啊！"他心中默默想着。

卷四

279

"是啊，转眼孩子们都长大咯！朕与诸位还得做该做之事啊。"赵匡胤微笑着对石守信说道。

"天地沧海桑田，黎民代代不绝，陛下所言甚是啊。我辈当为我辈之事也！"石守信肃然道。

赵匡胤点点头，略一沉默，扫视了一眼诸臣，说道："近日朕闻有道士私度人为道士，诸位如何看此事？"

赵普见赵匡胤如此问，已知其心意，便奏道："臣以为，当禁之。"

赵匡胤点点头，亦不再问他人，便说道："朕亦如是想。"当下，他又令李昉起草禁道士私度人之诏书，不日下诏。

赵匡胤对李昉交代完了，说道："诸位可有要事启奏？"

赵普见谏言时机已到，从容说道："陛下，年初，江南国主自损其制度，可见其顺服朝廷之心。臣有一计，或可不动兵戈，便收江南。"

赵匡胤微笑道："掌书记且说来听听。"

"如今，李从善尚未归，陛下可令其修书一封，劝李煜来京朝觐。只要李煜一到京城，陛下便将其扣留。江南国已损制度，再失其主，其内必乱。陛下再以朝廷之令，奖罚其大臣，徐徐约束其各节度军权，则不久后江南国自为我大宋所治也！"

"计是好计，只是李煜必不敢来，亦不愿来京师朝觐也！况且，从善当初与李煜争大位，其心本欲力抗我朝，怎肯修书劝李煜降我？"赵匡胤笑道。

"此一时，彼一时。臣观从善自错失大位，已灰心丧气，早无力抗我朝之心。陛下令其修书劝其兄入朝，其必然乐意为之。"

"为何如此肯定？"

"从善失位，必暗藏怨望之心。李煜入朝，与他无害，亦可证当年其父识人有误，为他正名也！"

"若李煜不来呢？"

赵普一笑，说道："到那时，陛下自可择机会猎江南，为时不晚也。"

赵匡胤听了赵普的话，微微点头，说道："既然如此，便依掌书记之计。"说完，他令人即去传李从善觐见。

使者去传李从善之际，赵匡胤与诸臣又议数事。约莫半个时辰后，李从善由使者领着，进了便殿。

赵匡胤见李从善入殿，便令使者搬来一张绣墩，赐座于他。

"鄂国公，京师初春，寒意可甚江南？"赵匡胤微笑着问李从善。

李从善作揖道："京师初春，暖于江南，江南寒气，初春未退也！"

赵匡胤点点头，说道："既如此，鄂国公日后可长居京师也。"

李从善脸色一变，旋即道："谢陛下隆恩，臣能得陛下之允，长居京师，臣之福也！"

"今日请鄂国公来，朕乃有一事请鄂国公为之。"

"请陛下示下。"

"朕欲请江南国主来京一叙，故请鄂国公修书一封，劝兄前来也！"

李从善听赵匡胤这么说，心中一惊，暗想："宋帝欲邀吾兄来京师，吾兄若来，其必羁之。此乃我报一箭之仇之机也！只是——吾兄不杀我，我倒诱劝吾兄，恐为后人笑也！若我拒绝宋帝之求，又恐宋帝杀我也！"

李从善内心纠结一番，终于作揖道："臣乐意效劳，只是臣兄必不来也！"

赵匡胤听从善这么说，看了赵普一眼。

这时，卢多逊亦偷偷一瞥赵普。

赵普察觉卢多逊偷瞥他一眼，装作没有看见。

"为何知国主必不来？"

李从善微微一笑道："臣兄乃礼佛风雅之士，非单刀赴会之枭雄也！"

赵匡胤哈哈一笑道："鄂国公且写书信便是，朕自诚待国主来京师！"

李从善旋即应承了。

"鄂国公，以你之见，如今江南国内，哪位大将最负盛名，最有韬略？"赵匡胤又问道。

赵普听赵匡胤问这个问题，心中一震，知赵匡胤已有出兵南唐之意。

李从善心中亦是一震，顿时沉默不语。"宋帝有动兵之意也！我若告知底细，则真为江南罪人也。"他心中暗暗叫苦。

赵匡胤见李从善不答，微微一笑，追问道："可是林仁肇？"

李从善听赵匡胤这么说，知其必有四方耳目爪牙，心中早有定论，当下说道："江南名将何止林仁肇一人。陛下若用兵江南，长江天堑更胜名将百名也！"

赵匡胤闻李从善之言，肃然道："鄂国公不予我欺也！"

说罢，赵匡胤沉思了一下，便令李从善与诸臣退去。

诸臣得令，纷纷施礼告退。赵普与诸臣一同往殿外退去，忽然听赵匡胤道："掌书记，你留步，与朕去散散步，朕有事问你。"

赵普愣了一愣，立即答应了。便在这一刻，他察觉到卢多逊冲他又偷偷瞥了一眼。他只装作不知。

待诸臣都离去了，赵匡胤方从宝座上立了起来，缓缓步下丹墀。

"走，陪朕去封禅寺走走！"

"是，陛下！"

约莫一个时辰后，赵匡胤在赵普和内侍李神祐的陪同下，到了封禅寺。

封禅寺住持守能和尚闻赵匡胤突然来访，慌忙出来迎接。

"大和尚，咱多时未见咯！别来无恙？"赵匡胤见到守能和尚，心情似乎不错，大声问候道。

"阿弥陀佛——托陛下洪福，贫僧甚好。"守能和尚合十答道。他脸颊上的那条大伤疤依然甚为醒目。

赵匡胤盯着守能和尚脸上的那条伤疤，忽然心头一动，想起多年前如月曾经与他说过的一件小事。这件小事，他以为早就忘记了，却不知为何现在突然想了起来。那时——在陈桥兵变前——封禅寺还不叫封禅寺，它还叫定力寺；那时，他的两个女儿琼琼、瑶瑶也还不是公主。他记起来了，如月曾经告诉他，她带着琼琼和瑶瑶，与婆婆、阿燕一起去定力寺烧香拜佛，在看到守能和尚后，瑶瑶指着守能的伤疤说——他的鼻子边趴着一条大虫疤。他还记得，当时听到这件小事，他还笑了笑，旋即便忘记了。在随后的十一年内，他从来没有想起这件小事。可是，这一刻，这件小事为何突然浮现在眼前了呢？如月说的话，为何仿佛清晰在耳，便仿佛昨日刚刚说过了一般呢？他未曾看到的那一幕——小瑶瑶指着守能和尚的伤疤说话的样子——为何仿佛他曾经亲眼见到一样，在此刻突然浮现在他的眼前了呢？他稍稍发起呆来，鼻子有些发酸，眼睛有些蒙眬了。

"嗯——好！好！陪朕去大雄宝殿看看吧。"赵匡胤呆了一呆，对守能和尚说道。

守能和尚觉出今日赵匡胤的神色有些异样。"陛下今日突然造访，不知为了何事。他一向不拜佛，为何今日倒像是专程来拜佛呢？"守能和尚心中纳闷，口中却没有问，赶紧答应了一声，便陪同赵匡胤等往大雄宝殿走去。

大雄宝殿内，如来佛的金身，显得异常高大。如来佛看上去非常平静的脸，显出无比的威严。赵匡胤跨过大雄宝殿的门槛，背着手，仰头望着如来佛的眼睛。他没有跪下来拜佛，只是静静地站了一会儿，便转身走出了大殿。

赵普、李神祐和守能都站在殿外，见赵匡胤一言不发神色肃穆地走出了大雄宝殿，都暗暗吃惊。

赵匡胤缓步走下台阶，又缓缓走到大香炉前站住了。

"掌书记，你过来，朕与你有话要说。"赵匡胤扭头看着赵普说道。

"是。"赵普答应了一声，走到赵匡胤身边。

"朕想收降林仁肇。你可有办法？"

"这——臣闻林仁肇对南唐忠心耿耿，恐难以劝降。"

赵匡胤沉默着不说话，扭头回望了一眼大雄宝殿，沉沉说道："那可有办法除去此人？"

赵普一惊，皱起眉头想了想，说道："臣倒有一计。"

"说吧。"

赵普压低了声音将自己的计谋说了，最后说道："此计若不成，我大宋收南唐便是未到时机也！此计若成，则我大宋收南唐，又多一条好理由也。"

赵匡胤听完，沉吟片刻，长叹一口气，将自己的双手一摊，看了看，缓缓说道："此计若成，朕与你又多了一条下地狱之因也！"

赵普听赵匡胤这么说，眼光一闪，神色顿时变得黯然，旋即默默低下头，一言不发。

二

龚慎仪从汴京一回到金陵城，不敢稍作耽搁，便飞快地赶往皇宫。此前，他被刘铢放回了金陵，随后又受南唐主李煜之令，出使汴京。

此时正是午后，龚慎仪知道南唐主李煜定不在正殿。"或许又与小周后在一起吧。"他这般想着，便向一小黄门询问李煜的去处。果不出所料，那人告诉他，国主此刻正与小周后在"龟头"小殿中饮茶休憩呢。

既然知道了李煜所在，龚慎仪不敢耽搁，脚步匆匆地赶到"龟头"小殿。

"站住！"一个内廷侍卫喝止了龚慎仪。

"臣有十万火急之事，要见国主！"龚慎仪一边说，一边抹着汗。金陵的闰二月，天气并不热，甚至还有些微寒。不过，由于是一路小跑着赶来的，龚慎仪额头上已经冒出了汗珠子。

那内廷侍卫白了龚慎仪一眼，扭头转身后，沿着一条青石板路，往花丛深处的"龟头"小殿禀报去了。过了一会儿，那内廷侍卫慢慢走了回来，百般不乐意地朝他一挥手，说道："国主正在殿内。那边。去吧。"

龚慎仪道了声谢，沿着青石路往花丛深处小跑了去。

过了一会儿，那隐藏在花丛深处的小殿露出了它的模样。这个小殿如此之小，殿内不过能容两三人而已。

龚慎仪见那殿门开着，门旁边立着两个青少的宫女。俩人都穿着天青色的衣裳，衣袂飘飘，被两边的花丛树木映衬着，仿佛仙子一般。殿内，南唐国主李煜正与小周后在榻上对坐着，榻上摆着一张小茶几，茶几上摆着一套天青色的瓷茶具。榻的背后，则是一面黑漆洒金屏风，屏风上的图画，是几株老松，老松下，三四个童子正在快乐地嬉戏。

"启禀陛下，臣有要事禀报！"龚慎仪于殿外跪拜。

"说了多少遍，以后不要再这样称呼孤家，要称'殿下'。可不能让宋帝找了口实，寻机图我江南啊。"李煜眉头微微皱着说道。

"是，殿下！"

"快快说吧。有何要事？"

"臣请殿下借一步说话。"

李煜听了，略一迟疑，冲对面小周后说道："你且在此稍等孤家。孤家去去便回。"小周后双目含情，微笑着冲李煜点点头。

李煜亦微笑着看看小周后，方才从榻上下了地，缓缓走出殿门。

"走，去那边吧。"李煜往小殿旁边指了指。那边有一条小路，通往一片小空地，空地一边有一张石桌子，石桌旁边摆着两张石凳。

龚慎仪跟在李煜身后，走到了石桌石凳旁边。

李煜在一张石凳上坐了下来。

"你何时从汴京回来的？瞧你满头大汗，出了什么事情？"李煜道。

"启禀殿下，微臣刚刚回到金陵。这次出使中朝，"龚慎仪犹豫了一下，继续说道，"微臣在皇宫内，遇到一事，不敢不速速回来向殿下禀报。"

"快说。"

"臣这次到了汴京后，先在皇宫内见了宋帝。宋帝接见微臣后，便令人将微臣领到一个馆舍中暂住。到了那馆舍，有人将微臣领入馆内的一间屋子。那屋子墙上，挂着一幅画。那画上画着一个人。微臣细看那幅画，但见画上站着一位将军，背后立着一匹大马，马的额头上有一块青斑，不论是马，还是人，其姿态生动，仿佛活的一般。微臣看了画，大吃一惊。殿下，你道画的是哪个？当时啊，微臣盯着那画，一眼便看出画中人乃是林仁肇。"

"林仁肇?！"李煜的两只眼睛中，重瞳瞬间一亮，露出震惊之色。

"是的，不会错。正是林仁肇。微臣那时正暗自吃惊，那个领微臣进屋的人问：'你可知这画中人是谁？'微臣当时不敢隐瞒，便答道：'画中人乃我江南林仁肇将军也。'那人听了，笑道：'林仁肇将归降我大宋，他令人持此画以为信物也！'微臣当时一听，心中大惊，只能默然不语。那人也不在意，令微臣在馆内歇息便是。微臣在那馆内歇息了一日，便试着向宋帝请辞回江南。宋帝不允。又过了三天，臣再次请辞回国。宋帝方才答应了。微臣不敢再多逗留，便立刻出了汴京城，快马加鞭，舟陆并用，夤夜而行，赶回了金陵。"

"此事你可与鄂国公说过？"李煜突然问道。

"殿下不问，微臣倒是差点忘记了。在等候的三天里，我偷偷拜访了鄂国公，但是我不敢说那画的事。只是顺便问一句鄂国公，问他是否听宋帝说起过要劝降林将军。"

"他怎么说的？"

"鄂国公说，宋帝确实也提过一句。当时鄂国公还以为宋帝要让他去做说客。哪知宋帝只是提了一句，便没有后话了。"

"当时你同鄂国公说什么了吗？"

"我当时听鄂国公说宋帝提起过林仁肇的名字，便什么都没敢说。"

"这么说，鄂国公并不知道那幅画的事。可是，如果林仁肇真降了宋，又是谁人牵的线呢？为何宋帝又没有派鄂国公做说客劝降林仁肇呢？"

龚慎仪沉思了一下，说道："恐怕宋帝知道，鄂国公原来坚决要抗宋，所以不敢让他去做说客，担心他反过来暗中将中朝的内情透露给我朝的其他节度使。至于林将军将要降宋，估计宋帝也不想让鄂国公知道。宋帝可能还不太信任鄂国公，怕他与我江南其他节度使们联络，生出事情来。"

李煜点点头，说道："有这可能。孤家这位兄弟，当年与孤家竞争大位，与几大节度使联系紧密，交情甚好。宋帝估计对他是否真的从内心顺服了中朝还是有怀疑的。"

"完全可能哦。"龚慎仪回应道。

李煜皱着眉头，又低头沉思了一会儿，缓缓抬起头道："如果林仁肇要投宋，宋朝为何将此事泄露给你？莫非使的是离间之计？你想，要画林仁肇一张像，岂不容易，他乃我朝大将，见过他的人不少，找一个画师，自然能够画出来。"

"微臣原也这么想，以为宋帝乃用此计离间我江南君臣。只是——"

"只是什么？"

"只是看了那幅画，微臣只恐林仁肇欲归宋乃不假，宋帝泄露此事，乃不是为了离间我南唐君臣，而是为了炫耀、为了威胁，以此消我江南抵抗之志也！还有——或许宋帝是不惜牺牲林仁肇一人，以试探国主是否真有顺服中朝之心也。"

"你的意思是，林仁肇欲降宋，乃是真的？"

"陛下——不，殿下——你可知那画出自谁之手吗？"龚慎仪下意识地压低了声音，伸长了脖子，眯起了眼睛，一脸神秘的样子。

"怎么？"

"殿下，当时我一眼便看出，那画乃是出自我江南名手、现今的翰林待诏——周文矩。"

李煜一听，惊问道："是他？"

"是的，正是那个曾经为先帝画过画像的名手周文矩。微臣曾经在宫中看到过他为先帝画的弈棋图。他的画风，灵动而不失严谨，画人物，那可真是栩栩如生啊。他的画，可不是一般画师能够模仿的。况且，那幅画上，还有周文矩的钤印。微臣看得清清楚楚。周文矩从不轻易给人画像，一张画，价值何止千金。他为林仁肇画的画像，林仁肇必然藏于家中。若不是林仁肇自己拿出，那画怎么会

"若是宋帝请高手模仿周文矩之风格而作呢？"

龚慎仪略一思索，说道："殿下不如先宣周文矩来问问，看他是否曾为林仁肇画过像，如果画过，问问他画过几幅。到时，微臣将所见的画也描述一下，看看能否对上。如能对上，那八九不离十，定是林仁肇以画为信物，要去降宋了。"

李煜沉吟道："嗯——也好，孤家这便令人去传周文矩。他年岁大了，来皇宫还需一段时间。你随孤家一起去后苑澄心堂，陈乔、徐游、张洎他们三个都在那里，一起先商量一下。"

"是，殿下。"

李煜说罢，便往来时那条道走了回去，找到小周后，对她说道："孤家去澄心堂议事，你若是在此闷了，便去别处走走。孤家不能陪你了。"

"殿下去忙便是。不必牵挂着我。"小周后妩媚地笑道。

李煜笑了笑，便带着龚慎仪，由内廷侍卫陪护着，往后苑方向走去。

到了澄心堂，李煜当即令人去速传周文矩。

约莫半个时辰后，名画师周文矩赶到了澄心堂内。

"赐座！来人，快扶周老夫子坐下。"李煜吩咐侍者。

周文矩已经是古稀之年，他拄着一龙头拐杖，颤巍巍地坐下了。

"殿下急急召微臣前来，莫非要请微臣作画？只是微臣已经老朽，老眼昏花，手足发颤，不堪再捉笔绘画咯。微臣倒是常常想起为先帝和几位王爷作画的情景，没有想到，一晃这一辈子便要过去咯。今日见召，微臣能再见殿下，实在是微臣之幸啊。"周文矩说着说着，心情激动起来，眼中竟然涌出了泪花。他抬起手，用衣袖擦拭了一下眼睛。他是见过大世面的，向来为南唐君臣所尊崇，见到李煜和陈乔、徐游等并无畏惧之心，开门见山地先行表明了自己的难处。但是，他这次并没有真正明白李煜的意图。

李煜微笑着说道："周老夫子说得是啊。一晃多年，老夫子为先帝画的那幅《重屏会棋图》，至今还深藏宫中，孤家想念父王时，也会常常去看看那幅画。孤家衷心感谢周老夫子啊。"

"嗯嗯，那幅画，宫中人知道的不少，真正看过的却没有几个。那时，景遂、景达、景逷几位王爷都在场。座位都是按照先帝的意思安排的。先帝戴着高高的黑笼纱帽子，手中拿着记谱册，若有所思地观棋，音容闲雅的样子，南岳真君亦不如也。现在微臣想起先帝，恍若昨日啊。画这幅画时，景遂王爷与先帝同榻并肩而坐。没错，微臣记得，当时景遂坐在先帝右手，景达王爷则与景逷王爷对面而坐。微臣记得，微臣被当时会棋的场景深深打动了。多么恬静轻松的时刻啊。微臣捕捉了当时的一个情景入画。画面上，景遂王爷扶着景逷王爷的肩膀，景逷王爷正举起一个棋子。那天，景逷王爷持的是黑子。我的画中，捕捉了景逷王爷持子待下的一瞬间。画面中，他对面的景达王爷，则是凝神看着他。他们几个的样子，微臣也都是记得啊。唉，景遂王爷早逝，景达王爷、景逷王爷那时多年轻啊，可是想不到两个人竟然也在四五年前先后病逝了。老天怎么不可怜世人啊！啊——啊，微臣年纪大了，今日见到殿下，心里激动，真是啰嗦咯。殿下见谅啊。"

李煜听周文矩说起一番怀念父王和叔父们的话，也不禁黯然神伤。他定了定神，对周文矩说道："周老夫子啊，今日孤家请你来，倒不是要请你再作画。只是有一件事想问问你。"

"哦？殿下请说。"

"嗯——是这样的，孤家想问老夫子，可曾记得为林仁肇将军画过像？"

"这——嗯——微臣倒是为林将军画过像，那是先帝在世时。就画过一幅，画完后林将军还特意请我盖上钤印。殿下知道，微臣作画，有时也不喜加盖钤印落款，生怕坏了画的布局和气韵。"

"周老夫子，你好好想想，可是只为林将军画过一幅画像？"李煜追问道。

"微臣年纪虽然大，但是记性还好，而且多年前的事情，越发记得清楚。不会记错，就是只画过一幅。在那幅画里，林将军立在一匹额头有块青斑的大白马前，穿着战袍，手按着一柄龙泉剑。"

李煜听周文矩这么说，扭头看了龚慎仪一眼，又朝陈乔等看了看。

"怎么？殿下可是对那幅画感兴趣？"周文矩见李煜神色有异，便问道。他知道李煜素来喜爱书画，倒也并不太吃惊。

"嗯，算是吧。那幅画周老夫子画完后可是赠给了林将军？"

"当然咯。林将军专程请微臣画的，还给微臣一笔甚是可观的润笔费呢。"

"嗯——孤家倒要择机向林将军讨那幅画看看啊。"

"不知林将军是否一直收藏着啊。"周文矩笑着说道。

李煜若有所思地说道："但愿他还一直收藏着啊。"说罢，他想笑一笑，却发觉脸上的肌肉好似有些发僵了。

"对了，周老夫子，孤家突然想再问你一下，当年画那幅《重屏会棋图》，你为何要在屏风上再画一屏风呢？"

周文矩淡淡一笑，咳嗽了一声，说道："后世观现世，若观屏风；现世看往世，亦若观屏也！"

李煜听了，猛然一呆，又问道："为何那画中的棋盘上，只有黑子，不见白子？"

周文矩听李煜这么一问，露出吃惊的表情，说道："原来，国主竟然不知道其中缘由啊？"

李煜点点头。

周文矩叹了口气，压低声音说道："当时，两位王爷确实下了一盘棋，但是，最后画面上人的位置与每颗棋子的位置，却是老夫根据先帝的授意，特别设计的。画面中棋盘上的棋子，都是黑棋，一共只有八颗，景逖王爷手上还有一颗黑子。全是黑子的棋局，这在实际的对弈中当然是不可能出现的啊。可是，那毕竟是一幅画，而不是实际的对弈啊。在微臣画的棋盘上，其中一颗黑子站桩，另七颗黑子摆在棋盘一边。那七颗黑子，乍看上去，有点像是北斗七星，细看却又不是。不过，别忘了，如果景逖王爷再敲下一颗黑子，下在天枢的位置，则棋盘边上的七颗棋子就正好可形成北斗七星，大概应了北斗七星中摇光、开阳、玉衡、天权、天玑、天璇、天枢的位置，那时，可以清楚地看到，其中，天枢位置的棋子指向北极星方向，而摇光位置的棋子——也就是北斗星的勺柄，正好指向了先帝。而原先的一个棋子则会多出来。先帝让老夫画景遂王爷持一颗棋子未敲下，实在是先帝内心的写照啊。从画面几位王爷的位置看，先帝让众人看到了继承皇位的先后顺序。但是，还有一颗黑子未敲入棋盘，虽说棋盘边上已经有七颗棋子，将成北斗，却未成北斗，这不正好说明先帝那时对最后选谁为继承人，在其内心还是举棋未定吗？北斗勺柄指向先帝，不就是暗示先帝操持着我南唐权柄吗？先帝借老夫之手，吐心中不可吐之意，真是苦心孤诣啊！"

周文矩说完这番话，陈乔等人已然个个张大嘴，大气也不敢出一声。

李煜没有想到因为问林仁肇画像，无意间解开了自己心中多年来想问却没有问的一个谜团，不禁怅然若失。

沉寂了片刻后，李煜又与周文矩闲聊了一番绘画的技法与当世几位名家的风格，便令人将周文矩好生送回家去了。

周文矩离去后，李煜沉默了半晌，对陈乔等人说道："宋帝真是给孤家出了个难题啊。若是林仁肇真的暗中降了宋，孤家杀了他，宋帝必知孤家有抗宋之心，恐怕很快会发兵讨伐我江南；若孤家不杀林仁肇，宋帝便可能不断以林仁肇为例，暗中继续劝降我江南将帅。若是林仁肇不是真降，或宋帝只是派见过原作之人仿作一幅画，以此离间我君臣，则孤家杀了林仁肇，我江南便损一员大将啊！"

陈乔素来器重林仁肇，多次向李煜举荐过林仁肇，甚至私下对人说："若令仁肇将外，乔居中掌机务，国土虽蹙，宋未易图我也！"此时，他见李煜怀疑林仁肇暗中投靠宋朝，心中不快，便说道："殿下，仁肇倾心谋国，何至于反？此必宋朝离间之计也！"

张泊说道："臣以为，那画如果是真的，定是林仁肇拿去作信物不假。殿下若不除林仁肇，他日两国交兵，林仁肇临阵倒戈，殿下悔之晚矣。殿下难道还相信林仁肇？"

李煜不语，拿眼睛看了一眼陈乔。

陈乔睁大眼睛，大声道："仁肇乃忠臣，臣信其必无反心！"

张泊听陈乔这么说，皱起眉头，略一沉吟，振声道："若林仁肇真降了，殿下不杀他，我军将帅离心，恐有内乱啊！况宋朝若真发兵，我江南岂真怕他！我江南当年虽然失了淮南之地，不过仍然有长江天险，依然带甲百万，水师更是天下无敌。鹿死谁手，尚不可知也！"

李煜依然不语，扭头看了一眼徐游。

徐游见李煜神色犹豫，知他还不相信林仁肇降了宋，便说道："臣有一计，可知林仁肇是否真的降了宋。若是他真降了宋，到时再杀他不迟。"

李煜的两只重瞳之眼一闪，说道："你有何计？快快说来。"

"殿下可派人去南昌府，召林仁肇前来金陵议事。顺便令他将周文矩为他画的像带来，就说与周老夫子聊起此画，颇感兴趣，想要一睹原作真颜。如此说，他定然不会起疑。若是他能带那画前来，则证明宋帝显然使的是离间之计。若是他不能带画来，说明画已经不在其家中，其降宋之举几可坐实。那时，殿下欲杀欲留，都来得及。"

李煜听了徐游的建议，想了想，点点头，说道："此计甚妥。"

李煜与徐游等商量之后，便立即派人黄夜前去南昌召南都留守林仁肇赶赴金陵。

三

"国主急召我去金陵，莫非他重新思量了我提兵攻取淮北之地的计划，改变了主意？"林仁肇这样想着，心中有些兴奋。他恨不得插翅飞到金陵，再次面见李煜，与他共商北伐大计。他的心底，几乎画出了一个蓝图，先恢复淮北地区，然后袭取吴越，那时，再联络海外，与远在北方的契丹交往，以此抗衡宋朝。但是，他没有找到李煜想要看的那幅画像。"我明明记得将那轴画收起来了，怎么竟然找不见了呢？这些年，我戎马倥偬，在南昌、武昌等地四处镇边，莫非周文矩老夫子为我画的那幅画留在武昌城的宅子里了？也罢，只好当面再向国主说明了。"未能找到那幅画，他有些奇怪，有些失望，但他并不担心李煜会因一幅画像而怪罪自己。为了弥补没有找到那幅画像的遗憾，他特意从收藏的画中挑了一幅董源①的山水和杨晖②的游鱼图带往金陵。

林仁肇带着几个贴身卫士，乘舟赶到金陵城内时，夕阳已落，南唐宫宫门刚刚关闭了。他不敢耽搁，没有回金陵城的自家府邸，便直接去南唐宫觐见李煜。令他感到有些受宠若惊的是，李煜令人带着他，直接前往后苑澄心堂觐见。他知道，如今的澄心堂，可不是一般大臣能够进去的地方。如今的澄心堂，乃大内机要之地，其在南唐朝廷内的地位，简直比宰相的政事厅还要高。他知道，如今李煜让最信任的几位大臣——徐游、陈乔、张洎长期在澄心堂办公，日常能够进出澄心堂的，也就是他们几个，除此之外的人，若非李煜亲自召见，或是徐游之子徐元楀引见，谁都不得入内。"今日国主召我去澄心堂见面，可见所议之事非同小可啊。"想到李煜对自己的器重，想到自己中兴南唐的计划有望实现，他心中暗喜。

林仁肇令贴身卫士留在宫门之外，自己背负了两个画匣，进入皇宫。待他步入澄心堂时，堂内已经点起了羊脂蜡烛。他看到国主李煜穿着黄紫相间的锦绣袍子坐在中间的榻上，两旁的椅子上，一边坐着徐游、陈乔，另一边坐着张洎、龚慎仪。李煜脸上带着微笑，正直面着他。徐游、陈乔两人在他进去的时候，似乎正进行着交谈，见到他进来，便都停住了话头，神色肃然地看向他。张洎的神色，看上去似乎稍稍有些紧张，绷着脸，眉头皱着，嘴角微微下拉。看到徐游、陈乔、张洎都在，他并不感到吃惊。但是，在澄心堂内看到龚慎仪，却令他感到有些意外。论官职，龚慎仪是无缘进入澄心堂的。他还注意到，在澄心堂内，一个内侍也没有。除此之外，堂内更无其他人。虽然他在李煜的脸上看到了微笑，但凭着直觉，他

---

① 董源，五代南唐著名画家，南派山水画的开山鼻祖。

② 杨晖，五代南唐著名画家，善画鱼、水草等。

感到堂内的气氛有些异样，空气中似乎弥漫着一种凝重的气氛。

"林将军来啦，快请坐。"李煜微笑着指了指陈乔旁边的一张空椅子。

"谢殿下！"林仁肇施礼之后，缓缓在那椅子上坐下来。

"将军千里赴都，辛苦咯。"李煜微笑着继续说道，语气听起来很温和。

"殿下召见，臣不敢耽搁。"

"嗯——前些日子，孤家与周文矩漫谈，听老夫子说起，他曾为将军画过一幅画像。你知道，周老夫子也曾为先帝画过像，孤家甚是喜爱他的画。不过，孤家却从不知，原来他还为将军你画过像啊。"

"不错，周文矩老夫子为臣画的画像，臣一直收藏于家中，不曾拿出示人。故所知者甚少。老夫子为臣画像，回想起来，那可是多年前的事情了。"

李煜听林仁肇这么说，眼睛中亮光忽闪了一下，看了一眼林仁肇背负的画轴，问道："林将军背负之物，可是那画？快快呈上，让孤家看看。"

林仁肇面露愧色，立起身，缓缓从背上解下两个画匣，双手托着，呈到李煜面前，说道："请殿下恕罪，臣那幅画像，似落在了武昌城的宅子内，并未在南昌的家中寻到。这次臣带来了两幅画，一幅乃是董源的山水，一幅乃是杨晖的游鱼，想来殿下也一定喜爱，也请殿下品鉴。"

林仁肇此话一出，徐游、陈乔、张洎、龚慎仪四人皆都变了脸色。李煜也是猛然一呆。他似乎定了定神，方才说道："今日无缘一睹周老夫子手笔，那可真是万分遗憾。不过，董源、杨晖皆是名手，今日能看到他们的画作，亦是一幸。"

李煜从林仁肇手中取了两个画匣，将其中一个递给了旁边的陈乔，另一个则自己拿在手里，慢慢打开，从中取出一个画轴。

李煜将那画轴拿在手里，缓缓打开了那轴画，若有所思地垂目观画。那幅画，是一幅董源的山水。画中的山石多用笔点染，山坡处用的是披麻皴技法，全画水墨中杂以花青，画面恬淡滋润，草木葱葱，山林郁郁的江南山水，活脱脱地在画面中展现出来。

"此画山峦连绵，云雾晦暗，烟雨朦胧，有宁静之趣味，有沉郁之情怀，令人发怀古之情，生归隐之意也。诚董源之真迹啊！"李煜叹道，手举画轴，又细细看了一番，才小心翼翼卷起来。

将董源的画放回盒子中后，李煜又从陈乔手中拿过另一画匣，取出其中的画轴打开欣赏。那是一幅杨晖的游鱼图。李煜细细看了一番，然后也点评了几句，方才将那画收回盒子中。

林仁肇察觉到李煜观画时，偶尔两眼茫然，似乎神游画外，不禁暗想："国主确实是爱画懂画之人，不知为何，此时观画似乎心事重重啊。"

"林将军，这两幅画，可否留给孤家细细品鉴，隔日再还你。如何？"

"殿下见爱，臣之幸也。殿下若有意这两幅画，臣愿献与殿下。"

"那倒不必。夺人所爱，君子不为也。今日为时已晚，你舟车劳顿，还是先回家中歇息。明日一早，孤家再与你议事。"李煜说道。

"谢殿下！"

林仁肇大声答应后，辞了李煜等，出了澄心堂，离开皇宫，由贴身卫士陪着，自往家中去歇息了。

待林仁肇走远后，李煜沉下脸，低声道："此事关系重大，诸位看现在如何处置？"

龚慎仪起身道："林仁肇拿不出那画，恐怕微臣在汴京所见那幅便是真迹。"

李煜皱着眉头道："孤家总觉得此事有些蹊跷，究竟是杀了林仁肇，还是先将他囚禁起来细细审问，孤家尚拿不定主意。不如将汤相也请来一起商议。"

"殿下，万万不可。此时不杀林仁肇，恐生大乱。殿下请他拿画像观摩，他拿不出画，定然已经叛宋。说不定，他已对殿下求画观摩之举起了疑心。所谓画像在武昌宅子之说，恐怕是缓兵之计。他带兵多年，手下死士定然不少，若陛下错过这个时机，恐怕不仅杀他再无机会，反为他所害。汤相虽是老臣，然拘泥因循，殿下若找他商议，他必会阻止殿下立杀林仁肇。"张泊振声言道。

"张大人所言甚是。"徐游捋着胡须说道。

"殿下，林仁肇之事，尚有疑点，请殿下三思。"陈乔沉思了片刻，起身说道。

李煜听了四个人的话，一言不发，锁着眉头，两眼的重瞳反射出对面羊脂蜡烛的光，默默地思索着。

过了许久，李煜从榻上猛然立起，冲陈乔四人点点头，说道："此前，朱令赟与皇甫继勋曾上书，疑林仁肇欲求宋援，自立于江西。孤家不信。如今，有此画为证，孤家始信朱令赟与皇甫继勋之言也。好，念他是先帝老臣，曾为先帝立下汗马功劳，孤家赐他鸩酒，给他一个全尸。龚慎仪，这件事，你去办吧。"

"陛下——"陈乔冲李煜"扑通"跪地，欲再为林仁肇求情。

"休要多说了。"李煜说道。

陈乔跪在地上，一时间呆若木鸡。

"这——是！殿下，遵命。"龚慎仪犹豫了一下，方才应诺。

林仁肇离开澄心堂，回到位于金陵城的府邸中，忽然想起一事，叫来随行卫士，问道："古衢通、古道通可回到金陵了？"

那卫士摇摇头。

"嗯。"

林仁肇没有再说什么。他在会客厅中坐了一会儿，正打算去洗漱，忽然方才那名卫士匆匆跑了进来。

"启禀将军，龚慎仪带了一队人马，就在大门口了，说是奉国主之命前来。要不要拦住他？"

林仁肇微微一惊，说道："莫不是有急事，快请进来。"

"是！"那卫士得令，匆匆跑了出去。

过了片刻，龚慎仪带着一队士兵往会客厅走来。他身后带着十来名军校，有几个手中举着松明火炬。

"龚大人！"

龚慎仪并不答话，只是刻意地一笑，便在林仁肇跟前五六步远处站定，将手中的一卷绢轴飞快打开，大声念道："林仁肇听教——"此时，南唐因自贬制度，下"圣旨"已改称为"教"了。

林仁肇一惊，下意识地跪在地上。

龚慎仪于是大声念道："南都留守林仁肇，侍奉先帝，在镇多年，劳苦功高。自孤家继位以来，北卫金陵，南守南都，威震内外。特赐琼浆一壶，以慰劳苦。"

龚慎仪宣读完毕，其身后走出一个内侍官。这内侍官手中托着一个黑色髹漆木盘子，盘子上面放了一只黑色建州瓷盏，旁边放着一只黑色建州瓷酒壶。

林仁肇见了这架势，顿觉一股寒意自心底升起，猛然间，他想到："国主定然因我之前提出的计谋，以为我表面想借兵偷袭淮北，实际想拥兵自立。韩夫子啊，韩夫子，我林仁肇佩服你有先见之明啊！国主这是要赐我毒酒啊。我林仁肇清清白白，若有反心，何必等到今日。我若不喝这壶酒，那便是真反了。罢了，君要臣死，臣不得不死。青白之心，日后自见于汗青。"

他这样想着，缓缓立了起来，也不谢龚慎仪，扭头对身边卫士道："国主赐我琼浆，自有深意。我林仁肇一生忠于南唐，尔等日后亦当以忠义为念。"

卫士们一时不明其意，只是大声应诺。

林仁肇更不再多说，走到那内侍官跟前，缓缓拿起那酒壶，满满斟了一杯，然后仰起脖子，一饮而尽。便在一瞬间，他感到腹中一阵剧痛……

四

林仁肇死后的第二天，李煜立即出文布告内外，林仁肇妄图拥兵自立，故赐死。消息很快传到了汴京。

听到林仁肇死讯时，赵匡胤正由赵普、李崇矩等重臣扈从，在汴京城内的教船池观习水战。赵匡胤听到消息，长叹一口气，将赵普叫到一边，低声说道："离间计虽然成了，可是，朕这心里却不好受。掌书记啊，是我与你，以一画像，害死了江南之忠臣猛将啊！"

赵普道："陛下不必自责。出卖林仁肇的，是他那贪财侍卫，如那侍卫不去盗画，此计难成；杀林仁肇的，是李煜，如李煜对将帅心怀赤诚，无猜疑之心，此计亦难成。"

赵匡胤听赵普这么说，沉默不语，点点头，扭头朝站在十多步之外的权判三司楚昭辅看了看。正是他令楚昭辅安排的秘密察子，在南昌府以重金贿赂林仁肇的一个近侍，才盗得了那幅珍贵的画像。

"昭辅。你来一下。"赵匡胤朝楚昭辅说道。

楚昭辅答应了一声，匆忙走到赵匡胤跟前。

"贿赂林仁肇侍者盗画之事，切不可泄密。务必再叮嘱一下你的人。"

"陛下放心。臣心里明白。"

"你走吧。朕再与宰相聊聊。"

"是！"

"且慢，仓储计度之事，千万不可放松。你也着人再收集一下南唐粮草储备的情报，尽快报来。"

"陛下放心！"

楚昭辅离开后，赵匡胤将眼光投向了在教船池操练的水军战船，喃喃地自言自语道："也许，快是时候了……"

林仁肇死后，赵匡胤一度想要在五月中旬时发兵征讨南唐。然而，老天很快打破了他的计划。自五月初开始，天连降大雨。五月辛未，黄河在澶州濮阳县境内决堤。赵匡胤于是令团练使曹翰率军前往修复河堤。

曹翰到便殿向赵匡胤告辞，赵匡胤肃然说道："霖雨不止，河又决堤。朕焚香向上天祷告，若天灾流行，愿在朕躬，勿施于民。奈何上天似无耳啊！"

曹翰顿首道："昔日宋景公不过一诸侯，一发善言，灾星为之退舍。今陛下忧及兆民，诚心向苍天祷告，定然能够感动上天，灾难很快就会消除的。"

赵匡胤听了曹翰的话，略觉心宽。

无奈，随后几日，又是连降大雨。

赵匡胤见灾情日益严重，召来赵普说道："这大雨无休无止地下，朕日夜焦虑，不知如何是好啊。莫非是朕为政有所缺失吗？"

赵普慌忙说道："陛下忧勤庶务，有弊必去，闻善必行，至于苦雨为灾，乃是臣等失职啊。"

赵匡胤苦笑一声，摇摇头，忽然说道："掌书记啊，恐怕是老天罪你我用离间计，杀南唐忠臣啊！"

这句话，像箭一样，扎入了赵普的内心。他闻言一惊，一时无语。

连绵的大雨下个不停。

过了数日，黄河在大名府朝城县境内决堤。一时间，黄河南北诸州都发起大水。

六月庚寅日，黄河又在阳武县决堤，汴水则在郑州、宋州决堤。

为了修补所决河堤，赵匡胤先后发诸州兵士及丁夫共五万人，由曹翰董修堤之役。到六月中下旬时，雨水渐停，数处河堤方才修好。

这一阵大水灾，使宋朝核心地区元气大伤，赵匡胤不得不推迟自己征讨南唐的计划。

五六月的雨涝灾害，令黄河南北诸州损失巨大。各地忙着救灾，不少州县开始出现物资短缺的情况。京城的物资调动和粮食漕运也大受影响。权判三司楚昭辅近两个月以来，忙得焦头烂额。七月中的一天，楚昭辅拿到下级呈上的仓储账目。一看之下，他顿时惊得直冒冷汗。最新统计账目赫然显示，汴京城内仓储粮食，只能够用到明年二月。"这个如何是好？若是陛下知道这个情况，必然龙颜大怒。若是不如实上报，漕运稍有滞后，京师粮食便会匮乏，到那时，我这项上人头恐怕不保啊。"他忐忑不安，思索再三，决定还是硬着头皮将计度情况如实呈报给了赵匡胤。

那一日拿到三司报告时，赵匡胤刚结束早朝，正在便殿中与宰相赵普议事。不出楚昭辅所料，赵匡胤看到三司上报的仓储账目后，勃然大怒。

"简直是胡闹，现在才上报！"赵匡胤将三司的报告重重摔在地上。

赵普见了，上前几步，从地上捡起三司报告，一言不发地递还给赵匡胤。

赵匡胤白了赵普一眼，一脸不乐意地接过赵普递过来的三司报告。这一刻，赵匡胤没有开口询问赵普的看法。此前，赵普对赵匡胤任命楚昭辅为权判三司并不赞成。一直以来，他想将三司计度的权力纳入宰相的职权范围，因此尽管他与楚昭辅之前私人关系不错，但依然反对以楚昭辅权判三司。赵匡胤自然知道赵普心里的想法，但是，他心底却不想让相权过于强大。前些时候，朝廷内已有传言说，自宰相手中出的"堂帖"，便如圣旨一般有效。这个传言，令他心中对赵普暗暗不满。

大怒之下，赵匡胤令人速速传来了楚昭辅。

楚昭辅一进便殿，见赵匡胤怒容满面，慌忙跪下请罪。

"明年二月仓储便尽！要你这个权判三司有何用？！"赵匡胤怒气冲冲地喝道。

"是臣失职，请陛下治罪！"楚昭辅不敢为自己辩解。

听楚昭辅这么说，赵匡胤皱起眉头，从宝座上立了起来，说道："国无九年之储，曰不足。如今，京城却只剩半年用的仓储。你不勤为计度，到如今火烧眉毛才上报！你说，该怎么办？！"

"臣请分屯诸军，以缓京师之急。同时征集民船，以给馈运。"楚昭辅颤声道。

"分屯诸军？征集民船？这个朕都在报告里看了。你以为这么办，就可马上解决问题吗？"赵匡胤哼了一声。

楚昭辅跪在地上，满头冷汗，不敢言语。他微微抬起头，偷偷往赵普看了一眼，期盼着赵普能够为自己说上一句话，但是赵普此时只是垂着头，微微眯着眼睛。

赵匡胤见楚昭辅如此，暗想："以他为权判三司，也是我的决定，我亦有责啊！"当下心里一软，轻轻叹了口气，继续说道："设你这权判三司有何用？若真有所缺，朕必罪你以谢众！且平身退下吧，快去想法子解决问题。"

楚昭辅谢了恩，慌忙退出便殿。

出了皇宫，楚昭辅惊魂未定，暗想："要解决仓储短缺，必靠漕运，如果没有开封府的支持，短时间内，我断不能解决短缺之困啊！"他踟蹰了片刻，便决定径往开封府，向赵光义求救。

到了开封府官署会客厅内，楚昭辅一见赵光义，便"扑通"一声跪倒在地，口中呼道："府尹救我！"

赵光义大惊道："楚大人请起，究竟出了何事？"说话间，他从座位上立起，将楚昭辅扶了起来。

楚昭辅当即将京城仓储将尽之事详细说了。

赵光义听了，心中暗想："此事干系重大，若能帮上他，不仅可缓京城之急，而且可使他今后为我所用。只是，这也是个麻烦事情。不管其他了，且答应他，再想计策。"

于是，赵光义从容对楚昭辅说道："楚大人勿急，容光义再想想办法，你我一同协力，定然能救京师仓储之急。你且先回府歇息。光义如有计策，定会向皇兄禀报。"

楚昭辅见赵光义爽快答应相助，顿时感激万分，再三道谢后才告辞而去。

赵光义待楚昭辅离去后，独自回到官署书房内，想了半天，却是一个好办法也想不出，不禁渐感焦虑。呆坐了许久，他突然一拍大腿，想起一人，心道："我怎得忘了陈从信！"

"来人！"他冲屋外喊了一声。

一个开封府衙役闻声推门进来。

"去将陈从信叫来。"

那衙役得了令，慌忙出去传人了。

过了一会儿，那衙役匆匆回来了。他身后跟着一个戴着幞头，身穿皂衣的长须老人。这老人正是开封府右知客押衙陈从信。

"快进来！"赵光义道。

陈从信迈过门槛，进了屋，站定鞠躬，说道："见过府尹大人。"

"坐坐坐。"赵光义微微一笑，指了指旁边的一张椅子。

陈从信又一鞠躬说道："小人不敢。不知大人传我来有何事，请大人吩咐。"

赵光义不再勉强，便将楚昭辅方才告知的棘手之事说了一遍。

"为之奈何？"赵光义说完，用眼睛盯着陈从信问道。

陈从信听完赵光义的话，微微一笑，从容说道："仓储告急，病在漕运阻塞。老朽曾经游历楚、泗之间，对漕运阻滞之由略知一二。"

"好，愿闻其详！"

"我朝目前的漕运之法，舟人的日食，都由沿途所历州县勘给。府尹，你想，运粮之船，每到一处，都要停下计算舟人日食，这如何快得了啊。若能够自起发之日开始，即计日并支，往复皆然，则可以责其程限。"

赵光义闻言，拊掌大喜，赞道："好法子！好法子！"

陈从信微微一笑，稍稍一停顿，继续说道："还有，楚、泗间运米入船，至京师再辇米入舍仓，宜沿途备运卒，皆令及时出纳。这样一来，每一运，可节省数十日。楚、泗至京千里，原先八十日一运，一岁才三运。若用此法，除去淹留之虚日，则每岁可增加一运。在下方才听府尹大人说，三司欲征用民船，这个法子，须得小心操办。若不征用民船，则无法在短期内解决仓储匮缺，若尽征民船而用，则民无船以运炭薪，今冬京师中炭薪殆绝。以在下之见，不如征募民船中那些坚实者，用以运粮，那些有所损败的旧船，则任民自用以载炭薪。如此，公私俱济。"

"说得有理。还有什么计策，继续说来。"赵光义喜道。

陈从信继续说道："府尹大人，如今各地市场上米价较贵，而官家将京师中米价定为斗米钱七十，商贾以为不获利，自然不敢将米运到京师来卖。京师内的富人，即便藏米丰富，却也不乐意拿出来售卖，宁愿藏匿起来，是以米价日益上涨，而贫民则要为缺粮挨饿而忧虑也。如果官家能够不为米定价，听任民间交易自便，则四方商贾，自然会以市场之需，运米入京，则京师乏粮之困可速缓也。"

赵光义没有想到陈从信一下子应对之策考虑得如此周全，不禁喜出望外。次日，赵光义将陈从信的计策向赵匡胤详细做了陈述。赵匡胤听了陈从信的计谋，亦大喜，当即依其计而行。

因有了陈从信之计，赵匡胤也未再责罚楚昭辅。为了加强对各地物资的储运、计度，赵匡胤做出了一系列新的任命。他任命大理正李符知京西南面转运使，命知广州潘美、尹崇珂一并兼任岭南转运使，原转运使王明改任副使，又以太子中允许九言为转运判官。宋朝设立转运判官，便是从许九言开始的。

这年九月丁巳，朔日。这天发生了日食。赵匡胤见发生日食，心中不悦。他联想起陈桥兵变之日，天上出现重日异象，不禁暗暗担心有谋逆之事要发生。不巧的是，几日后，枢密使李崇矩将其女儿嫁给了宰相赵普的儿子赵承宗。赵匡胤听说了这事，对李崇矩与赵普两家的联姻大感不悦。卢多逊等趁机向赵匡胤进言，称赵普揽权独断，凡是大臣进呈的书札，经其手，不中意的，都被其抛入瓷壶中烧毁。自此，赵匡胤开始考虑要削李崇矩与赵普之权。

进入了十二月，天迟迟不降雪。赵匡胤担心明年的粮食收成，令近臣们分赴京城各处的祠庙祈雪。

说也奇怪，老天似乎真的回应了祈雪的请求，这月乙卯日，天降大雪，京城与周边各州县，被笼罩于白茫茫的大雪中。

这日傍晚，赵匡胤从后苑书房中出来，站在回廊上，望着阴沉沉的天空中雪花飞舞，不觉感到有些凄凉。

"这茫茫天下，到底哪个是朕的真朋友啊？"他心中暗暗叹道。这时，他想起了赵普，也想起了自己多年前探访赵普的那个雪夜。

"掌书记应该不会背叛朕吧。最知我者，恐怕便是他吧！"他这样想着，心念一起，便决定立即去赵普家探访。

他令人去飞龙院备好了两匹马，由内侍李神祐陪同，骑马自南薰门出了宫门，冒着风雪便径直往赵普府邸去了。

赵普对于皇帝冒雪来访，大感意外。"陛下已经好久未亲自登门造访了。今日冒雪前来，不知有何急事。最近数月来，陛下似对我颇为冷淡，应该是我与李崇矩的联姻令陛下不快吧。"赵普心中颇为忐忑。

将赵匡胤迎入会客厅时，天色已暗。

李神祐自于会客厅外侍立。

赵普请赵匡胤在榻上坐下后，侍立一旁，问道："陛下此刻来访，可曾用了膳？"

"未曾用膳。这样吧，掌书记，你去令人备些生牛肉，备点酒，朕今日便与你在此一边烤肉，一边喝酒吧。"

"那敢情好啊！"

赵普听赵匡胤这么说，当即令仆人在会客厅内点起了羊脂蜡烛，升起了火盆，支起了炙烤架子，又令厨子去切了两盘生牛肉来。赵普夫人和氏，很快温好了酒，与热茶一起端了上来，放在榻上的茶几上。随后，她又乐呵呵地为两人端来了碗筷和烤肉用的器具。

"谢谢弟妹啊！"赵匡胤微笑着对和氏表示感谢。

和氏听皇帝这么说，顿时有些紧张，一时不知如何作答。

赵普于是对夫人说："夫人先下去吧，我在这里陪陛下一起吃。"

赵匡胤笑了笑，也不说什么，任由和氏谢了恩退了下去。

"掌书记，你也坐啊！"赵匡胤见赵普立着不坐，便指着会客厅座榻旁的一张凳子说道。

赵普于是在凳子上坐了下来。

"这大雪天，烤肉喝酒，亦人生一快事啊！"赵匡胤拿起铁架子，从盘子中夹了一块牛肉，放在炙烤架上。牛肉被铁架下面的炭火烤着，发出"滋滋"的声音。

赵匡胤手中拿着铁夹子，眼睛盯着烤肉，若有所思。

过了片刻，架子上的烤肉熟了，散发出香味来。赵匡胤将烤肉夹起，放入赵普的盘子中，说道："来，掌书记，尝尝朕亲自为你烤的牛肉。"

赵普见赵匡胤不露声色地为自己烤肉,不禁心下暗惊,不知赵匡胤究竟有何意图。

"陛下,还是让我来吧。"赵普说着,伸出手去,想要拿赵匡胤手中烤肉夹子。但是,他仿佛突然想到了什么,手伸出一半,忽然一颤,便缓缓缩了回来,只是愣愣地看着赵匡胤,一动都不敢再动。

赵匡胤似乎感觉出气氛有些凝重,当下哈哈一笑道:"掌书记不必多想,朕今日冒雪前来,不过是兴之所至啊!朕方才还想,这茫茫天地间,究竟有几个是朕的真朋友。朕原先有十兄弟,这你是知道的,石守信、王审琦,他们都是朕的好兄弟。可是——可是,如今他们都是朕的大臣、将军,朕想如现在这样与他们坐在一起烤肉喝酒,他们恐怕也不敢啊。还有些人,他们也都了解朕,可是他们都不在了。慕容延钊、李处耘,朕常常会想起他们。可是,他们都不在了啊。还有,李筠、李重进,他们背叛了朕。还有李景、孟昶等,他们是朕的对手,如今,他们一个个都不在了!他们全都变成了土,变成了灰!只有你,掌书记,你是最知朕的,只有你,还在朕的身边。"说到这里,他突然打住了话头。他的眼光越过赵普的头顶,望向外面飞舞着雪花的夜空,仿佛那黑暗中,有人正在与他默默对视。

赵普看着赵匡胤,心潮起伏不定,只觉胸口有些堵,说不清楚究竟是感动还是悲伤。

过了片刻,赵匡胤又将眼睛盯着赵普,继续说道:"掌书记,今日,你便放开了,陪朕烤肉、喝酒,不必拘礼。如何?"

"好!"赵普微微点点头。

"好,你拿着,你来烤肉。"赵匡胤说着,将手中的铁夹子递给了赵普。

赵普稍稍一迟疑,还是伸手接过了铁夹子。

"近来,北汉主令民输钱养军,又将文武百官减了俸禄。这是其财用不给之故也。朕想再次北征太原,掌书记以为如何?"赵匡胤问道。

赵普呆了一呆,旋即抬手用夹子夹了一块牛肉放在烤架之上。

"臣依然坚持，先南后北，先拿下南唐、吴越，再取北汉。即便要取北汉，也该先稳住契丹。"

"你的意思，该与契丹结盟？"

赵普摇摇头，说道："非我族类，岂能深信。稳住即可，岂能结盟。"

"北汉如今财用匮乏，错过机会，岂不可惜？"

"陛下已经试过，如果北征再失利，天下诸国知我元气必伤也。"

赵匡胤听赵普这么说，双眉紧锁，长叹一口气道："朕的身边，恐怕只有掌书记敢如此对朕说话了。"

赵普看到赵匡胤说话时，脸上露出了落寞之色，不禁颇觉伤怀，暗暗想到："这普天之下，不论王者，还是凡人，都不可能没有弱点啊。"他将烤好的肉片夹到了赵匡胤面前的盘子里，然后放下夹子，起身为赵匡胤斟满了一杯酒，又给自己斟满了一杯。

"陛下，臣今日不知陛下圣驾光临，有失远迎，又无准备，臣先自罚一杯。"赵普不等赵匡胤说话，便端起酒杯一饮而尽。

赵匡胤笑了笑，说道："掌书记，你坐下。朕从来没有怀疑过你会背叛朕。朕知道，朕要实现统一天下的宏愿，不能少了你。而你，朕也知道你有着想要助朕开创太平盛世的宏愿。"

赵普听了这话，不禁心潮澎湃，忙道："陛下如此信任，臣愿追随陛下，万死不辞！"

赵匡胤微笑了一下，立起身来，慢慢踱步到会客厅门口，望着外面黑色夜空中的雪花。赵普跟着站起来，侍立在其身后。

过了一会儿，赵匡胤缓缓转过身来，对赵普说道："上个月庚辰，朕命参知政事薛居正兼提点三司淮南、湖南、岭南诸州水陆转运使事，命吕余庆兼提点三司荆南、剑南诸州水陆转运使，乃是为你分担一些责任。朕望你多多集中精力，为朕出谋划策，早日统一天下啊。"

赵普心里一惊，暗想："陛下这是不欲让我过于集权啊！"于是慌忙答道："是，臣明白。"

赵匡胤微微点了点头，沉默了一会儿，又问道："卢多逊这人，可大用乎？"

赵普呆了一呆，躬身说道："臣实不知，唯圣心是裁。"

赵匡胤又是微微点头，然后再次转过身，望着外面，悠悠说道："掌书记，你瞧，这雪，可真是好大啊⋯⋯"

五

宋朝皇宫后苑内，樱桃树的枝头，堆满了粉白色的花朵。有几只蜜蜂，有几只蝴蝶，在花间飞飞停停。

赵匡胤站在樱桃树旁，颇为惬意地看着枝头的繁花，观察着一只蜜蜂在花蕊上的活动。他刚刚上完早朝，又在后殿接见了几位大臣后，心情颇佳。但是，当他看着这些樱桃树，看着初开的樱桃花，心中不免又生起丝丝惆怅。又是一年春来啊！

正当赵匡胤望着樱桃花出神时，内侍李神祐忽然匆匆跑了过来。

"启禀陛下，房州来信，后周郑王病殂了。"李神祐轻声说道。

"什么？"赵匡胤扭过头问道，仿佛方才没有听清楚李神祐的禀报。

"陛下，后周郑王病殂了。"

赵匡胤愣了愣，扭回头又看了一眼樱桃树枝头的一簇繁花。这时，往日的一幕在他脑海中浮现出来。在那一幕旧图景中，他看着周世宗的遗孀——符皇后瞪眼看着他，她的眼中，泪光盈盈，充满了恐惧。她的怀中，紧紧抱着年幼的柴宗训。陈桥兵变后，他封柴宗训为周郑王。那一刻，柴宗训只有八岁。那个夜晚，柴宗训在母亲的怀中看着他时，眼中似乎没有恐惧，只有懵懂。

"今日是什么日子？"赵匡胤问李神祐。

"三月乙卯，朔日。"李神祐答道。

赵匡胤默默点头，转过身，默然望着樱桃树。"现在是开宝六年三月。转眼过了十三年了啊。若这孩子依然是后周的皇帝，也许可以长命百岁，也许更早就被人杀了吧。不管怎么说，是我的选择改变了柴宗训的命运啊！"赵匡胤这般思想着，内疚之情，渐渐变得强烈起来。他皱了皱眉头，想要将心里不断生发的内疚之情压下去，但却仿佛没有什么用。悲伤——仿佛黑暗阴沉的海上涌起的波涛，不断从海上漫过来，淹没了原先洒满阳光的沙滩——他片刻前还颇为轻松愉悦的心情，很快被彻底淹没了。他不仅仅因柴宗训的早逝而感到悲伤，更因时光流逝、岁月无情而感到悲哀与无奈。"没有人，能够逃过这最后的劫啊！"他在繁花如雪的樱桃树旁又站了许久。

离开后苑后，赵匡胤换上了素服，下诏举国发哀，辍朝十日，又令将柴宗训还葬庆陵之侧，其安葬之地，称顺陵，并赐柴宗训谥号恭帝。

三月辛酉，宋朝京师汴京城内一片欢乐。新科放榜了。新及第进士十人、诸科二十八应皇帝召，前往皇宫讲武殿谢恩。

皇帝赵匡胤端坐在宝座上，见一众天之骄子进了讲武殿，个个朝气蓬勃，意气风发，不觉大感欣喜，心想："我大宋人才济济，必能繁荣昌盛！"

新科状元宋准首先上前谢恩。

赵匡胤见宋准身材魁梧，相貌端正，举止从容，心中对其颇有好感。他想要考考宋准，便问了几个问题，宋准神色镇定、对答如流。真是一个人才啊！他心中暗暗欢喜。

突然，"咚咚咚——咚咚咚——"的鼓声从殿门外传了进来。

登闻鼓！

赵匡胤微微一惊。讲武殿内的大臣们，或者转身，或者扭头，都将目光投向了殿外。

"何人击打登闻鼓，快带上来。"赵匡胤大声喝令。

不多时，金吾卫将五六人带上殿来。

赵匡胤瞧那五六人皆年纪轻轻，身穿白布长袍，头戴软脚幞头，一看便知都是读书人。当中一个，长着瘦长脸，颧骨突出，眼睛发亮，耸着肩，挺着胸，似乎是五六人中带头的。

"你等是何人？为何击鼓？"赵匡胤喝问道。

那个颧骨突出的年轻人行了跪拜礼，说道："启禀陛下，在下徐士廉。击鼓诉知贡举李昉大人选人用情，取舍非当。"

赵匡胤听了，脸色一沉，厉声道："大胆，你可知状告知贡举，若所告不实，便是重罪？"

"是，在下知道。陛下英明，请陛下细察。"徐士廉磕头说道。

赵匡胤眉头一皱，说道："你且起来。待朕先一一问完话。"

徐士廉谢了恩，站了起来。

知贡举李昉变了脸色，脚下一动，正想要站出班列说话。赵匡胤看在眼内，抬起一只手，示意他少安毋躁。李昉会意，当下止住了脚步。

于是，赵匡胤让宋准以下诸位士人一一站出来接受考问。一轮对答下来，进士武济川、《三传》科刘铗应对失次，赵匡胤心中不满，令黜去之。

"今日诸位士人，应对失次者并不多，你为何要诉知贡举？"赵匡胤问徐士廉。

徐士廉道："陛下，方才被黜去的武济川，乃是知贡举李大人的老乡。若非李大人念及乡情，武济川如何能够考得中？"

赵匡胤将眼光投向李昉，问道："李昉，徐士廉所言，可是真的？"

李昉慌忙走出班列，说道："士廉所言不假，然微臣以为，武济川虽才质较陋，但有为政之潜能，故录之。"

赵匡胤心里暗骂："李昉啊李昉，你这个软耳根，朕知你爱帮人，从前向御厨推荐了冒名韦言的韩敏信，险些害了朕性命，朕未大责你，如今又来帮这个武济川。你真是改不掉老毛病啊！"不过，他尽管心里暗骂李昉，但对李昉却还是怀着偏爱之心，略略迟疑了一下，又扭头朝卢多逊看去。

"你知道李昉与武济川是老乡吗？"赵匡胤问卢多逊。

卢多逊俯首道："臣颇有所闻。"

赵匡胤不语，沉思片刻，说道："责贡院籍终场下第者姓名，并宋准以下及徐士廉等，加试一次！徐士廉，还有你们几个，若有真本事，就好好考。"

徐士廉等大喜，慌忙叩头谢恩。

贡院检录终场下第者姓名，得三百六十人。这月癸酉日，赵匡胤在讲武殿召见了他们，从中挑选了一百九十五人，又加上原来考中进士的宋准以下所有人，都赐给了纸札，进行了考试，还专门加试了诗赋。这次考试，由殿中侍御史李莹、左司员外郎侯陟等为考官。侯陟做事干练，又因女儿玉儿成了御侍，所以近来官运亨通。那个击登闻鼓的徐士廉也参加了这次考试。乙亥日，赵匡胤来到讲武殿，亲自翻阅了诸位考生的卷子，最后录了进士二十六人，这次徐士廉果然考中了。此外，还录了诸科一百余人，包括《五经》科四人，《开元礼》七人，《三礼》三十八人，《三传》二十六人，《三史》三人，学究十八人，明法五人，都赐他们及第。赵匡胤又另赐状元宋准钱二十万，专门用来举办宴会。翰林学士李昉因知贡举时不公，被贬为太常少卿。考官右赞善大夫杨可法等一并都受到了责罚。这次事件之后，殿试成为了宋朝科举的常例。

在这月内，还发生了两件大事。壬午，赵匡胤将教船池改名为讲武池，将闵河改名为惠民河，五丈河改为广济河。癸未，赵匡胤下诏，将镇国节度使李崇矩责授为左卫大将军。被责授左卫大将军后，李崇矩的兵权实际上被剥夺了。

宰相赵普闻李崇矩被责授为左卫大将军，闷闷不乐，心知赵匡胤对其与李崇矩联姻深为不满，责授李崇矩，一来是削李崇矩兵权，一来也是对他赵普的提醒。赵普联想起去年年底那个雪夜，赵匡胤独自登门造访，心中暗想："陛下虽不疑我会背叛他，但终不欲使我拥权太多也！"

翰林学士卢多逊自李崇矩失势后，心中暗喜，接二连三向赵匡胤献进取南唐之计，又献上奉旨主修的《开宝通礼》二百卷，《意纂》一百卷。赵匡胤阅后，以为甚佳，立即都交付有司，马上施行。同时，下诏改乡贡《开元礼》为乡贡《开宝通礼》，从这一科乡贡开始，就用新书试行。乡贡采用《开宝通礼》，使卢多逊一下子在万千学子的心中名声大振。

恰好这个时候，赵匡胤想派一位使者去江南国祝贺李煜生辰，于是便想到了卢多逊。此时李煜已经名义上臣服宋朝，出使江南国，暂时不会有什么危险，但却是一个立功的好机会。卢多逊得了这个差事，自然高兴万分。

赵匡胤在卢多逊出发赴江南前，将他召入了御书房。卢多逊进入御书房时，赵匡胤正端坐着，眼睛注视着书案，看着什么东西。

"过来！"赵匡胤向卢多逊一招手。

卢多逊受宠若惊，应了一声，慌忙走到书案前，低头一看，见书案上摊着一张地图。

赵匡胤指着地图说道："朕令你此次出使江南，全部经由此水路，先从汴水到泗州，然后由淮水往东转漕渠，经过扬州后，到长江，再从长江口逆流而上一段至金陵。切记，到了金陵后，你务必告知李煜，你是按朕的旨意，走这条水路下的江南。"

"是，臣谨记在心。"

"要让李煜知道，朕要是想下江南，并不难！我大宋水军，随时可以经由此水路，直下江南！"

"陛下英明，臣明白。"

"不战而屈江南之兵，朕之愿也！"

赵匡胤说着，一拍书案，盯着地图，沉默下来。

卢多逊见赵匡胤沉默不语，屏住呼吸，不敢出声，只是站立在书案前，等着赵匡胤发话。

"如果李煜不降，这长江之上，来日恐怕血流千里啊。"赵匡胤阴沉着脸，喃喃道。

卢多逊瞥见赵匡胤的手指沿着地图上的长江一线来回划了两划。他哆嗦了一下，背上感觉到一阵寒意。

这时，赵匡胤抬头看了卢多逊一眼，沉声说道："南唐虽改名江南国，李煜虽不称帝号，可还是大国，国内人才济济，不能小觑。

林仁肇虽死，却并不能说江南无人。你此去江南，务必多多留意李煜身旁都是哪些大臣实际参与机要，其国内都还有哪些大将。如有机会，务必弄来江南诸州山河地图。"

"是，陛下，臣必不负使命。"卢多逊拍了拍自己的胸脯。

"好，你去吧，休要辜负了朕对你的期望。"

赵匡胤随后又勉励了一番卢多逊，才让他离去。

根据赵匡胤的安排，卢多逊乘坐着一艘由京师水师战船改造成的民船，沿着汴水南下金陵。

到了金陵，卢多逊受到江南国主李煜的热情款待。凭借着三寸不烂之舌，卢多逊左右逢源，很快赢得了李煜与多位南唐重臣的欢心。在南唐宫内，他并没有按照赵匡胤的托付威胁李煜若不投降有何后果。他自有他的小算盘。在金陵开开心心地待了数日之后，他便按照原计划向李煜告辞归汴京。当乘船到达宣化口，他令人返回金陵对李煜说："朝廷正重修天下图经，史馆独缺江东诸州，愿各求一本以归。"又令人告诉李煜，若他此次无法拿到江东诸州地图，恐后果难测也。

李煜闻言，想要派人将卢多逊追回来细问，左思右想却又不敢，只好命中书舍人徐锴等连夜画录江南十九州的图册，并给卢多逊送了过去。

卢多逊拿到地图册后，方才重新启程返回汴京。

赵匡胤拿到卢多逊带回来的江南图册，翻开一看，但见各州地势形胜、户口多寡、屯戍远近都有标注，不禁大喜。

"卿家以为，江南可取否？"赵匡胤问卢多逊。

卢多逊笑道："以微臣观之，江南已呈衰弱之状，陛下不日可取之也！"

赵匡胤听卢多逊如此说，哈哈大笑，甚是满意，心中便有了今后大用卢多逊的打算。现在，在他心中，他已经将卢多逊作为未来副相的候选人了。

对于目前的副相——参知政事薛居正，赵匡胤同样寄予了厚望。为了进一步抬高薛居正的威望，他下诏令薛居正监修后梁、后唐、后晋、后汉、后周五代之史。他下诏修五代史的另一意图，是要令天下周知，新的王朝——宋朝，乃是继承正统的中央王朝，如今，宋朝正使天下进入一个新的阶段。

六

自李崇矩被贬为左卫大将军，赵普已经敏锐地感觉到，皇帝已经有意抑制他这个宰相的权力。卢多逊出使江南回汴京后，赵匡胤对赵普的态度的变化，不仅赵普感觉出来了，即便是朝中的一般大臣也渐渐感觉到了。

赵普不知道的是，直接送到赵匡胤手中弹劾赵普专权的札子，也在这一段时间突然多了起来。他只知道，除了上朝之外，赵匡胤召他私下议事已经越来越少了。这种变化，令他多少感到有些落寞。

春去夏来，天渐渐热起来。一日午后，赵普拿出从前赵匡胤送他的几卷书，心情郁郁地翻看了一会儿，便从书房里出来，往后花园里踱去。他刚到后花园的门口，便听到后边有急促的脚步声传来。

他回头一看，见跑来的正是管家。

"相爷留步！"

"何事如此着急？"

"刘熙古大人登门拜访。"

赵普听到刘熙古的名字，顿感有些意外。刘熙古与赵普一样，是赵匡胤的潜邸旧臣。在入宋之前，刘熙古在赵匡胤的幕府中，地位还在赵普之上。入宋后，刘熙古先任左谏议大夫，依然略高于当时任右谏议大夫的赵普。随后，刘熙古曾以左谏议大夫制置晋州矾务，为朝廷岁增矾课收入八十万贯。后来，刘熙古升为刑部侍郎、知凤翔府，又改任权知秦州。到了开宝二年正月，权知成都的参知政事吕余庆被调回京城，刘熙古以端明殿学士权知成都。刘熙古权知成都一直到开宝五年二月。此后，他被调回汴京，任兵部侍郎、参知政事。便在不久前，刘熙古刚刚以兵部侍郎、参知政事致仕。他的致仕，也颇费了一番波折。在任参知政事一年多后，他以足疾为由，连上四表，提出致仕，最后才得到赵匡胤的批准。

"哦？他现在何处？"赵普露出了惊讶的神色。

"小人请他在前堂等相爷。"

赵普听了，点点头，匆匆往前堂会客厅走去。

进了前堂会客厅，赵普见刘熙古正坐在厅中西侧的一张客椅上。这个身材高大魁梧的人，如今显得非常消瘦，脸上的皮肤也松弛了，两颊上长了几块褐色的老人斑。尽管如此，他的眼睛依然炯炯有神，白色的络腮长胡也修剪得整齐有型，所以看上去，依然有一种威武的气概。

"义淳兄，弟有失远迎，失礼失礼啊！"

见到赵普进来，刘熙古站起来施礼，笑道："则平兄，我今日冒昧来访，还望见谅啊！"

两人寒暄了一番，方分主宾坐定。赵普令管家让人上了茶后，又屏去左右。

"义淳兄足疾在身，有要事知会一声，弟上门造访便是啊！"赵普道。

刘熙古捋了一下浓密的白胡须，笑道："是啊！岁月不饶人啊。这段时日，腿脚甚是不便啊。走不了两百步，便不行咯。可不，今日是让人抬着担子来的。"

"哎，那可不能再老折腾了。要多多保养啊！"

"不打紧。不打紧。则平兄啊，今日我特意前来，实在是有要事要提醒你啊。"

"哦？"

"我听说，最近雷德骧之子雷有邻上章告上蔡主簿刘伟和其兄刘铣。他告刘伟摄官三任，其中一任，失其解由，解由不全，其兄为其伪造印文，因得录用。"

赵普听了，一皱眉头，说道："刘伟以伪印骗官，那是大罪。其兄为他做伪印，亦有罪。这也怪不得雷有邻告状。"

"事情没有这么简单，雷有邻状告刘伟、刘铣，同时还扯上了宗正丞赵孚。"

赵普一惊，问道："赵孚也犯事了？"

"那倒是没有。不过，雷有邻说，赵孚当年被授西川官，称疾不去赴任，都是宰相你庇护之。"

"都是？何谓'都是'？"

"雷有邻上章言，刘伟亦得你长期庇护。"

"这从何说起？"赵普眉头微微一皱。

"总之，你小心一点为好。"

"雷有邻是因其父雷德骧被责授商州司户参军，以为我排挤其父。他不过是寻机报复罢了。"

"哎，则平兄，前些时候，你增广宅邸，经营邸店，现在朝中也议论纷纷，你莫非没有听到吗？这个时候，陛下如若再听雷有邻之言，于你极为不利啊。"

赵普听刘熙古这样提醒，从椅子上立起身来，向着刘熙古鞠躬说道："义淳兄如此提醒，弟不胜感激啊。这些事情，确实是弟做得不当了。"

"还有，听说你最近还用隙地私易尚食局的蔬圃？"

赵普闻言，皱起眉头道："这——说来惭愧，弟家有两块田地，中间隔着尚食局蔬圃，弟便想把两块地并在一起，以便于耕作，与尚食局商量后便做了易地交易。"

"这件事，我也是刚刚从别人口中听到的。则平兄心有宏愿，怎可为这点小利坏了大计！"

赵普面露惭愧之色，连道："义淳兄，弟若早听这诤言，也不会做这等错事啊。"

"这几日，朝廷内突然对则平兄的这些事情议论纷纷，我怀疑是有人利用这些事情，要扳倒你啊。"

赵普听了这话，微微低下头，默然不语。

刘熙古说完话，便起身告辞。

赵普亲自将刘熙古送到大门口。

上担子之前，刘熙古迟疑了一下，停住脚步，扭头小声对赵普说道："卢多逊这人，则平兄要提防着一些啊。"

赵普听了这话，微微一愣，旋即点点头，肃然道："此前，弟与义淳兄多有龃龉，不想义淳兄如此大度，专程前来赠诤言以正弟身。弟真是感激不尽啊。"

刘熙古微微笑道："则平兄有经纬天下之才，陛下身边有你，我大宋之幸。我是不想让小人坏则平兄之宏愿啊。"

说完，刘熙古再次向赵普告辞，上了担子。

赵普立在门口，望着两个仆人挑着担子，载着刘熙古，慢慢走远。

果然不出刘熙古所料，数日后，卢多逊借赵匡胤召对之机，说了赵普许多坏话，又说赵普曾经以间隙地私易尚食局蔬圃，增广私第，经营邸店，与民争利。赵匡胤素对官与民争利甚为反感，听了卢多逊之言，大为不悦。

赵匡胤旋即召来李昉，询问赵普之事。

李昉平日看不惯卢多逊，便答道："臣只职司书诏，赵相所为的那些事，臣不得而知也。"

赵匡胤闻言默然。

卢多逊之父卢亿此前已经以少府监致仕，内廷中有与其关系甚密者，将从内廷听到的关于卢多逊在赵匡胤跟前说赵普坏话的事情告诉了他。卢亿得知后，勃然大怒道："赵普，元勋也，而小子毁之，祸必及我。但愿不要让我见到其败亡也！"

数日之后，赵匡胤下诏，处死了刘伟、赵孚、刘铣等，其他几个被雷有邻告了状的官员，或被决杖除名，或被籍没了家财。

又过了数日，赵匡胤下诏，命薛居正、吕余庆与赵普一同轮流知印押班奏事，以分赵普之权。

这年八月甲辰日，赵匡胤下诏，将左仆射兼门下侍郎、平章事赵普，罢为河阳三城节度使、平章事。

《赵普罢相授使相制》云：

> 代天治物，厥功既成。仗钺临戎，所委尤重。虽弼谐
> 而是赖，且劳逸以宜均。睠惟孟津，介于河洛，素为奥壤，
> 况乃近藩，爰命台绅，俾分阃寄。尚书左仆射、门下侍郎
> 平章事、昭文馆大学士赵普，昔在霸府，实为元勋。治当
> 草昧之初，首赞经纶之业。千载起兴王之运，十年居调鼎
> 之司，帷幄伸谋，股肱宣力，燮和万汇，已施济物之功，
> 镇抚三城，适表藩垣之实，帅坛受任，相印兼荣，永隆屏
> 翰之权，更励始终之节。可特授检校太傅、同中书门下平
> 章事、使持节孟州诸军事、孟州刺史、充河阳三城节度、
> 孟怀等州观察处置管内河堤等使，仍改赐推忠佐运同德翊
> 戴功臣。[①]

赵普罢相大约一个月后，赵匡胤封开封府府尹赵光义为晋王，
封山南西道节度使赵光美为永兴节度使、兼侍中，封皇子贵州防御
使德昭为山南西道节度使、同平章事；又封吏部侍郎、参知政事薛居
正为门下侍郎、平章事，封枢密副使、户部侍郎沈义伦为中书侍郎、
并平章事；又封天平节度使石守信兼侍中；封归德节度使高怀德、忠
武节度使王审琦并加同平章事；又封翰林学士、兵部员外郎、知制诰
卢多逊为中书舍人、参知政事；又封左骁卫大将军判三司楚昭辅为枢
密副使；又封静江节度使、殿前都虞侯杨义为建武节度使、殿前都指

---

① 《宋大诏令集》卷第六十五《赵普罢相授使相制》，中华书局，
1962年。原文繁体用点（.）断句，小说文中引用时转为简体字，现代
标点为笔者所加。原文注该制书出台时间为开宝元年八月甲辰。《续资
治通鉴长编》卷十四中记载赵普于开宝六年九月甲辰罢相。考辨：该制
书中有"千载起兴王之运，十年居调鼎之司"之语，按赵普于乾德二
年拜相，十年后罢相拜使相，当在开宝六年，《续资治通鉴长编》中记
载正与此制书的正文吻合，故在此从《续资治通鉴长编》所记，以开
宝六年八月甲辰为赵普罢相时间。

挥使。从韩重赟罢殿前都指挥使至杨义为殿前都指挥使，中间隔了六年。

《薛居正拜相制》云：

> 财成天地者，元后之道。燮理阴阳者，冢宰之权。其有早践岩廊，久参机务。既著弥纶之效，宜升辅相之资。吏部侍郎、参知政事薛居正，文作国华，才为人杰，凤推重望，久服大僚。朕自祗膺宝图，茂建皇极，酌用旧制，简求辅臣，特命预大政于万机，下丞相之一等。顾惟全德，无忝明恩，于今历年，厥有成绩。畴庸之典，无所吝焉，是用擢正台司，仍兼史职，懋官进秩，真食增封。于戏。知臣者君，予虽惭于往圣，以道佐主，汝宜念于前贤，永保令图，以承休命。可门下侍郎、同中书门下平章事、依前监修国史、兼提举淮南、湖南、岭南诸州水陆三司发运等使，仍进封河东郡开国公、加食邑一千户、食实封二百户。①

又《沈义伦拜相制》云：

> 辅弼之臣，邦家是寄。缉熙庶政，必赖其嘉谋。镇抚四夷，实资于重德。瞻机衡之近列，有霸府之旧僚。畴佐命之功，俾当爰立。委调元之任，允契具瞻。枢密副使、尚书户部侍郎沈义伦，儒行饬躬，贞规迈俗，保晏婴之俭德，富韦贤之经术。自首建兴运，历践通班，掌漕坤维，清风播于远俗，询谋密地，素履光于盛时。是宜擢副鼎司，

---

① 《宋大诏令集》卷第五十一《薛居正拜相制》，中华书局，1962年。原文繁体用点（.）断句，小说文中引用时转为简体字，现代标点为笔者所加。

倚为国相，正中枢之贵位，冠仙殿之群儒，式重元勋，且符公望。于戏。创业垂统，予方致于治平，当国秉钧，尔宜思于经制，务恢远略，以赞永图。可中书侍郎、同中书门下平章事、集贤殿大学士、兼提举剑南、荆南诸州水陆转运使事，仍进封吴兴郡开国公。加食邑一千户。食实封二百户。①

九月辛未，赵匡胤又下诏，宣布晋王赵光义位居宰相之上。

赵光义被封晋王后，倒也兑现了他对小梅的承诺，正式娶了她。小梅自此成为了晋王的一名妃子。

赵普罢相，薛居正、沈义伦拜相，卢多逊为副相，以及杨义被封殿前都指挥使，标志着立朝十多年的宋朝，又完成了一次参与机务的重臣的权力调整。

七

"可接通仙人了？"江南内史舍人潘佑笑眯眯地看着李平。

李平时任江南国户部侍郎。此时，他披发袒胸，闭目盘腿坐在一张榻上。榻旁边，立着一个香炉。香炉中的轻烟袅袅升起。

过了片刻，李平睁开眼睛道："仙人告知我，令尊已为天上之仙官，他日佑亦可为仙官也。"

潘佑听了，哈哈大笑，甚是得意。

"不过，这人间多鬼，需要先辟鬼，方可成仙。"

"啊？这——李兄可有辟鬼之法？"

---

① 《宋大诏令集》卷第五十一《沈义伦拜相制》，中华书局，1962 年。原文繁体用点（.）断句，小说文中引用时转为简体字，现代标点为笔者所加。

李平咧嘴一笑，说道："当然，古宝剑、古铜镜，皆有辟鬼之功。弟闻六朝大臣冢中，多宝剑及铜镜，得而佩之，可以辟鬼，令人成仙。"

"真的？"

"哪里有假。"

"可是，这六朝古冢，究竟哪里为多？"

"嗯——弟前些日子，听张洎说起，他欲买鸡笼山前古冢数十顷，以为别墅，不如我与兄一起，与张洎所买地处也买一块古冢之地，到时咱三个便可一起去破古冢，求古器，岂不快哉。"

"甚好！甚好！"

潘佑拊掌大喜，旋即又犹豫道："张洎这家伙，自从做了中书舍人，便一副自以为是、了不起的样子。你说他还能与我俩合得来吗？"

"这个不用担心，掘古冢、玩古器亦是洎兄之好。你我虽在政见上与他不同，他还不至于在这方面拒人于千里之外。"

潘佑听李平这么说，便答应了。

果然，张洎闻李平、潘佑要与他共购古冢之地，甚是欢喜。

三人买了地后，便在那块地上建起别墅，空闲之余，便一起骑着马，带着仆人，扛着锸镐，去挖古冢，以此为乐。

在朝中，潘佑不久前上书，向李煜谏言采用井田之法，抑制兼并，又谏言依照《周礼》编造民籍、牛籍，鼓励开垦荒田，并举荐好友李平判司农寺督开垦诸事。可是，新法颁布后，李平等急于施行，百姓被大扰，怨言四起。李煜只好下令停止施行新法。潘佑因此怀疑朝中大臣故意为难自己，于是上书历数大臣与握兵者狼狈为奸，祸乱江南。他又向李煜上书说，江南国将亡，非自己为相不可救也；又举荐李平可知省事，举荐司天监杨熙澄可任枢密，军校侯英可典禁卫。

李煜不纳其言。潘佑于是更为愤懑，又上书请诛杀宰相汤悦等数十人。李煜见书大怒，亲自写书信劝诫潘佑。

其时，张洎为李煜所重，虽非宰相，却于澄心堂中，把握朝中机务。潘佑的言论，令张洎大为恼怒，对潘佑怀恨在心。

潘佑既被李煜手书训诫，于是不上朝，在家中上表称："陛下不能强，又不能弱，不如以兵十万助宋收河东，然后率百官朝觐，此亦保国之良策也。"

李煜见书，大恨潘佑，于是不再答复他的上书。

潘佑于是上书请致仕，入山避难。

"狂妄！"李煜得书，大怒，不再理会潘佑。

潘佑却仍然不死心。冬十月，壬午，潘佑上了第七表，表云：

> 臣闻三军可夺帅也，匹夫不可夺志也。臣近者连贡封章，指陈奸宄，画一其罪，将数万言，皎若丹青，坦然明白，词穷理当，忠邪洞分。皆陛下党蔽奸回，曲容谄伪，受贼臣之佞媚，保贼臣如骨肉，使国家惛惛，如日将暮。不顾亿兆之患，不忧宗社之覆，以古观之，则陛下为君，无道深矣。古有桀、纣、孙皓，破国亡家，自己而作，尚为千古所笑。今陛下取则奸回，以败乱其国家，是陛下为君，不及桀、纣、孙皓远矣。臣必退之心，有死而已，终不能与奸臣杂处，而事亡国之主，使一旦为天下笑。陛下若以臣为罪，愿赐诛戮，以谢中外。[1]

李煜见书，怒不可遏，认为潘佑的狂妄与其受李平的影响有关。

李煜问张洎，该如何论处潘佑、李平。张洎谏言道："不可让狂妄之言，祸乱人心也。"于是，李煜下令，将李平关入了大理寺大牢。随后，他又派人前去捉拿潘佑。潘佑闻讯，沐浴焚香，披发诵旧作《赠别》一文。文云：

---

① 《续资治通鉴长编》卷十四，中华书局，2004 年，第 309 页。原文繁体，小说文中引用时转为简体。

庄周有言：得者时也，失者顺也，安时处顺，哀乐不能入也！仆佩斯言久矣。

夫得者如人之有生，自一岁至百岁，自少得壮，自壮得老，岁运之来，不可却也，此所谓得之者时也。

失之者亦如，一岁至百岁，暮则失早，今则失昔，壮则失少，老则失壮，行年之去，不可留也，此所谓失之者顺也。凡天下之事皆然也。

达者知我无奈物何，物亦无奈我何也。其视天下之事，如奔车之历蚁蛭也，值之非得也，去之非失也。

燕之南，越之北，日月所生，是为中国。其间舍齿戴发、食粟衣帛者，是为人；刚柔动植、林林而无穷者，是为物。以声相命是为名，倍物相聚是为利，汇首而芸芸是为事。事往而记之于心，为喜为悲，为怨为恩，其名虽众，实一心之变也。始则无物，终复何有？

而于是强分彼我，彼谓我为彼，我亦谓彼为彼；彼自谓为我，我亦自谓为我，终不知孰为彼邪，孰为我邪。

而世方徇欲嗜利，系心于物，局促若辕下驹。安得如列御寇、庄周者，焚天下之辕，释天下之驹，浩浩乎复归于无物与？[1]

吟罢此文，又纵声长吟道："我本古之颜延之。只因骑折玉龙腰，谪在人间三十六！"吟罢，自缢而亡，死时正好三十六。李煜随后令将潘佑的老母和妻子，迁徙到饶州居住。李平闻潘佑自杀，便在狱中自缢而亡。江南处士刘洞闻潘佑事迹，赋诗吊之，一时间江南人人传诵，闻者无不为之泣下。

赵匡胤闻潘佑之文，知其自缢而亡，亦不禁长叹，良久，叹道："李煜杀忠臣，吾征南檄文又多一条也！"

---

[1] 《十国春秋》第一册卷二十七《南唐十三·列传》，吴任臣，中华书局，2010年，第378页。原文繁体，小说文中引用时转为简体。

八

长公主阿燕从六月开始生病，进入冬十月，病情突然加重了。最近几天，赵匡胤天天派御医去长驸马府为阿燕看病，每次御医回来，都只是摇头。长驸马高怀德整天陪护在夫人身旁，对她的病却是无可奈何。

这一日清晨，长公主阿燕仿佛突然来了精神，笑着问坐在床沿上守护自己的高怀德："日子过得真快啊！今日是什么日子了？"

"九月癸巳日哦。"

"嗯——许久没有见到王承衍少将军了，还有雪菲姑娘，好想再见他俩一面啊。"

高怀德见阿燕苍白的面色下忽然泛起异样的红光，心里一痛，慌忙点头道："好，我这就派人去请他俩。"

"我也好想再见见皇兄，还有光义与小符，我也好想念他们啊。要不，也请他们一起来吧。"

高怀德觉出阿燕已是回光返照之态，眼泪不觉顺着脸颊流淌下来，口中却是说不出话来，只能连连点头。

"你先歇息歇息，养养神。我去让人请他们。"高怀德握着阿燕的一只手，轻轻说道。

阿燕微笑着点了点头。高怀德轻轻起身，走出门去吩咐了仆人后，又回到了阿燕的床边，默默地坐着。阿燕或许是累了，闭上了眼睛养神。

过了许久，王承衍先赶到了，随后，李雪菲也来了。两人此前皆不知长公主阿燕已经病重，猛然见到她的样子，都不禁大吃一惊。

长公主阿燕见王承衍和李雪菲到了，便从床上坐起身来，精神显得比方才更好了。王承衍和李雪菲走到阿燕的床头，说了几句安慰之语，却都知道阿燕已经好不起来了，都不觉悲从中来。

阿燕让李雪菲坐到了自己的床边，轻轻拉着她的手。

"雪菲妹妹啊，你我可算是共同患过难的生死之交啊。我常常回想起来那段往事呢。当年，周远兄被人利用，劫持了你我——"阿燕看了王承衍一眼，喘了几口气，继续冲李雪菲说道，"王少将军来救你我，现在想起来，恍如隔世啊。我们，与周远兄，也算不打不相识啊。没有想到，他竟然先走了。"

李雪菲听阿燕诉说起往事，想起已经离世的周远，不觉抽泣起来。

"那段时光，恐怕是我这一生中最离奇惊险的经历了。雪菲，王少将军啊，你们知道吗，我确实常常回忆着那段时光啊。在我心里，你们——是我最好的朋友啊。你们瞧，这病啊——今日请你们来，我是想再见你们一面啊。"

说着说着，阿燕尽管脸上还带着微笑，但已然泪流满面。

"长公主，你别多想，你一定会好起来的。"王承衍忍着让自己不流泪，哽咽着说道。

阿燕却不回答，沉默了片刻，抬起一只手，向李雪菲招了招，示意其凑到自己的耳边。李雪菲会意，将耳朵凑近了阿燕的嘴，只听得阿燕轻声说道："雪菲妹妹啊，我知道你心底还藏着王少将军，不过呢，他现在已经是驸马了。你该考虑一下自己的婚事了。其实呢，光义对你，确实是真心的。你再仔细想想，不如就选光义吧。"

李雪菲听阿燕这么说，不禁脸一红，扭头瞥了王承衍一眼，恍然出神，愣了片刻，冲着阿燕微微点了点头。

阿燕见李雪菲点头，脸上露出了心满意足的微笑。便在这一刻，阿燕的心里，突然想起了韩敏信的样子。她回想着这个曾经深爱着她的、已经死去的年轻人，不觉心中又是甜蜜又是酸楚又是悲伤。

这时，赵匡胤和赵光义几乎在同一时间赶到了。他俩看到阿燕的样子，顿时明白，这是阿燕剩下的最后的一点时间了。

王承衍和李雪菲见赵匡胤、赵光义来了，便都退到了一边，为他们腾出位置来。

赵匡胤兄弟二人走到阿燕的床边，一时间都看着阿燕，默默无语。

倒是阿燕先开了口说道："皇兄，光义啊——皇兄，我想与你说句悄悄话哟。"

赵匡胤点点头，坐在床边，侧耳过去，只听阿燕气息虚弱地说道："大哥，方才雪菲姑娘已经答应我，同意今后跟光义过日子了。你能答应我吗，不要因为我的事情，耽搁了他俩的婚事，你要让光义好好待雪菲啊。"

"瞧瞧你啊，这事也费心呢。"赵匡胤叹了口气，轻声说道。他落下几滴泪来。泪水落在了阿燕一只手的手背上。

阿燕笑了一下，继续轻声说道："大哥，你们男人啊，整天想着国家大事，可是你不要取笑我啊——对于我们女人，找到心爱的人过日子，才是天大的事啊。"说完这句话，阿燕使劲喘了口气，脸色变得更白了。

一刹那间，赵匡胤回想起陈桥兵变前的那一天，他站在老屋的厨房外，看着在充满氤氲之气的厨房中，阿燕正拿着一根擀面杖，使劲地压在一块面团上。可是，忽然间，那个女子又仿佛变成了阿琨的母亲。阿琨，她现在究竟在哪里呢？他的心绞痛了一下，侧头再看阿燕，却见她正含泪看着他。

"大哥明白。大哥明白。放心吧。"赵匡胤点了点头。

"我好累啊，光美、德昭那边，还有琼琼、瑶瑶，我都好想再见见。大哥，光义啊，你们代我与他们告别吧。德芳还小，不懂事，以后再与他说吧。"

赵匡胤、赵光义听了，一起点点头，都说不出话来。

"我想再与怀德单独说说话。"阿燕吃力地说道。

赵匡胤明白了阿燕的话，缓缓地站了起来，冲赵光义使了个眼色，方才说道："我们都出去吧。怀德，阿燕要与你单独说说话。"

众人顿时明白了赵匡胤的意思，都不禁又朝阿燕看了看。阿燕微笑着，恋恋不舍地看了看即将出屋的每一个人。

赵匡胤等人默然走出房门，只剩高怀德留在了房内……

这日近午时分，长公主阿燕离开了人世。

卷
五

一

　　王承衍与高德望骑着马，沿着马道街慢慢往南行去。数年来，这条街的两边，多了许多商铺，挂出了更多的招牌，悬起了更多的招幌。街上人来人往，一副热闹繁华的景象。王承衍看着这条熟悉的街道，心中有些怅然。北征太原回京后，驸马爷的生活与军营中完全不同，安逸了许多，平静了许多。有时，决战沙场，为统一天下而战的想法，会使他热血沸腾，让他渴望战斗。但是，不少次梦中出现的战斗场面，战士们血肉模糊的样子，又令他常常在战栗中惊醒，使他对残酷的战场越来越充满了厌恶和恐惧。在他心中那两种矛盾的情感中，还夹杂另外一些更加复杂的情感。他不能遏制住安逸平静的生活在他心底生发的无聊感，也无法遏制住从心底生发的对那些死去战友的歉疚之情。为什么我能这般好好的活着，享受着安逸的生活，而他们却死了？他常常被这种想法折磨着。高德望自北征太原之后，就一直跟随他，做了一名军校。这倒是给了他很大的安慰。在他心里，高德望不仅仅是部下，而是他的战友，还是一个患难与共的朋友。他们常常会说起已经离开人世的周远和育娘。当他们说起他俩时，就仿佛他们依然活着一样。他们也常常会说起李雪菲。他们曾经一起经历的那些时光，有的片段渐渐变得模糊了，有些细节却在他们的反复回忆和诉说中，变得越来越清晰了。有时，王承衍会回忆起一些片段，高德望却记不清楚了；有时，高德望会回想起一些片段，王承衍却不记得了，或者记忆中的情景与高德望记忆中的颇有差异，这种时候他们会热热闹闹地争论一番，争论中，

卷

五

329

他们有时会大笑，有时会沉默，有时会流出热泪。

方才，王承衍和高德望刚刚从皇宫中出来。赵匡胤召他们入宫，在讲武殿召见了他们，询问了一些南唐的情况。尽管南唐已经改名为江南国了，但是正如许多人一样，王承衍依然常常将它称为南唐。王承衍知道，皇帝对于吞并南唐一直念念不忘，自去年卢多逊出使南唐回来后，更是频繁地向各方问计。他也已经多次被召见，每次皇帝都会问一些问题，有些曾经问过，有些却是新的。他有一种感觉，皇帝似乎生怕从他的话中遗漏一些有价值的信息。就在方才的那番谈话中，他们谈到了已经去世的韩熙载。

王承衍依然清楚地记得韩熙载曾经对他说过的话：

> 请你转告陛下，只要老夫一息尚存，他就休想动摇我南唐社稷！

"嗯，这话韩熙载曾对我说过几次。一次是在弘毅太子墓前，一次是他将李雪菲和窅娘带回汴京之前，韩熙载在其金陵别宅中说的。后来，还有一次，他也表达过类似的意思。"王承衍骑着马沿着马道街往南行时，又想起了这句话。这句话，方才在讲武殿内，他也曾经想起过。"真是被韩夫子言中了，他在世时，陛下果然没有动南唐啊。可是，现在韩夫子已经死了。"他不无悲哀地想着。因为，他知道，一场大战恐怕马上就要开始了。"长公主阿燕去世快十个月了吧。或许，正是她的亡故，使陛下将征服南唐的计划搁置了许久吧。"他想起了在长公主的坟前，赵匡胤长久恸哭的样子。这时，他瞥了一眼街道旁边的一面招牌。他看到了那招牌，可是招牌上的字没有在他脑中留下任何印象。就在看招牌的那一刻，他的脑海中，又回闪过了在太原城下的惨烈的战斗场面。

"驸马爷！"

王承衍突然听到前面传来一声大喝。他一惊，猛地一扯手中缰绳，勒住了坐骑，低头一看，见一个人站在离马头不过三步远的地方。

高德望此时也已经拨马站在了那个拦路之人的旁边，提防着那人偷袭王承衍。

不过，那个拦路人倒是站在原地，并没有要攻击王承衍的意思。

那个拦路人，长着一张倒梯形的瘦脸，一双单眼皮的小眼睛闪着精光，看上去约莫三十来岁。论身高，此人约莫七尺，却也不算高。此人穿着一身泛黄的麻布长袍，头上扎着一块灰色的方巾，腰间系着一根皮带，腰带下悬着一柄宝剑，看上去像是读书人，又有几分侠客的风度。

"你是何人？为何拦住去路？"高德望喝道。

"驸马爷，小人名叫樊若冰，今日拦住驸马爷的道，乃是想向驸马爷进献攻灭南唐之策。"这个自称樊若冰的人只盯着王承衍说话，却不去搭理高德望。

"既然是献平南唐之策，为何不去兵部？"王承衍沉声问道。他对樊若冰的回答，并不感到很吃惊。因为，自南唐自贬制度后，以献平南之策为名的人，从四面八方前来汴京，希望以献策谋得一官半职。他们当中，有来自宋朝治下的州县的，有来自吴越国的，有来自北汉的，有来自南唐的，甚至还有来自契丹的。献平南唐之策的人虽多，但是赵匡胤见了其中大多数人之后，却几乎没有得到有价值的计谋，因此也渐渐对主动来京献策的各方人士失去了兴趣。最近，赵匡胤责成兵部接待来献平南唐策的各方人士，经过盘问，再将有价值的情报呈报给他。如有必要，再由他亲自过问。

"驸马爷，小人不过一介平民，兵部官员是不会听信于我的。"樊若冰说道。

"那为何找我？"

"小人本是南唐人，知驸马曾经数次出使过南唐，对于南唐，定然甚是熟悉了。小人要说的情报，由驸马爷鉴定，必然要比由一个未去过南唐的兵部官员来鉴定，会更能被陛下信服。"

王承衍不置可否，只道："你且说来听听！"

樊若冰一笑，抱拳从容说道："驸马爷，此处人多眼杂，小人不便说。"

王承衍听了这话，微微点了点头，略一沉思，便说道："既然如此，你随我二人来吧。"

王承衍将樊若冰带进了驸马府。进了前堂会客厅后，王承衍屏去了所有仆人。樊若冰于是将他的来历与平南唐之策细细向王承衍和高德望说了一通。原来，樊若冰在南唐考进士，数次不中，上疏言事，又不被采纳，心中郁闷，左思右想后，便决定潜入宋地，向宋朝廷献平南唐之策。去年冬天，经过一番安排后，他终于离开了南唐，潜入汴京，一直观望形势，寻找机会向朝廷献策。

樊若冰笑着对王承衍说："小人前往汴京之前，在长江采石矶假装钓鱼，乘着小舟，载着丝绳，以绳子一头系于南岸，然后飞快划着小舟，牵着丝绳到达北岸，用这种方法，测出了采石矶江面数处的宽度。驸马爷，小人知道，陛下要想打败南唐，攻占金陵，就必须突破长江天险。我所测出的江面宽度，对于陛下来说，绝对是非常重要的情报。"

"那说说，采石矶江面究竟有多宽？"

樊若冰哼了一声，笑道："驸马爷，恕小人无礼。小人想面禀陛下。"

王承衍听樊若冰这样说，眉头微微一皱。从听到樊若冰说测得了采石矶江面宽度时，他便有一种喘不过气的感觉，脑子里的想法也开始变得有些混乱了。他意识到，一种可怕的冲动，正开始左右他的情绪。

"德望，我方才倒是忘了让人备茶了，你帮着吩咐一下。"王承衍对高德望道。

"是！"高德望应诺一声，便出门去了。

这时，王承衍的手按在了自己腰间佩剑的剑柄上。他暗想："此人倒是谨慎。只是，若真的让陛下知道他测出的采石矶江面宽度，陛下恐怕就会立刻发兵南唐了。如果我现在杀了他，或许能够阻止一场战争的发生。"

内心的这种想法，使得王承衍的脸色也变得阴沉下来。

樊若冰似乎意识到了什么，冷笑了一声，喝问道："驸马爷还在怀疑小人的诚意吗？"

王承衍淡淡地说："不！"他摇了摇头，右手将剑柄攥得更紧了。他想要拔出剑来，但是心里却总觉得哪里有些不对。突然间，一个念头出现了，"不，不能杀他。即便我杀了他，陛下终究有一天会征伐南唐，如果不知道采石矶江面的宽度，那时会牺牲更多的战士。也许韩熙载说得对。太平盛世需要用征战双方的战士的血去浇灌。宵娘为了保卫南唐这个信念而牺牲了，我也该为助陛下完成统一天下开创太平盛世的宏愿而战斗。既然战争不可避免，就争取能够速战速决吧。也许，这才是挽救双方战士的最好的方法吧。"当这个想法占了上风时，他攥着剑柄的手慢慢地松开了。

"不，我相信你。我这便带你去见陛下。"王承衍冲樊若冰说道……

赵匡胤得樊若冰之策后大喜，当即令学士院加试樊若冰后，赐其进士及第，授以舒州团练推官之职。樊若冰又告诉赵匡胤，他的母亲与亲属尚在江南，恐为李煜所害，请求将他们都迎接到治所居住。赵匡胤于是下诏江南国主李煜，令其派人护送樊若冰母亲及亲属至舒州。李煜接诏书后，不敢违命，依诏办理了。赵匡胤随后封樊若冰为赞善大夫，并派中使到荆湖，按照樊若冰的计策，建造大舰和黄黑龙船数千艘。

在赵匡胤进攻南唐的战略部署中，将会从荆湖派出一支主力，沿着长江直下金陵。当然，这并不是唯一的进攻路线。此前，赵匡胤派卢多逊出使江南，沿着汴渠、漕河南下，这条出使的路线，便是他战略部署中进攻金陵的东线。除了这两条进攻路线之外，他还准备在中路再派出一支主力，渡过淮河南下；同时，他还将令吴越王钱俶自东南出兵助攻。

早在数月之前，吴越王钱俶元帅府判官黄夷简入朝进贡，赵匡胤对他说："你回去告诉钱元帅，当勤训甲兵，备异日之用。江南倔强不朝，我将发师讨之。元帅当助我，不要听信所谓'皮之不存毛将焉附'之言。"随后，他又令有司在南薰门外建造大宅第。这一超大的宅邸连绵数坊，栋宇宏丽。宅邸建成后，其内家具器物，无所不备。在建造了这一宅邸后，他又召见了吴越国进奉使钱文赟，对其说："朕数年前令学士承旨陶穀草诏，在城南建离宫，今赐名为'礼贤宅'，乃是等待李煜及汝主前来，谁能前来，朕便先赐给他。"说了这话，他还将草诏拿出来给钱文赟看。钱文赟返回吴越国时，赵匡胤赐给钱俶大量羊马，并令钱文赟将旨意转告给钱俶。

这年八月戊寅，吴越国王钱俶派来的使者孙承祐前来京城入贡。孙承祐时任行军司马。但是，这个行军司马可不一般。此人乃钱俶妃子之兄，本来是个伶人，因为妹妹的缘故，得到重用。在吴越国内，因其近在钱俶身边，常常影响国政，小朝廷内外称此人为"孙总监"。赵匡胤知孙承祐的身份，赐给钱俶大量缯钱，并将出兵江南的日期告诉给了孙承祐，责令其归吴越国后，告知钱俶到时出兵助攻。

八月甲午，忠武节度使、同平章事、赠中书令王审琦病卒。

赵匡胤闻知，匆匆赶到王审琦在京城的府邸中，恸哭一场。就在上个月己巳，彰德节度使、赠侍中韩重赟刚刚病卒，如今王审琦又跟着走了。赵匡胤一想两员老将两个月内接连去世，恸哭之后，心下郁郁不快。在王审琦的灵堂前，他安慰了王承衍，随后，又默默地待了很久。与王承衍告辞时，他扭头回望了一下王审琦的灵位，眉头皱了皱，仿佛下了巨大的决心，猛然一转身，大踏步离开了。

开宝七年九月癸亥，赵匡胤命颍州团练使曹翰领兵先赴荆南。丙寅，又命宣徽南院使曹彬、侍卫马军都虞侯李汉琼、判四方馆事田钦祚一同领兵，继曹翰之后，前往荆南。

二

发兵荆南为南征做准备后，赵匡胤依然觉得当下没有出兵南唐的明确理由。他思考再三，决定再次派使者前往南唐召李煜入朝觐见。"如果李煜真心入朝觐见，则或可免去兵戈，朕徐徐图之，要不了多时，必有办法令其纳土归宋。他若倔强不朝，再发兵开战不迟。"赵匡胤这般盘算着。可是，发兵荆南，进攻南唐，箭在弦上，此时出使，使者处境必不同于以往。虽说两国交战，不斩来使，但是这次出使之人，被李煜扣留在金陵作为人质是完全有可能的。他已经有重用卢多逊之心，故这次并不想让其冒这个被扣押的风险。

思虑再三，赵匡胤终于想到了一人——卢多逊的同门生、现在的知制诰李穆。

于是，赵匡胤召来卢多逊问计。

"朕欲李穆出使江南，知其仁善，只恐文辞之外无所豫也。"

卢多逊答道："穆操行端直，临事不以生死易节，仁而有勇者也。"

赵匡胤沉吟道："诚如是，朕当试之。"

数日后，赵匡胤遣李穆出使江南。

李穆到达金陵后，向李煜传达了赵匡胤请其去汴京朝觐的旨意，李煜不敢抗旨，想要同意前往朝觐。

光政使、门下侍郎陈乔道："臣与陛下俱受先帝顾命，今陛下若往汴京，必见留，社稷恐怕亦不保也。臣虽可以死，却没有面目见先帝于九泉之下矣！"

清辉殿学士、右内史舍人张洎也坚决劝说李煜不可赴汴京觐见。

李煜见陈乔、张洎等坚决反对，遂以有病在身为由表示难以赴京朝觐。他对李穆说道："我江南谨事大国，盖望大国全济之恩。今若强令我前往汴京，唯有一死耳。"

李穆知李煜此次必不愿前往汴京，便道："朝觐与否，国主自处之。然朝廷兵甲精锐，物力雄富，江南恐不易当其锋也。请国主三思，不要日后再后悔啊！"

李煜听李穆之言，只是沉默不语。

李穆回到汴京后，将出使情况详细禀告给了赵匡胤。赵匡胤对李穆之行颇为满意，以为他已经充分说明了自己的旨意。

赵匡胤随后令山南东道节度使潘美、侍卫步军都虞侯刘遇、东门阁门使梁迥等一同领兵，继续前往荆南。潘美率军从汴京出发，经颍州西边南下，渡过淮河，一部前往荆南，一部径往和州、金陵方向前进。九月甲戌，赵匡胤又以太子中允、知荆州转运使许仲宣兼南面随军转运使事。

开宝七年冬十月，甲申日，赵匡胤登汴堤，发京师水师乘战舰沿汴水东下。丙戌，他再次登汴堤，观水军习战。习战后，开东水门，再次发大量战船东下金陵。这日，江南国主李煜派来进贡的江国公李从镒、水部郎中龚慎修刚刚到达汴京。赵匡胤立刻令人将他们扣留，也不令人向江南国通报。

京师水军发兵东下后，南征大军主帅曹彬率领诸将到大殿向赵匡胤辞别。

冬十月壬辰日，曹彬等率兵分水陆从荆南出发，往金陵杀去。

冬十月丁酉日，赵匡胤又以吴越国钱俶为昇州东南面行营招抚制置使，赐战马二百匹，派遣客省使丁德裕率领禁军步骑千人为钱俶前锋，并监其军。丁德裕率禁军铁骑，沿着汴水往东南方向朝金陵杀去，以配合钱俶自吴越国发兵攻击常州等地。

宋全面征讨江南国的战争，终于全面爆发了。

三

自曹彬等从荆南发兵前往金陵以来，已经过去两个月了。两个月来，不断有捷报传到汴京。

战争开始时似乎很顺利，曹彬率部很快到达了池州，池州的江南国守将戈彦弃城而逃。曹彬等未费吹灰之力便占据了池州。随后曹彬等率兵与江南国兵战于铜陵，大败之，俘获了战舰二百余艘，生擒了八百多人。开宝七年冬十月壬戌，曹彬等率兵攻克了芜湖，又至当涂。雄远军判官魏羽打开了当涂城门投降了。曹彬旋即率大军屯于采石矶。

但是，在十一月里，宋潭州地区的兵马进入江南国界攻萍乡时，却被江南国制置使刘茂忠击败。李煜旋即授刘茂忠为袁州刺史。十一月中旬，赵匡胤下令，将不久前在石牌镇设置的浮梁移到采石矶。于是，曹彬率军兵在采石矶搭建浮梁，三日而成。宋大军随即渡过采石矶。据说，宋军在采石矶建成浮梁后，江南国清辉殿学士张洎还不相信。他对李煜说："载籍以来，从未有此等事情。此必不成。"李煜于是派遣镇海节度使、同平章事郑彦华率领水军万人，天德都虞侯杜真率领步军万人，一同阻击宋军。出兵之前，李煜告诫两位大将："两军水陆相济，战无不捷也！"宋军与江南国兵在金陵城附近即将展开大战之时，在西边的鄂州，宋水军也与江南国水军开始交兵了。十一月下旬，宋知汉阳军李恕在鄂州打败江南国水军三千人，俘获了战舰四十余艘。几乎同一时间，曹彬在东边战线上，于新林寨打败江南国兵数千人。郑彦华、杜真部很快遇到了曹彬率领的宋军主力。杜真所部率先投入了战斗，但是郑彦华拥兵不救。杜真部力战不敌，遂败退。

开宝七年十二月，金陵城开始戒严。李煜下令不再使用宋朝年号，公私文籍中只称甲戌岁。

十二月，又有捷报传到汴京，言汉阳兵马监押宁光祚率兵于江北打败前来进攻的江南国鄂州水军三千余人。

在宋军对江南国展开进攻的同时，吴越国王钱俶率兵自杭州北上，围攻常州，俘获江南国兵二百多人，俘获战马八十匹，又攻破利城寨，破江南兵三千余人，俘获六百余人。

开宝八年正月初一时，捷报再至汴京，言曹彬于新林港口与江南兵恶战一场，斩杀江南兵两千余人，焚毁江南国战舰六百余艘。正月下旬，吴越国王钱俶的捷报再至汴京，言破江南兵万人于常州北境。

战局的发展，对宋朝颇为有利。

不过，每次捷报传到汴京后，便会陆续有伤兵出现在城内城外。有一次，王承衍在街头看到两个伤兵，他俩一个瘸着一条腿，一个断了条胳膊，两人穿着破旧的褪了色的冬服，在京城的寒风中，垂着头，相互扶持着，蹒跚着沿路边慢慢地往前走着。当时，他便有一种窒息的感觉，仿佛被人卡住了脖子，喘不上气来。这场对南唐的战争，给他造成了巨大的困惑。战争已经开始两个月了，若不是汴京城内每隔一段时间就有伤兵出现，身处繁华的街市中几乎丝毫感受不到远方正在发生着激战。但是，对于王承衍来说，尽管他看不到刀光剑影，听不到厮杀声、呻吟声，他却常常感到，远方这场战争的每一场战役，都在用无形的利刃，在他的心头，在他的身体上，割开一道道血口子。他常常会想起之前出使南唐时结识的那些人——枢密副使唐镐、唐镐的儿子唐丰、窅娘、韩熙载等等。这些人，都已经死去，化成了土化成了灰。他有时会想，这些人没有活到今天看到战争的爆发，也许是一种幸运。他们若是知道今天会爆发这场战争，他们会怎么做呢？他有时会默默地陷入这种看起来似乎毫无意义的思虑。他在回忆中勾勒着那些故人的面容，回味着他们说过的话语。对于还活在这世间的李煜，他似乎也无法产生仇恨，甚至，因为窅娘的关系，他还对李煜产生了某种好感。"也许，韩熙载说得对，要开创太平盛世，需要用双方战士的血去浇灌。我应该去参加战斗。韩老夫子为南唐而战斗，窅娘为了南唐而牺牲了。而我，自应为大宋而战！"每当想到韩熙载、想到窅娘，他便有一种感觉——走上战场，才是他的宿命。他数次向赵匡胤请战，却都被拒绝了。

开宝八年正月丙子，权知池州樊若冰在池州界败江南兵四千人的捷报传到了汴京城。当王承衍听到这个消息时，他再次向赵匡胤请战。这一次，赵匡胤沉思良久，终于答应了他的请求。

从皇宫回到驸马府后，王承衍犹豫了片刻，方去向公主琼琼告别。听到王承衍说出即将上战场的话，公主琼琼顿时跌坐在榻上，泪流满面。她掩面哭泣了一会儿，才抽泣着开始同王承衍说话。

"相公可以不去的。"

"我知道。可是，我必须去啊。"

"为什么必须？父皇从来没有要求你去啊！"

"我食国家的俸禄，我家数代皆为军人，别的战士都在战斗，我也是战士，凭什么我可以在此安享太平呢？"

"我不管，就是不想让相公去。"

"别闹了。"

"不行。我要去找父皇，让他收回成命。"

公主琼琼说着，便从榻上猛然站起身，拔腿想要跑出屋子去。王承衍一把将她抱住，紧紧将她搂在了怀中。

"别这样。我必须得去。你知道，我的战友们正在战场上厮杀呢。"

公主琼琼挣扎了一会儿，忽然间身子一软，任由王承衍将自己抱得更紧了。她大声哭泣起来……

在出发南下的前一日，王承衍找来了高德望。

"德望，你卸了这身军装，回老家去吧。"

"少将军，明日不是要出发前往金陵吗？"

"是！"

"那为何让俺回老家，俺可要跟着少将军上战场的。"

"不，你不用上战场，你该回老家去。你难道喜欢打仗不成？"

"这——当然不是了。有谁会喜欢打仗啊？可是，俺怎能由少将军上战场，而自己在后方待着呀。俺没读过什么书，也不懂大道理。俺当然知道陛下统一天下的宏愿，那宏愿，太远太大，可是，俺知道，要为俺身边的战友、朋友而战。少将军要上战场，俺怎能独自回老家呢！"

"德望，你看看，我现在有宅子，有夫人，有家财，我家世代受朝廷俸禄，我就是应该为朝廷、为国家而战的。你不用，你完全可以回老家啊。你看，你连媳妇都还没娶呢！"

王承衍说着，笑了笑，重重拍了一下高德望的肩膀。

"少将军，俺也想娶个媳妇呢。等天下太平了，俺娶个媳妇，还要请少将军喝喜酒呢。"

"你回老家，自有太平日子好过。听我的，你回去。等从战场回来，我去喝你喜酒。"

"少将军，俺当你是我的战友、朋友，你当俺是战友，是朋友吗？"

"当然！"

"既然如此，少将军，请再勿多言了，就让俺随同你一起上战场吧。俺若不去，周远兄也会在黄泉下耻笑俺的。"

王承衍听高德望这么说，眼睛一红，沉默半晌，终于点了点头。

四

王承衍与高德望率领一千名禁军精兵，自汴京出发，渡过淮河后，经过和县，于一日午后到达了长江北岸。到了长江边上后，王承衍便下令一千名禁军全身披挂，随时准备投入战斗。这次出征，他背上背了那柄李雪菲赠予的唐刀，带上了自小练习时惯用的一杆丈八尺长的点钢枪。自小在军营中长大的他，心里很清楚，他即将投入的战争，要比以往的规模都要大，也决不可能一蹴而就。南唐，即便现在改名成了江南国，即便在初期的战争中不断失利，但是它毕竟是一个大国，其水军之盛，闻名天下，其马步军，亦绝非一击即溃之军。王承衍想到这些，便决不敢有丝毫怠慢。

此时，曹彬的大军一部驻扎在长江北岸，另一部主力，已经通过采石矶浮桥，渡过长江，屯于长江南岸。采石矶已经被宋军控制。

采石矶江段的浮桥下面，长江水滚滚流淌着。暗青色的江水，无休无止地发出"哗哗哗"的巨大声响。王承衍带着高德望等骑着马，飞速通过了浮桥。浮桥对面，是一片倾斜得有些厉害的堤岸。上了这片堤岸，骑马变得非常困难。待一千骑全部过了江，王承衍快速整了队列，便叫来几个守护浮桥的士兵细细询问。他从这几个士兵的口中得知，曹彬大军已将战线往北推进到了秦淮河一带；而潘美一度率兵涉过秦淮河南支流，进逼到金陵城下。但是很快被江南兵出击打退，当前已后撤到牛首山驻扎，以扼守从金陵南下之途，同时与南面采石矶的主力相互呼应。

王承衍往南面看了看，但见远处的一堵山崖几乎在江边垂直而立，山崖上，有的地方树木郁郁葱葱，有的地方，却不过是光秃秃的巉岩。在郁郁葱葱的树木间，隐约可见一个亭子。

"那边是否就是闻名天下的采石矶？"王承衍问其中一位士兵。

那士兵指着那山崖说道："是，那边便是采石矶。由山头那个亭子往下，靠江的一面山壁上，有个洞叫三官洞。那洞口，可是观江听涛的好去处。俺倒是想去瞧瞧，可惜却是没有机会。"

"曹帅的大本营现在何处？"王承衍问。

"曹帅将大本营设在当涂城中。不过，在采石矶的三官洞，曹帅设置了瞭望哨。从这里往北一点的小九华山寺旁，曹帅也安排了人马驻扎。再往北到梅山、牛首山一带，是潘美将军的人马。"那士兵答道。

王承衍听了，点点头，略一沉思，对高德望说道："此处非骑兵久留之地。咱们先往牛首山，寻潘美将军报个到。随后再折返拜见曹彬将军。"

正说话间，忽见一骑飞奔而至，马上的人望见王承衍，翻身下马，喊道："莫不是王驸马？"

王承衍看了看那人，身穿一副光明甲，是一个普通军校。只是，他却不认识这军校，便答道："正是。"

那人道："我乃潘将军麾下军校，曾在京城中见过驸马爷。驸马爷来得正好！"

"出了何事？"这时王承衍注意到那军校满脸汗水淋漓，神色紧张。

"可不，在下正奉潘将军之令，从牛首山营地过来。方才，江南国金陵城内杀出一路大军，直冲梅山、牛首山一带杀来。同时，在江面上，江南国水军亦开始往南进攻，潘美将军以为，他们此次出击，必是想要于江上逆流而上，摧毁采石矶的浮梁，并于路上将潘美将军围困于牛首山。潘将军派在下来，一是为了给曹彬将军报讯，一是为了来求援兵。这次，金陵城出击的人马甚众，潘将军恐独立难支啊。"

王承衍听了，往南面当涂方向看了一眼，扭头对那军校说道：
"你且继续往当涂去向曹帅汇报，便说我带精骑一千，先去助潘将
军。这里的浮梁，便拜托曹帅增水军于江上防卫了。"

那军校大喜，说道："如此甚好，在下谢过驸马爷！"

"去吧！"

"是！"

那军校应了一声，翻身上马，径骑着马，往东南面行去。王承
衍估摸着那军校是绕过采石矶山崖后再南行前往当涂。

"德望、诸位将士，随我去助潘美将军！"王承衍冲着自己的人
马大呼一声，旋即催马往东北方向奔去。

高德望与一千禁军得令，呼喝着战马，风驰电掣一般向前方的
战场奔驰而去。

王承衍等在采石矶北面的原野上择道大约奔行了百余里地，只
听得前方战鼓声隐隐传来。他稍稍勒了勒缰绳，冷静地对高德望说
道："让大伙停下歇息，整顿装束，检查弓弩。马儿累了，得让它们
喘口气。前方不远处应该就是战场了。"

"是，少将军！"高德望答道，说着，便举起一只手臂在空中挥
了挥，示意后面的人马慢下来。

"升将旗！"王承衍下令。

旗手得令，很快擎起一面红底黑字卷黄边的将旗。将旗中央，
绣着一个"王"字。

王承衍派出数名斥候，往前方与两翼前去侦察，同时与潘美军
取得联系。斥候们回报，在长江东岸与牛首山一带，南征军都监、
山南东道节度使潘美与侍卫步军都虞侯刘遇正率大军与江南国大军
列阵对垒。两军对垒战线的东翼为牛首山，西翼则是长江东岸。长
江东岸一翼，江南国军设有营寨。潘美、刘遇军从牛首山营地出兵，
往西出击二十余里地，在板桥一带布阵阻击欲南下采石矶的江南国
步军。此刻，战斗正在板桥一带展开。

太阳快要落山的时候，王承衍率军赶到了战场。他令骑兵们在

距离战场一里地的地方停下来观察战场。远远望去，他能看到在宋军的阵地上，步兵摆出了三十多个方阵，靠北的十个方阵已经投入了战斗，正与江南兵对垒。从近处的几个方阵可以看到，每个方阵的前头是引阵兵校，其后是一列门旗，门旗旁边有界旗；门旗再往后，是枪兵、刀兵、弩兵、弓箭手。每个方阵看上去有两百人左右。在三十多个方阵的中央，有个大方阵，阵中悬着一面帅旗与几面大将旗。数十个方阵总人数至少有六七千人。

"真是一场大战啊！"王承衍远望着夕阳下的战场，倒吸了一口气。

同高德望及诸副将商议后，王承衍决定率军自长江东岸突袭江南兵的右翼，同时派人前往宋军阵地，去寻潘美报告作战方案……

五

开宝八年二月中旬以来，宋征讨南唐的大军，在金陵外围和袁州、昇州、宣化等地，取得了一系列的胜利。王承衍参与的那场战役，宋军也获得胜利。不过，王承衍麾下的一千禁军骑兵，伤亡了近百人。在随后的战役中，这支骑兵的伤亡继续扩大。二月丙午，权知潭州朱洞派遣兵马钤辖石曦进攻袁州，在袁州西界败江南兵二千余人。二月癸丑，曹彬率水陆大军进攻金陵城东的屏障白鹭洲，败江南兵万余人。这一战，异常惨烈，宋军斩杀江南兵五千余人，擒获百余人，俘获战舰五十艘。二月乙卯，宋军攻占昇州关城，斩杀千余人。江南兵溺死者数千人。二月癸亥，已经是权知扬州的侯陟，率所部兵败江南兵千余人于宣化镇。三月丁亥，权知庐州邢琪领兵渡江，兵至宣州界，攻下了江南义安寨，斩杀江南兵千余人。三月庚寅，曹彬于金陵城东的长江段再次打败江南兵三千余人，俘获了五百人。宋兵慢慢向金陵收缩，包围圈渐渐形成。

尽管宋军渐渐对金陵城形成了包围，江南国依然进行了第十七次贡举。尽管近臣们掩盖了一些重大的失败，但是李煜亦隐隐感到形势危急。他下令照例开贡举，不过想以此稳定金陵城内的人心。但是，对于这次开贡举，金陵内外议论纷纷，不少士人叹曰：兵临城下，李国主诚不识时务也！

这一日，李国主于澄心堂与陈乔、张洎二人观地图，议抗击宋军之策。李煜指着地图上的润州，说道："润州，金陵之东门户，如今吴越国钱俶助赵匡胤攻我江南，此地不可不派大将加强防守也。诸位以为哪员大将能够胜任？"

陈乔、张洎两人听了，一时面面相觑，不知如何作答。如今，江南国的诸位大将，都已分派各地，金陵城内，真正的大将，实在是很难找出一个来啊！陈乔、张洎二人都在心底暗暗叫苦。

陈乔斜了一眼张洎，心中暗想："早知有今日，当时可还会杀林仁肇？"

李煜见陈乔、张洎二人低头不语，心知二人也是没了主意。他在心底暗暗叹了口气，沉思了片刻，突然想到一人，说道："孤家看刘澄可用，便派他去守卫润州吧。"

刘澄是李煜的潜邸旧臣，一直跟在李煜身边，如今任侍卫都虞侯，不过实际却只负责南唐宫内金吾卫们的统辖。

陈乔听了李煜的话，暗想，刘澄这人从未曾带过兵，虽受国主信任，但毕竟无大战经历，便说道："陛下，刘将军统领金吾卫，责任重大，不如换个人守润州为好。"

李煜点点头，问道："那你说说，何人合适？"

陈乔愣了愣，一时间却又想不出合适的人选。

李煜道："既然没有其他合适的人，便用刘澄了。"

陈乔看了张洎一眼，张洎只是低头不语。陈乔见张洎不作反应，当即也不再反对。

于是，李煜任命侍卫都虞侯刘澄为润州留后，责其赴润州，加强京口的防卫。

刘澄临行之时，李煜亲自送行，执其手道："卿本不该离开孤家，孤家亦难与卿别，但是，当此危难之际，非卿不可托付孤家之心也！京口要害，东扼江口，为金陵东边门户，又与常州遥相呼应，钱俶助宋攻我，必重兵进攻常州，威胁京口，卿赴京口，当与常州互为照应，务必防守好金陵之东翼啊！”

刘澄闻言泪下，说道：“臣身负陛下隆恩，定万死以效命。”

言罢，刘澄辞行，回到府邸，将家中金银珠宝尽数随军运往润州。他对人道：“这些金银珠宝，皆是国主前后所赐，今国家有难，吾当散此财以励奋勇之士，共图勋业。”

李煜从大臣口中听说了刘澄的话，心中甚慰。但是，李煜并未充分意识到战局的严峻性，他所作出的决定，能够产生什么样的后果，他心中也一点没底。当夏季渐渐来临的时候，李煜完全不知道，即将到来的夏天、秋天和冬天，对他来说，命运究竟会将他带到何方。很多时候，他会陷入深深的迷惘，装出一副镇定自若的样子，借着诗词歌赋，舒缓自己沉郁的内心。

六

午后的后花园非常安静。这个春日不冷不热。在一丛紫薇花旁边，有一个榧木棋墩子。赵光义独自坐在棋墩子旁边，挺着腰背，双手放在膝盖上，微微低着头，目光注视着棋盘。榧木棋墩子一侧，站着一位侍者。

那侍者察觉到有人自远处慢慢走近，便抬起头来张望。这一张望，他吓了一大跳，一时间呆若木鸡。慢慢走近赵光义的，正是宋朝皇帝赵匡胤。赵匡胤身后跟着一个带刀卫士，正是其贴身内侍李神祐。但是，赵光义此时正凝神盯着棋盘思索，丝毫没有察觉到有人走近。

赵匡胤抬起一只手，竖起食指，放在嘴前，示意那侍者不要出声。今日，没有朝会，他心情不错，突然决定去看望弟弟赵光义，便由李神祐陪着，径往赵光义的府邸来。进了府邸的门，他闻知赵光义正在后花园休憩，便令府内的仆人们不要声张，自己带着李神祐，往后花园来寻赵光义。

走到离棋墩十步左右，赵匡胤示意李神祐站在原地侍立，他自己轻轻踱步到赵光义的身后。赵光义似乎完全沉醉在黑白子之中，根本没有察觉到兄长的到来。

赵匡胤细看那棋盘，却见只在左边中部的星位周围摆了一些黑白子，白棋共是十六颗，黑棋共十五颗。白棋子分别摆在九路1路交叉点，十一路1路交叉点，八路和3、4、5路交叉点，十二路和3、4、5路交叉点，五、六、十四、十五路与4路交叉点，十路8路交叉点；黑棋分别摆在七路2路交叉点，八路2路交叉点，十二路2路交叉点，九、十、十一路与3路交叉点，九路5路交叉点，十一路5路交叉点，四、五、十五、十六与3路交叉点，七路、十三路与7路交叉点。这看上去是一个专门摆放出来的死活题。

赵匡胤看了一会儿，忽见赵光义抬起手，从白子的棋罐子中取了一颗，轻轻敲落在十三路2路交叉点上，然后又取了一个黑子敲落在十三路3路交叉点上。接下去，赵光义似乎不做太多的思考，一个白子、一个黑子，连续敲落在棋盘上。棋子敲落在榧木棋墩子上，发出悦耳动听的声响。不一会儿，赵光义在十路7路交叉点上敲落一个黑子，旋即拊掌大笑。

"成了，白先吃黑成功！"赵光义笑道。

"好棋嘛！"赵匡胤笑着赞了一句。

赵光义一听，扭头一看，慌忙立起身来施礼。

"皇兄怎得来了？臣弟失礼了。"

"你我之间，不必客气。"说着，赵匡胤按着赵光义坐回去，自己在对面的座墩上坐下了。

"方才那棋局，可是有点稀奇啊。"

"不瞒皇兄，方才那死活题，是我自创的，名曰'对面千里势扩大势'。"

"听起来蛮有气势。"

"谢皇兄夸赞。"

"只是，这死活题，可有实战之价值？"

"这——这纯粹是我摆出来的。对弈实战中，恐难走成这样的形势啊。"

赵匡胤若有所思，微微点点头，说道："你方才的那个死活题，倒是像目前我军兵围金陵的形势啊。只是，战场上形势瞬息万变，倒不似这棋盘上的棋局，可以随心所欲摆出来啊。更何况，那些参加战斗的双方战士，都是一个个活生生的有血有肉的人，都是一个个有七情六欲的人啊！"他说完这句话，闭上眼睛。眼帘挡住了光线。一片红光。眼睛虽然闭上了，但是眼帘上，一片红光。在一片模糊的红光中，他仿佛看到无数战士——无数血肉模糊的战士，密密麻麻站在他的眼前。

过了一会儿，赵匡胤睁开眼睛，对赵光义说道："李煜若能在金陵城破之前投降，便可挽救许多生灵。光义，你有什么法子吗？如想多活一些性命，是急攻以威慑之好呢？还是缓攻待感化之为上呢？"

赵光义略一沉思，说道："臣弟以为缓攻为宜。若是换了从善，则宜急攻威慑之。如今，从善在京，皇兄已经赐给他军衔，可千万别放其回江南了。免生变故。李煜，以臣弟观之，缓攻之，或可令其归顺也。"

听了兄弟的回答，赵匡胤微微点了点头。但是，他的表情看上去却没有半点高兴，反而显得颇为失落。就在两天前，同样的问题，他问过皇子德昭。德昭的看法，是加强对金陵的攻击，以急攻迫李煜投降。这个回答，并不符合他的心意。赵光义的这个回答，倒是更符合他自己内心的想法。更让他感到有些失望的是，德昭也未提起从善，并没有考虑到从善这个潜在的威胁。如此看来，对于治国来说，赵光义倒是更适合作为继承人啊。赵匡胤心底暗暗叹了口气。他多么希望德昭能够在才能上胜过赵光义，但是他现在不得不承认，德昭还是不够成熟。

"明日，大辽使者奉书来聘，我要在长春殿宴请使者。宴会后，你陪我在便殿接见大辽使者吧。"赵匡胤道。

赵光义听了，从座墩子上立起身，作揖谢恩。

开宝八年三月，正当曹彬等率兵缩小对金陵的包围圈之时，辽朝派出使者，欲与宋朝廷修好。赵匡胤派阁门使郝崇信到边境迎接。到了京城后，辽朝使者被安置在都亭驿。三月己亥，赵匡胤召见辽朝使者克妙骨慎思以及随行者十二人，赐给他们大量衣带、器币，在长春殿宴请了他们。

辽朝使者克妙骨慎思上长春殿，以使者身份向皇帝赵匡胤舞拜。礼毕，克妙骨慎思说明来意，呈上了国书，表达了辽朝皇帝耶律贤欲与中朝修好的意愿。

"我大辽皇帝仰慕中朝文化，革弊制，图中兴，愿与中朝共见天下太平。"克妙骨慎思双手作揖，低垂眼皮，用发音和腔调都很奇怪的汉话说道。

赵匡胤听着克妙骨慎思奇怪的发音和腔调，见他一副努力要将汉话说好的表情，不禁露出了微笑。

殿内的宋朝大臣们若不是强行憋住，恐怕早已笑出声。

"哦，贵使说你朝皇帝仰慕中朝文化，究竟如何仰慕法？"赵匡胤微笑着故意追问。

"我大辽皇帝鼓励官员们修习中朝典籍、诗文，且重用汉官，此皆发自内心之举也。"克妙骨慎思板着脸，一脸肃然说道。

"既重汉官，如何不派汉官出使？"赵匡胤有意试探眼前这位辽朝使者。

克妙骨慎思微微一愣，旋即道："我大辽皇帝以微臣谙熟中原历朝制度和典籍诗赋，故遣微臣前来也。若派汉官出使，岂见我大辽皇帝仰慕中朝文化之效乎？"

赵匡胤听克妙骨慎思一口一个"我大辽皇帝"，又是满嘴之乎者也，不禁心中暗想："这使者倒是有趣，由此看来，那耶律贤倒是真正仰慕我朝文化。他自称谙熟中原制度和典籍诗赋，也不知是真是假，且待我考考他。"

赵匡胤这般一想，便微笑着道："贵使方才说熟悉中原典籍制度与诗词歌赋，可否背诵一两首诗歌或辞赋？"

殿内诸位宋朝大臣们听赵匡胤这么说，心知这是皇帝想要试探大辽使者，也想从这位大辽使者口中看看中原文化究竟对契丹人产生了多深的影响。

赵匡胤本以为克妙骨慎思可能会谦虚一番便打退堂鼓，可是，没有想到，那克妙骨慎思的反应完全出乎他的意料。

只见那克妙骨慎思将拳头一抱，挺胸抬头，大声道："大宋皇帝陛下，那我便献丑了。"

赵匡胤点点头，笑道："那贵使想背诵什么？"他不禁为这克妙骨慎思的豪爽暗暗叫好。

"我便为大宋皇帝陛下背诵司马相如的《天子游猎赋》吧。"克妙骨慎思说道。

殿内宋朝大臣们听了克妙骨慎思这句话，无不脸色大变。赵光义素喜诗词，一听克妙骨慎思要背诵《天子游猎赋》，更是心里一惊，暗想："这篇赋乃是司马相如最著名的作品，闻名天下。司马迁作《史记》之《司马相如》列传，言司马相如为汉武帝作天子游猎之赋，本是一篇赋，并不曾析出《子虚》《上林》二赋。萧统《昭明文选》以其为《子虚》《上林》二篇，致天下之人误以为此奇文乃是两篇，实不知《天子游猎赋》乃缘《子虚赋》而作，却非原《子虚赋》，而原《子虚赋》早已经失传矣。不曾想到这化外之人竟然自称能背诵《天子游猎赋》。只是，此赋数千字，而且用词生僻，讳字连篇，一般文士能够诵读已是不易，他如何能够背诵下来？！看来，这个使者果真是仰慕我中原文化，若非如此，岂能背诵。《天子游猎赋》乃是司马相如多年后承《子虚赋》为汉武帝而写，借此赋极力夸耀和渲染汉天子上林苑的盛景，描述和铺陈了汉天子游猎的盛况，歌颂了天下一统的大汉的威势，又对汉武帝有所讽谏。这大辽使者要背诵《天子游猎赋》，显然一来想要借此赋讨好我皇兄，将皇兄暗比汉武帝，一方面也借机逞示自己之能，令我大宋不敢小觑其契丹也。看样子，这契丹使者是有备而来啊。"这时，赵光义瞥了赵匡胤一眼，见赵匡胤眼睛微微瞪大了，脸上露出喜色，正笑眯眯地看着克妙骨慎思。

"好！好！也好让朕见识一下。朕还真从未听人背诵过。实不相瞒，朕对司马相如《天子游猎赋》，只知其名，未知其文也。快快背来！"

克妙骨慎思还是一脸肃然，应诺一声，便开始背诵起来。

长春殿内，众人只听克妙骨慎思朗声背诵起来——

楚使子虚使于齐，齐王悉发境内之士，备车骑之众，与使者出田。田罢，子虚过诧乌有先生，而亡是公在焉。坐定，乌有先生问曰："今日田乐乎？"子虚曰："乐。""获多乎？"曰："少。""然则何乐？"对曰："仆乐齐王之欲夸仆以车骑之众，而仆对以云梦之事也。"曰："可得闻乎？"

子虚曰："可。王车驾千乘，选徒万骑，田于海滨。列卒满泽，罘罔弥山，掩兔辚鹿，射麋脚麟。骛于盐浦，割鲜染轮。射中获多，矜而自功。顾谓仆曰：'楚亦有平原广泽游猎之地饶乐若此者乎？楚王之猎何与寡人？'仆下车对曰：'臣，楚国之鄙人也，幸得宿卫十有余年，时从出游，游于后园，览于有无，然犹未能遍睹也，又恶足以言其外泽者乎！'齐王曰：'虽然，略以子之所闻见而言之。'

"仆对曰：'唯唯。臣闻楚有七泽，尝见其一，未睹其余也。臣之所见，盖特其小小者耳，名曰云梦。云梦者，方九百里，其中有山焉。其山则盘纡茀郁，隆崇嵂崒；岑岩参差，日月蔽亏；交错纠纷，上干青云；罷池陂陀，下属江河。其土则丹青赭垩，雌黄白坿，锡碧金银，众色炫耀，照烂龙鳞。其石则赤玉玫瑰，琳瑉昆吾，瑊玏玄厉，瑌石武夫。其东则有蕙圃衡兰，芷若射干，芎䓖昌蒲，江蓠蘪芜，诸蔗猼且。其南则有平原广泽，登降陁靡，案衍坛曼，缘以大江，限以巫山。其高燥则生葳葹苞荔，薛莎青薠。其卑湿则生藏莨蒹葭，东蔷雕胡，莲藕菰芦、庵闾轩芋，众物居之，不可胜图。其西则有涌泉清池，激水推移；

外发芙蓉菱华，内隐钜石白沙。其中则有神龟蛟鼍，瑇瑁
鳖鼋。其北则有阴林巨树，楩楠豫章，桂椒木兰，蘗离朱
杨，楂梨梬栗，橘柚芬芳。其上则有赤猿蠷蝚蝚，鹓雏孔
鸾，腾远射干。其下则有白虎玄豹，蟃蜒貙犴。兕象野犀，
穷奇獌狿。

　　'于是乃使专诸之伦，手格此兽。楚王乃驾驯驳之驷，
乘雕玉之舆。靡鱼须之桡旃，曳明月之珠旗。建干将之雄
戟，左乌嗥之雕弓，右夏服之劲箭。阳子骖乘，纤阿为御，
案节未舒，即陵狡兽。蹴邛邛，蹶距虚，轶野马而蹍駒騟，
乘遗风而射游骐；倏眒凄浰，雷动焱至，星流霆击。弓不
虚发，中必决眦，洞胸达腋，绝乎心系。获若雨兽，揜草
蔽地。于是楚王乃弭节裴回，翱翔容与。览乎阴林，观壮
士之暴怒，与猛兽之恐惧。徼𧿒受诎，殚睹众物之变态。

　　'于是郑女曼姬，被阿锡，揄紵缟，杂纤罗，垂雾縠。
襞积褰绉，纡徐委曲，郁桡谿谷；衯衯裶裶，扬袘戌削，
蜚纤垂髾；扶与猗靡，噏呷萃蔡，下摩兰蕙，上拂羽盖，
错翡翠之威蕤，缪绕玉绥。缥乎忽忽，若神仙之仿佛。

　　'于是乃相与獠于蕙圃，媻珊郣窣上金堤，掩翡翠，射
䨥鸃，微矰出，织缴施，弋白鹄，连驾鹅，双鸧下，玄鹤
加，怠而后发，游于清池；浮文鹢，扬桂栧，张翠帷，建
羽盖，罔瑇瑁，钩紫贝；摐金鼓，吹鸣籁，榜人歌，声流
喝，水虫骇，波鸿沸，涌泉起，奔扬会，礧石相击，硠硠
礚礚，若雷霆之声，闻乎数百里之外。

　　'将息獠者，击灵鼓，起烽燧，车按行，骑就队，纚乎
淫淫，班乎裔裔。于是楚王乃登云阳之台，泊乎无为，澹
乎自持，勺药之和具而后御之。不若大王终日驰骋而不下
舆，胼割轮淬，自以为娱。臣窃观之，齐殆不如。'于是王
默然无以应仆也。"

　　乌有先生曰："是何言之过也！足下不远千里，来况齐
国，王悉发境内之士，而备车骑之众，以出田，乃欲勠力

致获，以娱左右也，何名为夸哉！问楚地之有无者，愿闻大国之风烈，先生之余论也。今足下不称楚王之德厚，而盛推云梦以为高，奢言淫乐而显侈靡，窃为足下不取也。必若所言，固非楚国之美也，有而言之，是章君之恶；无而言之，是害足下之信。章君恶而伤私义，二者无一可，而先生行之，必且轻于齐而累于楚矣。且齐东陼巨海，南有琅邪；观乎成山，射乎之罘，浮勃澥，游孟诸，邪与肃慎为邻，右以汤谷为界，秋田乎青丘，傍偟乎海外，吞若云梦者八九，其于胸中曾不蒂芥。若乃俶傥瑰伟，异方殊类，珍怪鸟兽，万端鳞萃，充仞其中者，不可胜记，禹不能名，契不能计。然在诸侯之位，不敢言游猎之乐，苑囿之大；先生又见客，是以王辞不复，何为无用应哉！"

亡是公听然而笑曰："楚则失矣，齐亦未为得也。夫使诸侯纳贡者，非为财币，所以述职也；封疆画界者，非为守御，所以禁淫也。今齐列为东藩，而外私肃慎，捐国蹍限，越海而田，其于义固未可也。且二君之论，不务明君臣之义而正诸侯之礼，徒事争游戏之乐，苑囿之大，欲以奢侈相胜，荒淫相越，此不可以扬名发誉，而适足以贬君自损也。且夫齐楚之事又焉足道邪！君未睹夫巨丽也，独不闻天子之上林乎？

"左苍梧，右西极，丹水更其南，紫渊径其北；终始霸浐，出入泾渭；酆镐潦潏，纡馀委蛇，经营乎其内。荡荡兮八川分流，相背而异态。东西南北，驰骛往来，出乎椒丘之阙，行乎洲淤之浦，径乎桂林之中，过乎泱莽之野。汩乎混流，顺阿而下，赴隘狭之口，触穹石，激堆埼，沸乎暴怒，汹涌滂湃。滭浡滵汩，逼侧泌瀄。横流逆折，转腾潎冽，澎濞沆瀣，穹隆云桡，蜿灗胶戾，踰波趋浥，莅莅下濑，批岩冲壅，奔扬滞沛，临坻注壑；瀺灂陨坠，湛湛隐隐，砰磅訇礚，潏潏淈淈，湁潗鼎沸，驰波跳沫，汩濦漂疾，悠远长怀，寂漻无声，肆乎永归。然后灏溔潢漾，安翔徐徊，翯乎滈滈，东注大湖，衍溢陂池。于是乎蛟龙赤螭，鰅鰫鳒魠，鰅鳙鰬魠，禺禺魼鰨，揵鳍擢尾，振鳞奋翼，潜处于深岩；鱼鳖谨声，万物众伙，明月珠子，玓瓅江靡。蜀石黄碝，水玉磊砢，磷磷烂烂，采色澔旰，丛积乎其中。鸿鹄鹔鸨，鴐鹅鸀鳿，鵁鸬鹍目，烦鹜鷛䴔，䴘鷫鷛鸨，群浮乎其上。泛淫泛滥，随风澹淡，与波摇荡，淹薄草渚，唼喋菁藻，咀嚼菱藕。

"于是乎崇山矗崒，崔巍嵯峨，深林钜木，嶄岩参嵯，九嵏、巀嶭，南山峨峨，岩陁甗锜，摧崣崛崎，振溪通谷，蹇产沟渎，谽呀豁閜，阜陵别岛，崴磈嵔瘣，丘虚崛礨，隐辚郁㠏，登降施靡，陂池貏豸，沈溶淫鬻，散涣夷陆，亭皋千里，靡不被筑。掩以绿蕙，被以江蓠，糅以蘼芜，杂以流夷。尃结缕，攒戾莎，揭车衡兰，藁本射干，茈姜蘘荷，葴橙若荪，鲜支黄砾，蒋芧青𬞟，布濩闳泽，延曼太原。离靡广衍，应风披靡，吐芳扬烈，郁郁斐斐，众香发越，肸蚃布写，晻暧苾茀。

"于是乎周览泛观，瞋纷轧茫，芒芒恍忽，视之无端，察之无崖，日出东沼，入于西陂。其南则隆冬生长，踊水跃波；兽则墉旄獏犛，沈牛麈麋，赤首圜题，穷奇象犀。其北则盛夏含冻裂地，涉冰揭河；兽则麒麟角端，騊駼橐驼，蛩蛩驒騱，駃騠驴骡。

"于是乎离宫别馆，弥山跨谷，高廊四注，重坐曲阁，华榱璧珰，辇道纚属，步檐周流，长途中宿。夷嵕筑堂，累台增成，岩突洞房，俛杳眇而无见，仰攀橑而扪天，奔星更于闺闼，宛虹拖于楯轩。青虬蚴蟉于东箱，象舆婉蝉于西清，灵圉燕于闲观，偓佺之伦暴于南荣，醴泉涌于清室，通川过于中庭。盘石裖崖，嶔岩倚倾，嵯峨磼碟，刻削峥嵘，玫瑰碧琳，珊瑚丛生，琘玉旁唐，璸斒文鳞，赤瑕驳荦，杂臿其间，垂绥琬琰，和氏出焉。

"于是乎卢橘夏熟，黄甘橙楱，枇杷橪柿，楟柰厚朴，樗枣杨梅，樱桃蒲陶，隐夫郁棣，荅遝荔枝，罗乎后宫，列乎北园。貤丘陵，下平原，扬翠叶，扤紫茎，发红华，秀朱荣，煌煌扈扈，照曜钜野。沙棠栎槠，华泛枰栌，留落胥馀，仁频并闾，榞檀木兰，豫章女贞，长千仞，大连抱，夸条直畅，实叶葰茂，攒立丛倚，连卷累佹，崔错登骫，坑衡閜砢，垂条扶于，落英幡缅，纷容箾蔘，旖旎从风，浏莅卉吸，盖象金石之声，管籥之音。柴池苃虒，旋还乎環后宫，杂还累辑，被山缘谷，循阪下隙，视之无端，究之无穷。

"于是玄猿素雌，蜼玃飞鸓，蛭蜩蠼蝚，蝼胡豰蛫，栖息乎其间；长啸哀鸣，翩幡互经，夭蟜枝格，偃蹇杪颠。于是乎隃绝梁，腾殊榛，捷垂条，掉稀间，牢落陆离，烂漫远迁。

"若此辈者，数百千处。嬉游往来，宫宿馆舍，庖厨不徙，后宫不移，百官备具。

"于是乎背秋涉冬，天子校猎。乘镂象，六玉虬，拖蜺旌，靡云旗，前皮轩，后道游；孙叔奉辔，卫公骖乘，扈从横行，出乎四校之中。鼓严簿，纵獠者，河江为阹，泰山为橹，车骑雷起，隐天动地，先后陆离，离散别追。淫淫裔裔，缘陵流泽，云布雨施。

"生貔豹，搏豺狼，手熊罴，足野羊，蒙鹖苏，绔白虎，被斑文，跨野马。凌三嵕之危，下碛历之坻；径陵赴险，越壑历水。推蜚廉，弄解豸，格虾蛤，铤猛氏，胃騊裹，射封豕。箭不苟害，解脰陷脑；弓不虚发，应声而倒。于是乘舆弭节裴回，翱翔往来，睨部曲之进退，览将率之变态。然后浸潭促节，倏夐远去，流离轻禽，蹴履狡兽，轊白鹿，捷狡兔，轶赤电，遗光耀，追怪物，出宇宙，弯繁弱，满白羽，射游枭，栎蜚虡。择肉后发，先中命处，弦矢分，艺殪仆。

"然后扬节而上浮，凌惊风，历骇飚，乘虚无，与神俱，辚玄鹤，乱昆鸡，道孔鸾，促鵔鸃，拂鷖鸟，捎凤皇，捷鸳鹞，掩焦明。

"道尽途殚，回车而还。招摇乎襄羊，降集乎北纮，率乎直指，闿乎反乡。蹷石阙，历封峦，过鳷鹊，望露寒，下棠梨，息宜春，西驰宣曲，濯鹢牛首，登龙台，掩细柳。观士大夫之勤略，钧猎者之所得获。徒车之所辚轹，乘骑之所蹂若，人民之所蹈籍，与其穷极倦㑉，惊惮慴伏，不被创刃而死者，佗佗籍籍，填坑满谷，揜平弥泽。

"于是乎游戏懈怠，置酒乎昊天之台，张乐乎胶葛之宇；撞千石之钟，立万石之钜；建翠华之旗，树灵鼍之鼓。奏陶唐氏之舞，听葛天氏之歌，千人唱，万人和，山陵为之震动，川谷为之荡波。巴俞宋蔡，淮南于遮，文成颠歌，族举递奏，金鼓迭起，铿鎗铛鼓，洞心骇耳。荆吴郑卫之声，《韶》《濩》《武》《象》之乐，阴淫案衍之音，鄢郢缤纷，《激楚》结风。俳优侏儒，狄鞮之倡，所以娱耳目乐心意者，丽靡烂漫于前，靡曼美色于后。

"若夫青琴宓妃之徒，绝殊离俗，姣冶娴都，靓妆刻饬，便嬛绰约，柔桡嬛嬛，妩媚姌嫋；抴独茧之褕袘，眇阎易以戌削，媥姺㣚徊，与世殊服；芬香沤郁，酷烈淑郁；皓齿粲烂，宜笑旳皪；长眉连娟，微睇绵藐，色授魂与，心愉于侧。

"于是酒中乐酣，天子芒然而思，似若有亡。曰：'嗟乎！此太奢侈！朕以览听余闲，无事弃日，顺天道以杀伐，时休息于此，恐后世靡丽，遂往而不反，非所以为继嗣创业垂统也。'于是乎乃解酒罢猎，而命有司曰：'地可垦辟，悉为农郊，以赡萌隶；隤墙填堑，使山泽之民得至焉。实陂池而勿禁，虚宫观而勿仞，发仓廪以振贫穷，补不足，恤鳏寡，存孤独。出德号，省刑罚，改制度，易服色，更正朔，与天下为始。'

"于是历吉日以斋戒，袭朝服，乘法驾，建华旗，鸣玉鸾，游于六艺之圃，骛乎仁义之涂，览观《春秋》之林，射《狸首》，兼《驺虞》，弋玄鹤，建干戚，载云罕，揜群雅，悲《伐檀》，乐《乐胥》，修容乎《礼》园，翱翔乎《书》圃，述《易》道，放怪兽，登明堂，坐清庙，次群臣，奏得失，四海之内，靡不受获。于斯之时，天下大说，乡风而听，随流而化，喟然兴道而迁义，刑错而不用，德隆于三皇，功美于五帝。若此，故猎乃可喜也。

"若夫终日暴露驰骋，劳神苦形，罢车马之用，抏士卒之精，费府库之财，而无德厚之恩，务在独乐，不顾众庶，忘国家之政，而贪雉兔之获，则仁者不由也。从此观之，齐楚之事，岂不哀哉！地方不过千里，而囿居九百，是草木不得垦辟，而民无所食也。夫以诸侯之细，而乐万乘之所侈，仆恐百姓被其尤也。

"于是二子愀然改容，超若自失，逡巡避席曰：'鄙人固陋，不知忌讳，乃今日见教，谨闻命矣。'"①

克妙骨慎思咬文嚼字地背诵完《天子游猎赋》全文，话音落后，闭口顿首。长春殿内一片寂然。

殿内的宋朝大臣们都被克妙骨慎思的超强记忆力惊呆了，一时间几乎都是呆若木鸡。

赵光义看了一眼赵匡胤，但见他眼含笑意，有神游之状。

这时，赵匡胤突然拊掌大声喝彩，哈哈大笑道："好！好啊！朕

---

① 《史记》（《二十四史》缩印本）第一百一十七卷《司马相如列传》，中华书局，1997。赋又见《全上古三代秦汉三国六朝文》卷二十一《司马相如》，该书中《上林赋》附于《子虚赋》之后合为一篇）；《文选》中《子虚赋》《上林赋》亦为两赋。各本之文句字词多有不同。（两赋大量使用讳字，且多生僻古字，以及口头传播等因素，是后世衍生出多个版本的重要原因。）小说文中引用中华书局版《史记》第一百一十七卷《司马相如列传》之文，原文繁体，引用时转外简体（无对应简体字、不适合改为简体字或难确定对应简体字者一仍其旧）。

虽不能全懂此赋之文，但听音节铿锵，盘旋萦绕，恍惚间如见大汉气势也！背诵得好啊！"赵匡胤有一统天下之宏愿，司马相如《子虚赋》《上林赋》正合其心意，他明知大辽使者故意借两赋来讨好自己，亦不禁感到欢喜。况且，他正对南唐用兵，契丹人想要修好，正中其下怀。另外，他又早早打定了通过抑武扬文的办法从根源上消除战乱，便想借此训诫一番大臣们。

于是，他睁大眼睛将殿内大臣们扫视一番，动容说道："大辽使者能口诵《子虚赋》《上林赋》，朕不知诸位卿家中可有能背诵者乎？中朝文化，岂止诗文辞赋，儒法道墨，诸子百家，魏晋风流，建安风骨，历朝雄文，博深广大，流传千载，四方仰慕，岂偶然哉！奏章可论国是，诗文可美精神。国是既明，章令可行。精神既美，戾气可除。国是明，精神美，则天下大治，黎民可享人生之美。我中国延绵不绝，既有赖千古忠勇之士舍身捍卫之，更有赖不绝之文脉也。朕一生戎马倥偬，但恐因武废文，故马背之上，得暇亦手不释卷。望诸卿家身承我中国文化之重负，传天下子民我中国文化之精神，切不可至四方得我中国文化之实，而我中国自弃我中国之文化也！切记！切记！"

赵匡胤说了这几句话，见殿内诸位大臣尽都神色肃然，知方才之语已入众人之心，便将眼光移向克妙骨慎思，又将他大大夸赞了一番。

随后，他说道："朕本欲学武帝，请贵使一同畋猎，既然贵使背诵了《子虚赋》《上林赋》，有讽谏之语，这畋猎之事，还是以后再说。大辽皇帝以后若想与朕会猎，朕亦乐于奉陪也！"

赵匡胤此番话，一语双关。那克妙骨慎思熟读中朝典籍，自然明白"会猎"之意，他听宋朝皇帝赵匡胤这么说，心知自己此番出使宋朝修好的任务算是完成了。"至少，在短期内，大宋当不会与我朝在战场上交兵了。"

克妙骨慎思这样想着，便恭恭敬敬地向赵匡胤施了礼。

赵匡胤心中欢喜，旋即宣布开宴。双方既都已达成了自己的意图，宴会上自然宾主尽欢。

宴会后，赵匡胤又在便殿召见了大辽使者，观诸班齐射。这次召见，赵光义陪同在赵匡胤身侧。

赵匡胤有意试试契丹人的功夫，便从使者随行者中挑了两个穿着像武将模样的人，令他们与殿前卫士们比试骑马与射箭。

两个被选中的契丹人，一个叫袅屋六，另一个叫除骨。两人得令，亦不推托，当下与赵匡胤指定的几个殿前卫士比试驰骋击球和箭射杨柳。

这两个契丹人骑在马背上纵马如飞，击打毛球并无半点阻滞，射箭也是箭无虚发。

赵匡胤看了，不禁低声对赵光义说道："契丹人真不可小觑啊。若不能收服管辖之，其后有可能成为大患也！"

赵光义听了，慌忙点头道："臣弟谨记在心。"

"不仅仅你要记住，我朝文武百官与子民，都不可小看契丹啊。"

"是！陛下英明。"

赵匡胤听赵光义这般答道，仿佛松了一口气。

赵光义又道："契丹不远万里，前来修好，是陛下以德服人的结果啊。"

赵匡胤看了赵光义一眼，微微一笑，扭头对身边另一侧的宰相薛居正说道："自五代以来，北敌强盛，盖因中原衰弱，以至于晋帝蒙尘。这也算是槽糕到了极点了吧。如今，契丹人景慕而来，乃是时运使然，绝非是朕这点薄德所致也！"

薛居正听了，只作揖，却不语。

赵光义听了赵匡胤的话，也是一下子不知如何应对才好，只能沉默不语。

七

五月里的一天早上，南唐后苑的诵经场内，十多个僧人们坐在蒲团上，口中念念有词。南唐主李煜闭目坐在众人前，口中一样也是不停地念着经文。他一边念经，一边拨动着手中佛珠。过了许久，经文终于念完，李煜缓缓睁开眼睛。

李煜见旁边站着一人，正是徐游之子徐元楀。他记得，方才开始念经的时候，徐元楀并不在旁。

"你何时来的？"李煜问。

"微臣方才刚到，见陛下正在诵经，不敢打扰，便在这里候着了。"

"有何事？"

"巡检使皇甫绍杰求见。"

皇甫绍杰是神卫统军都指挥使皇甫继勋之义子。皇甫继勋的父亲是皇甫晖。皇甫晖是南唐老将，在朝中富有威名。皇甫继勋凭借着父亲的威名，颇得李煜的赏识。最近几年来，随着一批宿将纷纷故去，皇甫继勋成为南唐年青一代武将中颇为醒目的人物。林仁肇被杀后，李煜实际将朝廷内的兵权很大程度授给了皇甫继勋。皇甫绍杰因为皇甫继勋的势力，在军中也是作威作福，颐指气使。

此时，李煜听到是皇甫绍杰求见，心里一惊，担心又有紧急军情，便对徐元楀说道："让他到澄心堂去等孤家。"

"是，陛下！"徐元楀答应了一声，匆匆往后苑大门跑去了。

李煜从蒲团上站起身来，挥挥大袖，令僧人们都退下去。他自己慢慢踱步朝澄心堂方向走去。

李煜进了澄心堂，见皇甫绍杰身披金甲，正立在那里等他前来。

"陛下！"皇甫绍杰跪下施礼。

"平身。有何事，快快说来。"李煜一边说，一边在澄心堂内的一张金丝楠木榻上坐了下来。

"陛下，吾父早就说过，不可与宋军力敌。武昌那边不听，结果最近又大败一场，宋将王明率军在武昌败我军万人，夺了战舰五百艘啊！"

李煜听到这个消息，脸色大变，腾一下，立了起来，喝道："怎么又是败仗！"他最近从皇甫绍杰口中听说了数次败仗的消息。四月的时候，他听说自己的军队在江州界与王明打了一仗，结果大败，被杀两千多人。随后，他听说吴越兵围住了常州，大将金成礼劫持刺史禹万成向吴越兵投降了。他还听说，在五月朔日，赵匡胤加吴越王钱俶守太师，以钱俶之子镇海镇东节度使钱惟濬为同平章事，以宁远节度使钱惟治为奉国节度使，以行军司马孙承祐为平江节度使，以行营马步都监丁德裕权知常州。随后，他又听说江阴的宁远军和缘江诸寨都降了吴越兵。这些消息，令他一度坐立不安。如今，皇甫绍杰又带来了武昌那边战败的消息，他怎能不又紧张起来。不过，尽管渐渐感到周边失地越来越多，有一点他深信不疑——金陵的防守固若金汤。

"统军指挥使有何建议？"李煜问皇甫绍杰。

皇甫绍杰压低声音道："陛下，吾父以为，如今宋军势不可挡，天下大势不可违，不如归整版籍，择机向中朝纳土为上啊。"

李煜一听，皱起眉头，说道："归降之事，休要再提。"

皇甫绍杰想要再说话，李煜不耐烦地摆摆手……

皇甫绍杰出了南唐宫，回金陵城南门城楼向皇甫继勋复命。他刚上了城头，一眼便见有三名副将被五花大绑着跪在地上，皇甫继勋站在这三名被绑者的面前，正在训话。皇甫绍杰走近义父身旁，只是默默站立，不敢打断他。

只听皇甫继勋喝道："你们几个倒是大胆，无本帅之令，便欲率兵于夜晚出城袭击宋军。眼中可有军法？目中可有本帅？"

跪在地上的三员副将，其中一个睁着怒目，昂着脖子，并不答话。另外两个副将都埋下头，暗暗咬牙切齿。

皇甫继勋拉着长脸，皱着眉头，继续喝道："瞧瞧，瞧瞧你们几个。还不服？！来人！将他们三个都剥去衣甲，鞭刑伺候。"

旁边几名亲兵听主帅一喝，犹豫了一下，方才走了出来，应诺后，走到三名副将身边，将他们松了绑，又剥去上身的衣甲。

皇甫继勋令人取了三条马鞭，丢给了三名亲兵。

三名亲兵不敢违抗主帅的命令，略略犹豫了一下，道了声"得罪了",便都举起马鞭往三名副将背脊上抽去。

那三名副将倒也硬气,只是咬着牙关,并不求饶,也不喊痛。

十几鞭子下去,三名副将背脊上都已是血肉模糊。

皇甫绍杰见城头上许多士兵面露气愤之色,心知他们都对三名副将被罚暗抱不平。

"义父,不如就这样算了。再打下去,恐怕这帮狗崽子要反了。"皇甫绍杰凑到皇甫继勋耳边轻声说道。

皇甫继勋斜了皇甫绍杰一眼,哼了一声,冲三名亲兵吼道:"不要手软,再打二十鞭!"

不一会儿,打完二十鞭子后,皇甫继勋令三名亲兵住了手,又令将三名副将都拉下去在军中大牢中囚禁起来。

"陛下怎么说?"皇甫继勋问皇甫绍杰。

皇甫绍杰摇摇头,说道:"陛下无意于归降。"

皇甫继勋恨然道:"莫非陛下真要我等为他陪葬?"

皇甫绍杰见义父一脸怒容,当下不敢言语。

自皇甫绍杰离开后,李煜便焦躁不安起来。当天晚上,他想着近期外围抗宋之战多次失败,哪里还睡得着。"最近,陈乔、张洎、徐游等对金陵城外情况闭口不言,皇甫继勋却只让人前来禀报外围的一些战况,却只字不谈金陵城防卫的情况。明日,我还是亲自去看看金陵城的防守情况为好!"李煜辗转反侧了大半夜,拿定主意,明日一早一定要亲自巡视金陵城的防卫。这般拿定了主意之后,他才昏昏沉沉睡去。

次日清晨,李煜醒来后,匆匆洗漱完毕,用了早膳,便传来汤悦、徐铉、陈乔、张洎、徐游等大臣,由他们扈从,领了数十名御林近卫,径往金陵南城楼去了。

皇甫继勋忽闻国主亲巡,面色大变,踟蹰了片刻,只好慌忙下了城楼去迎接。李煜在皇甫继勋和诸臣的陪同下,登上金陵城南城楼,站在垛口前往南一望,顿时惊得目瞪口呆。此时的金陵城南,列满宋军营寨,已然旌旗满野。

"宋军何时竟到了金陵城下？！尔等为何不告知孤家？！"李煜这一惊非同小可，不禁有点歇斯底里地喝问起来。

一帮大臣都低着脑袋，闷声不语。

李煜见诸臣不语，一甩大袖，迈步沿着城头女墙，便往西城楼走去。走了几步，他仿佛想到了什么，冲旁边的一干军士喝道："备马过来！"

众人被这一喝吓了一跳，一个军士慌忙牵过一匹战马来。

李煜怒气冲冲地翻身上马，呼喝一声，往西城楼奔去。他身后的诸臣见状，纷纷向城楼上的军士索要了马匹，都骑上马追了上去。

城楼上没有备很多战马，数十名御林近卫只好扛着长枪，飞步奔跑，尾随而去。

在城楼上一边骑马飞奔，一边往城外看去，李煜越看越惊恐。此时，金陵城西的长江对岸，战舰云集，与金陵城下的江南水军已经形成对峙局面。金陵北城楼的外面，也是宋军大寨一个连着一个。其中一个大寨中，竖了一杆大旗，虽然看不清大旗上的字，但显然可以看出那寨子是大将所在之处。

李煜在金陵城北城楼勒住了马缰绳，骑在马上，呆呆望着城楼下的宋军大营。

片刻后，皇甫继勋、皇甫绍杰、陈乔、张洎等人都陆续骑马到了。

李煜指着下面的宋军大营，喝问道："尔等可知那是宋朝哪位将军？"

"陛下，下面是——宋——宋军——曹彬所部。"皇甫继勋吞吞吐吐地答道。

"你倒是还知道。方才城南呢？"

陈乔道："那是潘美所部。"

李煜长叹一声，道："孤家竟不知金陵被困如此！孤家被卿等大误也！"

诸臣听了，皆满脸愧色，垂头不语。

李煜独自骑马靠近了女墙垛口，凝神望着城楼之下的宋军大营。

不一会儿，御林近卫们追了上来。

李煜听到御林近卫停在了近旁，这才缓缓带过马缰绳，转过来朝着诸臣。他看了看陈乔、张洎等人，又看了看皇甫继勋，紧紧闭着嘴唇一言不发。

过了片刻，李煜冲御林近卫喝道："来人，将皇甫继勋、皇甫绍杰都拿下了！"

御林近卫们得令，呼啦一下，将皇甫继勋和皇甫绍杰团团围在了中央。

皇甫继勋、皇甫绍杰见状，吓得魂飞魄散，只得下了马，跪地求饶。

李煜冷冷看着他俩，对御林近卫说道："先将他们带下去吧。"

两日后，李煜以皇甫继勋和皇甫绍杰流言惑众和不尊王命之罪，将二人一并处斩了。二人被斩后，军士们争脔割其肉，顷刻而尽。

李煜闻皇甫继勋、皇甫绍杰死后的惨状，亦不禁暗暗心惊。他至此方知，两人在军中早已大失人心，被众人切齿怀恨。

皇甫继勋被处死后，张洎建议李煜，派遣使者前往湖口，召神卫军都虞侯、镇南军节度使朱令赟率水军入援金陵。朱令赟乃南唐已故名将朱匡业从子，长相威严，高额鹰目，矫捷善射。因其一眼眶深陷，南唐军中称朱令赟为"朱深目"。

这时，长江刚刚涨水。朱令赟的副将们纷纷请求，乘着涨水，速下金陵勤王。朱令赟却道："我军今若前往金陵，宋军必反据我军之后。若我军战而捷，则可也。若不捷，粮道已绝，我军恐全军覆没也。"

李煜闻使者回报了朱令赟的话，无奈之下，又以书召南都留守柴克贞代朱令赟守湖口。此时，柴克贞正在病中，以生病为由，不往湖口。朱令赟见无人来替守湖口，故也不敢前往金陵救援。李煜数次派使者催促，朱令赟皆以湖口要地，不可弃守为由，拒不前往金陵。

六月癸卯，曹彬下令，宋军又与江南兵在金陵城西的江面和城南的陆上大战了一场。这一战，宋军击败了两万江南兵，并于长江上夺得了数千艘大小船只。

八

"禀报陛下，缓攻金陵的命令已经下达给曹彬将军。三千骑兵已经交给驸马爷了。"内侍王继恩禀报道。

赵匡胤点了点，问道："驸马爷可好？"

"驸马爷不久前随曹彬将军攻金陵城北时受了点小伤，左肩被砍了一刀，不过并无大碍。"

赵匡胤微微皱了皱眉头，又点点头。过了一会儿，他又问道："高德望怎样呢？"

王继恩稍稍迟疑了一下，说道："高德望右小腿上中了一弩，应无性命之忧。不过，以后行走恐怕得瘸着了。"

赵匡胤听了，呆了呆，叹了口气，沉声说道："朕是在泽州之战时认识高德望这小伙子的。他有个绰号，叫飞毛腿二狗子……"他说到这里，却再也说不下去，从榻上立了起来，背着手，迈步到窗棂前。透过窗棂，他呆呆望着窗外的一株旱柳。没有一丝风。旱柳的枝条安静地垂着，一动不动。一瞬间，他泪水盈眶。他默默地站在那里，一动不动，让泪水在涌出眼眶之前如潮水一般慢慢退去。

过了许久，忽然房门外传来内侍李神祐的声音："启禀陛下！"

赵匡胤回过神来，扭头道："进来说话。"

李神祐走了进来，施礼后禀报道："陛下。魏王符彦卿在军镇病卒了。"

"什么时候的事？"

"辛酉那日。"

"晋王知道了吗？"

"已经知道了。"

"嗯。"

这个突然传来的噩耗，再次冲击了赵匡胤的内心。他听了李神祐的话，顿觉一阵头晕，身子微微晃了晃，勉强站住。他定了定神，说道："你去传薛居正、吕余庆、卢多逊、李穆到便殿等候朕。"

李神祐应诺后匆匆去了。

"去便殿。"赵匡胤扭头对王继恩说道。说完，迈开步子，往屋门外走去。

赵匡胤由王继恩陪同到达便殿时，薛居正、吕余庆等人已经在那里等候。赵匡胤令李穆草诏，下诏因魏王符彦卿之死废朝三日，官给葬事。随后，他又对薛居正、吕余庆、卢多逊叮嘱了一番辍朝期间需要办的一些政事，便带着李神祐、王继恩两人，直奔赵光义府邸而去。

魏王符彦卿是赵光义的岳丈，是晋王妃小符的父亲。赵匡胤到达赵光义府邸时，府内已经挂起了白幡，换上了白灯笼。赵匡胤安慰了一番赵光义，又问起小符近来的状况。不久前，赵光义曾经告诉他，小符自数月前便开始生病，一直不曾好起来。这个时候，他不免担心符彦卿去世的噩耗，会对病中的小符造成巨大的打击。

"小符她病情还不见好。"赵光义黯然道。

赵匡胤听了，只能安慰道："别着急，会好起来的。魏王故去的消息，还是瞒她一阵子吧。"

赵光义默默点点头，呆了一呆，说道："瞒不住啊。她已经知道了。"

赵匡胤点点头，叹了口气道："魏王的后事，你们不要太操心，我让有司张罗。"

随后，赵匡胤由赵光义陪同着，去后堂看望小符。他已经有一阵子没有见她了。病中的小符，斜倚在床头，脸色惨白，两眼黯然，完全没有了往日的风采。

见到赵匡胤来了，小符脸上露出了微笑，看了一眼站在身旁的侍女，说道："稍稍扶我一下。"

那侍女将小符的身子稍稍扶直了一些。

"陛下！"小符说道，想要再说，却觉得胸中气虚，一时说不下去。

"不用起来。好好养病。"赵匡胤道。

小符凄然一笑，停了一会儿，幽幽说道："陛下，最近几日来，我常常梦见如月姐姐和阿燕妹妹呢。"

赵匡胤、赵光义听小符这么说，都不觉生起凄悲之感。

"你不要多想，静心养病，等好起来了，让光义陪着你出去走走。"赵匡胤哽咽着安慰道。

"嗯——谢谢皇兄。"小符答应了一声，闭上眼睛，两行泪顺着脸颊流了下来。

赵匡胤忍住心中的悲伤，又说了一番安慰的话，便告别小符，出了后堂，带上李神祐、王继恩，与赵光义辞别后，回宫去了。

数日后，晋王妃小符病逝了。

开宝八年六月甲子日，赵匡胤四更时分早早醒来。宋皇后还在熟睡中。赵匡胤轻手轻脚地起身，披了衣衫，一个人出了福宁殿，踱步到后苑之中。他背着手，沿着甬道，慢慢地走着。

天尚未大亮，四下朦朦胧胧。他仰头往东边的天空看去。这时，在东方天空中出现的景象，让他呆住了。只见东边的天空上，一颗彗星自柳星位置如鬼魅般突然出现，彗星带着长长的尾巴，在天幕上看上去仿佛有四五丈长。它在天空中飞着，朝着西南方向飞去，经过舆鬼星，慢慢离开东壁星的星域。

"莫非要发生什么大事？"他心中暗想，感觉心头有些沉重。

他盯着天空，看了许久，那彗星带着它的彗尾，在天空仿佛静止不动一般。"你一定是离人间很远很远吧！"他喃喃自语道。

他心想："南唐位居东南，此彗星指向西南，莫非预兆南唐将亡？"他呆呆地想了许久，最后摇摇头，喃喃自语叹道："成事在天，谋事在人。南唐之事，终不能靠老天啊！如今，南唐久围不下，李煜决意坚守。真是我原来没有预料到的啊！"

这样想着，他不禁长叹一声。

忽然，他听到后面响起轻轻的脚步声，转头一看，却是御侍秋棠。

"你怎么也起来了？"

"我早早醒来无事，便披衣出来走走。听到这边有叹息声，似是陛下，便过来看看。没想到果然是陛下呢。"

"嗯。时间尚早，你回去歇息吧。"

"陛下满脸忧郁，不知又有何烦心事？"

"没事。你回吧。我想在此站一会儿。"

"是！"

秋棠看了一眼赵匡胤，便掉头走了。

秋棠方走出五六步，赵匡胤忽然道："秋棠，你等一等。"

秋棠一愣，转过身来。

"有一件事，还想再问问你。"

秋棠点了点头。

"你还在怀疑是光义杀了你姊姊吗？"

秋棠一惊，低头轻声道："秋棠不敢。"

赵匡胤似乎料到她的反应，旋即说道："嗯，没事了。你回去吧。"

秋棠见赵匡胤神色凝重，不敢多言，便悄然离去了。

秋棠离去后，赵匡胤又在后苑中待了许久，方才回了福宁殿。

不久后，秘书丞雷德骧之子雷有邻病故。赵匡胤因雷德骧老年失子伤感不已，于是赐雷德骧缗钱十万，加以抚慰。

九

金陵城虽然久围不下，但是宋军依然在外围取得了不少战役的胜利。进入秋七月以来，江南捷报数次至京。出使宋朝的江南使者李从镒每次听到战报，便心惊胆战，生怕自己还在汴京时，江南国便被宋军灭了。他想找机会见见之前出使未归的弟弟从善，可是却一直没有得到允许。

这一日，又有江南捷报送至汴京。群臣纷纷上表称贺。

"大人啊，江南捷报频至，你该向陛下去贺喜啊。"一个邸吏好心地提醒李从镒。

随同李从镒出使宋朝的潘慎修闻言，厉声道："国家将亡，有何可贺，当待罪也！"

邸吏闻言，羞惭而退。

李从镒以潘慎修之言为善，奉表前往皇宫，待罪殿前。

赵匡胤于殿内阅完李从镒之表，叹了口气，对身边的近臣们说道："这李从镒也算应对得体啊。"

说罢，赵匡胤派使者出殿，好言抚慰李从镒，又着有司务必在食物、帐用供给等方面给予优待。

赵匡胤自见彗星西流后，便一直郁郁不乐。为征服江南，也许杀戮太多了吧！这几天，他多次琢磨起行勤和尚从大食国托人带回来的偈语：

识得阿赖耶，方得真慈悲。

"江南兵殇，黎民受罪，始自于我啊！"他暗暗在心底自叹。这种愧疚的想法，促使他试图尽量减少征服南唐造成的伤亡。他下诏令吴越国王钱俶返回其国。钱俶不敢违令，但请求将兵马交给大将沈承礼，让其随宋军一同进讨李煜。赵匡胤答应了钱俶的请求，却只令吴越国兵与丁德裕所部进攻润州等地，而无须进攻金陵。

这种愧疚的想法，也促使赵匡胤再次向江南国派出使者。这次派出的使者还是知制诰李穆。赵匡胤令李穆带着自己的手诏，促李煜来降，又令曹彬、潘美、刘遇等将缓攻金陵，待李煜主动归降。

这个月的癸巳日，倒是有一件喜事，令赵匡胤分外开心——皇子德芳出阁了。尽管德芳出阁时实际年龄要小于惯例所需的年龄，但是因为他自出生时便未按实际年龄来算岁数，故太常寺的官员们亦无非议。赵匡胤因为德芳终于躲过了夭折命运，而倍感欣慰。

一日，曹彬从江南送来奏报，言时已秋暑，南土卑湿，军中多次出现疾病疫情。

近来，赵匡胤本自恨造孽太多，已起收兵之心。他阅曹彬奏报后，心头更觉苦闷。他随即召来赵光义、薛居正、吕余庆、沈义伦、卢多逊、李昉、李穆等人商议。

"金陵久攻不下，军中病疫肆虐，朕拟令曹彬等退兵屯广陵，休整兵马，以为后图。诸位卿家，以为如何？"

卢多逊闻言，厉声进言道："金陵不日可下，陛下如今退兵，岂非前功尽弃乎？"

赵匡胤沉着脸，不语。

卢多逊思索了一下，又道："我军屡战屡胜，金陵虽固，终不可久据也。"

赵匡胤听了，沉吟半晌，不待其他大臣表态，便说道："朕意已决，尔等都退下吧。"

薛居正、吕余庆等听赵匡胤这么说，只好谢了恩，都退出便殿各自离去了。薛居正、吕余庆、沈义伦、卢多逊四人一同走到政事堂门口，却见门口立着一人，一副焦躁的样子。那人见薛居正等人走过来，踟蹰了一下，便奔到卢多逊跟前，跪地说道："卢大人，小人受人之托，有一事求见大人。"

卢多逊愣了一愣，定睛看时，却认出此人乃左司员外郎、权知扬州侯陟的亲信。侯陟之前前来拜访他时曾经将此人带在身边。

"他不说受谁之托，显然有所顾忌。八成便是侯陟派他来的。侯陟受贿不法，被部下所讼，刚刚从扬州押到京师，不日便要被关入大牢。莫非是侯陟派此人前来求情？"卢多逊暗想，当下冲那人说道，"你先起来，慢慢说。"

那人却是跪着不起。

卢多逊看了薛居正、吕余庆和沈义伦一眼，说道："三位大人先回政事堂内吧，下官在此听听他说些什么。"

薛居正等当下亦不勉强，冲卢多逊抱了抱拳，便都进政事堂去了。

那人见薛居正等离去，方才慢慢站起身来。

"侯陟派你来的？"卢多逊问道。

"正是！侯大人恳请大人帮他免去牢狱之灾啊！"

"他自个为何不来？"

"陛下已经派人将侯大人软禁在邸舍，侯大人哪里出得来啊。在下也是找了个借口才出来的。"

"侯陟受贿不法，陛下怎会饶他。求我有何用！"

那人见卢多逊脸色不好看，当下又哀求道："侯大人说，参知政事大人足智多谋，一定会有办法的。侯大人已经托人找他的女儿——御侍玉儿向陛下求情。可是陛下说情理可顾、国法难容啊。参知政事大人啊，你与侯大人素来相善，还望大人想想办法啊！"说完这句话，那人又"扑通"一声跪在地上。

卢多逊板起脸，两条眉毛几乎皱到了一起。

过了片刻，卢多逊忽然心念一动，问道："侯大人既然从扬州来，应该对金陵城的战情深为了解吧？"

那人愣了一下，点头说道："这——侯大人应该对围攻金陵城的情况甚为熟悉吧。"

"那好！你回去，让侯大人装病不起。我明日自会向陛下谏言，请陛下亲自传他过问受贿之事与金陵战情。若是陛下真派人来提他赴宫中，让他进宫后，一定要向陛下进言金陵城破城在即，不可退兵。若如此，陛下或能留他一命也！"

"小人记住了！"

"好！切记，说金陵城即将攻破时，决不可犹豫。切记，切记！"

"是！参知政事大人请放心。"

那人说完，冲卢多逊重重磕了头，匆匆跑开去了。

隔了一日，赵匡胤听了卢多逊的谏言，果然让皇城卒将侯陟带入宫中问话。

待被问到金陵战况时，侯陟瞪着眼睛，大声说道："江南平在朝夕，金陵城破城在即，陛下莫非想要退兵？微臣愿陛下急取之，若微臣误陛下，请夷臣三族！"

赵匡胤见侯陟态度异常坚决，当下屏去左右，召他近宝座旁边细问金陵之事。

侯陟自将曹彬围攻金陵城之状添油加醋说了一番。

赵匡胤听完侯陟的诉说，心中暗想："如此说来，我对金陵城的防守是高估了！"

问完话后，赵匡胤令皇城卒先将侯陟带回邸舍，思虑一番后，终于改变了退兵广陵的主意。随后，他又下诏，因侯陟征南有功，以功抵罪，赦免了侯陟的罪行。八月甲辰，他复以侯陟判吏部流内铨。

十

夕阳西下，山野朦胧。

赵匡胤骑着马，手里持着一张宝弓，腰带上挂着一把三尺宝剑，腰间斜斜别着周世宗赠给他的那把小怀剑。他不紧不慢地骑行在马队前面，眼睛扫视着夕阳下的原野。他的身后，跟着他的贴身侍卫李神祐、枢密使楚昭辅等人。马队中，有三个穿着皮袍，腰束虎皮的大汉，其中两个留着契丹人的髡发，另一个则穿着汉式战袍，带着一顶狐狸皮帽。两个髡发之人，乃是契丹左卫大将军耶律霸德和弓箭库使尧卢骨，那个穿汉式战袍戴着皮帽的人，则是契丹左监门卫将军王英。耶律霸德和尧卢骨看上去三十多岁，王英则显得更加年轻一些。他们奉命出使宋朝。这日，赵匡胤令他们从猎于汴京城西郊。

畋猎已经进行了将近一天。契丹的三位使者对宋朝皇帝赵匡胤的箭术、骑术感到非常吃惊。在契丹时，他们便听说宋朝的这个皇帝是马背上的皇帝，武艺超群。可是，没有亲眼见到，他们多少有些不信。这个赵匡胤，在他们心里，并没有镇守在汉地边境的符彦卿显得那样真实。尽管与符彦卿从前是敌人，但是他们一直很敬畏这个汉人将军。因为，在他们眼中，符彦卿是一个勇且有谋、战无不胜的勇士。他们把符彦卿尊称为"符王"。自从耶律德光统军十万围困阳城被符彦卿打败后，契丹人遇到战马生病不食，往往唾而咒骂："此中莫非有符王不成！"今日，他们在畋猎中见赵匡胤骑马如飞，箭无虚发，心中便自然将符彦卿与赵匡胤做比较。从译者的口中，他们又听说，皇帝赵匡胤曾经与上了年纪的符彦卿比过箭术，稍胜了一筹，因此便对赵匡胤更增添了一分敬畏之情。他们私下对译者说："皇帝神武无敌，射必命中，未尝见也！"

畋猎的队伍行至一片微微下凹的原野边缘，髡发的耶律霸德眼睛很尖，他指着前面，轻轻用契丹语喊道："快看！狐狸！"译者跟着用汉语轻轻喊了一声。

其实，不等译者翻译，众人听到耶律霸德这么一喊，都已向前面看去。只见一百多步外的草丛中，果然藏着一只狐狸。那狐狸身上的皮毛是黄色的，脚和尾巴却是黑色的。它藏在草丛中，眼睛并未往马队这边看来。

"陛下要射它吗？"楚昭辅朝赵匡胤问道。

耶律霸德、尧卢骨和王英均向赵匡胤看来。

赵匡胤见三个契丹人盯着自己，知道这三人正准备看好戏呢。天色朦胧的傍晚，因为视线模糊，射箭往往很难命中。远射那只小狐狸，此时确实是一个挑战啊！

但是，赵匡胤不想让三个契丹人小觑了。他冲楚昭辅微微点点头，然后从鞍侧的箭壶中，抽出一支羽箭，缓缓搭上弓弦，慢慢拉满了弓，瞄准了那狐狸。

便在这时，众人看到那狐狸忽然转过脑袋，朝这边看来。

赵匡胤拉着弓弦，盯着那狐狸。距离太远，他看不清它的眼睛。但是，不知为何，他感觉到它正盯着他看。他仿佛看到了它眼中的恐惧与哀求。一瞬间，他想起了李煜。"我不是想要李煜归降吗？若是现在我瞄准的，不是那只狐狸，而是李煜，我会射死他吗？不！我并不想他死。罢了罢了，放它去吧！"他这样想着，缓缓放下了弓箭，将羽箭插回了箭壶。

"天色已暗，朕目力不济。便任它去吧！"

赵匡胤盯着那狐狸，头也不动，大声说道。

那狐狸仿佛也听到了赵匡胤的话，扭过头去，在草丛中往前一窜，很快朝远处跑去，转眼消失在野草丛中。

赵匡胤收回眼光，将弓在鞍侧挂好，默默朝北方看了一眼，大喝道："回！"

随后，他一抖缰绳，纵马往汴京方向奔去。

奔了许久，眼见离汴京城越来越近，忽然从天空西南方向低低飞来一群鸟。

群鸟中，有一只鸟几乎从赵匡胤的马头前贴着掠过，那马儿一惊，猛然一停，赵匡胤未料到坐骑会受惊，身子顿时从马鞍上飞了出去。他下意识地在空中微微侧了身，让身体一侧触了地，然后顺势往侧前方一滚。

楚昭辅、李神祐见皇帝坠马，不禁大惊，慌忙都勒住了马儿，翻身下马，抢着来扶赵匡胤。

赵匡胤坠地那一刻，只觉肩背部一阵剧烈疼痛，旋即，又觉脑袋仿佛被刺狠狠扎了一下，顿觉一阵晕眩。不等李神祐、楚昭辅来扶，他定了定神，一手撑地，先是屈起一腿，然后慢慢立了起来。

"陛下，可伤着了？"楚昭辅关切地问道。

赵匡胤不答，手扶着头部，慢慢走到自己的坐骑跟前。此时，那马儿已经安静下来。

赵匡胤盯着那马儿，怒喝道："一只飞鸟，便受惊了，你还如何上战场，要你何用？"

说罢，他猛然用右手从腰间抽出了小怀剑，手一挥，用力将剑刺入那马儿的脖颈，又"嗖"一下拔了出来。

众人见赵匡胤盛怒之下，突然以怀剑杀马，都不禁大惊。三个大辽使者更是未料到会出现这一幕，一时间吓得目瞪口呆。

那马儿被小怀剑刺中要害，惨叫起来，身子一晃，斜刺里往前冲去。不一会儿，它发出一阵嘶鸣，便倒在了远处的草丛中。

赵匡胤手中攥着那把小怀剑，马血一滴滴从剑刃滴落到地上。

他的胸前，也溅上了数滴马儿的血。他愣愣地站着，盯着远处草丛中正在死去的那匹战马。

此时，夕阳已经完全落山了，天空突然之间暗下了许多。

过了片刻，赵匡胤忽然重重叹了口气，说道："朕为天下主，而轻事畋游，这马儿或许是为了提醒朕吧。非马之过，实是朕之过也！"

众人听赵匡胤这么说，都知他已因杀马而心生悔意，当下都默不作声。

"昭辅，你明日令人将马儿厚葬于此吧。"赵匡胤说道。

"是！陛下放心。陛下先骑在下的马。"楚昭辅说完，将自己的马儿牵到了赵匡胤面前。

赵匡胤默默点了点头，接过马缰绳，翻身上了马，回头再次看了看远处草丛中那匹战马的尸体，然后呼喝一声，纵马继续往汴京方向骑去。

十一

"将军！快看！那是咱们的战舰。国主派援兵来了！"刘澄的一员副将指着远处的江面，大声叫道。

顿时，润州城头上响起了一阵欢呼声。

"援兵来了！援兵来了！"

"国主派人来救咱们了！"

刘澄盯着江面上渐渐靠近京口的数十艘大小战船，嘴角抽动了一下，勉强笑了笑，旋即又沉下了脸。

"还不知他们能不能杀上岸来，别高兴太早咯！"刘澄对那员副将道。

那副将见主将神色黯然，语气消沉，不禁暗暗觉得奇怪。"援兵来了，刘将军却似乎并不高兴。"他看了看刘澄，又将目光投向北面的那段长江江面。

王承衍自从接收了王继恩从京城带来的三千步军后，便向曹彬请战。王继恩也给曹彬带去了赵匡胤的旨意。原来，赵匡胤令曹彬务必保护好王承衍，不要让他冲在进攻金陵城的一线。曹彬得赵匡胤授意，心里自然明白。正好王承衍主动请战，曹彬便将他派往京口，与丁德裕部和吴越国兵相互配合，围攻润州。王承衍本意想请战进攻金陵城，无奈主帅令他进驻京口，他心知军令如山，不好推托，于是便带着原先剩下的七百多名禁军骑兵和新来的三千步军，赶往润州去了。

这一日，王承衍早早起来督促士兵们建造攻城用的楼车。他准备在近期组织一次对润州城的强攻。

近午时，斥候突然来报："驸马爷，江南国舟师近万人，从金陵城突围而出，已抵达京口。"

"率军的是何人？"王承衍问道。

"是江南国凌波都虞侯卢绛。"

王承衍心里一紧，说道："传说此人有勇有谋，不可小觑。你快回江边，继续关注卢绛军的动向。有军情，随时过来报告。"

那斥候得令，匆匆离去了。

"先将手头的活儿停了，随本将一同赴长江岸边，会合江边守军，准备迎战江南援军！"王承衍冲士兵们喝道。

"少将军！我也去。"高德望一瘸一拐地走了过来。他的小腿伤已经好了，但是走起路来却变得稍微有些瘸了。

王承衍看了看高德望，默默点了点头："我军只有三千多人，丁将军在围城东，吴越国沈将军所部在围城南与城西，他们若移兵来救，润州之军便有可能开城突围，城北的防御，主要还得靠咱。江南国援兵近万，这将是一场恶战。小心一点！"

"少将军，你放心就是了！"高德望笑着答道，用力拍了拍胸脯。光明甲"哗哗"响了一下。

王承衍见高德望信心十足，也不禁微笑起来。他抬起手，握起拳，在高德望肩头重重敲了一下。

王承衍将自己麾下三千步军与七百多名骑兵全部组织起来，出了营寨，很快赶往长江岸边。岸边巡防的宋军见驸马都尉王承衍率禁军精锐前来共同防守，顿时士气高涨，欢呼声一片。

此时，江南国水师已经在江面上一字排开。数十艘战船上锦旗林立，军容颇盛。在数十艘战船的中部，有一艘数层楼高的大船，船上面升着大将旗，旗帜上绣着一个大大的"卢"字。

数十艘战船慢慢靠近了京口南岸。忽然，船上响起了隆隆战鼓。随着进军的战鼓声响起，数十艘战船一同将船头慢慢朝向了南岸。

王承衍盯着那只大将船，见其望楼上的旗手忽然摇起一面黑色的旗帜。

"诸军注意了。敌人开始进攻了！"王承衍大声喝道。

他的话音未落，众人便见从数十艘战船上同时飞出无数黑色的礌石。

"后退！快后退！"王承衍大声喝道。

他麾下的步骑兵听到主将下令，都纷纷往后退去。漫天的礌石飞向南岸，还是有不少来不及后退的宋军被礌石击中了。

江南国的战船在用虎蹲炮车发射了一通礌石后，迅速靠近了南岸。

王承衍料到江南国战船将会用箭阵射出登陆之地，当下令麾下步军后退五十步，又在阵前立起旁牌，只待江南军登陆时再一举出击。

果然，江南国战船又射了一通羽箭。由于宋军早有防备，江南国战船的这次羽箭攻势并未造成宋军的实际伤亡。但是，这次羽箭的攻势也并非完全没有作用。趁着这段时间，卢绛下令旗手，发出了抢滩登陆的命令。数十艘战船一时间纷纷往南岸靠去。不一会儿，江南国水师中的小战船先行抵达岸边，士兵们纷纷舍舟涉水，快速往南岸冲去。大战船靠岸后，从大船上放下小舰，士兵们先上了小舰，然后很快乘小舰靠岸登陆。

卢绛带来的水兵有八千多人。这次支援润州，卢绛制定的策略是将战船全部停靠在岸边，然后以所部六千人攻击宋军在润州城北的围城之军。他期待着润州城内的刘澄见到援兵后开城出击，与自己配合，里应外合打击围城的宋军。

但是，当六千余名战士登陆后，卢绛并没有看到润州城开门出击。"莫非润州城内守军已经伤亡殆尽？还是刘澄不敢出兵作战？"卢绛心底疑惑。"我军八千人，目前看防守这段江岸的宋军不过四千余人，若是我军一鼓作气，击退这四千人不在话下，但若是刘澄军闭门不出，这仗便白打了。"他暗暗叫苦。

王承衍将四千人沿江排开，三千步军列方阵防守登陆的江南水军主力，七百骑兵则分在两翼，打击两翼分散登陆的江南水军。

抢滩登陆的江南水军很快与王承衍的步骑兵接触上了。双方展开了激烈的白刃战。宋军步军以旁牌立在方阵前，抵挡住了江南水军的第一次冲击。但是，卢绛的这支水兵训练有素，斗志高昂，毫无退却之意。他们旋即组织长枪队冲击宋军前沿的旁牌阵。一时之间，双方交战的战线上，鲜血四溅，惨呼声不断。两翼的宋军骑兵，也被人数居多的江南军渐渐围住，无法再来回奔突，只能在包围圈中与江南军缠斗。

江南水军猛烈的进攻，致使宋军阵前的旁牌阵很快变得凌乱不堪。木头制成的旁牌毕竟经不住长枪的猛烈刺击。伴随着旁牌的破裂声、士兵们被长枪刺中的惨叫声，旁牌的防守很快瓦解了。王承衍的步军现在陷入了与卢绛江南水军的白刃战中。交战双方都是斗志坚定的劲旅，一时间刀光剑影，厮杀声震天响起。

卢绛见麾下六千人被宋军四千余人挡住，却迟迟不见刘澄开城门率兵出击，不禁怒火中烧。"再这样打下去，若是附近的围城宋军来援助，我军恐要被歼灭于此地！"他一边咒骂刘澄，一边绞尽脑汁思考着应对之策。

"这支宋军何人统率？可是王承衍？"卢绛盯着岸上的宋军阵列中的一面大将旗，看到上面有一个"王"。

旁边的副将俞成说道："正是，正是宋朝的驸马都尉、左骁卫大将军王承衍。"

"果然是一员猛将。传令下去，让所有人随我登岸。"卢绛死死盯着岸上，头也不扭地对俞成说道。

"什么？"俞成有些吃惊。

"舍舟登岸！"

"可是，卢将军，那样我们就无法回金陵了。"

"你以为，这样下去，我们便能回金陵吗？若刘澄不出军，我军在此死战不是个办法。附近还有大量宋军，如他们驰援而来，我军便会被歼灭在岸边。"

"那咱们撤军，回金陵吧。"

"糊涂，两军相遇，勇者胜，若现在下令撤兵，王承衍率军杀将过来，还能剩下几个登得上船？"

"将军，如岸上不胜，咱便只好带这两千水军回金陵。"

"胡说！你再说这话，我便立斩了你！"卢绛狠狠瞪了俞成一眼。

俞成见卢绛大怒，顿时不敢言语，垂下了脑袋。

"还愣着干吗？快去传令，舍舟登岸，突破岸上宋军，入润州城与刘澄会合！"

俞成愣了一下，当即应诺，传令去了。

船上的两千水师得了主帅命令，一时间纷纷抢滩登陆，加入了战斗。原先已然在战斗的江南水师见己方投入了全部兵力，一时间士气大振，杀声震天。

卢绛手持一把朴刀，由副将亲兵护卫着，往宋军步军阵中冲杀过去。

王承衍见卢绛率精锐杀来，当即朝高德望看了一眼。高德望会意，知与卢绛正面对阵的时刻已经到来了。

王承衍从背上抽出那柄李雪菲赠送的唐刀，带着高德望等十数名禁卫亲兵，朝卢绛杀将过去。

唐刀异常锋利，锐不可挡。有两个江南水兵冲到王承衍的前面阻挡，都被他一刀毙命。

卢绛见王承衍来势凌厉，不敢怠慢，令三名亲兵冲上去先挡住王承衍，自己则挥舞朴刀，往高德望杀去。

高德望挥刀与卢绛力战。

双方主将的近身亲兵，瞬间都缠斗在一起。

卢绛的三名亲兵武功甚是了得。他们有两人使枪，一人用斧，将王承衍围在中间。王承衍仗着唐刀锋利，一阵猛攻，但却终是无法砍中任何一个人。

忽然间，王承衍听高德望痛苦地喊叫了一声。他猛挥数刀，将三个围攻之人稍稍逼退，然后往高德望那边看去，但见他左臂鲜血淋漓，显然被卢绛砍中了左臂。

他不是卢绛的敌手！王承衍暗想，旋即身子一动，连挥数刀，逼退那个持斧之人，然后往高德望那边跑去。三个围攻之人见王承衍要逃，一声呼喝，追了上去。

王承衍顾不得追兵，挥刀去救高德望。但是，为时已晚。

就在王承衍冲破三人包围圈奔向高德望时，高德望身后出现了一个江南兵。那个江南兵瞅到高德望的破绽，往他后腰上猛刺了一枪。高德望中枪后，往侧面一退，下意识地挥刀去砍身后的敌人。他没有砍中那名士兵，前胸却因为露出破绽，吃了卢绛一刀。虽然有光明甲稍挫刀锋，但是卢绛的大刀依然砍入了他左前胸的肌肉。

这时，王承衍冲到了高德望身旁，挥刀砍向卢绛的朴刀。

卢绛见王承衍杀来，举刀一隔，但听"噌"一声响，自己的朴刀刀柄已经被王承衍的唐刀削断。卢绛朴刀的刀柄乃是精铁所铸。卢绛没有想到，自己的刀柄会被王承衍一击而断。不好！卢绛暗叫一声，下意识地举起半截朴刀刀柄去挡王承衍的下一招。

不过，王承衍并没有继续攻击卢绛，而是伸手扶住了高德望往后撤去。

"坚持住！"

王承衍一边挥刀挡开了攻上来的江南水兵，一边鼓励着高德望。几名禁卫亲兵死命挡在王承衍和高德望之前，保护着他们后撤。

江南水师在卢绛的带领下，越战越猛。王承衍见己方人数上不占优势，心底暗暗叫苦。他扶着高德望，看了看他的伤口，心下惊惧。

"来人！来人！担架。"王承衍高声呼喊。

几名禁卫亲兵拿着一副担架奔了过来。

"你们将他护送回营寨，让军中大夫好生救治！"

"是！"

高德望被扶上了担架。他浑身是血，躺在担架上，仰面吃力地说道："少将军！真是抱歉……不能——不能——再随你战斗了。"

王承衍盯着高德望的眼睛，见他脸色惨白，不禁心中一阵绞痛。他抚着高德望的肩膀，轻轻拍了两下，轻声道："坚持住，你会好起来的。"

高德望吃力地瞪大眼睛，看着王承衍，微笑道："嗯，没事。我没事。我会活着的。"

担架被抬走了。

王承衍盯着那担架，看到高德望渐渐消失在视野中。

战斗还在继续。卢绛带着近卫主力，继续猛烈地冲击王承衍所部的阵线中央。这时，吴越兵的统帅沈承礼派了两千多人赶来支援，与王承衍合兵一处。

王承衍再次挥刀投入了战斗。

尽管吴越援兵赶到了，但卢绛之军一来人数上占优势，二来其军是背水一战，因此人人拼了命厮杀，显出了极强的战斗力。

过了许久，宋军和吴越兵的联合防线的中部终于被卢绛突破。

卢绛带着数千名援军，往润州城北门奔去。

王承衍率军一路追杀到润州城下，直到被城上的守军射住了阵脚，挡住了前进的道路。

刘澄见援兵突破宋军防线，杀到了润州城下，便令人打开了城门，将卢绛之军放入了城内。

王承衍见卢绛之军入了润州城，只好率所部返回营寨。吴越国的援兵也自回城西大营向沈承礼复命。

王承衍一回营寨，便匆匆去寻高德望。在安放伤病员的营房门外，他看到了方才抬着高德望回营的那几名亲兵。

"他怎样了？"

那几名亲兵悲哀地摇了摇头。

王承衍全身僵住了。泪水一刹那间从他眼中涌了出来……

十二

卢绛进入润州后，围城的丁德裕、王承衍等接到曹彬的命令，暂缓了攻城计划。刘澄虽然与卢绛合兵后共同防守润州城，但是两军的将士依然只听自家主将之令，所谓的合兵，不过是一种形同虚设的联合。实际上，刘澄自被李煜责成赴润州防京口之时，便有归降宋朝的心思。他将所有的金银财宝从金陵的府邸中搬出运往了润州，只是拿出很少一部分装模作样地赏了几个亲信，其余的都藏匿起来，打算待归降之后派上用场。可怜的李煜并不知道，他最信任的潜邸亲信，早就在心里暗暗背弃了他。

入润州城后，卢绛渐渐觉得，也许自己救润州，是一个错误的决定。他与刘澄相互猜忌，生怕重围之下，对方做出对自己不利之举。卢绛对于刘澄当时不出城配合夹击宋军耿耿于怀，暗中咒骂刘澄无抗敌之意。刘澄则觉得卢绛妨碍了他推进归降的大计，每天都担心卢绛策动自己的麾下出战邀击宋军。

转眼过了一个来月。一日，卢绛因副将俞成再次在士兵面前说丧气之语，勃然大怒。"你若再有动摇军心之语，本将必斩了你！"卢绛在润州城头当着众军士的面，厉声警示俞成。

刘澄恰好在旁边，听卢绛这么说，一言不发。

过了两日，刘澄私下找到了俞成。

"卢公怒尔，不日必杀尔以振军心。"刘澄露出一副关切的样子对俞成道。

俞成闻言大惊，泣然泪下，跪地磕头道："请刘将军救末将一命。"

刘澄眼睛眨了几下，略一沉吟，说道："我有一句话赠与你，不仅可以免死，而且可以得到富贵。"

“请将军示下。末将对将军感恩不尽。”

刘澄见俞成已经上钩，微微一笑，当下将归降宋朝的意思告诉了俞成。

“我已有归宋之计，只差一人入宋营传讯。你可愿往？”

俞成听了，大惊失色，犹豫道：“将军，只是在下家眷皆在金陵，这可如何是好？”

“事态危急，当为自谋。我家百口，亦在金陵无暇顾及矣。”

俞成沉思了片刻，终无他法，只好点头同意。

刘澄见俞成答应，便露出他那副惯常的笑脸，说道：“既如此，我与你细细交代。城北宋营之中的驸马都尉王承衍，曾经夜闯南唐宫，被捉拿了献给陛下。陛下心慈，未曾杀他，放他与亲信回了中原。你带着我的书信去求见王承衍，他必不会不见你。有他做担保，归宋大计可定。你送信后，若想回金陵寻护家眷，那时也不迟。出降的时机，我都会在书信中写明。”

俞成听刘澄这么说，心稍稍安定了些。

当晚，刘澄安排俞成在自己麾下防守的区域，趁着夜色逾城而出。

俞成潜行到宋营，被巡防的士兵带到了王承衍跟前。

王承衍收了俞成带来的刘澄书信，立刻回想起当年与周远、高德望夜闯南唐宫的情景。刘澄那副笑脸和低头哈腰的样子，也浮现于他的眼前。想到周远死在了后蜀，高德望又在润州城下牺牲，王承衍黯然神伤。对于刘澄，他心底实有一百个不喜欢。

“刘澄若降了，倒是可以免去双方战士更多的牺牲啊！不过，听刘澄的意思，卢绛是决不会降的。诳卢绛突围回金陵，然后再降，倒也是一个不错的主意。”王承衍这般想着，便将俞成好好安抚了一番。

“你可愿意留在我麾下效命？”王承衍问俞成。

“这——若将军允许，小人愿隐姓埋名，返回金陵。”

“金陵城已被重重围住，你即便回得金陵，若城被破，亦凶多吉少啊。”

"小人家眷尚在金陵城中，小人左思右想，还得回去才是。生死有命，回金陵城再说吧。"

王承衍见俞成去意已决，叹了口气，也不再勉强，令人找了两套农人的衣裳送给他，又赠与他一些缗钱作为盘缠。

俞成出城而去的第二日，刘澄与卢绛在城楼上共餐，吃了一半，卢绛手下一名军校来报，说俞成连夜出城逃了。

卢绛听了，大怒，将俞成一阵大骂。

刘澄故作惊讶状说道："我以为卢公已经斩了那人，怎么竟然让他逃了呢？"

卢绛不知是刘澄放了俞成，只是怒气冲冲说道："若抓得他，必杀之！"

刘澄吃了一口菜，又仰头喝了一杯酒，愁容满面，连声叹气。

"走了俞成，不关大事，刘将军何必唉声叹气？"

"我不是为俞成叹气，我是叹我南唐国运啊！近者闻，金陵被围，形势渐危，守此又有何用啊！"

卢绛听了刘澄这话，暗想："这润州城内，我的兵马加上刘澄的，不过万余人。宋军四面合围，城守不了多久了。我若在城内，不仅救不了金陵，恐怕自身难保。况且，入城以来，刘澄对我颇有猜疑，我在此待下去，恐有不虞。不如突围而去，再寻机会驰援金陵。"

他打定主意，对刘澄说道："君为守将，不可弃城而去，宜赴难者，唯绛耳！"

刘澄一听，张大了嘴巴，装出为难的样子。

卢绛再请率兵突围驰援金陵。

刘澄装模作样思虑了一番，终于说道："君言是也！"

卢绛既得刘澄允许，次日凌晨，即率自己所部，出北城门，向王承衍和沈承礼两军之间宋军防守薄弱地带前进。

王承衍与丁德裕、沈承礼商议后，早决定放卢绛突围而去，以便刘澄归降。因此，王承衍等按照刘澄书信中的计策，只令部下假装防守了一番，便将卢绛之军放出了包围圈。

刘澄在润州城头见卢绛突围而出，便召集麾下将卒，泣然道："我刘澄守城数旬，志不负国，然而，事势至此，当为生计！诸君以为何如？"

将卒闻言，纷纷放声大哭。

刘澄担心有变，亦泣道："我受君恩固深于诸位将士，且父母都在金陵，难道我不知忠孝吗？只是力不能抗宋军也！诸位将士啊，你们还记得当年楚州的遭遇吗？"

刘澄一提楚州，将卒们都露出惊惧惶恐之色。当年，周世宗南征，围楚州久久不下，等到城破之日，一怒之下下令屠城。城内不论军士还是百姓，被屠杀殆尽。此时刘澄提到楚州，实在是拿楚州来震慑麾下将卒。

众将士想到楚州的悲惨下场，一时间痛苦不已，皆曰愿随主将降宋。

开宝八年九月戊寅日，刘澄率将吏打开润州城门请降。

李煜闻刘澄以润州降，惶惑不安。他犹豫再三，想要放过刘澄的家眷不加问罪。右内史侍郎兼光政院使、辅政陈乔愤然曰："人臣受君重托，而开门延敌，此岂可容！"李煜无奈，听陈乔之言，令将刘澄父母妻儿等一并捕获。可怜刘澄一家百口，尽死于刀口之下。

卢绛出了润州后，闻金陵甚危，便改道进入宣州，每日只顾饮酒为乐，有部下劝他赴难，他一概不答。

刘澄投降后，丁德裕派兵押送数千名润州降卒前往昇州。降卒一路上逃亡了不少。曹彬于是颁发檄文招诱降卒。不少降卒归来后，曹彬又担心发生兵变，令部下将逃亡又复归的数百润州降卒全都秘密处死了。

王承衍闻数百润州降卒被处死，呆了许久，旋即仰天恸哭。

几日后，赵匡胤接到润州捷报，捷报称："败润州溃卒数千人于润州城下，斩首七百级。"

十三

江南国主李煜默默地看着站在自己面前的修文馆学士承旨徐铉。李煜重瞳的双目此时仿佛笼上了一层薄薄的雾气，有些晦暗不明。润州归宋后，金陵东边再无门户，彻底陷入了四面包围之中。多日来，李煜夜无安眠，心力憔悴。尽管有小周后在他身边温柔呵护，但是李煜大部分时间无法再高兴起来。他变得越来越沉郁了。

李煜看了看徐铉，然后将眼光投向徐铉左侧一位须发皆白的老者。站在徐铉旁边的这个老者，名叫周惟简，是鄱阳人，以前隐居在洪州的西山。李煜听周惟简有高才，便将他召至宫中，令其居住在紫极宫中。周惟简常常穿着褐色的道袍，带着高高的道士冠，为李煜讲授《周易》。不久前，周惟简累官至虞部郎中致仕。宋朝发兵征讨南唐后，张洎向李煜大力举荐，认为他有谋略，可以谈笑间消弭兵锋。李煜听了张洎的举荐，便将周惟简召回宫中，任命为给事中。此时，周惟简穿着李煜赐给他的褐色镶紫色道袍，站在徐铉的旁边。

"两位此去汴京，如说得宋帝缓兵、撤兵，便是我江南社稷的大功臣啊！"李煜对徐铉、周惟简二人说道。

徐铉道："陛下放心，臣等必倾心竭力游说宋帝！"

周惟简却是面色沉重，沉默着不语，听徐铉这么说，只是跟着作揖。

李煜点点头，迟疑了一下，对徐铉说道："我屡次派使者督促朱令赟举户湖口水军来救金陵，听说他近日正在准备出兵。你二人此去汴京，孤家自会派人前去，令其暂缓江上援兵。"

徐铉听了，瞪大眼睛，脖子往上一伸，说道："臣此行，未必能够排难解纷，金陵所持者，援兵耳，陛下奈何止之？"

"孤家方求和，而复招兵来援，自相矛盾，于尔等岂不是危险吗？"李煜眼中流露出关切之情。

徐铉见李煜眼中情意真切，叹了口气，微笑道："陛下当以社稷为计，应置臣度外也！"

李煜听徐铉这么说，顿觉伤感，落下泪来，当场要拜徐铉为左仆射、参知左右内史事。徐铉坚决推辞了。

李煜于是亲自写了长达十数张纸的奏本，说明了金陵被围的困境，以养病为由，向宋帝赵匡胤谢政求退。他将奏本交与周惟简，令其乘间向宋帝赵匡胤求情。

徐铉与周惟简接了出使宋朝的命令后，两人苦思见到宋帝后的应对之策。

宋朝廷内，薛居正、吕余庆、沈义伦等素知徐铉有博学善辩之名，皆劝赵匡胤小心对付，不要落入徐铉等的言语圈套。

赵匡胤听了谏言，淡然笑道："诸位卿家不必担心。我自会应对。"

徐铉、周惟简二人出了金陵，曹彬派人将二人及随行者护送到了汴京。

赵匡胤在便殿内接见了徐铉与周惟简。

徐铉上殿，昂首而立，振声问道："我国主以小事大，如子事父，未有过失，奈何见伐？"

紧接着，他滔滔不绝，一口气说了许久，最后再次质问赵匡胤为何出兵讨伐江南。

赵匡胤微笑看着徐铉，耐心听完他的讲述，淡淡一笑，问道："你所谓父子，既为父子，可分为两家吗？"

徐铉未料到赵匡胤有此一问，当即哑口无言。

周惟简见徐铉尴尬难言，当即以奏本呈上。

赵匡胤打开奏本，细细看了，说道："你家国主所言，朕都不晓得啊！"

周惟简见赵匡胤故作糊涂，含糊其词，知其不想正面回答李煜的缓兵和谢政之请，因此亦不再多言。

徐铉、周惟简二人知此次事必无果，数日后即向赵匡胤请辞回金陵。赵匡胤令人以礼相送，亦不为难两人。

这时，朱令赟率水军十五万，自湖州发兵，沿江东进，援救金陵。朱令赟军缚木为筏，大筏有长约百丈的。他们还有些大战舰，大到可以容纳千名士兵。朱令赟就是率领着这样一支庞大的水军，浩浩荡荡顺流而下，直奔采石矶杀去。水军行至长江上石碑营子，江上忽然升起浓雾，高达百丈，直达九霄，遮蔽数里，瞬间便将朱令赟船队笼罩其内。朱令赟见大雾起得诡异，惊悚不已，令船队暂停，且待浓雾散去。

负责防守采石矶的宋将王明闻朱令赟十五万大军杀来，大急，遂遣儿子骑马飞奏给赵匡胤，请求造战舰三百，以袭朱令赟。

赵匡胤看了奏本，询问情况后，说道："此非应急之策也。朱令赟率水军顺流而下，朝夕可至采石矶。采石矶一旦被其占领，金陵之围便被破了。"

随后，赵匡胤派使者随王明之子回采石矶，秘令王明于采石矶段的大江洲浦之上，多立长木，装饰成帆樯之状。

浓雾散去后，朱令赟下令船队继续前行，又派小舟先行刺探。斥候于小舟上远远望见采石矶洲浦之间帆樯林立，不禁大惊，慌忙回报主将。朱令赟不明宋军水师实情，担心遇伏，便下令暂时缓行，待查清敌情后再继续进攻采石矶。

这时正值秋冬之际，江水渐少，不利行舟。朱令赟乘坐的大船高十余重，船上竖大将旗幡，虽然颇为威风，但却行驶缓慢。到了皖口，朱令赟令水师船队靠往江北，顺势攻击皖口的宋军。此时驻守皖口的乃是行营步军都指挥使刘遇。刘遇见朱令赟水师靠岸来攻皖口，当即聚兵抵抗江南水军。两军合战于虎蹲洲附近的江面。宋军在皖口的战船皆为小舟。小舟围攻江南的大战船，毫无优势。朱令赟察风向正往北吹，便令自船队中发出"火油机"攻击宋军船队。所谓"火油机"，乃是朱令赟创制的火攻之船。这种船，船体巨大，内中装满茅草芦苇，以油膏浸泡，待水战时，顺风点燃，突入敌人船阵。"火油机"初出，带着烈焰冲入宋军小舟船队，一时间焚毁宋军小舟无数。可是，没过多久，忽然天色大变，风向亦大变，原来的南风忽然变成了北风。强劲的北风卷着火苗，很快反烧朱令赟船队。朱令赟急令船队后撤，但是，为时已晚，十五万水军，无数条战船和木筏已经在江边乱成一团。刘遇乘机率军大举进攻。朱令赟见十五万水军毁于一旦，心神大溃，投火而死。接下去数日，宋军在皖口附近擒获了江南战棹都虞侯王晖等主要将领。朱令赟率领的江南湖口水军，自此溃灭。

李煜闻朱令赟十五万大军在皖口大败，放声大哭。他知金陵能够久据宋军而不破，多赖湖口、京口两处的水军尚勉强对围城之宋军构成威胁；如今，京口已经落入宋军之手，湖口之水军又全军覆没，金陵城恐怕孤城难守也！

权衡再三，李煜决定再次派徐铉与周惟简出使汴京。他抱着一丝侥幸，希望宋帝能够接受他的请求撤兵还朝。

赵匡胤再次在便殿内召见了徐铉和周惟简。

"我国主事大朝之礼甚恭，未能朝谒，实属有病在身，非敢拒命抗诏也！"徐铉奏道。

"朕数次请李煜朝觐，莫非李煜次次都有病？！"赵匡胤喝问道。

"国主心忧国事，实抱病在身，故未能朝谒也！"徐铉咬住李煜生病为由死不松口。

"朕出兵日久，金陵自春被围至今，尔国主若识时务，当早早归顺。何至于此？"

"陛下无故征服我江南，致千里涂炭，可责我国主乎？"徐铉胸中怒气渐生，厉声反问。

赵匡胤一呆，脸一热，勃然大怒，猛地从宝座上站起身，按剑喝道："你无须多言，江南亦有何罪，但天下一家，卧榻之侧岂容他人酣睡？"

徐铉见赵匡胤动了真怒，不再掩盖本意，知多说已无用，当即默不作声。

赵匡胤随后又责周惟简，周惟简眼见徐铉词穷，赵匡胤态度坚决，只好道："臣本隐居山野，非有进仕之心，李煜强遣臣来使耳。

臣素闻终南山多灵药，但求陛下允臣他日隐居于终南山中也！"

赵匡胤方才说了"卧榻之侧岂容他人酣睡"之语，心中暗暗后悔，又见周惟简白发苍苍、老态龙钟、神色悲哀，不禁心想："这道人与徐铉，也都是受主之命，不得自主也。人之命运，多难自己主宰啊！这亦是人生之大悲哀啊！"

怜悯之心一起，赵匡胤便再无意为难周惟简和徐铉，答应了周惟简之请，又重重赏赐了二人，遣他们回金陵复命去了。

宋军从开宝八年春天开始围困金陵城，一直围到冬天。眼见天渐渐寒冷，城中居民采樵路绝，无以为薪，渐渐生起了抱怨之声。十一月庚辰日，湖口守军万人被王明率领的宋军打败的消息传到金陵，城内哭声一片。

曹彬探得城中消息，知金陵城撑不了多久了。他得了赵匡胤旨意，要尽量迫降李煜，便下令围城诸军暂缓攻城。

曹彬召集了诸将，问道："陛下欲李煜归降，谁愿意此时入城见李煜，做最后一次劝降？"

王承衍听了，出列道："末将愿往！"

润州归降后，王承衍率所部加入了曹彬围城的阵营。此时，他听曹彬有此动议，便自告奋勇前往。他希望通过这次出使，劝服李煜，以尽量减少双方的伤亡。

曹彬见是王承衍，不禁微微一愣。"陛下交代我不可让驸马爷涉险境。此时出使金陵，若李煜打算鱼死网破，誓死抵抗，他可有性命之忧啊。"他心里暗暗嘀咕着。

王承衍见曹彬犹豫，厉声道："曹将军，此处没有人比末将更熟悉李煜，请将军以大事为重！"

曹彬听王承衍这么说，只好无奈答应："既然驸马爷决意出使，本将便不勉强了。你去告知李煜，本月二十七日，我军将发起总攻，必破金陵，请他早做决定！"

王承衍领了命令，进了金陵城，直接赴南唐宫去见李煜。

李煜见是王承衍前来，盯着他看了半天，请他进了后苑澄心堂，屏去左右，方才说道："不想竟然能在此时再见到少将军啊！"

王承衍见李煜一脸憔悴，往日风流倜傥的风采依然还留着几分，但更多的却是沧桑之色，心下不免感慨。

"是我害了窅娘啊！"李煜一说这话，泪水便已盈眶。

王承衍没有想到，李煜在这个时候一开口说的竟然是窅娘。他顿时愣住了。那张熟悉的面孔一下子出现在他的眼前。他仿佛再次看到了窅娘穿着闪光的舞衣，在韩熙载别宅的厅堂内翩翩起舞。

"都过去了。国主至今尚念着窅娘，她九泉之下，应会感到欣慰吧！"王承衍心中念头一动。他本想要大声斥责李煜，心头一软，却说不出一句斥责之语。

李煜拭了拭眼泪，点点头，沉默了半晌，问道："以前少将军到南唐，孤家记得你身边带了两位亲信，孤家没有记错的话，一个叫周远，一个叫高德望，怎得这次没有带他们来？"

李煜的这句话再次令王承衍感到意外。"李煜竟然依然记得周远、高德望二人啊。"

就是因为李煜的这句问话，王承衍心里不禁对李煜产生了几分感激之情。他呆立半晌，淡淡说道："周远在后蜀死了。高德望在与卢绛军鏖战之时牺牲了。"

这次是王承衍的话，让李煜呆住了。

李煜不知该说什么好，呆了片刻，仿佛喃喃自语道："我实不知天下之人为何要打打杀杀，各自安居乐业岂不好吗？"

同样的问题，王承衍早就多次问过自己，也多次问过赵匡胤。他已经明白，那样的想法，目前来说只是奢望，所以在几经反复后，尽管心中还会想到这个问题，但他还是选择了战斗。"也许，真如陛下所说，天下一家了，天下才能太平吧。"他将期望寄托在了未来。他真心希望，这么多人牺牲，一切都是值得的。

对于李煜自言自语式的提问，王承衍没有回答。

"国主，曹彬将军让我转告，本月二十七日，我军将会对金陵城发起总攻。请国主早做打算。"王承衍淡淡说道。

"这——可有什么办法令曹将军缓兵吗？"

王承衍摇了摇头。

李煜锁起眉头，双瞳之目忽闪了两下，忽然大声说道："孤家愿意以子仲寓入朝，还请少将军在陛下之前求情退兵。"

王承衍想了想，点头道："好吧，末将自会将国主之意禀报给陛下和曹将军。"

李煜见王承衍答应了，一时间如释重负。

王承衍告辞了李煜，回到曹彬大营，将李煜的意思禀报了。曹彬不敢擅自作主，派人飞奏给赵匡胤。

赵匡胤从汴京授意曹彬，如果李煜令其子清源公仲寓出城，待仲寓到了他大营后，即可四面罢攻。

将近二十七日，曹彬令王承衍入金陵城告知李煜，提醒他赵匡胤的旨意。

李煜听了陈乔、张洎等人的建议，回答道："仲寓趣装未办，宫中饯别之筵席未毕，二十七日可出城也。"

又过了几日，眼见二十七日就要到了，曹彬再次派王承衍去见李煜。

"若清源公二十六日能出，曹将军亦会罢攻也。"王承衍道。

李煜听了，叹了口气道："孤家若舍子求安，心不忍也。况陛下既获吾子，恐又另以他由攻我金陵也。"

王承衍见李煜此次态度坚决，只能长叹离去。

眼看到了二十七日，将要对金陵城发起总攻之前，曹彬忽然病倒，卧床不起，不再过问军中事务。诸将闻主帅抱病，纷纷前去问候，却见竹帘之后，隐然见曹彬和衣仰卧于床榻上。

诸将不敢造次，皆于竹帘之外问候。

曹彬隔着竹帘道："本将之病，非药石所能治愈也。须诸公一同答应我，破城之后不妄杀一人，则我的病自然便好了。"原来，自围城以来，赵匡胤数次派秘使告知曹彬，破城之后，不得妄杀无辜，即便入城后江南兵仍然抵抗，也不得加害李煜一门。曹彬深得赵匡胤旨意，思虑再三，方想出这一招，来约束诸将。

诸将听了曹彬的话，立刻明白了他的真意，当下一同焚香发誓。

众人发誓后，透过竹帘，隐隐见曹彬从床榻上起身。过了一会儿，曹彬捧着一个剑匣子，掀开竹帘，走了出来。他将剑匣子递到一个亲兵手中，令其用双手捧着，然后亲自小心翼翼地打开了匣子盖。只见他从匣子中取出一柄巨剑，用双掌托着，瞪眼看着诸将。

诸将看到这柄巨剑，其中有识得它的，都不禁倒吸了一口冷气。

曹彬缓缓抽出了巨剑。诸将只见那巨剑剑身宽阔，隐隐透着血色，出鞘那一刻，寒气杀气刹那间充斥室内。

"此剑，乃慕容延钊将军生前佩剑，名曰'血寒铁'。此次出征前，陛下向本将亲授此剑，告曰，若有违军令者，可用此剑立斩！"

诸将听了，无不神色肃然，都发誓进城后绝不滥杀无辜。曹彬见诸将再次发誓，这才下令对金陵城发起总攻。

开宝八年乙未，金陵城被宋军攻破。

此前，陈乔、张洎共同向李煜建不降宋朝之议，金陵城破，两人便约定共同赴死。

张洎先将妻子儿女和家中的财宝一同送入南唐宫，然后拉上陈乔一起去面见李煜。

陈乔见了李煜，跪地慨然说道："臣负陛下，愿意受死。陛下可以杀了臣，若中朝诘问，陛下可将抵抗不降之罪，推于臣身。"

李煜长叹一声，双手扶起陈乔，说道："运数已尽，卿死无益也！"

陈乔顿首道："即便陛下不杀臣，臣亦有何面目见国人？"

李煜垂泪不语。

陈乔伸出双手，一把将李煜的右手抓在手中，口中道："陛下，自古无不忘之国，即便投降，亦恐难得周全，与其投降，徒然受辱，不若你我君臣共赴国难！"

李煜却只是垂泪，依然默然不语。

陈乔知李煜不愿赴死，慢慢松开了李煜的手，然后向李煜深深一拜，又看了张洎一眼，便拔腿离去。

张洎哭道："臣亦向陛下拜别也。"说完，哭了一会儿，跟着陈乔离去了。

陈乔匆匆而行，不一刻，抬头一看，却见前面正是视事厅。他回头看了远远跟上来的张洎一眼，便往视事厅走去。

视事厅门口，站着两人。那两人显然已经知道金陵城被攻破，正神色悲哀地站在那里，一副茫然无措的模样。陈乔见两人正是自己的亲吏，便解下腰间金带，淡淡说道："吾当赴国难，尔等善藏吾骨。"说完，陈乔令两名亲吏等在门外，自往视事厅内去了。

此事，视事厅中已然空无一人。

陈乔抚摸着厅中那张熟悉的书案，默默站了一会儿。这时，张洎跟了进来。陈乔见张洎来了，凄然一笑，点了点头，便脱下外袍，用牙使劲咬破，撕成了数条，然后系成一根长带。随后，他将凳子搬上了书案，自己爬到凳子上，将长长的衣带，朝头顶的横梁上用力一抛。衣带飘飘然落了下来。陈乔接住衣带，连抛三次，方才挂上。

"张兄，弟先去了。"陈乔说完，将垂下的衣带两头比了比，又系了个死扣，方把脖子往衣带上一送，脚下一蹬，踢开了凳子。

张洎站在书案前，呆若木鸡，满脸惊骇，眼睁睁瞧着骇然的一幕。

陈乔身子悬在衣带上，喉头发出可怕的声音，伸腿抽搐了一会儿后，方才气绝身亡。

张洎大哭，爬上书案，费劲将陈乔的尸身搬下，小心翼翼放在地上，跪地拜了三拜。随后，张洎捡起被陈乔踢下书案的凳子，放在了书案上。他犹豫了一下，爬上书案，又慢慢爬上了凳子，在凳子上立了半晌，用双手抓住悬在梁上的衣带，把脖子往衣带环里探了进去。他脚下动了动，脸色悲哀，闭着眼睛，沉默了片刻，猛地睁开了眼，将脑袋从衣带上移了出来。不过，他并没有下凳子，还是站在那里，手中捏着衣带，呆呆地站着。过了一会儿，他又将脑袋探入了衣带环，将下巴搭在衣带上。这次他身子往下沉了沉，旋即感受到一阵窒息。他直起身来，将脑袋移出了衣带，双手无力地垂了下来。他又在凳子上站了一会儿，往空荡荡的视事厅中看了一会儿，然后从凳子上走了下来，又从书案下到地上。这时，他跪倒在地，抚着陈乔的尸体，大声哭泣起来。哭了片刻，他朝陈乔的尸体又磕了个头，然后立起身，走出了视事厅。

张洎再次找到李煜。

李煜得知陈乔自缢而亡，无语呆立。

张洎跪地哭道："臣与陈乔共掌枢务，今国亡当俱死。只是，臣念陛下入朝，谁与陛下辨明此事，所以不死者，有待将来也！"

李煜凄然一笑，扶起张洎道："起来吧。人各有命。孤家知你苦心也。若社稷失守，孤家亦举族赴火死也。卿家当为孤家见证。"

张洎闻言大哭。

曹彬率兵入金陵城后，迅速整军成列，直达宫城，将宫城包围得水泄不通。

李煜见大势已去，令人积薪宫中，决定先率群臣纳降，如曹彬等人有辱君臣之举，便回宫城举族赴火。准备停当后，李煜方带着群臣，迎拜于宫城城门，奉表纳降。

曹彬见李煜出迎，当即调精兵千人，令守住宫城大门，不得放任何人进入。他自带王承衍、梁迥、田钦祚等，率数百亲兵与李煜等一起进入宫城。

入了宫城，曹彬止住脚步，对李煜说道："公既归中朝，便是我朝大臣。然归朝之后，俸禄有限，而公于汴京安家，费用至广，公且尽量自宫中多带财物，随后有司入宫城，一旦将财物籍录在案，便归朝廷所有，恐公一物不可复得也。"

说罢，曹彬令诸将与亲兵皆暂停不行，让李煜等先行回去收拾财物。

李煜见曹彬并无加害之意，任取财物之说亦不像在开玩笑，当下带着群臣匆匆离去了。

梁迥谏言曰："若李煜乘机自焚，陛下那边如何交代？"

田钦祚亦谏言休任李煜擅自行动。

曹彬只是笑而不答。

梁迥、田钦祚还是不放心，担心万一李煜出事，事情不可向皇帝交代。

曹彬于是微笑道："李煜无断，今既降了，必不会自尽了。诸公不必多虑也。"

王承衍却没有参加这番对话，只是站在那里，默然盯着李煜的背影慢慢远去。

曹彬随后又派出五百人，任李煜差遣搬运财物。李煜失了国，心中悲愤，既无杀身受辱之事，他便无意多取财物，只是将黄金取了不少，分赐给近臣。

曹彬入金陵后，严申禁暴之令。南唐大部分大臣、士子、百姓因此得以保全。南唐士大夫的妻子、儿女和亲属有被士兵所掠抢者，曹彬皆责令遣还。曹彬又令转运使许仲宣按照籍册，检视金陵城中的仓廪府库，自己一概不问。班师之时，曹彬之舟，所装的东西，只有图籍与衣衾。

然而，尽管曹彬有禁暴之令，宋军在入金陵后遇到抵抗时，依然大开杀戒。江南诸多将官或誓死抵抗，或自杀殉国。江南勤政殿学士钟蒨、大将军咼彦、大理寺评事廖澄等皆死难。宋军抵钟蒨府邸时，钟蒨穿朝服坐于家中，家丁、仆人举族抗宋兵，终全部被杀。江南大将军咼彦与部将马承信、承俊率壮士数百，与宋兵巷战，直至精疲力竭而战殁。大理寺评事廖澄闻金陵城破，在家中从容更衣，服毒药而亡。

金陵城陷后，曹彬迫李煜以手书令各郡县降宋。李煜书至江州，江州刺史谢彦宾召集将佐视书商议对策，打算向宋朝投降。江州指挥使胡则怒发冲冠，愤然而出，对自己的部下说："我世代受李氏恩，安能负之！且都城久受困，所来之书，真伪不可辨。刺史不忠，欲污吾州，尔辈愿与我死忠义乎？"众部下皆道："愿随将军以死报国！"于是，胡则与副将宋德明率部下杀了谢彦宾，随后被众人推为刺史。胡则曾跟随刘仁赡为裨将，深得守城方略。宋南面行营招安巡检使曹翰攻江州。胡则激励部伍，坚壁死守。江州城带江负山，城墙高峻，曹翰久攻不下，屡次派使者招降，胡则誓死不从。不幸的是，胡则不久病倒，不能起来督战。曹翰观地形，察城西南依山之险而未设备，遂率军自西南登山入城。曹翰入城后，胡则麾下战士便于宋军展开了巷战。巷战之日，大雪纷飞，江州城中，血流遍地。胡则僵卧病床，被曹翰兵抓获。曹翰恼羞成怒，将胡则置木驴之上，胡则旋即死去。曹翰尤不解恨，令人腰斩胡则尸体。随后，曹翰又下令斩杀宋德明，将江州城墙削低了七尺。赵匡胤在汴京闻江州城誓死抵抗，以胡则尽忠事，特意派遣使者诏告曹翰破江州城后，尽赦抵抗之人。使者行至独树浦，大风忽起，渡口断渡，待其后赶到江州，江州已被曹翰屠城，死者数万人，江口、井坎中皆被尸体填满。

开宝八年十月己亥。赵匡胤于汴京接到了来自江南的捷报。他拿着那份捷报，双手不由自主地微微颤抖起来。愣了片刻，他才缓缓打开捷报来读。看了捷报，他知金陵城已然投降，李煜献上了版图和户籍，江南国十九个州、三个军镇，一百零八个县，六十五万五千六十五户，自此尽归于宋朝。尽管实际上有些州县尚被南唐守将誓死固守，但是，赵匡胤知道，作为王朝意义上的南唐也好，江南国也好，已经自此灭亡了。

群臣得知江南大捷，纷纷上朝来贺。

赵匡胤既得江南，心情却又喜又悲，持捷报泣然泪下，对大臣们说道："宇县分割，民受其祸，朕欲统一天下，布声教以抚养之。奈何攻城之际，必有横罹刀锋者，此实可哀也。"

十四

开宝九年春正月辛未，曹彬派遣翰林副使郭守文，护送江南国主李煜及其家眷、臣子共五十五人来到汴京。

赵匡胤在明德门受献。李煜带家眷及百官皆在明德门下着素服待罪。赵匡胤召李煜等上城楼来见。李煜闻召，心下恐惧，担心因之前拒命，赵匡胤要拿他问罪，因此闻召之时，呆立原地，恍然失神。郭守文见李煜神色紧张，知其惧怕被问罪，便说道："国家只是为了恢复疆土，以致太平，岂会继续问罪于公！"

李煜听了郭守文的话，方觉心下稍安。于是，在徐铉等旧臣的扈从下，李煜来到了赵匡胤跟前。

赵匡胤温言抚慰李煜，下诏释其无罪。

随后，赵匡胤令徐铉上前，厉声道："尔等不劝李煜早早归朝，却是为何？"

徐铉平静对道："臣为江南大臣，而国灭亡，罪当固死，不当问其他。"

赵匡胤见徐铉昂首挺胸，说话时面色如常，不禁暗暗敬佩，于是赞道："忠臣也！你当事我如事李氏。"

说完，赵匡胤给徐铉赐座，又说了一番抚慰的话。

随后，赵匡胤又责张洎："你教李煜不降，始有今日。可知罪否？"说罢，他令人取出一卷帛书。

张洎接过一看，正是之前宋军围金陵城后，自己替李煜草诏的召朱令赟来援的密令。

拿着那帛书，张洎愣了愣，犹豫片刻，终于咬牙顿首道："此确实臣所书也。犬吠非其主，此只不过是其中一份，他尚多也。今日得死，臣之分也。"他想起了自杀而亡的陈乔，说完这话，稍稍觉得心安。

赵匡胤本打算杀了张洎，听他这么说，不禁心下怜悯，说道："卿有大胆，朕不杀你，今事我，不要忘记往日的忠心啊。"

张洎未想到能逃过此劫，当下泣然谢拜。

于是，赵匡胤又封李煜为右千牛卫上将军，封违命侯。李煜的儿子也都被加授为诸卫大将军，宗属则被授予诸卫将军。

正月丙子，赵匡胤又下诏，封李煜为司空，封知左右内史事汤悦为太子少詹事，封太子太保徐游、左内史侍郎徐铉为太子率更令，右内史舍人张洎、王克贞为太子中允。

此后的一段日子里，南征的大多将领也陆续被封官加爵。唯有内客省使丁德裕被贬为房州刺史。原来，丁德裕监吴越兵平江南，恃势刚狠，不恤士兵，贪得无厌，被吴越王钱俶上奏告发了。

王承衍将高德望阵亡的消息向赵匡胤做了禀报，辞谢了任何加封的官爵。赵匡胤闻高德望已死，回想起在泽州城外的军营中第一次遇到高德望的情景，不觉心痛不已。"多少像高德望一样的战士血染沙场啊！若我不能开创一个太平盛世，便是辜负了他们的牺牲呀！"赵匡胤心中这般想着，随后令有司厚葬了高德望，私下让王承衍陪着，亲自往坟前拜祭。

在高德望的坟前，赵匡胤问王承衍："朕该给德望什么赏赐才好呢？"

王承衍沉默了片刻，想起高德望随自己出征金陵前的那番话，不禁心潮澎湃，于是沉声回答道："不，陛下，他和很多战士一样，不是为了赏赐才去战斗，也不是为了赏赐而活着。"

赵匡胤闻言，心中一震，神色黯然，默然无语。

二月辛亥，赵匡胤得知吴越国王钱俶要入朝朝觐，大喜，便令皇子兴元尹德昭到睢阳迎接。德昭接上吴越国王钱俶，一行人于二月己未到达汴京。赵匡胤在崇德殿召见了吴越国王钱俶，以及随行的钱俶之子镇海、镇东节度使钱惟濬。接见之后，他又在长春殿大摆筵席招待钱俶等。随后，他令人将钱俶、钱惟濬等迎入早就准备好的礼贤宅居住。随后数日，他或是宴请钱俶等，或是亲自前往礼贤宅看望他们。庚午，他下诏令吴越王钱俶可以佩剑上殿。辛未，他又封钱俶夫人孙氏为吴越国王妃。宰相薛居正等谏言，称异姓诸侯王妻从前从没有封妃的旧典。他说道："那就从我朝开始吧。以此来表示特别的恩典，有何不可？"旋即，他令翰林制好诏书，让钱惟濬带回吴越国去。他又让钱俶与晋王光义、京兆尹光美以兄弟相称。钱俶坚决辞谢，他方才作罢。

眼见快要进入夏天，一日，赵匡胤在讲武殿宴请钱俶。他对钱俶说："南北风土相异，渐及暑天，卿若回国，可以早点启程啊！"

钱俶没有想到赵匡胤会这么快放自己回国，当下道："听说陛下不久后要拜谒安陵，臣请扈从左右。"

"不必了，不必了。"赵匡胤笑道。

钱俶再三恳请，赵匡胤见他意诚，便说道："这样好了，便让惟濬留下侍祠，卿还是回国去吧。"

钱俶闻言，慌忙谢恩称是了。

钱俶又道："臣愿三岁一朝。"

赵匡胤笑道："吴越国至此，路途遥远。卿待有诏再来京不迟啊。"

钱俶辞别归国之日，赵匡胤令人取出一黄包袱赐给钱俶，又将钱俶拉到一边，小声说道："卿且不要打开，到半途中，再找个地方，自己打开看便是，不要示于旁人。"

钱俶见那黄包袱密封甚严，不知其内是何物，也只能答应了。

行至途中，钱俶屏去左右，打开那黄包袱一看，不禁惊出一身冷汗。原来，那黄包袱内，装的都是群臣上的章疏。这些章疏都建议赵匡胤扣留钱俶而取吴越之地。钱俶看完这些章疏，对赵匡胤又是感激又是恐惧。回到吴越国后，钱俶将功臣堂中自己的座位，从北面移到了偏东的位置，对左右说："西北者，神京所在，天威不可轻犯，钱俶怎敢坐于北面？"之后，每次向汴京朝贡，钱俶必亲自焚香送使者出行。

钱俶回吴越国后，赵匡胤车驾西行，拜谒安陵。拜祭之后，赵匡胤登上阙台，挽起宝弓，朝西北方向射出一支响箭。随后，他手指箭所射之地，对左右说道："我死后当葬于此地也。"左右听了，尽皆拜泣。

随后，赵匡胤继续西行，到了西京洛阳。他见洛阳新建的宫殿颇为壮丽，甚是高兴，便决定多待些日子。

转眼进入了夏四月，洛阳一带下起了连绵的大雨。

一日，赵匡胤立于洛阳广寿殿前，望着大雨在殿前的砖石溅起一片亮晶晶的水花，不禁想念起在征伐后蜀时立下功劳的两位将军：王全斌与崔彦进。他下诏，封时任崇义留后的王全斌为武宁节度使，封时任昭化留后的崔彦进为彰信节度使。随后，又下诏召王全斌赶到了洛阳。见到王全斌，赵匡胤对他说："朕当年以江左未平，虑南征诸将，不能守纪，故抑卿数年，为朕立法。今金陵已克，还卿节钺也！"王全斌闻言，不禁感激涕零。

在洛阳待了多时，赵匡胤思虑天下局势，心生迁都洛阳的念头。于是，他将扈从诸臣召集起来商议。

西幸洛阳前，起居郎李符曾经上书，条陈迁都的八条难处，书云：

> 京邑凋弊，一难也。宫阙不完，二难也。郊庙未修，三难也。百官不备，四难也。畿内民困，五难也。军食不充，六难也。壁垒未设，七难也。千乘万骑，盛暑扈行，八难也。①

赵匡胤没有听从李符的建议，最终还是在祭祀安陵后西幸洛阳。这时，赵匡胤再提迁都之议，诸臣都一时间不敢谏言。

良久，铁骑左右厢都指挥李怀忠进言道："东京有汴渠之漕运，能运达江淮米数百万斛，京都兵数十万，皆赖此也。陛下如果居住于此，将从何处取粮食呢？况且，我朝府库与重兵，皆在汴京，根本安固已久，不可动摇啊。若突然便要迁都，臣未见其便也。"

赵匡胤不悦，对李怀忠的建议不以为意。

这时，赵光义出列道："迁都确实不宜啊！请陛下三思。"

赵匡胤道："迁都河南还不行啊，日后当迁都长安！"

赵光义于是跪地叩头，再三劝谏。

赵匡胤叹道："朕想要西迁，不是为了什么，而是要据山河之胜

---

① 《续资治通鉴长编》卷十七，中华书局，2004 年，第 369 页。原文繁体，小说文中引用时转为简体。

去冗兵，循周、汉故事，以安天下啊！"

赵光义道："安天下，在德不在险也。"

赵匡胤听光义这么说，沉下脸，不再说话。

待众臣离开后，赵匡胤看了看左右近侍，长叹一声，说道："晋王之言固善，朕如今姑且从之。只是——不出百年，天下民力必殚竭也！"

夏四月，甲辰，赵匡胤下诏东归汴京。车驾尚未出发，吕余庆病卒了。赵匡胤本来欲授吕余庆节钺，碰巧遇到他病倒，便未果。如今，吕余庆不幸病逝，赵匡胤悲痛不已，于是赠封其为镇南节度使，为他辍朝一日，并令中使为其护丧。

五月的一日，卢绛承诏，赶到汴京归降。原来，自金陵陷落后，卢绛便图自宣州南进闽中。过歙州时，刺史龚慎仪闭城门拒之。卢绛早恨龚慎仪向李煜进谗言杀了林仁肇，于是派裨将马雄攻歙州城。龚慎仪此时已然降宋，穿宋朝服带兵出战。马雄杀龚慎仪，卢绛入城而据歙州。随后，卢绛传檄至建州，时查元方通判建州，斩其使而不答。

卢绛降宋前，卢绛之弟卢袭已在宋，赵匡胤令其弟携免死铁券与誓书招降卢绛。卢绛本欲杀其弟以示不屈，然而终究不忍下手。

这日，卢绛方行到崇元大殿之外，忽然被一人拽住了衣袖。拽住卢绛的，乃是龚慎仪兄长的儿子龚颖。龚颖此时在朝中任右赞善大夫。"反贼，汝杀我叔父，我早想为叔父报仇了！未想到你竟然自己在此出现了！"龚颖抓住卢绛大声道。"你叔父是何人？你又是何人？"龚颖答道："我叔父乃龚慎仪，我乃龚颖是也！"卢绛冷笑道："我杀龚慎仪，乃为林仁肇将军报仇也！"龚颖哪里肯放过卢绛，只是生拉硬拽将卢绛拉入大殿。龚颖向赵匡胤诉冤，请杀卢绛为叔父报仇。

曹彬进言，称卢绛乃当世猛将，恳请能够免他死罪。赵匡胤见卢绛长得神似侯霸荣，一双眼中带着阴郁之色，心念一动，说道："卢绛状貌酷似侯霸荣，安可久留也！"

五月乙亥，赵匡胤下诏，斩卢绛于西市。

卢绛临刑，仰天大呼："陛下独不记以铁券誓书诏臣乎！"有人将这话禀报给了赵匡胤。赵匡胤闻言，面露愧色，许久不语。

南唐既平，吴越国钱俶也到汴京朝觐表了归顺之心，赵匡胤觉得，自己离立下的宏愿已经越来越近了。然而，六月底，武宁节度使、赠中书令王全斌病卒，这件事再次刺痛了赵匡胤的心。"光阴似箭啊。老将们一个一个逝去了，尚有北汉未灭，燕云未复啊！"自洛阳回京后，这个念头，压在他的心头，令他又变得闷闷不乐，沉郁起来。

转眼到了秋七月。一日，赵匡胤想起不久前令人实施的为光义宅邸引水的工程，便决定亲自去看看。

赵匡胤进赵光义府邸时，赵光义正在后苑里逗孩子们玩耍。晋王妃李蓉、李雪菲、小梅都在旁边。"要是小符还活着，那该多好啊！"赵匡胤心想，远远看着，见赵光义被四个天真烂漫的孩子围着，他的脸上不知不觉中露出了微笑。天真无邪的孩子们暂时驱走了他心头的沉郁情绪。看着赵光义一家其乐融融的样子，他心底不禁生出羡慕之情。他仔细观察起那四个孩子。"这几个孩子，数月未见，又长高了一截咯！德崇、德昌看上去更活泼一些，德明这孩子倒是显得安静多了。德严最小，看上去倒是最机灵啊。"他看着四个孩子，心里对四个孩子一一品评了一番。

赵光义不知赵匡胤为何突然前来，心下有些惴惴不安。他见了赵匡胤，慌忙撇下孩子们，迎了上来，说道："不知皇兄前来，有失迎驾。皇兄恕罪。"

"我这也不是第一次突然登门造访了。不必如此拘礼。"赵匡胤哈哈一笑。

"是！皇兄总爱搞突袭啊！"

"最大的那个德崇，今年十一岁，我没记错吧？"赵匡胤指了指赵德崇。

"对啊。德明今年十岁，德昌八岁。德严最小，不过也七岁了。"

德崇、德明、德昌皆是晋王妃李蓉所生，德严是晋王妃小梅的孩子。李雪菲却尚未怀上孩子。

赵匡胤看了看李蓉和小梅，说道："真是有福气啊。"说话间，如月的样子在他脑海里一闪而过。

"孩子们，都过来！快来拜见皇帝伯伯！"赵光义拊掌呼道。

四个孩子呼啦一声跑了过来，口中呼喊着"皇帝伯伯"。李蓉、李雪菲、小梅也都过来向赵匡胤施了礼。

被孩子们围着，赵匡胤大为开心。他一弯腰，两只手一边一个，将德昌、德严抱了起来。

"哎呀，孩子们，快下来，都长大了。别闪了腰。"赵光义慌忙说道。

"不打紧，不打紧！"赵匡胤抱着两个孩子转了两圈，才将他们放在地上。另外两个孩子见了，也嚷嚷着要大伯抱。

"带孩子们去那边玩吧，我与皇兄说会儿话。"赵光义见状，慌忙让李蓉、李雪菲、小梅三人一起将孩子们带开去。

晋王妃和孩子们走远后，赵光义问道："皇兄，今日前来，可是有事？"

"没啥事情，只是来看看引水入宅的工程怎样了。"

"启禀皇兄，水池子已经挖好，渠也开得差不多了。有司说，择吉日便可引水入池了。"

"嗯，这宅子地势高，至今方引水进来，真是难为你啦。定了哪天了吗？"

"初定是戊辰那日寅时。"

"好！好啊！等那日，我定来观引水入新池啊！"

"谢皇兄如此眷顾！"

赵匡胤畅怀大笑。赵光义于是带着他去后苑新挖的水池和引水渠边转了一圈。随后，赵匡胤亦不久留，便告辞回宫去了。

到了七月戊辰那日，赵匡胤果然没有食言，亲自前往赵光义府邸，观看了引水入新池的仪式。

开宝九年八月，赵匡胤下定决心，再次讨伐北汉。八月丁未，他以侍卫马军都指挥使党进为河东道行营马步军都部署，宣徽北院使潘美为都监，虎捷右厢都指挥使杨光义为都虞侯。己酉日，党进等入宫辞行，赵匡胤各赐予戎服、金带、鞍马、铠仗。辛亥，赵匡胤又以西山巡检、洺州防御使郭进为河东道忻州、代州等州的行营马步军都监，配合党进进军北汉。

随后，赵匡胤继续集结各地兵马，准备杀赴边境。丙辰，出征大军已经在各地集结完毕。这一日，赵匡胤下诏诸军，分兵入北汉界，其中西上阁门使郝崇信与解州刺史王忠政率兵出汾州，内衣库副使闫彦进与泽州刺史齐超率兵出沁州，内衣库副使孙晏宣与濮州刺史安守忠率兵出辽州，引进副使齐延琛与晋州、隰州巡检、汝州刺史穆彦璋率军出石州，洛阳苑副使侯美与郭进率兵出忻州、代州。

这次出征，很快取得了一个不小的胜利。九月壬申日，党进率兵抵达太原城下，在黄河、汾水之南安下营寨，在太原城的北面打败了数千名北汉军，抢获战马数千匹及兵仗六百余副。

赵匡胤得到捷报，不禁大喜。然而，紧接着这个捷报，却有一个噩耗传来了。户部尚书致仕、赠左仆射刘熙古病卒了。刘熙古是赵匡胤的潜邸旧臣，赵匡胤与其感情甚深，一听到噩耗，想起又一老臣离己而去，又想那赵普被自己贬到了河阳做节度使，也不在身边，不禁悲从中来，恸哭良久。

几日来，大喜又大悲，赵匡胤的头痛病忽然又犯了。入了冬十月，尽管征讨北汉的捷报不断传来，但是赵匡胤却开始频繁地被头疼所折磨。他的身体与精神，每况愈下。

京城里最近又出了件怪事，来了个奇人。有个叫张守真的道士入了汴京，四处称自己乃天之尊神，号黑杀将军，原在天帝麾下为将，如今被贬到人间；他又自称能接通神人，预测天机，断人寿考。汴京城内百姓以之为神，纷纷顶礼膜拜。张守真的事情传到了赵匡胤耳中，赵匡胤勃然大怒。

"妖言惑众。朕欲擒而杀之！"赵匡胤对内侍王继恩言道。

王继恩慌忙劝道："如今京城百姓信之为神，若遽然杀之，恐舆论腾跃，百姓声怨啊。不若且将其延请到建隆观，陛下请试之，然后再做处置不迟。"

赵匡胤听王继恩之言，点头称是，便令王继恩将张守真请入建隆观。数日后，赵匡胤将张守真召到便殿。

"朕闻张道人能够预测天机，知人寿命。你且说说，朕寿命几何？"赵匡胤冷笑着质问张守真。

张守真闻言，战栗不敢言，良久，方才支吾道："得待到天上宫阙建成，玉门开时。"

"天上宫阙何时成？玉门何时开？"

张守真满头大汗，垂首不能语。

赵匡胤见张守真一副狼狈的模样，哈哈大笑道："我命由天，亦由我，天不可测，我不可知。你如何能知道？！"说罢，拂袖令其离去。

十月壬子，赵匡胤用过晚膳，带着内侍李神佑和王继恩，踱步至太清阁前。他让两名内侍都留在了阁下，自己一个人登上太清阁，背着手，站在廊上，仰望夜空。夜空中群星璀璨，巨大的夜幕之下，整个汴京城灯火闪耀，灯火在地平线的远处，与星光连在一起。

"与无垠的天空相比，凡人是多么渺小啊！不过，万千渺小的黎民，不正在无垠天空下，有着各自的生活吗？生活，充满着喜怒哀乐的生活，不正是凡人来到这世间的意义吗？"他心中暗想，默然站着，仔细地看着夜空，看着夜空之下人间的繁华灯火。看着这一切，他挪不开脚步，想要多看一会儿，再多看一会儿。

赵匡胤在太清阁的廊上站着，贪婪地望着夜空，贪婪地望着夜空下的一切。不知过了多少时间，天地间忽然刮起了狂风，转眼间，阴霾四起，万象骤变，过了片刻，竟然又下起雪雹。

"这天地是怎么了？"赵匡胤大惊，顿时感到头痛欲裂。他再次往变得晦暗的夜空看去，群星已经完全看不见了。这时，他心念突然一动，便匆匆下了太清阁，带着李神佑和王继恩，冒着风雪，回到福宁殿的正殿中。他旋即遣王继恩速速去请晋王赵光义前来。

过了许久，赵光义赶到福宁殿时，殿外已经大雪盈尺。

赵匡胤请赵光义进殿，然后屏去殿内所有内侍、宫女，又令李神佑与王继恩关上殿门，在殿外侍候。

殿内的羊脂蜡烛早已经点燃，狂风透过殿门、窗牖的缝隙，吹得蜡烛的火苗晃动。赵匡胤自己坐在殿中间宝榻的中间，待内侍、宫女皆出去后，他便令光义走到榻的旁边来。宝榻后侧的左右两边，殿的两侧，都支着烛台，点着巨大的红色羊脂蜡烛。蜡烛的光，将他俩的影子，远远投射到殿门和殿两侧窗牖上。因为蜡烛被风吹得来回摆动，因此殿门、两侧窗牖上的影子，摇摆不定，没有一个影子是不动的，也没有任何两个影子看上去是一样的。

赵匡胤觉得头痛稍稍好了一些，见赵光义站定，便说道："光义，我在这狂风大雪天叫你来，是要告诉你一件事。"

赵光义见兄长神色凝重，心下暗觉惶恐。

"母后去世前，我与母后曾有一个约定——"赵匡胤说道。

赵光义听赵匡胤这么说，顿觉一惊，身子下意识地一战栗。

"那时我与母后约定，如果我过世时，德昭尚小，便传位给你。如果德昭到时长大成人，则传位给德昭。这个约定，当场有赵普见证，由他书写，盖了我的印玺，藏在一个金匮之中。不过，现在这个金匮里面已经空了。因为，那份盟约，已经被我烧毁了。"

赵光义闻言大惊，慌忙跪在地上，说道："皇兄为何与我说这个？光义并无不臣之心，望皇兄明鉴。"

赵匡胤用手扶着额头。头又开始剧痛了。他忍着痛，淡淡一笑，说道："我告诉你这些，不是要责罚你。如今，德昭虽然长大成人，但是我细察之，觉得他尚未做好继承大位的准备。之前，我欲迁都长安，你不赞同，我便打消了这个迁都的计划。光义，你可知道为何？"

赵光义这时张大了嘴，不敢回答。

"我实乃欲传位给你也。你是未来我大宋的一国之主，如果你不赞同，我即便迁都长安，你继承大位后，必会迁回开封吧。那样，不过徒劳民力也！当然，我要再提醒一句，开封，当真不宜久为都城。契丹如果南侵，开封之北，皆为大片平原，无险可守，非得大量养兵，然养兵过多，则竭民力也。你日后好好斟酌吧。我若哪日有不测，你须得担当起大任。北面的契丹，虽然与我暂时修好，异日必是大敌也。甚防之啊！"

赵光义听赵匡胤这么说，心中仍然担心赵匡胤是在试探他，往地上磕头道："德昭、德芳皆才华出众，我岂敢觊觎大位。皇兄休要折煞我了！"

这时，赵匡胤深深叹了口气，说道："不过，我一直有两个心结没有解开。我今日问你，你休要再瞒着我。"

赵光义跪在地上，猛然抬起了头，惊问道："皇兄所谓何事？"

赵匡胤忽然感到头又痛了一下。他往宝榻上看了一眼，见那里正摆着一柄柱斧，便将它拿到手里，紧紧攥着，仿佛那样子能够减少一点痛感。

"我要问你，夏莲是不是你杀的？"

这个问题，像个晴天霹雳打在了赵光义的头顶。"原来，皇兄一直在怀疑啊！"赵光义悲哀地想着，一时间额头冷汗直冒，说不出话来。

赵匡胤见赵光义这样子，长长叹了一声，说道："你不用说了。我知道了。只是，我不明白，你为何要杀这个无辜之人？"

赵光义犹豫了片刻，将心一横，说道："夏莲从秋棠口中知道了有份传位盟约，暗地告诉了我。我担心皇兄知晓我已知盟约的存在，会杀了我，以防不测。"

赵匡胤听赵光义这么说，看了看手中的柱斧，只觉热血往头顶冲去，一时间头痛欲裂。他将柱斧朝上一举，挥舞了一下，怒道："没想到，这权柄竟让你如此疑我。我俩乃同母兄弟，我俩如此，更何况天下人！"

赵光义见兄长大怒，以为他要挥柱斧击他，慌忙将身子往旁边一躲。他的影子，顿时在殿门和两边的窗牖上晃动起来。

"还有，你杀花蕊夫人，实在突然，其中必有隐情。我一直没质问你，是想你自己说出来。现在，我问你，究竟为何杀花蕊夫人？"

赵光义听赵匡胤这么问，沉默了片刻，咬咬牙说道："杀花蕊夫人的原因，光义早已经告诉皇兄了。更无其他理由。"

赵匡胤举着柱斧，盯着赵光义的眼睛。他叹了口气，以柱斧指着赵光义，说道："光义，我虽不知你杀花蕊夫人的真正原因，但是知道你肯定在撒谎。我是你大哥，是看着你长大的啊。怎么会看不出你的表情呢？罢了，你既然不说，我便再也不问了。"

赵光义听兄长这么说，心头颤动了一下，说不出话来。

赵匡胤举起柱斧，朝赵光义指了指，说道："你走吧！日后好自为之！好自为之！"

赵光义在地上朝赵匡胤磕了头，慢慢退了下去。

赵光义打开殿门的那一刻，赵匡胤看到大风卷着一团雪花飘进殿门来。蜡烛的光，照着白雪，发出万千细碎的微光。在这一刹间，他觉得一阵眩晕。他想要站起来，却一直站不起来。他将身子斜倚在宝榻上，闭上了眼睛。奇怪的是，他知道自己虽然闭上了眼睛，却看到了一片原野在眼前蔓延开来，那原野一会儿是绿色的，一会儿是红色的；原野上，有一道道闪亮的白光。嗯，那应该是河流与小溪吧。他往远方看去，但见有蓝色的山峦蜿蜒起伏，连绵不绝地往无尽的远方衍生。江山多娇啊！忽然，许多人影出现在原野和山峦前面。他使劲辨别出了其中一些人影。嗯，原来是他们啊。他看到了母亲、父亲，看到了如月——看到她抱着他送给她的古琴；他看到了柳莺——看到了她穿着黄色碎花的红褙子，站在山坡上，两条系发的红丝绦在风中飞扬；他看到了妹妹阿燕——看到她正背对着自己，站在厨房里，手中的擀面杖正压在一个面团上；他看到了阿琨——看到她骑着马，怀抱着孩子渐渐远去；他看到了慕容延钊——看到他拄着巨剑"血寒铁"，立在一个山头；他看到了韩敏信——看到他展开一张画立在一片竹林边，画上画的是几枝翠竹；他看到了王承衍，看到他正抱着高德望的尸身盯着他……他还看到许多熟悉的人，这些人，或远或近地站在原野上、山峦上看着他。奇怪啊！山这么远，我怎么能看清他们的脸呢？忽然之间，他感到一种从未有过的沉重的悲哀。他想起了在高德望坟前王承衍对他说的话——"不，他不是为了赏赐才去战斗，也不是为了赏赐而活着！"很快，眼前的原野、河流、山峦和那些熟悉的面容，慢慢都变得模糊了。在原野、河流、山峦以及所有的一切渐渐变暗的同时，一个念头在他思想中闪过：多美的江山啊！可是，若是没有人，没有他们，这美丽的江山，该是多么寂寞啊……

　　不知过了多久，他感觉到自己开始努力睁大眼睛，于是他看到了一幅壮丽的变幻中的景色：仿佛就在瞬间，红日自灰色的大河之上升起，又在青色的群山背后落下……